향락에서 해방된 인간은
슬픔도 공포도 없다

— 나의 유식론(唯識論)

국립중앙도서관 출판예정도서목록(CIP)

향락에서 해방된 인간은 슬픔도 공포도 없다 : 나의 유식론(唯識論) / 지은이 : 백운소림. -- 서울 : 한누리미디어, 2017
  p. ;   cm

권말부록 : 해인사 팔만대장경(불경) 속에는 왜 기독교 성경구절 같은 것들이 많이 들어있는가?
ISBN 978-89-7969-736-0 03810 : ₩15000

불교 [佛敎]
수필 [隨筆]

220.4-KDC6
294.302-DDC23   CIP2017001692

백운소림 수상집

향락에서 해방된 인간은 슬픔도 공포도 없다

— 나의 유식론(唯識論)

한누리미디어

나는 그동안 산문을 별로 쓰지 않았다. 더러 원고 청탁을 받고 몇 군데 써 준 곳도 있지만, 그렇다고 원고 청탁이 자주 들어 온 것도 아니고, 산문을 쓸 기회가 별로 없었던 것 같다. 물론 꼭 원고 청탁을 받아야만 글을 쓰는 것은 아니지만.

그러나 시(詩)는 좀 자주 써 본 편이다. 그래서 지금까지 시집 5권을 출판했다.

그러던 것이 근래에 동두천문인협회 회원으로 나가면서 회지의 지면을 메워주기 위해 산문을 조금씩 쓰기 시작했다.

동두천문인협회는 초창기부터 회지(월간)를 발행하게 되었는데 그때는 회원 수도 적고 작품들도 많지 않아 부족한 페이지 수를 보충하기 위해 쓰게 된 것들이다.

그렇게 하다 보니 평소 내가 생각하고 마음 속에 그냥 담아두었던 어설픈 나의 사상들이 이런 기회를 통해 밖으로 나오게 된 것이다. 그러나 처음부터 짜임새 있게 잘 쓰기 위해 시간을 두고 정리하고 다듬는 시간적 여유를 갖지 못했다. 언제나 원고 마감일에 쫓겨가면서 써낸 것들이다.

내용은 그동안 내가 몸담고 살아온 세계, 불교적인 철학 사상들을 담아본 것들이다. 하지만 나는 될 수 있으면 불교식 용어나 전문 학술어들을 쓰지 않도록 노력했다. 그 이유는 불교 철학이란 특정 종교 사상을 사람들에게 억지로 이해시키려 하기보다는 그냥 일반 대중적 사상으로써 서로 불교를 쉽게 이해할 수 있도록 하기 위해서였다. 그래서 우리 생활 속의 이야기들이나 자연 속에서 그 비유를 들어 쉽게 이해할 수 있도록 쓴 것이다.

불교를 잘 모르는 일반 대중들도 평소 자기 생각이나 사상을 함께 사유해 볼 수 있는 차원에서 서로 뜻이 접목될 수 있도록 노력한 것이다. 앞에 몇 편은 문학을 내용으로 한 것도 있지만 대부분 종교적 내용을 다루다 보니 순수한 문학성을 지닌 작품들도 아닌 것이다. 나는 일찍부터 어려운 종교적 사상들을 자연 현상계 모습에서 그 비유를 들어 설명할 수 없을까 하는 생각을 많이 해 왔다.

왜냐하면 대자연 속에는 진리의 해답들이 많이 숨어 있다. 그것을 살펴볼 객관적인 눈만 있으면 도처에서 발견된다. 대자연은 그대로 우리가 진리를 깨우칠 수 있는 하나의 수도장이다. 일반인에겐 그런 곳에서 찾아낸 종교적 의미가 별 관심 없는 내용이 될지 모르지만 나는 내가 하고 싶었던 나의 방식을 실현한 것이다.

2004년 '돌과의 대화' 란 제목으로 처음 발행한 후 2007년 수필 4편을 추가하여 증보판을 발행한 적이 있다. 그리고 이번엔 수필 2편과 부록을 추가하여 책 제목을 '향락에서 해방된 인간은 슬픔도 공포도 없다' 로 바꾸어 발행하게 되었다.

2017년 1월 20일

저자 **백운소림** 합장

차례 Contents

나(自我)란 무엇인가

인간은 대체로 왜 사느냐? 물으면 얼른 대답을 하지 못한다. 버젓이 살아가면서도 정작 사는 이유를 물으면 선뜻 대답이 나오지 않는다. 옛부터 많은 사람들이 이런 질문에 부딪쳐 왔고 대답해 왔다. 또 나름대로 생각해 왔다. 그러나 좀처럼 시원스런 대답이 나오지 않는 것이다. 이것은 평범하면서도 가장 삶의 근본적 문제가 내포된 질문인 것이다.

이 지구상엔 오십억 인구가 살고 있다. 그러나 그 누구도 "너는 이 세상에 태어나고 싶어서 태어났는가?" 하고 물으면 한 사람도 자기가 이 세상에 태어나고 싶어서 태어났다는 사람은 없을 것이다. 태어나고 싶어서 태어난 삶도 아닌데 우리는 살고 있다. 또 죽고 싶은 죽음도 아닌데 죽음을 향해 하루 이틀 가고 있는 것이다. 역시 죽고 싶어서 죽는 것도 아닌 것이다.

삶이란 참 묘한 것이다. 과연 우리는 어디로부터 와서 어디로 가고 있는가? 그리고 삶의 길을 걷고 있는 나란 무엇인가? 흔히 인간은 나는 어쩌고 저쩌고 하며 나라는 말을 많이 쓴다. 그러나 참으로 자신의 자아가 무엇인

향락에서 해방된 인간은
슬픔도 공포도 없다

지 아는 자 몇이나 될 것인가? 재미있는 이야기가 있다.

소크라테스는 인간을 향해 이런 말을 자주 했다 한다.

"너 자신을 알라."

이 말은 평범하게 자신의 분수를 알라는 도덕적인 말로 듣기 쉬우나 이 말 속엔 참으로 깊은 뜻이 숨겨져 있다. 그래서 소크라테스는 다음 말을 이렇게 이어간다.

"나는 나 자신을 모른다. 그러나 나는 내가 나 자신을 모르고 있다는 것을 잘 알고 있다. 그러나 세상 사람들은 자기가 자기 자신을 모르고 있다는 것도 모르더라."

인간은 흔히 자기 자신을 자기가 모르는 사람이 어디 있느냐고 반문한다. 나는 이름이 무엇이며 어디 출신이며 누구의 아들이고 현재는 어떤 지위에 있다. 그리고 내 자신이 나쁜 짓을 하면 나쁜 짓 하는 줄 알고 좋은 일을 하면 좋은 일 하는 줄 안다. 더우면 더운 줄 알고 추우면 추운 줄 안다. 그래서 누구보다도 내가 내 자신을 잘 알고 있다고 생각한다. 그러나 그렇게 아는 것이 참으로 자기 자신을 아는 것일까? 이것은 참으로 자기 자아를 아는 것과는 거리가 멀다.

인간은 모든 것을 감각으로 알고 인식한다. 생각으로 모든 것을 헤아리고 판단한다. 그러나 감각과 생각에 의해서 무엇을 안다는 것은 이미 진리를 이반해 버린 것이다. 누가 말했던가, 언어는 한낱 진리를 가리는 장벽이라고. 감각적인 생각에서 오는 언어들을 가지고 사물의 본질을 규명하려고 하면 한낱 관념의 유희에 떨어질 뿐이라고. 소크라테스는 "나는 나 자신을 모른다"는 재미있는 말을 했다. 이것을 평해서 후세의 현자들은 소크라테스야말로 자기 자신을 참으로 아는 사람이라고 했다.

나는 불교인이다. 그러나 모든 종교 종파를 초월해서 인류의 대성들이 각기 나라는 것에 대하여 언급한 바를 한 번 예로 들어 보고자 한다.

공자는 어느 날 제자들 앞에서 이런 말을 했었다.

"나를 아는 사람이 없구나."

그때 자공이라는 제자가 말했다.

"무엇 때문에 선생님을 아는 사람이 없다는 것입니까?"

그러자 공자가 말하기를 "하늘을 원망 않고, 남을 허물하지 않고, 밑에서 배워 위로 통달하거니와 나를 아는 것은 하늘일 것이다."

이 얼마나 기묘한 말인가. 그 많은 제자들은 모두 자기 선생님을 잘 알고 있다고 생각해 왔던 것이다.

또 공자는 "인간이 자기를 알면 남도 아는 것이다. 자기(나)를 알지 못한 자는 남도 알지 못한다" 했다.

예수는 이런 말을 했다.

"너희는 나를 알지 못하고 내 아버지도 알지 못하는도다. 너희가 나를 알았다면 내 아버지도 알았으리라."

석가는 어느 날 이런 말을 했다.

"나를 보려거든 진리를 보라. 진리를 보는 자 비로소 나를 보고 자기 자신을 보리라. 너희들은 나를 보았는가? 만약 어떤 사람이 나를 보려 할 때 어떤 형상이나 색깔로 보려 한다면 나를 보지 못하리라. 또 소리나 음성으로 나를 알려고 한다면 이 사람은 사도(邪道)를 행함이니 나(부처)를 보지 못하리라."

사람의 삶이란 어쩌면 잃어버린 나를 찾아 헤매는 과정인지 모르겠다. 옛 스님의 문답이 있다.

"스님은 거기 앉아서 무얼 하십니까?"

"예. 잃어 버린 나를 찾고 있는 중입니다."

"잃어 버렸다니요. 스님은 바로 거기 있지 않습니까?"

마치 세상 사람들은 자기가 자기를 잃어 버린 줄도 모르고 살고 있는 것이라 할까.

옛말에 취생몽사(醉生夢死)란 말이 있다. 술에 취한 듯이 살다가 꿈꾸는 듯이 죽는다는 말이다. 사람이 외부 세계의 가지가지 욕망에 끄달리고 한눈파는 것이 마치 취생몽사와 무엇이 다르겠는가.

석가는 누구나 사람은 마음 속에 진리를 깨칠 수 있는 불성(佛性)을 가지고 있다고 했다. 다만 그 불성이 오랜 번뇌와 망상에 가려 그 본바탕을 볼 수 없이 되었을 뿐이라고 했다. 여기서 말하는 그 불성이 바로 인간의 참다운 자아를 보여줄 수 있을 것이다. 우리는 자신의 참다운 자아를 잃어 버린 줄도 모르게 잃어 버렸다.

나란 무엇인가? 일상생활 속에서 가장 많이 쓰고 있는 나, 가장 잘 알고 있는 듯한 나를 가장 모르고 있는 것이 아닐까? 참다운 자아의 뜻은 밖에서 찾는 것이 아니라 자기 내면 속에서 찾는 것이라 했다. 진정한 자아의 뜻은 언어문자로 정의(定義)할 수 없는 것이다. 그래서 옛말에 "진리는 언어를 여의었다"라는 말이 있다. 오직 자신의 내면, 마음 속에서 체득하고 찾을 수 있는 것이 자신의 자아다.

석가는 보리수 아래서 육년간 정진하여 얻은 것이 바로 진정한 자아였던 것이다. 부처님의 탄생기에 보면 '천상천하 유아독존(天上天下唯我獨尊)'이라는 말이 있다. '이 하늘 아래 오직 내가 홀로 가장 존중한 것이로다' 하는 뜻이다. 이것은 언뜻 보면 오만과 편견에서 나온 말인 듯하지만 그런 뜻이 아니다. 자기가 얻은 참된 자아의 의미를 비유해서 말한 것이다. 내가 발견한 나의 참된 자아, 이것만이 이 하늘 아래서 가장 존중한 것이라는 뜻이다. 그것은 우리의 영원한 생명이기 때문이다.

부처님이 보리수 아래서 대각을 성취하시고 처음 발(發)한 제일성이 있다.

"우주가 곧 내 자신이고 내 스스로가 우주"임을 비로소 알았다. 그가 대각을 성취했을 때 비로소 우주의 모든 수수께끼가 그 앞에서 풀리고 모든 이치가 밝게 드러났다. 사람은 왜 태어나고 왜 죽는가? 우주의 비밀은 무엇인가? 하는 것이 그 앞에서 풀렸다. 비로소 그에게는 인간적인 갈등과 번뇌가 깨끗이 사라져 버렸다. 그는 일찍이 이 세상에서 체험할 수 없었던 열반의 경지를 스스로 깨달아 얻은 것이다. 이렇게 해서 인류의 가장 큰 스승 부처님이 나타나신 것이다.

참으로 나라는 의미를 찾는 길은 험난하다. 일상생활 속에서 가장 많이 쓰고, 가장 잘 알고 있는 듯한 나, 그것은 우리가 가장 모르고 있는 것 중 하나다. 진정한 자아의 뜻을 아는 자만이 진정한 자아를 완성할 수 있을 것이다. 불교의 구경의 목표는 참다운 자아를 찾는 데 있다.

부처님은 항상 말씀하셨다. 내가 너희들에게 가르치는 것이란 다름 아닌 자기 찾는 법일 뿐이라고. 참다운 자기를 알면 비로소 삶이 무엇인지도 알 것이요, 삶의 의미를 알면 우주의 원리를 알 것이요, 우주의 원리를 알면 내가 나아갈 길을 알 것이다. 그래서 일체를 알아서 행하는 데 자유인이 될 것이다. 해탈인이 될 것이다.

참된 자아의 의미를 찾는 것, 이것만이 만물의 영장인 인간에게 최상의 길이요, 우리 인류에게 주어진 가장 크고 영원한 숙제 문제일 것이다.

(1979년 1월, 덕수상고 교지 22호)

부처님 말씀은 시(詩)처럼

석가모니 부처님은 82세로 열반하시기까지 사십구년 간 중생들을 위해 설법하셨다. 어려운 진리를 말씀하실 때는 이것을 중생들에게 쉽게 이해시키기 위해 자연 속에서 비유를 들어 설명하셨다. 그 비유를 들어 설명하심이 지극히 시적(詩的)임을 본다. 말씀 하나 하나가 그대로 한 편의 아름다운 시어(詩語)들이다.

인생은 풀잎에 맺힌 이슬에 지나지 않는다 (중아함이란나경). 잠 못드는 사람에게 밤은 길고 피곤한 나그네에게 길은 멀 듯이 진리를 모르는 사람에게 생사의 밤은 길고 멀어라 (법구경). 그대는 온 사람의 길도 모르고 간 사람의 길도 모른다. 그대는 생과 사의 두 끝을 보지 못하는구나 (수타니파타경). 향락은 꿈과 같아 깨고 보면 아무것도 없다 (중아함 3권 포리다경). 아무리 훌륭하고 아름다운 말도 실천하지 않으면 향기 없는 꽃과 같다 (법구경). 무소 뿔처럼 혼자서 가라. 그물에 걸리지 않는 바람처럼 진흙에 더럽혀지지 않는 연꽃처럼 혼자서 가라 (경집). 나는 의사와 같아 병을 알고 약을 말하는 것이려니 (유교경). 흐트러진 마음은 두렵기가 독사나 맹수보다 더하다. 큰 불이 치솟듯 일어남도 그것에 비길 바가 못된다 (유교경). 욕심을 참는 것이 가장 힘 센 것이다. 그것은 자기 자신을 이기는 것이니 이 세상에서 가장 힘 센 것이다 (사십이장경).

인간은 웃으며 업을 지었다가 울면서 그 과보를 받는다 (잡아함우치인경). 원인 없는 결과 없고 결과 없는 원인 없다. 무리를 좋아하는 사람은 무리로부터 버림을 받는다 (유교경). 사람이 향락과 부귀와 명예를 좋아하는 것은 번뇌의 달콤한 독을 마시는 것과 같다 (마하바라밀다경). 사람의 생사는 한 호흡 사이에 있다. 그대가 한 번 호흡을 내쉬었다 다시 들이쉬지 못하면 거기가 저 세상이다. 육체란 기름 떨어지면 저절로 꺼지는 등불과 같다 (중아함경). 번갯불이 번쩍하는 사이에 모든 것이 변하고 없어지는 것처럼 사람의 목숨도 그와 같은 것이다 (대열반경). 삼계는 안정이 없다. 마치 불타고 있는 집과 같다 (장아함경). "너는 이 세상에 보내진 세 명의 천사를 본 적이 있느냐?" "보지 못했습니다." 노(老) 병(病) 사(死)가 이 세상에 보내진 세 명의 천사다. 그들이 너희 마음을 일깨워 줄 것이며 너 자신의 존재가 무엇인지 알려주기 위한 것임을 알라 (아함경).

마음을 항복 받아 마음의 임자가 되라. 종이 되지 말라 (유교경). 이 마음은 모든 성인의 근원이며 또한 일만 가지 악의 주인이다 (달마관심론). 한 마음이 청정하면 온 세계가 청정하다 (원각경). 마음이 하늘도 만들고 사람도 만들고 귀신이나 축생, 지옥도 만든다. 도(道)를 얻는 것도 마음이 한다. 모두 마음에 매인 것, 마음 따라 온갖 법이 일어난다 (장아함유행경). 그러나 마음은 마음이라고 하는 자체 모양이 없다. 그래서 마음의 본체는 있음(有)도 아니요, 없음(無)도 아니다. 그 마음의 본체(本體)는 시작 없는 옛적부터 나고 죽는 것이 아니요 푸르거나 누른 것도 아니며, 어떤 형상이 있는 것도 아니다. 모든 이름과 말과 자취와 관계를 초월한 그 본체가 마음이다 (황벽전심법요). 중생은 사대(地·水·火·風)를 자기 몸이라 하며 사물을 느끼는 인식을 자기 마음이라 한다. 그것은 마치 병난 눈이 허공에서 헛꽃과 겹친 달을 보는 것과 같은 것이다. 그러나 실로 허공에는 꽃이 없다. 그것은 환자의 잘못인 집착이다. 이 집착은 허공 자체를 잘못 볼 뿐 아니라 다시 저 헛꽃이 생긴 원인까지 모르게 된다. 이로 말미암아 생사에 윤회하게 되니 이것을 무명(無明)이라 한다 (원각경).

과거심은 이미 사라지고 미래심은 오지 않고 현재심이란 머무는 일 없다. 마음은 안에 있는 것도 아니고 밖에 있는 것도 아니다. 마음은 형체가 없어 볼 수 없고 만질 수 없고 나타낼 수도 인식할 수도 없다. 마음은 아직 어떤 여래도 본적이 없고 이후 어떤 부처님도 보지 못할 것이다.

그러나 그 마음의 작용은 어떠한가? 마음은 환상 같아 허망한 분별에 의해 여러 가지로 나타난다. 마음은 바람 같이 멀리 가고 붙잡히지 않으며 모양을 보이지 않는다. 마음은 흐르는 강물 같이 멈추는 일 없이 나타나자마자 사라진다. 마음은 번개와 같아 잠시도 머무르지 않고 순간에 소멸한다. 마음은 허공 같아 순간의 연기로 더럽혀진다. 마음은 원숭이 같아 잠시도 그대로 있지 못하고 여러 가지로 움직인다. 또 마음은 화가와 같아 가지가지 모양을 그려낸다.

마음은 왕과 같이 거만하게 위세를 부리며 모든 것을 다스린다. 마음은 모래로 쌓은 집같이 쉽게 허물어지고, 쉬파리같이 더러운 것을 탐하여 모여들고, 낚시 바늘같이 굽어서 모든 것을 낚으려 하고, 불안하고 아름다운 꿈을 꾸며, 마음은 도적과 같아 남의 것을 보면 훔치고 싶어하고, 마음은 불나비같이 저 죽을 줄 모르고 불 속으로 뛰어들고, 마음은 무수한 무리를 침략하는 적군과 같고, 마음은 싸움터의 북소리같이 우리를 들뜨게 한다. 이런 모든 것에 비유할 수 있는 것이 마음이다. 그러나 마음의 정체는 알 수 없다. 찾을 수 없다 (보적경가섭품).

달마스님 관심론에 보면 '마음은 모든 성인의 근원이며 또한 일만 가지 악의 주인이다' 라는 말이 있다. 마음이 사물에 물들지 않고 본래 가진 자기 영광을 지킬 수 있다면, 그 모습을 비유하건대 본래 법계에 충만한 비로자나불 법신이라고나 할까. 하지만 마음이 사물에 물들어 가지가지 감각과 생각에 놀아나면 어느새 일만 가지 악의 주인이 될 수 있다.

어떤 사람이 아름다운 아가씨를 한 번 본 후로 자꾸자꾸 그 아가씨를 생각하고 있었다. 앉으나 서나 그 사람의 마음은 어느새 그 아가씨 곁으로 다가가는 것이었다. 문득 자신의 마음을 반조(返照)해 보니 그 마음이 살금살금 접근하는 도둑과 같은 형상이었다. "오호라, 어쩌다가 내 마음이 도둑이 되었던가" 하고 탄식하였다 한다. 그래서 불교에서는 사람의 마음 작용을 일으키는 여섯 가지 감각기관(눈 · 귀 · 코 · 혀 · 몸 · 의식)을 도둑에 비유하기도 한다. 이 여섯 감각기관이 작용하여 본래 자기 마음의 바탕을 가려 버리기 때문이다.

그러나 마음이란 '마음' 이라고 하는 자체 모양이 없다. 마음이 감각을 따라 작용하지 않고, 가지가지 사물에 물들지 않고 선정(禪定)에 들어 있다면 마음은 그래도 불가사의한 존재인 것이다. 마음은 그 자체의 형상도 없고, 있는 곳도 없고, 그것이 있는(有) 것인지 없는(無) 것인지 알 수 없는 것이 된다. 마치 거울이 자기 색깔을 갖지 않는 것과 같다.

거울은 자기 앞에 붉은 것이 오면 붉은 것을 비추고 푸른 것이 오면 푸른 것을 비출 뿐 자기 색깔을 갖지 않는다. 누가 거울의 본 바탕이 무슨 색깔이라고 말할 수 있으랴. 만일 거울이 자기 색깔을 가졌다면 어찌 사물들이 모습을 비출 수 있겠는가. 마음의 본체도 그와 같다. 어떤 사고력으로도 마음 자체 모양을 그려 낼 수 없다. 그것은 불가사의한 형이상학의 경지이기 때문이다. 그래서 마음은 아직까지 어떤 여래도 본 적이 없고 앞으로도 어떤 부처님도 보지 못할 것이라 한 것이다.

그러나 그 마음이 가지가지 사물에 물들어 분별 작용을 하면 어떤가? 그 마음은 가지가지 모습들이 된다. 가지가지 존재와 색깔들로 나타난다. 삼라만상이 그대로 내 마음 모습이 아닌 것이 없다. 이 얼마나 마음을 표현한 미묘한 말들이며 또한 그것은 얼마나 시적인 말들인가. 그래서 부처님 말씀은 시처럼 전개된다고 한 것이다. 비록 거울에 삼라만상이 그때 그때 비추어지지만 실제 거울 표면에는 사물들이 색깔이 물들거나 새겨지지는 않듯이 우리들 마음의 거울에도 실은 아무것도 물들는 바 없었으며 새겨지는 바 없었음을 깨달아야 할 것이다.

(1988년 5월, 『우리불교』 창간호)

시(詩)는 곧 인간이다

시(詩) 속엔 인간의 모습들이 새겨져 있다. 시 속엔 인간의 숨결들이 담겨 있다. 그래서 시 속엔 인간의 진실이 들어 있다고 한다. 사람의 마음은 항상 시심(詩心)처럼 움직이는 것이라고 할 수 있다. 그리고 인간의 역사란 시의 이야기처럼 전개되어 왔다고 볼 수 있다.

고금을 통해 변하지 않는 것이 있다면 그것은 인간적인 마음일 것이다. 기뻐하고 슬퍼하는 마음, 사랑하고 미워하는 마음, 잘못을 저지르고 뉘우치고 참회하는 마음, 이런 것들이 인간적인 마음이다.

"인간이 인간적일 때 가장 아름답다" 하는 말이 있지 않은가. 만일 인간이 신(神)과 같은 존재라면 더 무엇을 구하고 더 무엇을 논할 필요가 있겠는가. 그래서 예나 지금이나 변하지 않는 것이 인간적인 마음이라 했다. 이런 인간적인 마음을 노래하는 것이 시(詩)다.

또한 인간의 마음이란 대자연의 이치를 비추어 보는 거울이기도 하다. 자연과 인간은 서로 괴리되는 듯이 보이지만 그 본연의 바탕에선 그 숨결과

맥박을 같이 하고 있다. 자연 속에 인간이 있는가 하면 그대로 인간 속에 자연성이 깃들어 있다.

자연과 인간은 둘이 아니다. 그런 자연과 인간이 함께 가진 숨은 맥박을 찾아내어 노래하는 것이 시다. 그래서인지 인간은 시심을 떠나서 살 수 없다. 우리들 생활 자체가 시이기도 하다. 아니 인생 자체가 시이기도 하다. 왜냐하면 우리는 우리 생명이 탄생하는 그 날부터 인생의 희로애락과 애환 속에서 한 편의 시처럼 존재하게 되었기 때문이다.

시는 인생 애환의 진실감을 그대로 표출해 낸다. 그러므로 시처럼 모든 인류의 친근한 공유물이 될 수 있는 것도 없다고 생각한다. 시대를 막론하고, 동서양을 막론하고 인간적인 마음은 다 서로 통한다. 인간이면 누구나 정감과 서정성이란 공통점으로 가지고 태어났기 때문이다.

(2001년『동두천문학』4집, 발간사)

인간과 문학

인간과 문학의 관계는 어떻게 시작되었고 어떻게 발전하여 왔을까? 아마 원시인들도 시적(詩的) 감정을 가지고 있었으리라. 인간은 만물의 영장이며 감성과 이성을 타고 났고, 거기다 정서를 지닌 동물이기에 인간이 이 지상에서 문화의 꽃을 피우고 문명한 세계를 이룩했을 때 문학은 자연스럽게 거기에 따라서 등장했으리라.

인류의 사대 성인의 한 사람인 공자는 민간에 전래되어 온 시작품들을 한데 모아 《시경(詩經)》이라는 책을 손수 편집했다. 그리고 그의 어록인 《논어》에서는 이렇게 말했다.

"너희들은 왜 시(詩)를 배우지 않느냐. 시는 그것으로 감흥을 자아낼 수 있고, 그것으로 살필 수 있고, 그것으로 여럿이 함께 모일 수 있고, 그것으로 원망할 수 있고, 가까이는 어버이를 섬기며, 멀리는 임금을 섬기며, 조류와 초목들의 이름을 알 수 있다."

— 논어 〈양화〉에서

논어는 인간의 심성을 통달한 철학적인 내용들이기에 어렵기는 하지만 자세히 새겨보면 잔잔한 시적(詩的)인 멋으로 넘쳐나고 있다. 때로는 해학과 풍자가 곁들어 있다.

"지혜로운 사람은 물을 좋아하고, 인자한 사람은 산을 좋아한다. 지혜로운 사람은 움직이고, 인자한 사람은 조용하다. 지혜로운 사람은 즐겁게 살고, 인자한 사람은 장수한다."
— 논어 〈옹야〉에서

"거친 것을 먹고 물 마시고 팔베개 하고 살아도 즐거움은 또한 그 가운데 있는 것이다. 의(義)롭지 않으면서 돈 많고 벼슬 높은 것은 나에게는 뜬구름 같다."
— 논어 〈술이〉에서

예수의 설교도 그렇다. 예수는 진리를 말할 때 반드시 자연 속에서 비유를 들어 설명했다. 자연의 비유가 아니면 그는 말하지 않았다 한다. 바로 그 자연의 비유들이 지극히 시적임을 본다.

"한 알의 밀알이 땅에 떨어져 죽으면 많은 열매를 맺을 것이요, 죽지 않으면 그대로이리라."
— 요한복음

"네 오른편 뺨을 치거든 왼편 뺨도 돌려대라."
— 마태복음

"여우도 굴이 있고 공중에 나는 새도 거처가 있으나 오직 인자는 머리를 둘 곳이 없다."
— 마태복음

석가도 초기 경전에서는 거의 자연 속에서 비유를 들고 일상생활 속에서 비유를 들어 설명했다. 후기 경전에서는 철학적인 논리성에 많은 비중을 두었지만.

"사람이 향락과 부귀 명예를 좋아하는 것은 번뇌의 달콤한 독을 먹는 것과 같다."

— 마하반야바라밀경

"세상의 유위법(有爲法)이란 꿈과 같고, 허깨비 같고, 물거품 같고, 그림자 같고, 아침이슬 같다. 또한 전기같이 번쩍이며 우리 마음에 와 닿는 것이다."

— 금강경

석가 : 너는 일찍이 이 지상에 보내진 세 명의 천사를 보지 못했느냐?
제자 : 보지 못했습니다.
석가 : 노(老) 병(病) 사(死)가 이 세상에 보내진 세 명의 천사다

— 아함경

고대 경전과 신학과 최초의 철학은 모두 시(詩)였다고 학자들은 말한다. 그래서 시는 신(神)들의 근본적인 언어라고까지 한다. 한편 인류 역사란 사건 사고들의 전개이기에 시도 자연 서사시로 나누어 가기도 하고 거기서 더 사실화 하고 현실화 하기 위해 소설이 등장하게 되었으리라.

플라톤은 '대자연은 하나의 수수께끼 같은 시에 불과하다'고 말했다. 대자연 속엔 춘하추동 사계절이 있고 하늘과 땅, 강과 산, 들판과 호수가 마치 시처럼 거기 놓여 있다. 그런가 하면 인간에게는 유년시절이 있고, 청년시절이 있고, 장년시절이 있으며, 또한 노년시절이 있는 것이 스스로 갖추어진 자연의 사계절 배치 같은 것이 아니고 무엇이겠는가.

꽃이 필 때가 있으면 꽃이 질 때가 있는 것. 잎이 무성하고 번성할 때가 있

는가 하면, 조락하고 쇠락할 때가 있는 것. 사람에겐 기쁠 때가 있으면 반드시 슬플 때가 있으니, 어차피 인간의 마음 속에는 곡조가 울리게 되어 있는 것이다. 이렇게 희로애락에 울고 웃는 것이 덧없고 어리석은 감정 때문일지라도 우리는 감정을 초월할 수 있는 인간이 아니다. 인간이 감정을 초월할 수 있다면 오히려 인간이 아니다. 영원히 인간적인 한계에 얽매이고 붙잡혀 우는 마음, 그거야말로 지극히 인간적인 것이다.

어떤 연구 보고서나 수사 기록들을 읽어보면 거기에 희로애락의 감정들이 전혀 들어 있지 않다. 그래서 우리에겐 어떤 감흥이나 감동도 주지 않는다. 마치 알코올이 빠져 나간 술처럼 그런 것엔 혼이나 얼이 들어 있지 않기 때문이다. 기쁨이나 슬픔, 분노나 용서, 연민과 사랑 이런 마음들이 거기 들어 있음으로 해서 인간을 인간적이게 하는 것이다.

시대가 변하고 세계가 달라져도 이 인간적인 것은 변하지 않는다 했다. 그래서 인간적인 것 속에는 인간의 진실이 들어 있다. '보다 인간적이 되어라. 그 때가 제일 아름답다' 라는 말과 같이 인간적인 진실이 있는 그 속에서 비로소 선량함도 나온다. 그리고 거기 진실함과 선량함이 있는 곳이라면 이미 미(美)도 따라와 있는 것이다. 이렇게 진선미를 함께 함유하고 있는 인간적인 마음 그거야말로 우리들의 심금을 울려주리라.

그러므로 이 심금을 울려주는 인간적인 것을 표현하려는 것이 문학이 아니고 무엇이겠는가. 그래서 문학은 위대하다. 그래서 문학은 인간 속에서 변함 없이 이어지고 계승되어 갈 것이다. 그래서 우리 인간은 예술적인 것에 가장 관심을 갖고 가장 좋아한다.

인간의 마음은 대자연과 교감하며 움직인다. 누가 시켜서 그런 것도 아니고 자연스럽게 스스로 작용한다. 실은 자기도 모르게 그렇게 움직이는 것이다.

항상 내부의 에너지가 밖으로 발로하고 분출하기 때문이다. 이렇게 스스로 발로하여 생명의 기운으로 불타 오르는 마음, 그 마음을 따르다 보면 우리는 희로애락에 울고 웃는 것이 된다. 또 이렇게 생명의 기운으로 불타 오르는 마음 작용은 그침 없이 유희한다. 시간적으로나 공간적으로 그침 없이 움직이며 유희하는 동안 기쁨도 많고 고통도 많지만 그것을 냉철히 분석해 보면 우리들 자신이 그 유희를 즐기고 있는 것이다. 마치 승패가 엎치락뒤치락하는 재미나는 오락게임 같은 것이다. 이렇게 인간의 운명은 오락게임 같은 것이어서 모든 것은 돌고 돈다.

사업을 하다 보면 김가 호주머니에 있던 돈이 어느새 이가 호주머니로 들어가 버린다. 그렇다고 그 돈이 영원히 이가 호주머니에만 있는 것이 아니고 다시 박가 호주머니로 들어간다. 모든 것이 일장의 유희처럼 돌아간다. 어지러운 유희 속에는 기쁨과 슬픔, 쾌락과 고통도 많지만 그러나 우리는 그 유희를 즐기고 있는 것이다. 본질적으로 관조해 보면 실없고 부질없는 것들에 불과하지만 우리는 우리의 자제력으로 그 유희를 멈추게 하지는 못한다. 그것이 인간이다.

"눈은 보게 되어 있기 마련이고 우리는 귀에 듣지 말라 할 수가 없다. 우리 육체는 어디에 있든 우리가 원하든 않든 느낀다. 나를 나무라지 말라, 꿈 속에 앉아 시간을 허비한다고. 이렇게 나는 자연과 영교(靈交)하는지 모르니까."

— 워즈워드

"고민하면서도 낙원을 두루 찾아다니는 일거리 좋아하는 혼이여, 나를 불쌍히 여기라. 그렇지 않으면 나는 너를 저주할 것이다."

— 보들레르

"사람은 자신의 침묵을 흐릴려고 소란스런 군중 사이로 간다."

— 타골

"물에 사는 물고기는 말 없고, 땅 위의 짐승은 떠들고, 하늘의 새들은 노래한다. 그러나 인간은 바다의 침묵과 땅 위의 시끄러움과 하늘의 음악을 다함께 가지고 있다."
                                                                              – 타골

어린애들을 보라. 잠시도 가만히 있지를 못한다. 그런데 그것은 지극히 자연스럽게 마음의 움직임을 따르고 있는 것이다. 그래서 애들을 천진하다고 말한 것이다.

그러나 애들 자신은 자기가 천진하다는 것을 꿈에도 모른다. 만일 애들 자신이 나는 천진하다고 생각하고 있다면 거기엔 이미 천진함이 없을 것이다. 이렇게 사람의 마음이 움직이는 것도 대자연의 원리의 일부일 뿐이며, 모든 것이 대자연의 크나 큰 섭리 안에 포섭된다. 인간의 마음작용으로 이루어진 것들이 비록 인위적인 것일지라도 그것 역시 대자연의 필연성 위에 놓여진 것들임을 본다.

어떤 인공적(人工的)인 것도 대자연의 숨은 법칙 속에서 그렇게 만들어지고 있는 것에 불과하다. 어떤 문명의 드라마도 대자연의 숨은 곡조를 타고 전개되는 그 섭리에 불과하다.

어린이이거나 어른이거나 그 마음이 동요하긴 꼭 같은 것이다. 동요하면 마음 속엔 호기심과 욕구가 일어난다. 어느새 욕망에 들뜨고 취해서 끝없이 움직이는 것이다.

그래서 내 마음이 취한 만큼 세상도 들뜨고 동요해 보인다. 삼라만상은 내 마음에 박자를 맞추어 준다. 만유의 호흡은 내 마음에 닿아서 속삭인다. 그래서 내가 정열에 취한 만큼 세상도 아름다워 보이고 내가 느낌으로 받아들인 만큼 삼라만상도 각기 어떤 의미를 갖게 된다. 이렇게 유희하며 부동 속에 안주하지 못하는 것이 인간의 마음이다.

우리는 우리의 자제력으로 마음의 움직임을 멈추게 할 수 없다. 마치 그것은 생명을 질식시키는 것과 같기 때문이다. 마음의 움직임은 마치 음악처럼 흐르는 것이다.

음악의 흐름에 장단, 고저, 강약이 있듯이 마음의 움직임에도 멜로디, 리듬, 하모니가 없을 것인가. 그럼 하모니란 무엇인가. 조화란 뜻이니, 조화란 결국 이것 저것이 적당히 어우러져 어떤 것의 윤곽이 지어지며 형태를 이룬다는 뜻이니, 마음의 움직임이란 결국 하나의 형태를 이루는 것이 되고 그 형태는 이미지화 된다. 그래서 그것은 그림이 되기도 한다.

이렇게 마음의 움직임이란 음악이 되고 미술이 된다. 마음은 온갖 색채와 소리에 응하기 때문이다. 혹시 방에 가만히 앉아 마음 쓸 거리가 없어 심심할 때는 장기나 바둑이라도 두어야 한다. 아니면 텔레비전을 보며 스포츠 게임이라도 즐겨야 한다. 공자는 이런 인간의 심성을 간파했음인지 이런 말을 했다.

"종일 배불리 먹고 마음 쓸 데가 없다는 것은 어려운 노릇이다. 장기나 바둑이라는 게 있지 않느냐? 그런 것이라도 하는 게 그래도 나을 것이다."

— 논어 〈양화〉에서

인류의 사대 성인의 한 분이요 도덕가인 어르신께서 그런 말을 했다니 도저히 믿기지 않는다. 그래서 이곳저곳 자료를 확인해 보니 공자는 생전에 시가(詩歌)를 수집하고 가화(歌和)를 좋아하고 북과 거문고 타기를 즐겨 하였으며 궁술을 좋아했다고 한다. 너무 놀라워 이게 뭔가 잘못 와전된 게 아닌가 싶었다. 그러나 공자는 사대 성인 중에 가장 인간적인 면이 많은 분이었다. 성인이면서도 예술성이 몸에 밴 품격 높은 멋을 지닌 분이었다.

인간의 삶이란 결국 마음과 마음의 교환이다. 마음과 마음의 교환에 있어서 우리는 진실이 있어야 한다는 것을 절실히 느낀다. 왜냐하면 진실 없이는 서로 마음과 마음의 교환이 이루어지지 않기 때문이다. 진실은 두 마음이 교류할 수 있는 길이다.

우리는 자신이 진실했을 때 마음 속에 선량하고 활달한 기운이 작용함을 알 수 있으며, 선량하고 활달함이 작용하고 있는 곳에 이 세상에서 그보다도 더 아름다울 것 없는 미(美)가 거기 함께 있음을 알 수 있다. 그래서 진, 선, 미는 삼위일체다. 셋이면서 바로 하나라는 의미가 된다.

그러므로 진, 선, 미는 인간적인 마음, 즉 인간성 안에서 우러나온 것들이다. 여기서 말한 인간성이란 인간의 마음 속에서 감성과 이성이 작용하여 조화를 이루는 것을 말함이다.

확실히 진, 선, 미는 인간이 가진 감성과 이성의 조화에서 나오는 산물이다. 정서 역시 인간의 감성과 이성의 조화에서 나온다고 할 수 있다. 그래서 진, 선, 미는 우리가 살아가는 생활주변 도처에 있다. 다만 사람의 마음이 그것을 발견할 수만 있다면, 그리고 사람의 마음이 그것을 잡아다 쓸 수만 있다면 훌륭한 작품이 될 수 있을 것이다.

이런 인간 심성에 통달한 셰익스피어가 작품을 씀에 있어서 마치 이 세계를 자기 손바닥 위에 올려놓은 듯 자유자재로 구사했다는 말이 그럴 듯하게 들린다. 왜냐하면 이 세상의 원리란 결국 마음의 원리이기 때문이다. 괴테는 셰익스피어의 작품에 경탄하여 다음과 같이 말했다.

"셰익스피어는 위대한 심리학자입니다. 그래서 그의 작품 속에서 얻은 것은 인간 심정의 동태입니다. 셰익스피어는 인간 본질 전체를 모든 각도에서 철두철미하게 다 묘사해 버렸음으로 뒤에 오는 사람들에게는 아무것도 할 말이 없다는 것을 알게 될 것이오."
　　　　　　　　　　　　　　　　　　　　　　　　　　　－ 괴테와의 대화에서

"셰익스피어는 우리들에게 황금의 사과를 은접시에 담아 줍니다. 그런데 우리는 그의 작품을 연구하여 간신히 은접시는 얻을지 모르나 거기 위에 올려놓은 것은 감자에 불과합니다."　　　　　　　　　　　－ 괴테와의 대화에서

　셰익스피어를 읽노라면 그의 문장은 경쾌하게 인간의 심금을 울리며 나아간다. 그리하여 하녀들의 푸념이나 넋두리 같은 데서도 금싸라기 같은 인생의 금언들이 반짝반짝 빛을 발한다. 그것은 모두 인간의 감성과 이성이 조화를 이루어 나오는 말들이다.
　셰익스피어는 인생의 모든 면을 묘사함에 있어서 자유자재로 능수능란하게 구사한다. 어쩌면 인간으로서 능력이 여기까지 다다를 수 있을까 하는 생각이 든다. 셰익스피어 앞에서 우리는 절망하여도 좋으리라.

(월간 『동두천문학』 1999년 3월호)

시(詩)는 조각가가 조각하듯

조각가는 돌 속에 인간의 가지가지 심상(心像)들을 새겨 넣어서 형상화시킨다. 조각가는 시심(詩心)이 깃든 인간의 심정들을 돌 속에 새겨 넣는다. 어쩌면 차가운 돌 속에 뜨거운 알몸을 새기는 작업이다. 다름 아닌 인간 심정의 알몸들을.

또 조각가는 돌 속에 인간의 감정과 의지를 잘 조화시켜 그 혼을, 그 숨결을 불어넣어야 한다. 움직이지 않는 돌 속에 온갖 물상들이 살아서 움직이게 해야 한다.

침묵의 돌 속에 소리가 있고 음악이 있음을 밝혀내야 한다. 움직이지 않는 돌 속엔 끊임없이 움직이는 이미지들이 있다. 그 이미지들은 뒤엉켜 춤추고 있다. 그것이 우리들의 마음이다. 그것을 표현해야 한다.

석공은 돌 속에 잠자는 혼을 깨우기 위해 돌을 쪼아댄다. 돌의 귀를 틔우기 위해 돌을 쪼아댄다. 석공이 돌을 다룰 땐 돌을 애무하듯 돌을 다듬는다.

시의 작업도 그와 꼭 같은 작업일 것이다. 돌을 무수히 쪼아대는 석공들

마냥 낱말들을 하나하나 집어내고 문맥들을 다듬어 내는 작업일 것이다.

정확한 표현을 위해 무엇보다도 정확한 어휘들을 포착해야 할 것이다. 표현하고자 하는 하나의 이미지를 그려내기 위해 무수한 언어들을 탐색해야 할 것이다. 그리고 그 언어들을 가지고 마치 벽돌로 탑을 쌓듯 잘 짜 맞추어 구성해야 할 것이다. 그렇게 하면 시가 보인다. 어느 기이한 탑이 문득 행인의 눈에 띄듯, 어느 아름다운 건축물이 눈에 들어오듯. 그렇게 해서 시는 만인이 느낄 수 있고 감상할 수 있는 것이어야 한다.

꿈꾸는 정욕, 그 아름다운 비애가 돌의 정적을 타고 흐른다. 기이한 생각에 불타는 한 석공이 그 고뇌를 돌에 새기고 있다. 그렇게 해서 로댕의 생각하는 사람이 탄생됐다. 인간 고뇌가 로댕의 손끝을 빌어 밖으로 표현된 것이다. 우리들 마음 속에 숨은 꿈들은 화가의 기술에 의해 밖으로 표출된다.

모나리자(조콘다 부인)는 짧은 생을 받아 이 세상에 왔다가 가 버렸다. 그 짧은 목숨이 흙으로 가기 전 다빈치 눈에 포착된 셈이다. 화가는 그런 것들을 재빨리 포착하는 눈을 가지고 있다. 조콘다가 가진 특이한 용모를 잡아 하나의 그림으로 고정시켜 놓은 것이다. 하지만 그밖에 다른 어떤 모습들도 우리들의 심상이 아닌 것이 없다. 삼라만상은 그대로 모두 우리들의 심상이다. 삼라만상과 우리들의 마음은 끊임없이 교감(交感)하고 있기 때문이다.

우리가 세상을 살아가자면 무수한 감각적이고 감정적인 대상들 사이에 놓이게 된다. 우리들의 마음은 끊임없이 그것들과 교감하며 살아간다. 그리하여 우리는 돌을 가지고 알 수 없는 탑을 세우는 사람, 우리는 알 수 없는 어느 넋의 형상을 돌에 새기는 사람, 또는 우리는 그 돌 속에서 신(神)의 모형을 떠내기도 하고 비너스 모형을 떠내기도 한다. 석공은 돌 속에 알 수 없는 숭고한 사랑의 숨결, 행위, 의지들을 불어넣는다.

시를 쓰는 작업도 그와 꼭 같은 작업일 것이다.

(2000년 10월 25일, 『동두천문학』 3집, 서문)

음악이 있게 된 이유

지금 어느 곳에서 한창 전국 노래자랑이 열리고 있다. 낭랑하게 울려 퍼지는 유행가 가락에 맞추어 모든 사람들이 어우러져 흥겨워 한다. 모두들 어깨를 들먹거리며 그 멜로디를 타고 있다. 가사 내용이야 우리들의 일상생활에서 흔히 있는 비속한 생활 감정을 노래한 것들이지만 모든 사람이 그 노래 가락에 흥겨워하고 있다. 모두 한 마음이 되어 춤추고 있다.

음악이란 시간의 흐름을 타는 것이다. 시간의 흐름에 단순히 떠밀려 가는 것이 아니라 시간의 흐름과 함께 발을 맞추는 것이다. 그 마음을 실은 멜로디에 맞추어 춤추는 것이다. 그러니까 더 알기 쉽게 말하자면 시간의 소용돌이에 떠밀리고 익사하고 질식당하는 것이 아니라, 그 변화를 타고 그 변화에 발맞추어 변화 속에서 헤엄치는 것이다.

가수는 지금 지난 세월의 사랑의 아픔을 노래하고 있다. 그 노래 속에 자기의 쓰라린 감정을 섞어가며 마음을 쥐어짜듯 노래하고 있다. 어쩌면 사람이 산다는 것은 시간의 변화에 떠밀리고 넘어지고 상처입고 응어리진 것들의 연속인지 모르겠다. 그러나 이제 음악은 그동안 시간의 변화에 떠밀리고 넘어지고 상처입고 응어리진 마음을 어루만져 풀어내는 역할을 한다.

또는 지난 세월의 감정들을 마음에 비추어 보며 그 소용돌이들을 정감 어린 멜로디로 바꾸는 것이다. 아름다운 리듬으로 재현시켜 놓는 것이다. 그리고 그 멜로디와 리듬에 마음을 맞추어 함께 헤엄치는 것이다. 그렇게 하여 그동안 마음에 막힌 것을 뚫고 마음에 고이고 썩은 것을 흐르게 하고 마음에 맺혀 응어리진 것들을 풀어내는 것이다. 그래서 모든 부패한 것들이 이 음악 속에서 다시 신선하게 살아나게 하는 것이다.

그래서 사람들은 음악을 그렇게 미치도록 좋아하는 것인지 모른다. 그래서 사람의 마음은 거의 본능적으로 멜로디를 타는 것인지 모른다. 짐승들까지도 음악을 좋아하는 신경을 가지고 있다 한다. 늑대에게 쫓기던 악사가 바이올린을 켜자 늑대들도 공격을 멈추고 얌전히 듣고 있었다 한다. 그러나 음악을 멈추면 다시 공격 자세로 돌아갔다 한다. 소들에게도 음악을 들려주면 우유를 더 많이 짤 수 있다 한다.

음악은 얽히고 응어리진 번뇌들을 풀어낸다. 지난 세월의 변화 속에서 떠밀리고 넘어지고 허우적거리던 자기 마음을 되돌아보게 한다. 그리고 이제는 그 변화의 소용돌이들을 정감 어린 멜로디로 만들어 그 멜로디 위에 올라타고 호흡을 맞추며 헤엄치는 것이다. 우리가 시간을 멈추게 할 수는 없지만 그 시간의 멜로디 위에 올라타고 스케이팅 선수처럼 춤추는 것이다. 하얀 설원을 미끄러져 내리는 스키 선수인 양 아름다운 변화의 리듬을 타고 천상에서 내리듯 날개 치는 것이다.

음악이란 결국 감정이다. 파도치며 소용돌이치며 흘러가는 감정에 마음을 함께 실어 헤엄치게 하는 것이다. 마치 거대한 강물이 흐르는데 파도치는 물결 위에 유연하게 노를 젓듯, 시간의 파도를 타고 고뇌의 강을 건너는 것이다. 무상의 파도 타고 시간의 멜로디 속으로 하모니를 이루어 흐른다.

삶이란 감정의 흐름이요, 그 연속이기 때문이다. 어디로부터 와서 어디로 향해 가는지도 모르면서 자꾸 자꾸 흘러가는 우리들의 마음, 그것이 우리들의 삶이다.

필경 우리들의 감각은 죽는 것. 그래서 아름다운 감정도 시간 속에서 변화하고 소멸하고 잊혀지는 것. 우리는 마치 시간의 몸부림 속으로 사라지기 위한 시간의 소모품들인 양 존재한다. 모든 존재의 울림은 메아리치며 흘러가 버린다. 그러나 다시 그대 감각의 아름다움을 잡으라. 그리고 그 생생한 감정들을 노래하라. 사람은 느끼지 않고는 살 수 없는 것, 끊임없이 느끼는 감정 속에서 감정의 파도 타고 그 멜로디에 맞추어 유희한다. 세상은 그것의 연속으로 이루어진 꿈결 같은 것, 그 꿈결 같은 삶, 그것 말고 우리에게 무슨 다른 삶의 방식이 있었던가?

나는 잘 알고 있다, 꿈을 꾸라고 만들어진 나의 존재를. 그 꿈도 현실도 변화하고 소멸하는 것이지만 음악은 그런 현실의 감정들을 엮어 가면서 멜로디화(化) 한다. 무용화 한다. 그 멜로디가 우리들의 삶이기 때문에 멜로디 타고 노닌다. 유희한다. 누가 우리에게 노래를 멈추라고 명령한들 우리는 다시 노래 부르게 된다. 다시 생생한 감정의 세계, 선과 악으로 넘쳐나는 세계를 노래 부르게 된다. 그렇게 노래를 부를 수밖에 없는 것이 우리 인간 삶의 생리이다.

(월간 『동두천문학』 2003년 11월호)

꿈과 욕망

마음에 불이 붙으면 우리는 천국의 문이라도 쳐부술 듯한 기세가 된다. 군악대의 열렬한 북소리를 듣고 있으면 아무것도 모르는 어린 애들 마음까지도 고무되어 씩씩해진다. 그것이 무엇인지도 모르면서 심장과 맥박은 그 힘찬 북소리에 맞추어 힘차게 뛰기 때문이다.

그런데 마음이 식어 버리면 우리는 자신이 존재해야 할 이유마저도 모르는 것이 되어 버린다. 이 세상 모든 것이 막연하고 아무 의미도 없어 보인다. 한 때 정열을 품고 세상을 바라보니 모든 것이 아름답고 생동하는 듯이 보였다. 그런데 정감이 바닥나니 모든 보이는 것마다 삭막하고 염증이 난다. 이렇게 마음이 변하면 세상 모든 것이 변하는 것은 무엇 때문일까.

나에게 정열이 넘칠 때는 삼라만상이 내 마음에 박자를 맞추어 준다. 모든 것이 즐거운 멜로디가 되고 리듬이 된다. 마음이 가장 활발하고 자연스런 소년기에는 솔방울이 굴러가도 웃음이 나온다. 감수성이 예민해서 감각적으로 받아들이는 것마다 멜로디가 되기 때문이다.

어떤 정력가가 너무 정력이 넘치다 보니 말뚝에 치마만 둘러놓아도 이뻐 보이더라는 것이다. 그런데 하룻밤 정력을 다 소진하고 나니 보이는 것마다 허탈과 공허뿐이었다. 마치 세상이 다 불타고 남은 폐허 같았다. 그럴 땐 모든 것에 싫증이 나서 아무 말도 하기 싫어진다. 그러나 정력은 곧 회복된다. 아직 젊음이 넘치는 몸이기에.

다시 원기를 회복하고 나니 온 세상이 생명력과 즐거움으로 넘쳐나기 시작한다. 모든 것이 나에게 다정한 말을 걸어오는 듯이 내 마음에 보조를 맞추어 준다. 보는 것마다 다시 즐거움과 기쁨을 자아낸다. 이거야말로 청춘의 마력이 아니고 무엇이겠는가.

이렇게 마음에 따라 모든 의미가 달라져 나타나는 것은 무엇 때문인가? 그것은 인간의 마음이 항상 무엇인가에 열렬히 취해서 산다는 것을 말해 준다. 그것을 좀 더 쉽고 분명하게 말하자면 우리는 항상 무엇인가에 미쳐서 사는 것이라 해야 옳을 것이다. 또한 인간이 무엇인가에 미쳐서 산다는 것은 어쩌면 본래 제정신이 아닌 항상 무엇인가에 의해 마음이 들떠서 사는 것이라고 해야 할 것이다.

어쨌든 인간은 무엇인가를 항상 하고자 하는 욕구가 일어나게 되어 있다. 그것을 욕망이라 한다. 처음엔 그것이 무엇인지 모를 막연한 욕구처럼 시작되지만 그것은 차차 선명하게 그 윤곽을 드러낸다. 그 욕구는 형상화되고 구체화되어 우리 앞에 그 모습을 드러낸다. 그 욕망들이란 돈·명예·미색·미식·수면 등으로 나타난다.

이런 욕망들이 아름다운 꿈으로 장식되어 화려하게 펼쳐져 보이는 것이 이 세상이다. 욕망들과 결부되어 장식된 아름다운 꿈들, 이것은 마치 우리가 이 세상에 존재하는 그 이유인 양 보인다. 그래서 인간은 그 꿈을 달성하기 위해 노력하며 산다.

힘이 있고 정열이 있는 자에게 세상은 즐거워 보인다. 정열에 취해 바라보는 눈엔 이 세상이 아름다운 꿈으로 펼쳐져 있음을 보게 되기 때문이다. 꿈과 도취는 항상 그 보조를 같이한다. 꿈이 없는 사람이야말로 이미 죽은 목숨이나 다름없다. 그는 아무 의욕이 없는 사람이기 때문이다.

의욕이란 무엇인가? 글자 그대로 어떤 의미가 있는 욕구란 뜻이다. 그런데 그 욕망이 없을 땐 모든 것이 재미가 없고 아무 의미가 없어 보인다. 그래서 무엇인가 하고자 하는 마음도 일어나지 않는다. 다름 아닌 그 꿈과 욕망이 인간을 살아 움직이게 한 원동력이었다.

아름다운 꿈들은 우리 마음을 황홀하게 취하게 한다. 인간은 저마다 꿈에 취해 산다. 건강하고 정열이 있는 자일수록 그 꿈에 강하게 취하게 되어 있다. 마치 건강하고 씩씩한 무사들일수록 술에 약하듯이 건강한 자들만이 꿈의 술잔을 즐길 수 있는 것이 이 세상이다. 그들만이 꿈을 위한 용사가 될 수 있고 투사가 될 수 있으리라. 그리하여 세상은 저마다 꿈을 이루기 위해 경쟁하는 전투장이 된다.

때로는 이 아수라장 같은 싸움판에서 패배하여 실의에 빠진 사람들이 있는가 하면 운 좋게 승리하여 의기양양한 자도 있다. 명예를 위해서라면 대포 아가리라도 뛰어들 기세고, 돈을 위해서라면 수단 방법을 다 동원한다. 번갯불에 콩 구워 먹는다는 말처럼 어떤 사람들은 전쟁통에 진짜 돈을 많이 벌기도 한다. 어떤 사람들은 명예에 미쳐서 가산과 건강이 기울도록 출마하고 또 출마한다. 어떤 사람들은 평생 색을 밝히고 헌팅하는 데 아까운 세월들을 다 허비해 버린다.

인간이 이렇게 각자 자기 욕망에 집착하다 보면 세상사는 얽히고 설킨 미로처럼 펼쳐진다. 그리고 이 세상은 가지가지 부조리와 모순으로 만연되어 매우 역설적인 논리가 나오지 않을 수 없게 된다. 역설적인 논리가 만연된 이 세상을 보라.

장의사 하는 김씨에게는 이 집 저 집에서 쉴 새 없이 자주 초상이 나야 한다. 그래야 산다. 우산공장 하는 박씨에게는 일년 365일 내내 비가 내려도 좋으리라. 각종 부정과 범죄가 없다면 경찰관들도 사실상 할 일이 없어져 버려 결국 사표를 내야 한다. 법관들도 송사가 많이 일어나야 한다. 그래야 할 일이 있게 되고, 자기 직분이 유지된다. 또 후세에 귀감이 될 명판결도 내릴 수 있으리라. 의사들에겐 환자가 많이 발생해야 한다. 환자가 없으면 병원은 텅텅 비고 그들은 할 일이 없어져 결국 굶어 죽어야 할 노릇이리라. 장군들에겐 전쟁이 일어나야 한다. 그래서 전쟁을 승리로 이끌어 후세에 명장으로 이름을 남기게 될 것이다. 위대한 정치가는 난세를 만나야 한다. 그래야 자기 수완을 발휘하여 난세를 평정하고 불후의 업적을 쌓는 영웅이 될 수도 있으리라.

과학자들 중에는 뭐니뭐니 해도 핵 원리를 처음 발견한 사람들이 가장 뛰어난 천재로서 인류의 촉망받는 사람이 되었다. 그리하여 무서운 원자탄 수소탄 같은 핵무기들이 연달아 나오게 되었다. 지금도 이런 대량 살상 무기들을 만들어내기 위해 연구에 연구를 거듭하고 있는 사람들이 가장 대우를 받고 가장 많은 보수를 받고 있는 세상이다. 내가 생각하기엔 핵원리를 처음 발견한 사람은 백 번쯤 교수형에 처해도 그 죄를 다 씻을 수 없으리라. 그러나 그들은 인류의 촉망 받는 위인이 되었다. 알고 보면 그들은 열어선 안 될 판도라 상자를 열어 본 악동들이다. 언제나 철없이 놀고 있는 인류의 종말을 앞당기는 데 기여한 사람이다.

온 세상 사람들이 모두 착하고 올바르기만 하다면 결국 종교도 설 자리가 없으리라. 성직자나 승려들은 딱 굶어 죽기 알맞을 것이다. 다행히 이 세상엔 나쁜 놈들이 더 많아 못된 짓 실컷 하다가 번뇌로 머리통이 터질 듯이 아파 올 때 참회의 눈물을 찔끔찔끔 짜면서 종교를 찾아온다. 그러면 승려들은 그들을 다독이고 위로하며 받아들인다.

그리고 그들이 갖다 바친 돈으로 먹고 살아간다. 살아선 그들에게 신자로서 훌륭한 직급을 주어 더욱 신앙심을 독려하고, 죽어선 천국행을 보장해 준다고 말한다. 결국 승려들은 그들이 바친 돈으로 엄청난 재산을 모으기도 하고 잘 먹고 잘 살아 디룩디룩 살이 찌고, 풍채도 좋고, 밤마다 아내를 취하며 살아간다. 나 같은 못난이가 그들의 얼굴을 바라보고 있노라면 웃어야 할지 울어야 할지를 몰라 한참 정신이 멍멍해질 때가 많다.

그러나 어쨌든 이 세상 또 다른 한편에서는 예술가들이 오늘도 분주히 움직이고 있다. 예술가들이란 원래 생명력의 약동과 사람이 산다는 기쁨 자체를 찬미하는 자들이기에 그들은 이런 세상사 모든 것을 시(詩)적으로 표현하기를 좋아한다. 사람의 삶이 비록 영원히 만족할 줄 모르는 욕망을 추구해 마지않는 어리석은 존재일지라도 그건 생명의 본성에서 우러나온 생명력 추구의 아름다움이기도 하다.

인간이 애욕에 눈이 멀어 거의 이성을 가눌 수 없다든지 사랑에 미쳐서 거의 광분할 정도로 열중한다든지 하는 연애 사건이라도 일어나면 우리는 지대한 관심을 가지고 바라보지 않는가. 그것은 즐거운 이야기 거리가 될 만하고 또 오랜 기억 속에 잊혀지지 않고 남을 만한 것이다. 그건 모두 우리 인간 구미에 맞는 것들이기 때문이다. 사랑에 빠져 허우적거리는 사람들마다 '내 사랑이여 영원히' 라고 탄식을 늘어놓는다. 물론 인간이 애정의 감정을 품는 것 자체를 나쁘다고 할 수는 없는 일이고, 또 거긴 어떤 제동장치를 부착시킬 수 있는 것도 아니어서 막을 길이 없다. 또 인간이면 누구나 언제 자신도 애욕을 향해 덤벼들 한 마리 불나비가 될지 알 수 없는 노릇이다.

그래서인지 어떤 가수는 노래 속에 '사랑은 무죄 무죄…' 를 연발하며 노래한다. 하여튼 우리 욕망의 구조가 영원히 달성할 수 없는 목표라도 끊임없이 추구하는 본성을 지니고 있는 것을 보면 어찌할 것인가. 그것이 어리석은 짓이든 현명한 짓이든 욕망이 뻗어나가는 길은 한이 없는데, 또 그것이 중생이 산다는 것의 전부가 되게 되어 있는데.

그렇긴 하지만 시간은 언제까지나 우리들을 기다려 주진 않는다. 건강이 항상 우리를 지켜주지 않기 때문이다. 더구나 건강한 자일수록 술에 약하듯이 이 세상에서 원 없이 퍼마신 꿈의 술잔에 우리의 몸과 마음은 더 쉽게 망가질 수 있다. '아직도 할 일이 태산 같은데' 하며 아쉬워 하지만 운명의 선고는 가혹하다. 우리의 목숨이 병고에 지치고 온몸에 기력이 쇠하다 보니 만사를 쉬고 싶어한다. 체력이 따라주지 않기 때문이다.
　셰익스피어의 작품에 보면 인생을 7막극으로 나누어 표현하는 재미있는 시(詩)가 있다.

　　이 세상은 온통 하나의 무대이고,
　　그리고 뭇 남녀들은 한낱 배우에
　　지나지 않소.
　　등장하는가 하면 퇴장하기도 하구요.
　　한 사람이 일생에 여러 역을 맡아 하는데,
　　그의 연극을 7막으로 나눌 수 있지요.
　　일막은 유아역,
　　유모 품에 안겨 침을 흘리며,
　　울고 보채는 역이지요.
　　다음 막은 투덜대는 학동역,
　　가방을 메고 환한 얼굴로 달팽이처럼
　　느릿느릿 가기 싫은 학교에 가지요.
　　그 다음은 애인 역할,
　　용광로처럼 한숨을 내뿜으며
　　애인의 미목(眉目)에 바치는 애처로운
　　노래를 짓고.

그 다음엔 군인역,

해괴한 악담만 늘어놓고,

수염은 표범을 닮았고,

명예를 탐내고,

핏대를 올려 걸핏하면 싸우려 들고,

물거품 같은 명예를 찾아

대포 아가리 속도 마다않고 뛰어들지요.

다음은 법관역인데,

두둑한 뇌물 덕분에 그럴 듯하게 배가 나오고,

엄한 눈초리에 결식대로 수염을 깎고

격언이나 케케묵은 실례를 늘어놓기가 일쑤지요.

이렇게 지껄이다가 막이 바뀌어 6막이 되면

등장하는 것은 슬리퍼를 신은

수척한 광대노인,

콧등에 안경을 걸친 채,

허리엔 돈주머니를 차고

젊었을 때 아껴 둔 바지가

이젠 너무 통이 커서

오그라든 정강이에 꼴불견이요,

사내답던 굵은 목소리가

애들같이 가는 목소리로 돌아가서

피리소리나 휘파람소리처럼 들린다오.

이 별스럽고 파란 많은 인생극의 최종막은

제2의 유년기요 완전한 망각일 뿐.

이도 다 빠지고 눈도 안 보이고,

밥맛도 없고, 매사가 다 허무이죠.
— 세익스피어의 〈뜻대로 하세요〉에서

한 때는 싸우기를 좋아하던 우울한 마음이여!
박차로써 너의 열정을 채찍질하던
희망도 이제는 너에게 가려고 하지 않는다.
부끄러움도 소문남도 거리끼지 않고
딩굴고 자빠짐이 좋으리.
한 발자국마다 무릎을 꿇는
늙어빠진 나귀여.

내 마음아 잊어 버림이 좋으리라.
짐승과 같은 졸음 속에 잠들거라.
싸움에 지고 다리를 절룩거리는
늙은 도둑놈아.

너에게는 이미 사랑이란 아무 매력도 없는
단순한 싸움에 지나지 않는다.
그러면 나팔소리여,
후류트의 한숨이여, 향락이여,
이제는 더 이상 이 어둡고 외로운
마음을 꼬이지 말아다오.

향긋한 봄은 그 향기를 잃어버리고 말았다.

때는 1초 1초 나를 침식한다.

한없는 흰눈이 내려 몸뚱아리를
폭폭 삼켜 버리고 말듯이,
나는 높은 곳에서 무심코
이 둥근 지구를 내려다본다.
그러면 이미 나는 그곳에서
숨어 살 수 있는 오막살이조차
구하지 못한다.

눈 허물어짐이여,
내 몸뚱아리를 채여가다오.

— 보들레르 시 〈허무의 내음새〉 중에서

애절히 바라던 세속의 영화도,
한 때의 꿈이런가 어느덧 사라지네.
사막 모래 위에 내려앉은 눈송이,
아차 하는 순간에 온데간데 없다네.

— 오마르카이얌 〈루바이야트〉에서

　부귀를 쌓아 올렸던 사람도, 권력을 움켜쥐었던 사람도, 불가피한 죽음은 기다린다. 사랑도 증오도 이젠 다 그만두어야 할 시간이다. 죽음은 보이지 않는 손으로 위대한 힘을 발휘하여 우리를 망각의 낭떠러지로 떨어뜨린다. 그 한계를 알 수 없고 그 깊이를 측량할 길 없는 망각의 밑바닥으로 우리를 떨어뜨린다.

거긴 좋은 것도 나쁜 것도 다 잊어지기는 마찬가지인 평등한 곳이다. 거긴 잘난 것도 못난 것도 다 무효화 되기는 마찬가지인 평등한 곳이다. 거긴 부자에게도 가난뱅이에게도 돈이 쓸 데 없기는 마찬가지인 평등한 곳이다. 이 지상에선 이루어질 수 없던 절대평등이 바로 거기서 이루어진다. 거기선 이 세상의 상대성 시비가 안개 걷히듯 걷히고 비로소 절대평등이 이루어진다. 거기선 누가 선하고 누가 악한가를 따지지 않는다.

이제 선과 악이 알 수 없는 하나로 통합되기 위해 마침내 육체는 힘없이 넘어져 버리고 만다. 그동안 인생을 두고 생각하고 또 생각해도 망상 밖에 되지 않던 그 생각들을 이제 그만 쉬어야 한다. 마치 이제까지 신나게 추던 봉산탈춤을 그만 두듯이 쉬어야 한다.

보라, 생명은 간 곳이 없다. 마치 어느 그림자가 사라지듯이. 어찌 그림자가 오고 간 곳이 있겠는가. 그건 본래 실체가 없는 것인데. 이 세상 모든 존재들이란 각자 꿈꾸는 자의 꿈의 그림자로 나타났을 뿐인데. 그 꿈은 실체가 없는 것인데. 그러나 우리는 아직 그 꿈을 깨지 못했으니, 그래서 아직 마음 속에 미련과 정감이 남았으니 먼저 간 자의 무덤 앞에 이렇게 묘비명을 새겨두어도 좋으리라.

"여기 용사가 하나 누워 있다. 꿈의 전투장에서 장열한 최후를 마치고."

(월간 『동두천문학』 2000년 10월호)

눈(眼)의 작용(作用)과 작위(作爲)
- 나의 유식론(唯識論) ①

※ 유식사상은 불교교리의 근간(根幹)을 이루는 사상이다. 이것을 오늘날의 시
대감각과 과학적인 사고에 맞추어 논해 보았다. 우리의 눈 · 귀 · 코 · 혀 ·
몸 등 오관에서 나온 감각들이 어떻게 작용하여 인간의 의식들을 만들어내
는지 또, 그 의식들이란 무엇인지 그것을 알아보기 위한 것이다.

장엄한 일출과 함께 이 지상에 광명이 찾아온다. 태양이 솟아오르면
서 온 세상이 밝아진다. 어둠은 물러가고 삼라만상이 태양빛을 받
아들여 탄소동화 작용을 시작한다. 이 지상에 살아 있는 자라면, 감성이 있
는 자라면 누가 태양빛을 싫어하랴. 밝은 태양빛이 없었으면 우리 인간들은
아마 밝음이라는 개념조차 몰랐으리라. 그래서 우리는 태양의 고마움을 절
감하고 또 한 번 태양을 찬탄하여 이렇게 정의(定義)를 내릴 수 있으리라.
"태양은 찬란한 광명이다"라고. 아마 여기에 아무도 이의를 제기하는 사람
은 없으리라.

그런데 우리는 여기서 이상한 문제 하나에 부딪치게 된다. 부엉이의 눈은
태양빛이 빛나는 동안 앞을 보지 못하고 장님이 된다. 눈을 뜨고도 물체를
보지 못한다. 낮 동안 내내 나뭇가지에 앉아 커다란 눈을 휘황하게 번들거
리면서 앞을 보지 못한 채, 꼼짝도 못하고 머물러 있다. 사람으로 말하면 눈
뜬 장님인 것이다.

향락에서 해방된 인간은
슬픔도 공포도 없다

긴긴 낮 동안을 캄캄한 암흑 속에 앉아 있다. 밤이 오기만을 기다리며 꼼짝도 못한다. 이윽고 태양이 서산에 지고 어둠이 찾아오면 부엉이는 그 특유한 소리로 기쁨의 괴성을 지르는 것을 산 속에선 들을 수 있다. 그건 마치 "아 기쁘도다, 암흑 세계가 물러가고 광명 천지가 왔도다" 하는 듯이.

부엉이 눈은 햇빛 없는 어둠 속에서만 사물을 밝게 볼 수 있다. 어둠 속에서만 장애물에 걸리지 않고 자유자재로 날며 먹이 사냥을 한다. 인간의 눈에는 태양이 솟아올라 빛의 파장이 몰려오면 밝은 세상이 되지만, 부엉이에겐 빛의 파장이 몰려오면 어두운 세상이 된다.

인간의 눈에는 태양빛이 광명이지만 부엉이 눈에는 태양빛이 암흑이다. 인간과 부엉이가 서로 만나 논쟁을 벌인다 하자. 인간은 '태양은 광명이다' 주장하고, 부엉이는 '아니다 태양은 암흑이다' 주장한다 하자. 결론이 나겠는가? 영원히 결론이 나지 않을 것이다.

부엉이 눈의 작용으로 보면 부엉이 말이 옳다. 또한 사람의 눈의 작용으로 보면 사람의 말이 옳다. 각자 생리가 다르고 각자 눈의 작용이 달라서 그런 것이다. 그래서 각자 눈이 다르게 밝음을 만들어낸다. 어쩔 수 없이 "인간의 눈으로는 태양은 광명이다" 하는 의식적 판단이 내려지고, "부엉이 눈으로는 태양은 암흑이다" 하는 의식적 판단이 내려진다. 여기서 누구의 의식이 올바른 판단인가? 하는 결론을 내린다는 것은 불가능하다. 이렇게 서로 다르게 만들어내는 밝음이란 무엇일까? 동물들은 야행성 동물이 많다. 야행성 동물들의 눈의 망막은 간상세포로 되어 있다. 그 간상세포 속엔 로돕신(rhodopsin)이라는 색소 단백질이 들어있는데, 그 로돕신이 많을수록 희미한 어둠 속에서 사물들을 더 똑똑히 잘 볼 수 있다. 인간들에겐 어둠침침한 밤의 세계가 그들에겐 더 밝은 세상이 된다. 그래서 야행성 동물들은 밤에 사냥하는 것이다.

박쥐들은 아예 눈이 없다. 애초부터 시각을 갖지 않고 태어난 동물이다.

그들은 초음파를 발사해서 장애물을 알아내고 그것을 피해 자유자재로 날며 불편 없이 활동한다. 누가 그들에게 밝은 광명이란 이러이러한 것이라고 설명해 준다 하자.

그들이 그것을 이해할 수 있을까? 그들은 그것을 전혀 이해하지 못할 것이다. 애초부터 그런 감각을 타고 나지 않았고 느껴 보지 못했기 때문이다. 감각으로 느껴 보지 못한 세계를 어찌 이해할 수 있을 것인가. 그래도 광명이란 이런 것이라고 자꾸 설명하면 그들은 어떻게 할까. 자기에게는 없는 그런 감각이란 어떤 것일까 하고 이것저것 상상해 보기로 하리라. 그러나 끝내 알 수 없으리라.

그들은 밝음과 어둠을 둘로 다르게 보는 개념조차 없을 터이니 박쥐에겐 해가 뜨거나 지거나 세상이 밝거나 어둡거나 상관없이 살 수 있다. 그들은 세상을 밝음과 어둠으로 둘로 나누지 않는다. 그래서 그들에겐 밝음이 어둠이고 어둠이 곧 밝음이다. 밝음과 어둠이 둘이 아닌 하나인 것이다. 인간의 생각으론 박쥐들은 얼마나 답답할까 상상해 보기도 하겠지만 애초에 그런 감각이 없었기 때문에 그것을 잃었다는 상실감도 갖지 않으리라.

이 세상이 밝음이 되든 어둠이 되든 박쥐에겐 마찬가지다. 밝음과 어둠이 둘이 아닌 하나이기 때문이다. 이 세상 만사가 필경 하나로 돌아간다는 종교적인 말과 같이.

더구나 박쥐들이 부엉이 족속과 인간 족속이 서로 '태양은 암흑이다.' 아니다 '태양은 광명이다' 하며 논쟁하고 있다는 말을 전해 들으면 그들은 뭐라고 말할까? 박쥐는 아마 '참 별것을 다 가지고 다투고 있구나' 할 것이다. 왜냐하면 박쥐들은 밝음과 어둠이 둘로 나누어지지 않는 세계에 살고 있기 때문이다. 그들은 밝음과 어둠을 둘로 나눌 필요가 없다. 그것이 그들의 신체 감각 생리다. 그래서 박쥐들은 인간과 부엉이를 향해 이렇게 말할 수 있으리라.

"우리에겐 어둠이 곧 밝음이고 밝음이 곧 어둠이다."

그리고 덧붙여 이렇게 말하리라.

"너희들 부엉이와 인간들의 현실은 항상 밝음과 어둠이 둘로 나누어지는 기로에서 갈등해야 할 처지에 있다. 밝음을 좋아하고 어둠을 싫어하는 기로에서 갈팡질팡해야 한다. 우리는 밝음이 되든 어둠이 되든 상관없다. 태양이 있어야만 밝음이 되는 인간들아, 너희들이 한 때 태양을 신으로 숭배했던 신앙이 있었다는 걸 나는 이해할 것 같다. 그리고 태양이 없어야만 밝음이 되는 부엉이들을 이해할 수 없어서 이단의 귀신들 같다고 경멸하던 너희들 심정을 이해할 것 같다."

박쥐에겐 밝음과 어둠을 둘로 나누어 보는 그러한 개념조차 없을 터이니 '이것이 밝음이다.' 아니다. '저것이 밝음이다' 하는 논쟁 자체가 공연하고 무의미한 것이다. 그런 논쟁이 그들에겐 아무 의미도 없는 것이 된다. 그러나 사람의 눈은 해가 떴을 때 밝게 볼 수 있고 부엉이 눈은 반대로 해가 졌을 때 밝게 볼 수 있으니 서로의 눈의 작용이 다른 것이다. 밝음도 어둠도 각자 눈의 작용에서 나온 것이 틀림없다. 각자 눈의 작용에서 만들어내는 감각인 것만은 사실이다. 그 감각 속에 우리는 유희한다. 그것이 우리의 삶이다.

밝은 세상이 된 것은 그 원인이 태양이 떠 있기 때문이라고 우리는 생각하고 말지만 그보다 더 근본적인 원인은 인간의 눈이 그렇게 작용하기 때문이다. 부엉이는 해가 떠 있는데도 어두우니 그건 부엉이 눈이 그렇게 작용하기 때문이 아니던가. 그 눈의 작용이 밝음을 출현시키기도 하고 어둠을 출현시키기도 한다. 우리 눈이 고장나서 맹인처럼 눈이 작용할 수 없으면 아무리 해가 중천에 떠 있어도 세상은 암흑일 뿐이다.

두더지 눈은 거의 퇴화하여 보이지 않는다고 한다. 그들의 생활 무대가 땅 속에서 땅 속으로 이어지다 보니 눈의 작용이 필요 없게 된 것이다. 그들이 눈을 쓰지 않아도 다른 감각들이 훌륭해 먹이를 잡는 데는 하등 불편을 느끼지 않는다. 하여튼 두더지 신체 생리엔 시각이 필요 없어 사용하던 눈의 감각 하나를 없애 버린 것이다. 그래서 번거로운 감각의 짐 하나를 던 것이다. 사실 눈이라는 감각 하나를 더 달고 있는 것들은 그 삶이 그 만큼 더 복잡해진 것이다. 그래서 그들의 생존활동이 훨씬 복잡해진 것이 아닐까?

만일 두더지가 인간과 부엉이는 밝음과 어둠의 정의(定義)를 놓고 다툰다는 말을 전해 들으면 무엇이라고 말할까. 이렇게 말할지 모른다.

"나에겐 쓰다가 버린 것인데 너희들은 아직도 악착스럽게 그걸 붙들고 매달려야 한단 말인가. 너희들 현실 감각은 밝음을 좋아하고 어둠을 싫어하는 선택의 기로에 서야 한다. 참으로 많이 고달프겠다. 나는 어둠과 밝음의 한계선을 그을 필요가 없고 그래서 나는 밝음과 어둠의 대립과 차별이 없는 세계에 살고 있다. 그런데 대립과 차별이 없는 곳이 본래 너희들 마음의 고향이 아니던가."

두더지 입장에서 본다면 그런 대립과 차별은 공연한 대립이자 무의미한 차별일 뿐이다. 본래 대립될 것이 아닌 것이 너희들을 대립시킨 것이다. 너희들이 몸에 달고 태어난 고약한 시각이라는 감각 때문에 일어난 갈등이다. 항상 그 허깨비 같은 감각에 잡혀 선택해야 하는 너희들의 현실은 비참하다.

본질적인 면에서 본다면 인간이란 대립할 것이 없는 것을 가지고 대립해야 하고 차별할 것이 없는 것을 가지고 차별해야 하는 현실에 처한다. 그건 모두 허깨비 같은 감각을 따르고 있는 신체 생리작용 때문에 일어난 것이다. 인간은 그 많은 차별 감각을 따라 유희한다. 그리하여 스스로 많은 갈등 속에 있는 것이다. 그것이 인간의 삶이다. 그래서 인간의 삶은 갈등과 모순을 수반한다.

여태까지는 눈으로 인한 빛을 이야기했지만 이제는 눈으로 인한 사물들의 색채를 살펴보자. 삼라만상은 모두 자기 색깔을 가지고 있다. 그 중에 흙은 갈색이요, 나뭇잎은 초록색이다. 그건 아무도 부인할 수 없는 사실이다. 우리의 감각으로 판단하건대 그건 조금도 이상할 게 없다. 그래서 또 한 번 강조해 두자. '흙은 갈색이요, 나뭇잎은 초록색' 이라고 정의를 내려서…….

그러나 그 정의(定義)가 완전한가? 동물들은 대개 시각에 색맹이 많다. 그 중에 소도 색맹이다. 소들은 색깔들을 흑백으로만 분별한다. 그래서 삼라만상을 볼 때 흑백으로만 판단한다. 그래서 그들의 눈으로 보면 '나뭇잎은 흑색이다' 라고 정의를 내릴 수 있으리라. 우리는 그들의 눈은 색맹이니 그것은 그들 눈의 결함이요 비정상이라 할 수 있다. 또 더 정확히 말해 병신이라고 말할 수 있으리라.

그러나 그건 인간의 시각 기준에 맞추어 판단을 내린 것이다. 그들에겐 그것이 정상이다. 즉 그들의 신체 생리엔 그것이 살아가는 데 알맞고 사물을 구별하기에 편하고 살아가는 데 적당하니 그렇게 진화한 것이다. 그래서 인지 동물들은 거의 색맹이 많다 한다. 사물들을 그냥 흑백으로만 분별하는 것이다. 그러나 그들의 세계에선 그것이 정상이다. 오히려 그들은 이렇게 말할지 모른다.

"인간이란 왜 그렇게 그들 눈으로 많은 색깔들을 발생시켜서 신경 씀이 복잡하고 요란한가. 현란한 색채들에 마음이 현혹되어 그 삶이 너무 요사스럽지 않은가. 우리 소들처럼 마음이 단순하고 소박하다면 얼마나 좋은가. 마음 작용이 꼭 그렇게 복잡하고 요사스러워야만 한단 말인가. 그것은 너희들이 색채를 즐기는 요사스러운 생리를 가졌기에 오랜 세월을 통해 그렇게 진화한 것이다. 그래서 너희들 인간들이란 훨씬 많은 정신적 갈등을 겪으며 살고 있지 않는가."

평상시 우리는 그냥 '흙은 갈색이요, 나뭇잎은 초록색이다' 라고 생각하고 만다. 그렇게 하는 것이 우리의 생각과 판단에 조금도 이상할 게 없기 때문이다. 그래서 당연히 '흙은 갈색이요, 나뭇잎은 초록색이다' 라는 고정관념을 낳게 되고 거기에 굳게 집착하는 것이다. 그러나 우리가 느끼는 색채감이란 마지막 눈의 작용을 거쳐 나온 것들의 결과라는 것을 알아야 한다.

물론 사물 자체에 그러한 색깔들을 발생시킬 수 있는 요소들이 있다 하겠지만 그러나 우리가 느끼는 그런 황홀한 색채감들은 눈의 작용이 있은 다음 발생된 것들이다. 예를 들어 여기 붉은 장미꽃이 한 송이 피어 있다. 장미꽃이 붉은 원인이 어디에 있는가. 장미꽃 자체에 있는 것이 아니고, 좀 더 근원적인 원인은 우리 눈의 작용 때문에 있는 것이다. 소의 눈의 작용은 붉은 장미꽃 색깔을 흑색으로 만든다.

인간도 황달 든 사람의 눈에는 사물을 노란색으로 만들어 놓는다. 색맹인이 칠색 무지개를 보면 흑백 무지개로 만들어 놓는다. 또 정신이 너무 큰 충격으로 놀랄 때 눈 앞의 세상이 캄캄해져 버린다.

우리도 평상시 생체리듬에 따라 만물의 색깔이 달라 보이지 않는가. 그래서 우리가 인식하는 삼라만상의 색깔들은 눈의 작용에서 그때그때 만들어 내는 것이라고 해야 더 정확하다. 밝음도, 어둠도, 색깔도, 모두 우리 눈에서 나온다. 우리 눈이 그렇게 작용하고 작위(作爲)하기 때문이다.

다시 말하면 우리가 인식하는 가지가지 색채들이란 우리 눈이 색채 작용을 일으키니까 있는 것이다. 우리 눈의 기능이 약간 고장나 색맹이 되는 경우가 있다. 그렇게 되면 눈의 작용에서 색채를 일으키지 못하니까 사물의 색깔이 흑백으로만 되어 보인다. 그렇다. 모든 사물의 색채감 이것은 우리 눈이 만들어낸 생산물이다.

아주 작은 미생물이나 박테리아들에게 눈이 있다면 그들은 체구가 작아 그 시계(視界)가 좁은 만큼 사물의 세밀하고 정밀한 부분까지 볼 수 있으리라. 그들이 인간의 고운 피부를 보고 나면 어떨까. 그러니까 미인의 흰 대리석 같은 고운 피부가 그들의 눈엔 커다란 구렁이 비늘이나 또는 악어 껍질을 보는 것 같을지 모르겠다.

그렇다면 어떤 것이 미인 피부의 진짜 모습이라 할 수 있을까. 피부의 땀샘 하나가 깊은 계곡 옹달샘이 되고 다른 땀샘을 향해 가야 한다면 높은 구릉을 넘어야 할 것이다. 그러면 그들이 인간 피부를 두고 생각하는 개념이나 판단하는 관점은 어떻게 될까. 곱고 매끈한 사람 피부는 털이 나서 수목들처럼 보이고 피부 표면은 매우 거칠고 험준한 강산이 될 수 있으리라. 왜냐하면 모든 것의 개념이 나오게 된 것은 그렇게 보이는 보임새에서 나온 것이기 때문이다.

우리가 사물을 눈으로 봄에 있어서 사물의 본체는 인식되지 않는다. 우리는 다만 껍데기를 보는 보임새를 보는 것에 불과하다. 그리하여 그 보임새는 개념을 만들어낸다. 우리 눈이 빛·색채·형태들을 볼 때 진짜 알맹이나 그 내면을 보는 것이 아니라 그 껍데기 보임새를 보는 것이므로 그것은 본체를 보는 것이 아니다.

그것은 다만 눈이 만들어내는 보임새에 의한 개념들이요 관념들일 뿐이다. 우리가 그 개념이나 관념을 통해 사물을 안다고 생각하고 있다면 그건 잘못된 판단이다. 그것은 진실로 아는 것이 아니다. 그것은 모두 그때그때 감각에서 오는 겉모습인 만큼 스쳐가는 그림자요, 허깨비요, 바람이요, 전기 기운 같은 것이다. 또한 이렇게 감각작용의 순간을 통해 탄생한 것들은 전기 기운같이 한 순간 사람의 마음을 자극하고 놀라게 하지만 그것은 꿈결같이 일어나서 모두 시간 속으로 사라져 버리는 것이어서 우리는 꿈을 꾸고 있는 것이 된다.

혹자는 삶은 꿈이 아닌 엄연한 현실이라고 하지만, 우리가 현실 속에서 무엇을 안다고 하는 것은 전부 감각들의 알음알이로부터 오는 것인 만큼 그 감각적으로 아는 것은 실질을 아는 것이 아니다. 다시 말하거니와 감각들은 마치 허깨비처럼, 그림자처럼, 바람처럼, 전기 기운처럼 정처없이 우리를 스치고 지나가며 우리의 본성을 미혹케 한다. 우리는 그 감각들의 유희 속에 있다. 그것이 우리들의 삶이다.

우리는 이렇게 사물들의 내면을 볼 수 없고 겉으로 나타난 껍데기를 보는 것이다. 또 껍데기라는 것도 보는 자의 눈에 따라 이런 보임새를 보여주기도 하고 저런 보임새를 보여주기도 했다. 그건 사물의 실체를 보는 것이 아니었다. 또 색채도 보는 자의 눈의 작용에 따라 이 색깔이 되기도 하고 저 색깔이 되기도 함을 보아왔다. 그런 사물들의 정체란 무엇일까?

그건 필경 정해진 자기 색깔도, 자기 모양도 갖지 않는 것이었다. 알고 보면 이렇게 사물들은 정해진 자기 색깔도, 자기 모양도, 자기 의미도 갖지 않는 실로 공(空)한 것들이다. 참다운 자기 실체가 없으면서도 있는 듯이 나타나 보이는 것이다, 각자 감각작용으로 인해.

色卽是空　空卽是色　無眼界

(월간 『동두천문학』 1999년 7월호)

귀(耳)의 작용(作用)과 작위(作爲)

— 나의 유식론(唯識論) ②

소리란 무엇일까? 소리란 모든 물체가 진동할 때 발생하는 음파가 귀청을 울리어 일어나는 청각이라고 한다. 그러나 아무리 물체가 진동하고 거기서 나오는 음파들이 몰려와도 우리의 귀라고 하는 기계가 고장나서 작용할 수 없다면 소리란 없다. 사람 중에는 선천적으로 완전한 귀머거리로 태어난 사람이 있다. 이들은 비 온 날 공중에서 세상을 뒤엎는 듯한 천둥이 울려도 온 세상이 고요하고 고요할 뿐이다. 그들에겐 소리라는 개념조차 없을 터이니 소리의 존재가 무엇인지 알 수 없으리라.

언젠가 나는 이런 사람을 본 적이 있다. 자기 아들이 여덟 살이 되어도 말을 전혀 배우지 못하자 무척 애를 태우고 있었다. 끝내 지쳐 병들어 눕게 되었다. 뒤늦게 부모들은 자기 아이가 선천적 청각 장애인임을 발견하고 농아학교에 보내게 되었다. 이 아이는 세상에 태어나서 소리라는 것을 들어 본 적이 없으니 또한 사람의 말소리도 들었을 리 없다. 그러니 자연 말을 배울 리 없다. 이 아이의 마음 속에나 정신작용 속에는 소리라는 존재가 전혀 없는 것이다.

모든 물체들이 진동하고 거기서 발생한 음파들이 아무리 몰려와도 귀가 작용하지 못하면 그냥 고요할 뿐 소리란 없는 것이 된다. 결국 우리가 알아 듣는 모든 소리는 우리의 귀가 작용하기 때문에 소리화 된 것이다. 아무리 공중에 음파가 떠돌아도 귀가 작용하지 않으면 우리는 그것을 소리로써 느낄 수 없다. 그러므로 모든 소리는 나의 귀의 작용에서 나온 생산품인 셈이다.

나는 또 어떤 대학생이 자기 아버지의 미국 여행을 앞두고 아버지가 미국에 가시면 최소한 몇 마디 생활회화 정도는 할 수 있어야 한다면서, 아버지에게 열심히 영어회화를 가르치고 있는 것을 보았다. 그런데 그 아버지는 나이 사십이 넘으면서부터 청각이 점점 약해져 지금은 거의 소리를 듣지 못하는 청각장애인이 되어 있었다. 아버지에겐 아무리 영어를 가르치려 해도 알파벳 발음도 제대로 따라 하지 못했다.

나는 이 광경을 보고 실소를 금치 못했다. 사십이 넘어서 찾아온 후천적 청각장애인이기 때문에 그 아버지는 지난날 우리말은 배울 수 있었겠지만 이제 새로 외국어를 배운다는 것은 도저히 불가능하다.

뱀들은 청각이 없는 동물이라 한다. 신체 구조상 청각을 갖추고 있지 않기 때문에 그들은 소리의 세계를 알 리 없다. 우리가 오솔길을 걸어가다가 갑자기 뱀들과 마주칠 때가 있다. 그들에게 청각이 있었다면 우리가 저 만큼 걸어올 때 벌써 발자국 소리를 듣고 몸을 숨겼으련만 뱀들은 청각이 없으니 사람이 가까이 올 때까지도 모르고 있다가 사람이 길 모퉁이를 돌아갈 때야 갑자기 사람 눈과 마주치게 된다. 그리고 서로 놀라 쏘아보게 된다. 혓바닥을 낼름거리며 사람을 쏘아보는 그 모습에 우리는 몸서리친다. 우리가 시각으로 받아들인 것 가운데 가장 기분이 언짢은 것이 뱀이다. 순간 머리 끝이 쭈뼛하고 신경의 경련이 온몸에 파급된다. 그야말로 온몸이 전율하게 되는 것이다.

그런데 이 징그러운 친구에게 분명 청각이 없다고 한다. 그래서 그들은 소리의 세계를 모른다. 누가 만일 그들에게 소리란 이러이러한 것이라고 설명한다면 그들은 소리의 세계를 이해할 수 있을까. 끝내 이해가 불가능할 것이다. 애초부터 몸에 타고나지 않았고 전혀 느껴볼 수 없고 경험할 수 없기 때문이다.

1977년 이리(익산) 역에서 다이너마이트를 가득 실은 열차가 폭발한 사고가 있었다. 다이너마이트 하나만 폭발해도 그 소리가 엄청난데 다이너마이트를 가득 실은 열차가 폭발했으니 그 소리가 어떻겠는가. 하늘과 땅이 한 번 뒤집히는 듯했다. 멀리서 지나가던 사람들도 털썩 주저앉고 뒤로 나자빠지는가 하면 극장에서 신나게 노래하던 가수도 기절해 버렸다. 들판에 있던 소들도 놀라 껑충 뛰고 염소들도 놀라 나딩굴었다.

그때 근처에 한가로이 또아리를 틀고 일광욕을 즐기던 뱀이 한 마리 있었다. 뱀은 생각하기를 아니 무슨 일이기에 소와 염소들이 저 모양일까? 궁금증을 견디다 못해 뱀이 소에게 물었다.

"그대는 갑자기 무슨 지랄발광이 난 건가" 하고.

그러자 소가 어이가 없다는 듯이 말했다.

"아니 너는 방금 그 무시무시한 폭발음을 듣지 못했단 말인가?"

그러자 뱀이 대답했다.

"그대는 무슨 헛소리를 하고 있는 건가. 이 천지가 생겨난 이래로 우리에겐 아직 태고 적 고요가 한 번도 깨뜨려진 적이 없다. 우리는 지금도 그 고요를 그대로 누리며 살고 있다. 그런데 그대가 말한 그 엄청난 폭발음이란 무엇인가. 우리는 도무지 이해할 수 없는 것이지만, 하여튼 너희들은 참으로 이상한 감각 하나를 몸에 달고 다니는 모양이구나. 그게 무슨 귀신 붙은 감각이기에 그토록 놀라 겁에 질려야 한단 말인가? 너희들이야말로 참으로 불쌍한 생명들이다. 그에 비하면 우리 뱀들은 얼마나 다행한 일인가."

만일 그들의 대화를 인간이 엿들었다면 인간의 입장에서 무어라고 한 마디 할 수 있었겠는가?

"멍청한 것들 너희들 뱀들이 어찌 바이올린 현에서 나오는 아름다운 선율을 맛볼 수 있으며 명주 실오라기에서 풀려나오는 가야금 산조를 어찌 감상할 수 있겠는가. 봄이면 황금 꾀꼬리가 내는 아름답고 명랑한 목소리를 어찌 너희들이 즐길 수 있겠는가?" 할 것이다.

무슨 동물인지 그 이름은 잊었지만 지진이 나려고 하면 그들은 며칠 전부터 이동을 한다든지 이상한 반응을 보인다는 동물이 있다고 한다. 그래서 중국의 옛 사람들은 이 동물이 행동하는 것을 보고 지진이 날 것을 예측하였다 한다. 그들은 우리 인간이 갖지 않은 무슨 감각을 몸에 가지고 있기에 아무도 예측할 수 없는 지진의 발생을 미리 아는 것일까?

비둘기들을 상자 속에 넣어 시야를 가린 다음 서울에서 부산까지 차로 옮긴다. 그리고 부산에서 비둘기들을 날려보낸다. 그러면 그들은 서울집을 정확히 찾아온다. 그들은 우리가 갖지 않은 무슨 감각을 하나 더 가진 것일까? 인간은 다섯가지 감각기관을 가지고 있다. 눈·귀·코·혀 그리고 몸의 촉감 등을 가지고 있다.

그런데 뱀들은 다른 동물이 가지고 있는 귀라는 감각기관을 가지고 있지 않다. 그래서 소리의 세계에 대해선 완전 공백상태에 있다. 혹시 다른 어떤 동물이 우리 인간이 갖지 않은 이상한 감각기관을 가지고 있다 해도 우리는 그 감각이 어떤 것인지 전혀 알 수 없고 어떻게 상상해 보기도 불가능하다. 마치 뱀들이 소리라는 감각을 느낄 수 없어 소리의 정체를 전혀 알지 못하듯이.

우리가 사물들을 알고 판단하는 것은 눈·귀·코·혀·몸의 이 다섯가지 감각에 의해서다. 이 다섯가지 감각을 통하지 않고서는 우리는 여기 놓인 돌 하나가 무엇인지도 알 길이 없다. 우리는 감각 이외의 것으로 사물을 알고 판단하는 것이 아니다. 우리들이 무엇을 지각한다는 것은 결국 감각이 그 뿌리가 되어 그것으로 느끼고, 생각하고, 판단하고, 인식하는 것이다. 그 것이 우리 의식작용의 전부다.

여기 인간과 뱀이 서로 만나 논쟁을 벌인다 하자. 인간은 "이 세상이란 가지가지 소리로 시끄러운 곳이다"라고 말하고 뱀들은 "아니다. 이 세상이란 항상 변함 없이 고요하고 고요한 곳이다"라고 말한다면 누구의 말이 옳겠는가? 인간의 감각으로 판단한다면 인간의 말이 옳다. 그리고 뱀들의 말이 틀렸다. 그러나 뱀의 감각으로 판단한다면 뱀들의 말이 옳다. 그리고 인간의 말은 틀렸다. 옳고(是) 그른 것(非)이 이렇게 서로 감각의 차이 때문에 생겨나게 될 뿐임을 알게 된다면 우리가 서로 "내 말이 옳다. 내 말이 진리다" 하고 논쟁하는 것이 얼마나 부질없고 공연하고 무의미한 것인가를 알 것이다.

또한 소리가 있고(有) 없는 것(無)도 마찬가지다. 귀의 감각이 만들어내기에 따라 있는 것이 되기도 하고 없는 것이 되기도 하여 상대적인 유무(有無)로 나누어진 것이다. 결국 우리 마음이 소리 감각에 물든 결과인 것이다. 소리의 본체로 본다면 그건 유라고 말할 필요도 없고 무라고도 정(定)할 필요가 없다. 그러니까 유무로 나누어지지 않는 것이 소리의 본체(本體)이다.

그러나 내 마음이 소리감각에 물들다 보니 인간의 감각엔 소리라는 것이 있는 것이 되고 뱀의 감각엔 소리라는 것이 없는 것이 된다. 그러나 있다는 둥 없다는 둥 말하는 것은 아직 소리가 무엇인지 그 비밀을 알아서 하는 말이 아니다. 소리 감각의 그림자를 따라다니다 보니 그렇게 분별하고 차별하여 거기에 집착하는 것일 뿐, 소리의 본체는 있고(有) 없고(無) 것에 속하지 않고 그런 상대성에도 떨어지지도 않는다.

언어로 표현하기 불가능하지만 부득이 말로 설명하자면 모든 소리의 본성은 공(空)하다. 소리는 오히려 자기 성질도 자기 의미도 가지고 있지 않다. 다만 듣는 자의 마음 따라 그러니까 소리를 받아들이는 자의 느껴짐에 따라, 듣기 좋은 소리, 듣기 싫은 소리, 아름다운 소리, 두려운 소리, 높은 소리, 낮은 소리 등 가지가지의 소리의 품성이 정해진다.

아무리 좋은 음악이 울려도 내가 아무 감흥 없이 무심히 지나치면 그게 무슨 좋은 음악이 되겠는가. 그것은 아무 의미가 없는 것이요, 그건 좋지도 나쁘지도 않은 것이다. 소리 자체에 무슨 뜻이 있겠는가. 소리가 사람의 마음에 와 닿아 어떤 느낌을 주지 않는다면 소리 있는 것과 없는 것이 무엇이 다르리요. 또 소리가 사람의 마음에 인식되지 않는다면 있는 듯 마는 듯한 것이리라. 소리가 사람의 마음에 부딪쳐 감정이 생겨나는 작용을 하니 비로소 소리가 존재하는 것이 되었을 뿐이다. 만일 사람의 마음이 작용하지 않는다면 소리만으론 아무런 존재 의미가 없는 것이다. 그래서 소리 자체만으론 아무런 자기의 의미가 없는 공성(空性)이다. 그러므로 소리 있는 것과 없는 것이 무엇이 다르리요.

聲卽是空　空卽是聲

(월간 『동두천문학』 1999년 8월호)

코(鼻)의 작용(作用)과 작위(作爲)

— 나의 유식론(唯識論) ③

이번에는 냄새라는 것이 무엇인지 살펴보자. 모든 냄새는 코의 작용인 후각으로 알아낸다. 그러니까 후각은 지금 내 앞에 있는 사물, 그 대상을 파악하는 데 없어서는 안 될 중요한 기능을 하는 것이다. 그것이 싱싱한 것인지 부패한 것인지 파악하고 탐지하는 촉수 역할을 한다. 그래서인지 코는 모든 동물의 얼굴에서 가장 중심 부분에 위치한다. 안테나처럼. 그리고 그 사람의 용모를 평가하는 척도가 되기도 한다.

귀가 못생긴 미인이 있다고 생각해 볼 수 있겠으나, 코가 못생긴 미인이 있다고는 상상해 볼 수도 없다. 그것이 중앙에 놓여있기 때문에 코의 모양이 볼 품 없으면 전체 모양에 영향을 끼친다. 사람이 걸어갈 땐 코가 제일 앞서가는 셈이다. 그래서 꼭 와야 할 사람이 나타나지 않을 때는 코빼기도 안 보인다고 말한다. 어디를 가나 큰 코 다치지 않도록 하라는 말도 있지 않은가. 또 아주 가까운 거리를 두고 말할 때는 엎어지면 코 닿을 곳이라 말하기도 한다. 왜, 엎어지면 손닿을 곳이란 말을 쓰지 않고 코 닿을 곳이라 할까. 사람의 존재를 이야기할 땐 이렇게 코가 제일 먼저 튀어나온다.

"클레오파트라의 코가 조금만 납작했더라면 세계 역사가 달라졌을 것이다"라는 등 이렇게 코가 세계 역사까지 운운하는 걸 보면 코는 확실히 인간의 심벌인 모양이다. 클레오파트라는 고대 이집트의 여왕이다. 그가 이집트를 통치하고 있을 때 로마의 장군 시저가 군대를 이끌고 이집트를 정복했다. 그러나 클레오파트라는 시저를 정복했다. 그 미모와 사랑으로써. 그 결과 로마는 정복자로서 위세를 떨치기는커녕 이집트의 우호국이 되었다. 아니 후원국이 된 셈이다.

세월이 흘러 시저가 죽고 이번에는 로마의 장수 안토니우스가 집정관으로 이집트에 왔으나 그도 역시 클레오파트라의 사랑에 포로가 되었다. 클레오파트라의 코가 조금만 납작했더라면 그건 미인이 아니라는 뜻인데 어찌 로마 장군들을 사랑의 포로로 만들 수 있었겠는가. 사랑의 포로가 된 안토니우스는 클레오파트라를 위하여 장차 이집트를 로마제국과도 대적할 수 있는 강국으로 키워보겠다는 야심에 차 있었다.

한편 로마 본국에서는 매우 분노했다. 이집트에 파견한 집정관들마다 클레오파트라의 사랑에 포로가 되었기 때문이다. 로마 본국에서는 안토니우스를 반역자로 규정하고 드디어 옥타비아누스를 이집트 정벌군으로 파견했다. 그래서 옥타비아누스 군대가 안토니우스 군대를 대파하자 안토니우스는 자살했다. 사정이 이렇게 되자 클레오파트라는 이번에는 옥타비아누스를 유혹하려 했다. 그러나 단단히 정신 차리고 온 옥타비아누스를 유혹하는 데는 실패했다. 그래서 스스로 독사에 물려 자살했다.

이야기를 하다 보니 코의 모양새에 관한 이야기들이 돼버렸다. 아름다운 코의 위력에 관한 이야기라고나 할까. 이번엔 그 본론인 코의 기능에 관해서 이야기해 보자.

코는 첫째 공기의 신선도를 탐지한다. 또, 코는 우리가 먹는 음식물의 신선도를 제일 먼저 탐지하는 탐지기다. 먹을 것이 항상 자기 앞에 갖추어져 있지 않은 짐승들의 세계에선 그때그때 항상 먹잇감을 사냥해야 하기 때문에 코의 후각이 매우 예민해야 할 것이다. 그래서 인간보다 훨씬 예민하게 진화된 것인지 모른다.

개를 데리고 초원을 산책해 보라. 초원에 한 송이 야생화라도 피어 있으면 사람은 가던 길을 멈추고 꽃을 감상한다. 사람에겐 역시 시각적인 것이 제일 먼저인 모양이다. 그러나 개는 꽃은 거들떠보지도 않는다. 연신 코를 킁킁거리며 무엇을 찾으려는 것인지 후각을 사용하기에 바쁘다. 개들은 먼 길을 갈 때도 자기 오줌을 조금씩 방뇨하여 돌아올 때는 그 냄새로 길을 찾아 돌아온다. 어떤 동물은 4km 밖에서 나는 냄새도 맡는다 한다.

물개들은 바닷가에서 몇 만 마리씩 모여 새끼들을 기르는데 잠시 자리를 비웠다 돌아와서도 수 없이 뒤섞여 움직이는 새끼들 중 자기 새끼를 찾아내어 젖을 준다. 자기 새끼가 아니면 젖을 주지 않는다. 자기 새끼만이 갖는 특유한 냄새를 감별해 내는 것이다. 거기에 비하면 사람의 후각은 무디기 짝이 없다.

한 삼십여 년 전 어느 신문에서 읽은 기사인데 냄새를 전혀 맡지 못하는 사람이 있다는 것이다. 눈으로 앞을 못 보는 장님이 있고 귀로는 소리를 듣지 못하는 귀머거리가 있듯이 코로는 냄새를 맡지 못하는 코머거리가 있다는 것이다. 이 사람은 전혀 모든 냄새를 맡지 못한다 한다. 이 사람 앞에 분뇨를 갖다 놓거나 향수를 갖다 놓거나 두 가지 냄새가 다른 점을 구별하기는커녕 이 사람 코에는 어느 사물에서도 냄새란 없는 것이 된다. 이 사람은 냄새 감각이 없기 때문에 냄새가 무엇인지 그 개념도 가질 수 없으리라. 보통 사람도 감기가 들면 후각이 많이 무디어지지만 이렇게 아예 냄새라는 개념조차 가질 수 없는 코머거리가 있다니 놀랍다.

장님에게 아름다운 장미꽃을 보여준들 무엇하겠는가. 귀머거리에게 신나는 북소리를 들려준들 무엇하겠는가. 코머거리에게 고급 향수를 선물한들 무슨 소용이 있겠는가. 코머거리에겐 이 세상에 냄새란 존재하지 않는 것이 된다. 왜 그럴까? 모든 냄새란 코의 작용이 만들어내는 것이기 때문이다. 그런데 이 사람은 코라는 기계가 고장나서 정상 작동할 수 없기 때문이다. 비록 모든 사물이 자기 냄새가 될 수 있는 요소를 가지고 있겠지만 그것이 바로 냄새인 것은 아니다. 우리가 알고 있는 냄새란 코가 작용한 연후에 발생되는 것이기 때문이다. 뿐만 아니라 똑같은 사물을 놓고도 동물마다 생리가 달라 냄새를 다르게 발생시키기 때문이다. 같은 사물을 앞에 놓고도 이 동물 코에선 이런 냄새를 발생시키는데 저 동물 코에선 전혀 다른 냄새를 발생시키기 때문이다.

더 구체적으로 말하자면 여기 최고급 불란서 향수가 있다 하자. 병마개를 열어 개 코에 가져다 대보라. 개는 깜짝 놀라 고개를 돌리거나 한 걸음 물러서서 짖어댈 것이다. 인간이 좋아하는 향수 냄새가 개에게는 매우 역한 냄새로 작용하는 모양이다. 그러나 개들은 구린내를 좋아한다. 요즈음 애완용 고급 개들은 어떤지 잘 모르지만 옛날엔 똥개들이 많았다. 어린애들이 똥을 누면 개들을 불러댄다. 그러면 개들은 이게 웬 떡이냐는 듯이 삽시간에 먹어 치운다. 그 꼴을 보고 사람으로선 아연실색할 지경이다. 개의 생리가 되어볼 수 없어 잘 알 순 없지만, 인간에겐 구린내가 매우 고약한 악취가 되지만 개코엔 구린내가 아주 좋은 냄새로 작용하는 모양이다.

재래식 화장실에 욱실거리는 구더기떼들을 보라. 구더기 생리엔 거기가 가장 좋은 낙원인 모양이다. 썩은 동물 시체에 달라붙은 파리떼나 곤충들을 보라. 도대체 그들의 후각은 어찌 된 셈인가. 사람의 코로는 도저히 받아들일 수 없는 악취가 그들에겐 분명 좋은 냄새가 되는 신체 생리를 가진 모양이다. 그들의 후각은 우리 인간의 생리엔 도저히 이해될 수 없는 다른 차원의 경지인 것 같다. 같은 사물을 놓고도 동물들은 각기 다른 후각 작용을 일으키는 모양이다. 나비가 지렁이 썩어가는 진창길에 내려앉아 무엇인가를 열심히 빨고 있다. 아니 나비 너도 그 모양이냐 꿀만 탐하는 줄 알았더니 지렁이 썩어가는 진창에서 무엇을 섭취하고 있는가? 그건 나비 생리에 맞는 그 무엇이 거기 있기 때문일 것이다.

그래서 좋은 냄새나 향기로운 냄새라고 규정짓는데 그 기준이 인간과는 판이하게 다른 것 같다. 인간은 분뇨를 놓고 가장 나쁜 냄새라고 정의(定義)를 내린다면 구더기들은 가장 좋은 냄새라고 정의를 내릴 것이다. 각자 생리가 다르고 코의 작용이 달라서 그런 걸 어찌하라. 그런 걸 보면 각 사물에 본래 정해진 냄새가 있다고 말하기보다는 동물마다 각기 자기 코의 작용에 따라 냄새가 각기 다르게 발생되는 것이 아닐까.

나는 언젠가 TV프로그램 '동물의 왕국'에서 사자가 코끼리 똥을 무척 좋아하는 모습을 본 적이 있다. 사자는 벌렁 누워 자기 등짝을 땅에 대고 연신 코끼리 똥을 가져다가 자기 배에 문지르고 온몸에 바르면서 좋아하고 있었다. 때론 너무 좋은 나머지 자기 네 발을 공중으로 휘저으며 희희낙락거리는 애들마냥 즐거워하고 있었다. 백수의 왕의 위엄도 체면도 다 잊은 채 그렇게 즐거워 하고 있었다. 해설자 설명을 들으면 사자는 코끼리 똥에서 나는 향기에 취해 그렇다는 것이었다. 그래서 코끼리 똥 냄새를 맡아보니 나에겐 향기롭지 않다.

같은 인간이면서도 나는 다른 사람들과 좀 별다른 후각을 가지고 있다. 나는 이 세상에서 소나무 향기를 제일 좋아한다. 노송이 우거진 솔밭에 들어가면 내가 금방 신선이라도 된 듯이 기분이 유쾌해진다. 소나무 향기는 나의 감각과 나의 정신작용에 청량제 역할을 한다.

물론 다른 사람들도 이 점에 있어서는 같으리라고 생각한다. 그러나 사람이 쓰는 화장품 냄새는 싫어한다. 그렇다고 그것이 지독한 악취로 느껴지는 것은 아니지만 매우 역겨워 견디기 힘들다. 어떤 사람은 화장품이나 향수 냄새를 너무 좋아한 나머지 상대가 향수냄새라도 풍기면 갑자기 "이게 무슨 냄새야" 하며 코 끝을 상대방 앞에 바짝 들이대고 코를 킁킁거리는 모습을 보여준다. 나는 눈살을 찌푸리며 그 두 사람을 바라보게 된다. 모든 사람이 좋아하는 화장품 냄새를 나는 왜 싫어하는지 알 수 없는 일이었다.

그래서 언젠가 의사에게 문의한 적이 있었다. 그랬더니 의사는 "스님의 위장에 문제가 있군요" 했다. 나는 선천적으로 튼튼한 소화기관을 타고나지 못했다. 그래서 별난 후각을 가지게 된 것인지 잘 모르지만 하여튼 나는 만인이 좋은 냄새로 느끼는 그 기준에서 벗어나 있다고 해야 할 것이다. 더러 어떨 땐 입술에 아주 빨간 루즈를 바르고 짙은 화장을 한 신도들이 내 앞에 와서 이야기할 때가 있다. 처음엔 참고 들어주지만 차차 거북스러워 슬그머니 한 걸음 뒤로 물러선다. 그러면 그 신도는 남의 속도 모르고 한 걸음 더 바짝 다가와 신나게 이야기한다. 그러면 나도 모르게 또 한 걸음 슬그머니 물러선다는 것이 그만 돌에 걸려 넘어지고 말았다.

나는 남자들이 외출할 때 향수를 몸에 칙칙 뿌려대는 모습을 보았다. 그럴 땐 그 사람을 한 번 더 쳐다보게 된다. 그리고 향수를 탐하는 사람들이 대개 호색적이라는 것을 알게 된 후부터 더욱 언짢게 바라보게 되었다. 그러나 이런 것이 내 개인적인 생리에 의한 편견일 뿐이라는 것을 나는 잘 안다. 장차 어찌 될지 누가 알겠는가. 요즈음도 향수 쓰는 남자들이 점점 늘어가는데 먼 훗날엔 남자들에게도 향수가 생활 필수품이 되는 세상이 올지 알 수 없는 일이다. 사람들이 점점 감각적인 것들에 신경을 쓰고 탐하는 것을 보면 그런 생각이 든다.

그래서 먼 훗날 사람들이 내가 말하는 말을 들으면 뭐라고 할까. 케케묵은 옛날엔 이런 말을 하는 사람도 있었구나 할 것이다. 더구나 남자들이 향수도 쓰지 않는 시대가 있었다니 참 놀랍다고 할지 모르겠다. 나는 아직까지 내 얼굴에 로션도 발라본 적이 없다. 나 같은 사람만 산다면 모든 화장품

장사들은 굶어 죽었을 것이다. 그보다는 화장품이라는 게 아예 생기지를 않았을 것이다.

어쨌든 코머거리에겐 이 세상에 냄새란 전혀 존재하지도 않는 것이요, 냄새라는 것이 무엇인지 그 개념조차 가질 수 없으리라. 그런데 왜 냄새는 존재하게 되었는가? 코의 작용이 만들어내기 때문이다. 코가 작용하지 않으면 있지도 않은 것이 코가 작용하고 나면 엄연히 있는 것이 되었다. 무(無)이던 것이 유(有)가 된 것이다. 코가 그것을 발생시키기 때문이다. 그것이 모든 냄새가 있게 된 연유다. 코의 작용으로 그것의 냄새가 존재하게 된 것이다. 그와 같이 이 세상에 모두 존재한다는 것이 오관의 감각작용 때문에 홀연히 만들어져 나와 나타난 것들이다. 그렇게 해서 그건 엄연히 존재하는 것으로 우리에게 인식된다. 그것이 이 세상 모든 존재가 존재하게 된 원인이다.

이렇게 모든 존재는 감각을 따라 발생하여 기기묘묘한 것이 되어 우리들의 마음을 동요시킨다. 그것이 차차 호기심으로 발전할 수도 있고, 그래서 사람을 동요하게 하고 요동치게 하는 것이다. 우리가 무엇을 알 수 있고 무엇을 판단할 수 있는 것이란 무엇인가. 모두 감각을 통해 출현한 것들이다. 우리는 감각 말고 무슨 다른 방식으로 무엇을 알 수 있고 판단할 수 있는 것이 아니다. 감각을 통하지 않고서는 우리는 아무것도 알 수 없고 판단할 수 없다. 그것이 우리의 인식이나 지각의 한계점인 것이다.

우리는 감각 너머에 있는 것을 알 수 없다. 헤아릴 수도 없다. 다만 우리는 감각만이 모든 것의 근본 실체가 아니라는 것을 희미하게 짐작할 뿐이다. 감각적으로 사물을 아는 것은 그 실체, 알맹이를 아는 것이 아닌 그 껍데기를 아는 것에 불과하다는 것을 짐작한다. 그러나 우리가 어떤 대상을 알 수 있는 것은 감각적인 방법뿐이다. 감각적인 방법이 아니고선 우리는 여기 놓인 돌맹이 하나도 그것이 무엇인지 알 수 없다. 다만 이 감각 뒤에는 만물의 본질인 그 무엇이 감추어져 있다는 것을 어렴풋이 짐작해 볼 뿐이다. 이 감각 뒤에 숨은 사물들의 본체를 체득한 사람을 우리는 깨달은 사람, 각자(覺者)라고 부른다.

사람의 코에선 악취가 되게 하지만 개의 코에선 구수한 냄새가 되게 하는 후각이란 무엇일까? 그건 냄새 맡는 자의 콧구멍에 따라 이 냄새가 되기도 하고 저 냄새가 되기도 하는 것이다. 더 자세히 말하자면 어떤 하나의 사물에서 풍기는 냄새가 이 코에 닿으면 향기로운 냄새라고 정의되고, 저 코에 닿으면 고약한 냄새라고 정의되는 것이다. 그래서 냄새를 받아들이는 코의 구멍 따라 서로 전혀 다른 의미가 되는 것이다.

그렇게 사물들에는 본래 정해진 자기 냄새와 자기 성질이 없는 것이다. 그것은 각자 코의 작용에 따라 생겨났다 없어지는 그러니까 본래 정해진 자기 냄새가 없지만 다만 그때그때 각자 생리의 인연 조건 따라 냄새가 만들어지는 것이다. 그것은 필경 그림자 같고, 환상 같은 것이다. 냄새란 그렇게 그 본성이 공한 것이다.

자기 성품이 없으면서도 그때 그때 있는 듯이 나타난 것들이다, 각자의 감각작용으로 인해.

無　色聲香
香卽是空　空卽是香

(월간 『동두천문학』 1999년 9월호)

혀(舌)의 작용(作用)과 작위(作爲)

― 나의 유식론(唯識論) ④

맛이란 무엇일까? 맛이란 음식물이 혀에 닿아 일어나는 감각이다. 자기 몸에 자양분이 될 수 있는 것이면 혀에서 좋은 감각을 일으켜 받아들이고 섭취하는 작용이라 할 수 있다. 그런데 생명체에 따라 꼭 같은 음식물을 놓고도 맛을 일으키는 것이 다른 것 같다. 그건 각자 신체 생리가 다르기 때문이다.

그 예로 우선 고추벌레를 한 번 관찰해 보자. 고추벌레는 고추에 구멍을 뚫고 그 속에 들어가 고추를 뜯어 먹고 산다. 사람이 고추를 먹으면 너무 매워서 혀끝이 얼얼하여 견딜 수가 없다.

그런데 고추벌레는 고추만을 먹고 고추 속에 편안한 방을 마련하여 살고 있다. 사람의 혀가 고추에 닿으면 매운 맛이 발생하지만 고추벌레 혀가 고추에 닿으면 전혀 다른 맛이 발생하는 모양이다. 아마 고소한 맛이 발생하는 것이 아닐까. 하여튼 사람이 고추를 먹을 때처럼 맵다면 어떻게 견딜 수 있겠는가. 고추벌레의 신체생리는 사람과 전혀 다른 것 같다.

그럼 고추의 진짜 맛은 어떤 것일까? 고추의 맛을 놓고 사람과 고추벌레가 논쟁을 벌인다 하자. 사람은 "고추의 맛은 매운 것이다"라고 정의를 내리고, 고추벌레는 "아니다. 고추의 맛은 고소한 것이다"라고 정의를 내렸다 하자. 그럼 어떤 것이 진짜 맞는 맛일까? 그건 영원히 결론이 나지 않는 문제일 것이다. 왜냐하면 맛이란 사물(고추)에 있는 것이 아니고 각기 맛보는 자의 혀의 작용에서 발생하는 것이기 때문이다. 본래 고추는 매운 것이어야 한다고 신(神)이 정혀 놓은 것도 아니고 명명(明命)해 놓은 것도 아니기 때문이다. 그건 그 때 그 때 맛보는 자의 혀의 작용에 따라 맛이 창조되는 것과 같은 현상이다.

그런데 사람의 오랜 인식 속에는 "고추는 매운 것이다"라고 하는 고정관념에 집착해 있다. "고추는 매운 것이다"하는 정의(定義)를 내려놓고 철석같이 믿고 있다. 그렇게 아는 것이 고추라는 사물의 정체를 바로 아는 것으로만 생각하고 있다. 사람은 자기 생리 밖으로 나가지 못한다. 사람은 자기 감각을 뛰어넘어 그 본질을 직관하는 힘이 없다.

실제 고추 자체는 매운 적도 고소한 적도 없다. 다만 맛보는 자의 혀의 작용에 따라 그 맛이 맵게 발생하기도 하고 고소하게 발생하기도 한다. 사람은 신체 생리상 고추가 혀에 닿으면 매운 맛이 탄생하고, 고추벌레는 신체 생리상 고추가 혀에 닿으면 고소한 맛이 탄생하는 것이다.

이번에는 팬더곰의 신체생리를 살펴보자. 팬더곰은 기이하게도 댓잎만 먹고 산다. 다른 풀은 먹지도 않거니와 만일 댓잎이 없어 다른 풀을 먹으면 죽고 만다. 오늘도 팬더곰은 귀여운 아기처럼 앉아 야금야금 댓이파리를 먹고 있다. 아주 맛있게 먹고 있다. 그래서 사람인 내가 댓이파리를 한 번 씹어 먹어 보았다. 그랬더니 아무 맛도 나지 않는다. 사람의 생리엔 그것이 자양분이 되지 않는 것인지 좋은 맛이 나지 않는다.

팬더곰의 생리는 어떻게 된 것일까? 분명 팬더가 댓잎을 씹을 땐 아주 좋은 맛이 발생하고 있는 것 같은데, 내가 몸을 바꾸어 팬더의 몸이 되고 팬더의 혓바닥이 되어 볼 수도 없으니 알 수 없는 노릇이다. 사람은 자기 감각 밖으로 나가지 못한다. 주어진 자기 감각 세계 안에서 살고 있다. 어쩌면 우물 안 개구리가 우물 밖의 세계를 모른다고 나무랄 자격도 없으리라.

사막의 청소부 하이에나를 보라. 그들은 사막이나 초원에서 죽은 짐승의 시체, 그것도 부패된 것을 즐겨 먹는다. 그래서 사막의 청소부라는 별명이 붙은 것이다. 그들은 썩은 고기를 먹어도 배탈이 나지 않는다. 만일 그들이 썩은 고기를 먹고 있을 때 인간이 말하기를 "야 이놈들아, 그건 부패된 거야. 먹어선 안 돼" 하고 나무란다면 그들은 무어라고 대꾸하겠는가.

"아니다. 이건 대자연이 발효 숙성시킨 한층 맛을 돋군 음식이다"라고 할 것이다. 그리고 이렇게 맛 좋은 것을 왜 인간은 부패한 것이라고 할까? 이해할 수 없다는 듯이 고개를 갸우뚱할 것이다. 필경 그들은 이렇게 말할 것이다. "쯧쯧 이렇게 좋은 맛도 모르는 것들이 무슨 맛에 대해 운운하는 것인지." 안타깝다고 할 것이다. 그들의 생리에 그것이 맞다.

서로 생리가 다르면 일으키는 감각도 달라 사물의 이해나 판단도 달라진다. 그래서 우리는 서로 감각작용이 다르면 서로를 이해할 수 없게 된다. 모든 동물은 오직 자기 감각에 의해 사물을 판단하며, 자기 감각 기준에 맞추어 세상을 해석할 뿐이다. 자기 감각의 기준에 맞으면 그것이 옳은 것이 되고 자기 감각 기준에 맞지 않으면 그것이 틀린 것이 된다.

매실을 보통 사람이 먹으면 시다. 어찌나 신맛이 나는지 턱이 돌아갈 것 같다. 그러나 임신부가 먹으면 달다. 포도주는 병자가 먹으면 쓸 때가 있다. 그러나 건강한 사람이 먹으면 달다.

왜 그럴까? 병자의 몸엔 지금 포도주가 들어오면 해롭다. 그래서 자율신경이 스스로 혀에게 자연 쓴맛을 발생시켜 못 들어오게 하는 것이다. 그러나 건강한 사람의 혀에서는 단맛을 발생시킨다. 그건 지금 들어와도 좋다는 신호다. 이것만 보아도 알 수 있다.

맛은 사물(매실 · 포도주)에 있는 것이 아니고 그 때 그 때 맛보는 자의 혀의 작용에 따라 만들어지는 것이다. 그런데 사람들의 생각에 맛은 포도주에 있는 것으로만 생각하고 만다. 좀 더 맛의 근본적인 문제에 대해선 망각하고 있다. 모든 것의 원인은 나 밖의 사물에 있는 것이 아니고 바로 자기 안에 있는 감각 작용에 있다는 것을 망각하고 있다.

그래서 모든 것의 원인을 나 밖의 사물에서 찾을 줄만 안다. 그러나 모든 것의 근본적이고 근원적인 원인은 내 안에 있는 것이다. 그래서 참다운 세상 이치를 알려고 할 때 내 안에서 찾으라는 말이 그것이다.

모든 문제를 푸는 열쇠는 내 안에 있다. 나 밖으로 나가 찾아보아야 벌써 우리는 속고 있는 것이다. 그러나 모든 사람들은 속고 있다는 것도 모른다. 더 정확히 말하자면 우리의 삶은 감각을 따라다니며 살고 있는 것이 된다.

왜냐하면 우리가 이 세상에서 무엇을 안다는 것은, 즉 인식한다는 것은 그 시초가 감각에서 오는 것인 만큼 그 감각을 일으키는 자신의 내면을 보아야 할 것인데 내면을 보지 않고 항상 바깥 사물 속으로 찾아 헤매고 있는 것이 된다.

그러나 마음이 감각에 물들어 허망한 감각적 분별로써 바깥 경개가 나타난 것임을 분명히 알아야 한다. 이렇게 자기 내면의 감각에서 원인이 되어 바깥 경개가 나타나 보이는 것을 직관하지 못하고 밖으로 집착해 보아야 우리는 사물에 속는 것이다.

이렇게 밖으로 사물을 따라다니며 그 정체를 알려고 하는 것은 마음이 전도되어 미혹된 꿈을 꾸고 있는 것에 비유할 수 있다. 그래서 인생을 끝없는 꿈의 미로를 헤매이고 있는 것에 비유한다.

재래식 화장실의 분뇨 속에서 살아가는 구더기를 보라. 사람은 구더기를 예로 드는 것조차도 싫어할 것이다. 인간의 인식 속에는 분뇨가 이 세상에서 제일 더러운 것이라 판단되고 있기 때문이다. 그런데 구더기는 가장 더러운 오물 속에서 가장 잘 자라고 있다. 그들에게 제일 자양분이 되는 분뇨를 먹고 그들은 통통하게 살이 찌고 그곳에서 헤엄치며 춤추며 성장한다.

만일 인간이 그들에게 "너희같이 더러운 생리를 타고난 것들을 경멸하노라" 하고 말했다 하자. 그럼 그들은 무어라고 대답할까? "너희같이 미천한 인간들이 어찌 똥의 참 맛을 이해하겠는가. 사실 이거야말로 이 세상에서 제일 신선한 음식이다" 할 것이다.

그들의 생리에서 보면 맞는 말이다. 그들의 생리엔 똥이 자양분이 되고, 또 그들 감각엔 신선하게 느껴지는 작용을 하기 때문이다. 그것이 그들의 신체 생리다. 송충이는 솔잎을 먹어야만 살고 팬더곰은 댓잎을 먹어야만 산다. 그것이 그들의 각각 다른 생리적 현상으로서 각각 다른 감각 작용을 일으키기 때문이다.

사물의 본성에서 본다면 사물들 자체는 더러운 것도 깨끗한 것도 아니다. 다만 각자 다른 신체생리상 느껴지는 감각 때문에 깨끗한 것과 더러운 것의 의미가 나누어진 것이다. 자기 신체 감각에 좋게 느껴지는 것은 깨끗한 것이요, 싫게 느껴지는 것은 더러운 것이 된다. 이렇게 깨끗하고 더러운 것이 생리적 감각 때문에 둘로 나누어져 상대적인 의미가 되었을 뿐이다.

우리가 감각을 사용하면 모든 것이 상대성을 띠고 나타난다. 더러운 것이라는 개념이 있으면 깨끗한 것이라는 개념이 있게 되었듯이 좋다는 말이 있으면 싫다는 말이 있다. 옳은 것이라는 뜻이 있으면 그른 것이라는 뜻이 있게 되었다. 선(善)이 있으면 악(惡)이 있고, 간다 온다, 아름답다 추하다 등등 상대적인 것으로 대립된다. 감각을 사용하면 이 세상 모든 의미는 결국 상대성을 면치 못한다.

우리가 한 생각을 일으키면 벌써 상대성에게 마음을 잡힌다. 감각이 우리를 그 상대성 안에 가둔 것이다. 우리는 어떻게 갇힌 줄도 모르게 그곳에 갇혀 있다. 그것이 삶이다. 어차피 감각이 발단이 되어 일으키게 된 생각들이란 상대적임을 면치 못하니 거긴 절대의 자리가 아니기 때문이다. 그러니까 우리가 감각적인 것으로써 생각하고 판단하는 것은 절대적인 의미가 아니라는 뜻이다. 그래서 세상사는 상대적 시비가 있게 마련이니 우리가 구더기를 더럽다고 경멸하면 경멸한 만큼 구더기들도 우리를 경멸할 것이다.

구더기는 이렇게 말할지 모른다.

"잘난 체하는 너희들 인간들이란 얼마나 고약한 존재들인가. 자칭 만물의 영장이라고 뽐내지만 그건 너희들 생각일 뿐이다. 그러나 너희들 생각이란 결국 상대성에 집착한 망상일 뿐이다. 너희들은 너희들의 생활의 편리를 위해 기계를 만들어내고 너희들의 쾌락을 위해 과학을 발전시키다 보니 환경 공해를 일으키고 생태계를 파괴하여 먹이 사슬을 끊고, 자연스런 자연의 흐름을 막아 지구의 종말을 스스로 부르게 되었다. 그것은 자작자수(自作自受)다. 말하자면 너희 스스로 짓고 너희 스스로 받는다는 뜻이다. 신(神)의 심판에 의해서 지구의 종말이 오는 것이 아니라 인간이 스스로 짓고 스스로 받는 것이다. 이거야말로 공정한 인과응보의 원리다. 너희들이 만들어 놓은 가공할 만한 살인 핵무기의 과녁은 누구인가? 결국 너희들 자신이다. 그것을 또한 자업자득(自業自得)이라 한다. 자기 몸과 마음으로 짓는 것은 스스로 자기 자신에게 돌아온다는 뜻이다. 어리석기로 말하면 인간보다 더 어리석은 것이 없다. 너희들이 이 지구를 망치는 가장 나쁜 해충이다. 또한 인간보다 더 지독한 독충이 어디 있는가. 더럽기로 말하자면 인간보다 더러운 것이 어디 있겠는가. 너희들은 너희 감각을 즐기기 위해 지나치게 탐색하다 보니 모든 죄악 속에서 신나게 까불며 놀아나고 있다."

이쯤 되면 우리 인간은 좀더 겸손히 머리 숙여 구더기 님 앞에 사죄해야 할 것이다.

1960~70년대에 그 약의 이름은 잊었지만 속칭 밥맛 나는 약, 또는 살찌

는 약이라는 게 유행한 적이 있었다.

그 시절엔 우리나라가 아직 보릿고개에서 벗어나지 못해 몸이 마른 사람이 많았다. 요즘 사람들은 살이 너무 쪄서 다이어트하느라 고생들이지만. 나는 선천적으로 마른 체질이다.

역시 내 친구 중에 나처럼 몸이 마른 사람이 하나 있었다. 한 삼 년 못 만나다가 어느 날 만나게 되었는데 살이 너무 쪄 있었다. 얼굴이 호박 덩어리처럼 되어 부어 터질 것만 같았다. 어쩌다가 이렇게 되었느냐 물었더니 밥맛 나는 약을 먹었다는 것이었다. 마침 나도 남들처럼 한 번 살쪄 보기가 원이었다. 그래서 그 약을 구해서 복용하게 되었다. 과연 놀라웠다. 밥맛이 나기 시작하는데, 밥을 오래 씹을수록 맛이 더 좋았다.

예전에는 선생님이 밥은 최소한 삼십 번은 씹어서 먹어야 한다고 귀가 닳도록 말해 주셨지만 그것이 실천이 되지는 않았다. 한 대여섯 번 씹으면 어느새 밥은 목구멍으로 넘어가고 만다.

그런데 이게 웬 일인가. 이 약을 복용하고 나서부턴 밥을 씹을수록 맛이 더해지니 이제 씹지 말라 해도 한 삼십 번씩 씹어졌다. 생각해 보니 이 약을 먹기 전까지는 나는 참 밥맛을 모르고 먹었던 것 같다. 거의 건성으로 먹었던 것 같다.

이 약을 먹은 후부턴 내가 전에 먹었던 밥맛과는 전혀 달랐다. 똑같은 밥이었는데 왜 그랬을까. 하여튼 밥맛에 대한 일대 변혁이 온 것 같았다. 아니 대 혁명이 일어난 것이다. 어찌 똑같은 입 똑같은 혓바닥인데 이렇게 미각 작용이 달라질 수 있단 말인가. 마치 맛에 대한 개념 자체가 변화된 느낌이었다. 모든 식도락가들이 인생은 먹기 위해 산다는 말이 실감날 정도였다. 살이 찌기 시작했다. 여태까지는 먹는 재미를 몰라 인생을 헛살았다는 느낌이 들 정도였다.

그런데 며칠 후 뚱뚱한 그 친구가 가쁜 숨을 몰아쉬며 나타났다. 몸이 뚱

뚱해진 후부터 이렇게 숨이 가쁘고 여기저기 몸이 자주 아프다는 것이었다. 그래서 원인을 알아보았더니 이 약을 먹어 살이 찌면 가지가지 부작용이 나타난다는 것이었다. 나는 겁이 덜컥 났다. 아닌게 아니라 요즈음 밥맛 좋고 성격도 낙천적이 된 것까지는 좋았지만 감정이 둔해지고 만사 무사태평이요, 밥만 먹으면 졸음이 많이 왔다. 마치 산다는 게 먹고 자고 먹고 자고 하는 식이었다.

그래서 나는 결심했다. 다시 원점으로 돌아가기로. 내가 타고 난 내 체질대로 살다 가면 되는 것이지 약의 힘을 빌려와 체질을 바꾸면 오히려 정상이 아닐 것 같았다. 그래서 나는 꿀꿀이 돼지처럼 즐거운 삶을 포기하기로 했다. 돼지는 복의 상징이다. 그래서인지 사람들은 돼지꿈을 꾸면 재수가 있다고 한다. 돼지는 구정물이든 무엇이든 잘 먹고, 먹으면 먹는 대로 살찌고 골치 아픈 것 생각 안 하고 산다. 윗목에서 밥 먹고 그냥 아랫목에서 똥 싸며 즐겁게 산다.

똑같은 입에, 똑같은 음식, 똑같은 사람이었는데 내 혓바닥에서 그토록 맛의 변화가 올 수 있었는지 신기하기만 했다. 그리고 보니 또 생각나는 것이 있다. 어렸을 때 김을 먹으면 그 묘하게 느껴지던 그 맛이 지금은 일어나지 않는다. 그러나 기억 속엔 또렷이 남아 있다. 젊었을 때 우유를 먹으면 상큼하고 신선하던 그 맛도 이제는 느낄 수 없다. 다만 체력을 유지하기 위해 맛도 없는 우유를 그날 그날 마셔둔다.

내가 스물여덟 살 때 15일간 단식을 한 적이 있다. 젊은 시절 참선 공부한답시고 이 절 저 절 선방을 돌아다니며 정진했더니 위장병이 났다. 그래서 단식을 하기로 결심한 것이다. 한 15일 단식을 하고 나니 온몸의 피골이 상접했다.

그래도 밖에 나와 걸어다닐 수 있었다. 시험삼아 도끼질도 해 보았더니 할 수 있었다. 그리고 날마다 도보를 조금씩 꼭 했었다. 그런데 평지 길은 괜찮은데 경사진 길을 걸을 땐 다리가 무거움을 느꼈다. 노인들이 길을 걷다가 다리가 무겁다는 말씀을 하시면 그 땐 이해가 잘 되지 않았다. 그러나 이제야 그것이 실감이 났다. 온몸의 기력이 쇠해지면 자기 두 다리 들어 옮겨 놓으려도 그 무게를 느끼게 되는 것이다.

단식을 틀 때는 미음이나 죽을 조금씩 먹어야 한다. 그리고 그 양을 차차 늘려가야 한다. 그동안 못 먹었다 하여 밥 한 그릇 다 먹었다간 즉사하고 만다. 단식을 튼 지 삼일 째 되던 날 중국집에 들러 우동을 주문했다. 아직 우동 건더기는 먹을 수 없고 국물만 마셔 보았다. 그랬더니 아 뭐라고 표현할 수 없는 그 맛! 미묘한 맛! 영원히 잊을 수가 없다. 형언할 수 없는 그 맛이 하도 황홀해 눈을 지그시 감을 정도였다. 우동 국물이 그렇게 맛있는 줄 몰랐다.

두 달 후 몸이 회복되고 다시 그 중국집에 들러 우동을 주문했다. 그리고 우동 국물을 마셔 보았다. 아무 맛도 없었다. 평상시 먹던 우동 국물 맛 그 정도일 뿐이었다.

왜 그렇게 맛이 달라졌을까? 글쎄 잘 알 순 없었지만 생각해 보면 이런 것이 아닐까. 단식했을 때 내 온몸에 영양 공급을 끊었으니 내 몸에 수억만 세포가 기갈이 들려 아우성치고 있었으리라. 그러다가 영양가 있는 것이 들어가니 내 혀끝에서 일어나는 미각 작용이 어떠했겠는가. 환호하고 열광하는 맛을 혀는 발생시켰으리라.

살아가면서 종종 그 순간의 우동 국물 맛을 머리에 떠올린다. 형언할 수 없는 황홀한 미각이었다. 그건 마치 아름다운 환상세계에 도취된 황홀경이었다. 이렇게 혀가 맛을 만들어내기에 따라서 맛의 정도가 달라지고 그 세계가 달라진다.

어찌 혀에서 일으키는 맛뿐이겠는가. 오감(五感)에서 나오는 모든 감각들이 도취되기에 따라 달라질 것 같다. 그래서 사람마다 자기만이 특별히 더 잘 느껴지는 예민한 감각기관을 가지고 있다 할 수 있고 그것은 아름다운 환상 세계를 연출하듯 그 사람의 마음을 지배할 것 같다.

눈으론 앞을 못 보는 장님이 있고, 귀로는 소리를 듣지 못하는 귀머거리가 있고, 코로는 냄새를 맡지 못하는 코머거리가 있다는 말을 들었으나 혀머거리가 있다는 말은 못 들었다.

그러나 모든 사람이 혀머거리가 되는 때가 있으니, 그 때가 언제쯤인가? 죽음 직전에 다다랐을 때이다. 죽음을 앞두고 모든 신체 기능은 제로 상태로 떨어진다. 그때는 오감(五感) 작용이 모두 자기 기능을 발휘할 수 없는데 혀인들 맛의 작용을 일으킬 수 있겠는가. 그대로 혀머거리가 되는 순간이다.

옛날 어느 시골에 가난한 부부가 농사일을 하며 살고 있었다. 그런데 남편이 병들어 죽게 되었다. 아내가 생각해 보니 남편은 그렇게도 닭고기를 좋아했는데 집이 가난하다 보니 아까워 닭 한 마리도 잡아먹지 못했다는 것이다. 죽으면 한이 될까 봐 아내는 닭 한 마리를 잡아 남편 앞에 닭고기를 내밀었다.

남편은 겨우 입을 놀려 맛보는 듯했다. 아내가 남편에게 "여보 맛있지요?" 하고 물었다. 그랬더니 남편은 "아무 맛도 나지 않아. 그냥 모래를 씹는 것 같아" 했다. 그러더니 한 시간 뒤에 죽더라는 것이다.

죽음을 겨우 한 시간 앞둔 혀가 어찌 맛을 만들어내겠는가. 그때는 이미 혀는 아무 맛도 발생시킬 수 없는 상태에 도달한 것이다. 맛은 신체기능이 섭취력(자양분을 빨아들이는 힘)이 있을 때 혀에서 발생되는 것이다. 이제는 이미 아무리 맛 좋은 고급요리를 혀에 가져다 대도 맛이 발생하지 않는다. 그냥 모래를 혀에다 대는 것과 다를 것이 없다. 이제는 닭고기 맛이나 모래 맛이 다같이 평등해지는 시간이다. 그보다 더 정확히 말하자면 맛이란 혀가 만들어내지 않으면 어디에도 맛이란 없는 것이다. 바로 무(無)인 것이다.

각 사물들엔 본래 정해진 자기 맛이란 없는 것이다. 그러니까 각자 맛보
는 자의 혀의 작용에 따라 맛이 다르게 만들어지게 됨을 보아왔다. 또 같은
혓바닥이라도 시간과 장소에 따라 맛이 다르게 생겨나는 것도 보아왔다. 이
렇게 맛보는 자의 혀에 따라 이 맛이 되기도 하고 저 맛이 되기도 하는 맛이
란 무엇일까?

　　그건 필경 본래 정해진 자기 맛이나 자기 성질이 없는 것이다. 그것은 각
자 혀의 작용에 따라 환상처럼 생겨났다 환상처럼 없어지고 마는 실로 공
(空)한 것들이다. 그러니까 참다운 자기존재가 없는 맛이라는 것들이 있는
듯이 나타나게 된 것들이다. 각자의 감각작용으로 인해.

　　無　色聲香味
　　味卽是空　空卽是味

(월간 『동두천문학』 1999년 10월호)

몸(身)의 작용(作用)과 작위(作爲)
— 나의 유식론(唯識論) ⑤

촉 감이란 무엇일까? 우리의 몸에 무엇이 닿았을 때 발생하는 느낌이다. 뜨겁기도 하고, 차갑기도 하고, 부드럽고, 거칠고, 단단하고, 물렁물렁하고, 기분 좋고, 기분 나쁜 등등 가지가지 감각들이 발생하는 것이다.

우리는 불을 뜨거운 것이라고 생각하고, 얼음을 차가운 것이라고 생각한다. 그러나 본질상에서 본다면 불 자체는 뜨거운 적이 없고 얼음 자체는 차가운 적이 없다. 아니 불은 뜨거운 적이 없고 얼음이 차가운 적이 없다니 그 무슨 궤변이냐고 반문할 것이다. 그래서 나는 여기 뜨거운 것이 있게 된 것과, 차가운 것이 있게 된 근원적인 원인을 밝혀 보고자 한다.

우리의 팔 하나를 마취시켜 촉감 기능을 잠시 정지시켜 보자. 그리고 팔에 뜨거운 것을 가져다 대보라. 뜨거운가? 뜨겁지 않을 것이다. 다음은 차가운 것을 가져다 대보라. 차가운가? 차갑지도 않을 것이다. 분명 뜨겁지도 차갑지도 않다. 그것뿐이겠는가? 부드럽고, 거칠고, 단단하고, 물렁물렁한 것도 없다. 전혀 감각을 발생시키지 않기 때문이다.

이제 다시금 마취를 풀고 팔에 촉감이 돌아오게 한 후 뜨거운 것을 손에 대보라. 분명 뜨거울 것이다. 다음 차가운 것을 대보라. 차가울 것이다. 뿐만 아니라 부드럽고, 거칠고, 단단하고, 물렁물렁한 것도 분명하게 느껴질 것이다.

그렇다. 뜨겁고 차가운 것이 사물(불이나 얼음)에 있었던 것이 아니고 나의 몸 촉감 작용에 있었던 것이다. 왜냐하면 온 세상이 얼음으로 덮여 있다 해도 그것을 촉감으로 인식할 자가 없다면 차가움이란 개념조차도 없었을 것이기 때문이다. 일체 삼라만상 자체는 뜨거운 것도 차가운 것도 아니다. 이 세상이 춥고 더운 것은 내 안에 있는 촉감 작용에 그 원인이 있었던 것이다.

그러나 사람들은 자기 밖으로 나가 사물에서 그 원인을 찾는다. 비록 밖에 있는 사물들이 춥게 할 수 있고 덥게 할 수 있는 인연적 요소는 되겠지만 그것 자체가 추위나 더위는 아니다. 추위나 더위란 나의 촉감이 작용한 다음 발생되는 것이기 때문에 각자 촉감이 만들어내는 것이라 해야 할 것이다. 온 세상이 얼음으로 덮여 있다 해도 그것을 촉감을 통해 인식할 자가 없다면 그 차가움이란 그 개념조차 있지 않을 것이다.

화산의 용암은 매우 뜨거운 것이요, 북극의 빙산은 매우 차가운 것이다. 사람이 판단하기엔 화산의 용암은 뜨거운 성질을 가지고 있고, 북극의 빙산은 차가운 성질을 가지고 있다고 할 수 있다. 그래서 이 둘은 뜨거운 성질과 차가운 성질로 나누어져 서로 상대적인 것이 되었다.

그러나 그런 것들이 아무리 차갑고 뜨거운 것이라고 한들 그 뜨거움과 차가움을 촉감으로 인식할 자가 없다면 무엇이 뜨겁고 무엇이 차갑다고 누가 말하겠는가.

화산의 용암은 스스로 뜨겁다고 말하지 않고 빙산의 얼음은 스스로 차갑다고 말하지 않는다. 다만 그것을 만져보고 촉감으로 인식하는 자가 뜨겁다고 말하기도 하고 차갑다고 말하기도 하는 것이다.

그러므로 뜨거움과 차가움은 인식하는 자의 촉감 안에만 있는 것이요 밖에 있는 것이 아니다. 그런데 인식하는 자의 촉감 안에서 발생하여 밖에도 엄연히 존재하는 것처럼 되었다. 그래서 마치 이 세상이 뜨겁고 차가운 것처럼 되었다.

그러나 모든 것이 인식하는 자의 감각 안에만 존재하는 것이다. 화산의 용암이나 북극의 빙산 자체는 뜨거운 것도 차가운 것도 아니다. 인식할 수 있는 사람이나 동물, 그리고 생물들이 살지 않는다면 뜨겁다 차갑다 하는 개념조차 발생하지 않을 뿐더러 뜨거움이나 차가움이 존재하지도 않을 것이다. 그래서 용암 자체나 빙산 자체는 뜨겁지도 차갑지도 않다. 또 그것은 뜨거운 성질도 아니요, 차가운 성질도 아닌 무성(無性)이요, 공성(空性)이다.

실로 사물 그 자체로선 어떤 성질도 갖지 않기 때문에 무성이다. 오직 인식하는 자의 마음 안에만 뜨거움과 차가움의 성질이 발생하여 엄연히 존재하는 것처럼 되었다. 오직 인식하는 자의 마음 안에만 뜨거움과 차가움의 성질이 존재하는 것이요, 그 마음 밖에는 있지도 않고, 존재하지도 않는다. 그래서 용암 자체나 빙산 자체는 뜨거움도 차가움도 없다. 또한 그것은 무성(無性)이다. 또한 그것은 공성(空性)이다.

성(性)이 있다면 사람의 마음 안에 있을 뿐이다. 왜 사람의 마음 안에만 있는가? 그것은 마음이 감각 작용을 일으키어 스스로 있는 것으로 존재화(存在化) 시키기 때문이다. 그리고 난 다음 사람의 마음은 그것에게 지배당한다.

이렇게 뜨거움과 차가움이 있게 된 것은 나의 몸 안에 촉감이 있기 때문이다. 그렇기 때문에 모든 것은 내 안에서 비롯된 것인데, 나 밖으로 나가 "저기 불 속에 뜨거움이 있고 저기 얼음 속에 차가움이 있다"고 생각하게 한다. 마음이 어느새 뒤바뀐 생각을 일으키게 한 것이다. 왜 그런 현상이 일어나게 하는가? 그것은 마음이 작용할 때 어느새 자기를 잊고 나 밖의 사물에 집착하기 때문이다. 이렇게 마음이 뒤바뀌어 생각하는 것을 불교 교리에서는 전도몽상(顚倒夢想)이라고 한다. 전도(顚倒)란 뒤바뀌었다는 뜻이요, 몽상(夢想)이란 뒤바뀜으로 인하여 꿈결 같은 생각을 일으켰다는 뜻이다. 뿐만 아니라 여기서 언급한 감각과 생각뿐 아니라 우리의 정신 활동은 5단계를 거치게 되어 있는데 불교 교리에서는 그것을 오온(五蘊)작용이라 한다.

그런 5단계 정신작용이란 무엇인가? 우리는 삼라만상을 대할 때마다 맨 먼저 느낌(감각)을 일으킴과 동시에 퍼뜩 생각을 일으키고 그 생각은 더욱 분별 비교를 거쳐 의식적 판단에 이르게 된다. 이 의식의 판단이 이 세상 모든 존재하는 것들의 존재의미를 최후로 결정짓는 것이 된다. 그렇게 해서 다다르게 된 의식적 판단이란 이미 감각의 영향을 받고, 생각의 영향을 받아 진리를 미혹한 세계에 들어와 있는 것이다. 불교에서는 그렇게 마음을 미혹하게 하는 5단계 정신작용을 오온(五蘊)이라 한다.

그것을 차례대로 적어보면 ① 육체, ② 감각, ③ 생각, ④ 분별 비교, ⑤ 의식에 이른다는 것이다. 이렇게 의식적 판단에 이르면 진리는 변질되어 올바른 이치를 판단할 수 없게 하는 것이다. 이렇게 마음 속에서 일어나는 오온 작용은 근본 이치를 미혹하게 하는 것이라고 한다. 불교 교리의 기본이 되는 반야심경에서는 이런 뒤바뀐 꿈결 같은 생각들에서 멀리 떠나야 올바른 진리의 경지에 들어갈 수 있다고 하는 것이다.

실로 이 우주는 공성이다. 화산이 폭발하고, 용암이 흘러 넘치고, 태풍이 이 세계를 휩쓸어도 이 세계는 변함 없는 공성(空性)이다. 그것이 이 우주가 가지고 있는 자기 성질이요, 자기 자성(自性)이다. 그런데 사람이 본래 가지고 있는 자성도 이 우주의 성질과 다를 것이 없으니 얼마나 놀라운 일인가. 화산이나 태풍을 감각으로 받아들이고 어떤 생각을 일으킬 자가 없다면 아무 문제도 일어날 것이 없는 것이기 때문이다.

그래서 사람들이 자신들의 감각적인 것 때문에 아무리 떠들고 야단법석을 피워도 우주의 본질은 그냥 변함 없는 항상 그대로일 뿐이다. 그것이 대자연의 본바탕이기도 하다.

벽제 화장터에서 있었던 이야기다.

어느 청년이 자기 어머니가 돌아가셔서 화장을 하러 왔다. 불이 지펴지고 화장이 시작되자 그 청년은 갑자기 당황하기 시작했다. "아이고 우리 어머니 얼마나 뜨거우실까. 아이고 얼마나 뜨거우실까. 괜히 매장을 할 걸 화장을 했구나. 아이고 내가 잘못 했구나" 하면서 자기 머리를 쥐어뜯고 있었다.

그때 거기 염불하러 오신 스님이 한 분 계셨다. 스님은 청년을 위로하며 말했다.

"여보시오 젊은이 걱정 마시오. 당신의 어머니는 뜨겁지도 차갑지도 않은 곳으로 가셨소. 그곳은 뜨거움도 차가움도 하나가 된 곳이오. 모든 것이 하나로 통일된 평등한 곳이오. 그냥 평등이 아니라 그곳은 절대평등의 세계요. 그 절대평등의 세계에 계시는 당신 어머님의 영혼은 불이 태울 수 없고 얼음이 얼리지 못하는 것이니 안심하시오. 어머니를 위해 염불하시오" 했다.

사람의 육체는 아주 복잡 미묘하고, 정밀한 부속품들로 이루어진 기계와 같다. 몸 속에는 오장육부가 있고, 그 오장육부들은 보조를 맞추어 긴밀하게 돌아간다. 그 오장육부 가운데 한 곳만 이상이 생겨도 전체의 기능이 마비된다. 정상적인 기능을 발휘할 때 그 오장육부들이 발산하는 가지가지 촉감들, 감각들, 그렇게 가지가지 감각들이 쉴새 없이 만들어져서 발산되고 있는 것이 인간의 육체다. 인간의 육체는 복잡 미묘하게 얽힌 감각 발전기다.

또 몸 겉에는 오감(五感)이 쉴새 없이 돌아가고 있으니, 눈으론 색깔을 보고, 귀로는 소리를 듣고, 코로는 냄새 맡고, 혀로는 음식을 맛보고, 몸으론 촉감을 느끼는 작용을 한다. 그래서 사람이 한 세상 사노라면 눈으로는 어디 볼거리가 없나 항상 두리번거리고, 귀로는 어디 들을 거리가 없나 귀 기울이고, 그러다가 때가 오면 먹거리를 찾아간다. 실컷 먹고 나면 온몸에 왕성한 정력이 충전된 셈이고, 그 다음은 이 몸을 실컷 풀 수 있는 몸 풀거리를 찾는다.

몸 풀거리 중 사람이 가장 하고 싶어하는 것이 정욕의 행위들이다. 오감이 일심동체가 되어 긴밀하게 협조하며 그 총화를 이룬 것이 생식작용이다. 덧없는 삶, 맹목적인 욕망들의 귀착점이 어디인가. 따라가 보면 바로 거기다. 오감을 따라 나도 모르게 출렁거리다 다다르고 보면 바로 거기다. 아니 그것이 인생의 목적이었단 말인가. 그런 건 아닐 텐데 하면서도 필경 뭐가 뭔지 모르겠다고 한 세상 그렇게 살다 가는 것이 인생이다.

사람들은 짐승들에 비하면 별의별 것을 다 즐기려 한다. 그러다 보니 인공적으로 별의별 것을 다 만들어 놓고 즐긴다. 그러다 보니 온갖 감각신경에 지치고 가지가지 생각들에 지쳐 환멸을 맛보기도 한다. 가지가지 생각들에 지치다 보니 온갖 망상 번뇌에 지친 셈이다. 이것은 끝없는 유희일 뿐이다. 이런 모든 것들은 감각이 그 시초가 되어 감각적인 생각들을 일으킨 결과이다. 우리의 삶이 온통 그 감각의 유희에 매인 것들 뿐이다.

그런데 그 감각에 한층 맛을 돋구기 위해, 한층 흥을 돋구기 위해 인간은 알콜을 마신다. 한 술 더 뜬 자들은 마약까지 사용한다. 사람이 마약을 한 번 먹어 보고 거기서 발생하는 쾌감을 맛보면 그 맛을 잊지 못하고 자꾸자꾸 원한다. 다른 것 아닌 감각에서 오는 이 황홀감에 다시 도취되기를 원하는 것이다. 이렇게 감각적인 쾌감들이 사람의 마음을 애무한다. 정신을 쾌감으로 기절시키려는 듯.

이렇게 사람을 송두리째 지배하는 감각이란 무엇일까? 그건 잠시 스쳐가는 허망한 기운 같은 것들이다. 그것은 영원히 머무는 것이 아니다. 홀연히 나타났다가 어느새 흔적도 없이 사라지는 허깨비 같은 것들이다. 그런 환상 같은 감각들을 끊임없이 발생시키는 육체, 그 육체에서 발생하는 오감(五感)에 의해 사람의 마음은 지배당한다. 모든 인간을 지배하는 감각, 그건 실체가 아닌 잡을 수 없는 그림자요 머물지 않는 바람이다. 잡을 수 없는 허깨비들이다.

그러므로 감각에 의해서 사는 우리의 삶은 그대로 꿈 속에서 꿈을 꾸고 있는 것과 꼭 같은 것이 된다. 깨고 보면 아무것도 없는 꿈. 그렇다. 결과가 그렇게 되도록 되어 있는 것이 모든 감각들의 운명이다. 그것이 모든 감각적인 것들의 허망한 존재다. 모든 감각들의 시작과 종말은 이런 것이다. 오직 감각에 물든 마음이 사람의 정신 속에 끊임없이 작용하고 끊임없이 전개되어 가는 것이 사람의 일생이다.

우리는 술에 취하듯 그 감각적인 삶에 취해 산다. 좋으나 싫으나, 옳거나 그르거나 감각들에 의한 삶을 살고 있는 것이 우리 인생이다.

그래서 육체는 항상 눈이 발생시키는 미색을 좋아하고 즐기게 되어 있고, 귀가 발생시키는 좋은 소리에 맞추어 춤을 추게 되어 있고, 코가 발생시키는 향기에 이끌리게 되어 있고, 혀가 발생시키는 맛을 탐하여 다투게 되어 있다. 이렇게 몸은 감각들의 알 수 없는 리듬에 맞추어 살게 되어 있다. 마치 세상은 그 감각들이 벌려놓은 마법의 나라 같다.

그런데 우리는 필경 그 마법이 폐허가 됨을 본다. 그렇게 될 수밖에 없는 것이 덧없는 감각들의 운명이다. 왜 그럴까? 감각이 작용할 땐 절실한 듯하지만 또한 꿈을 깨고 나듯 아무것도 없는 것이기 때문이다. 모든 감각들이 생생하게 느껴질 땐 벼락치듯 하였으나 그것은 꿈이 걷히듯 사라지는 것이기 때문이다. 그래서 향락은 꿈과 같아 깨고 보면 아무것도 없다고 한 것이다. 그래서 불경에는 이렇게 말한다. '향락에서 해방된 인간은 슬픔도 공포도 없다'고 한다.

어떤 사람이 지난 밤 꿈 속에서 미국 여행을 갔다. 그곳에서 많은 황금을 얻게 되었다. 그걸 손에 단단히 쥐고 있었으나, 꿈을 깨고 나니 손엔 아무것도 없었다. 미국에 간 꿈을 꾸었으나 실제 미국에 간 적도 없다. 황금을 얻기 위해 그가 도적들과 싸웠을 때 느낀 감각들은 벼락치듯 생생하고 분명했는데 꿈을 깨고 나니 아무것도 없었다.

감각들은 이렇게 꿈결처럼 일어났다가 꿈결처럼 흔적도 없이 사라지는 것이기 때문이다. 그것이 모든 감각들의 허망한 존재다. 꿈 속에서든 현실에서든 인간의 모든 의식 판단은 모두 감각의 중계로 오는 것들이다. 그 감각들을 경험하고 기억하여 얻어 낸 판단력의 결과인 것이다. 그 판단력과 기억력이 진행되는 것을 의식이라 하며 그 의식이 비교되고 분별되면 그곳에서 지식이 생기는 것이다.

그러므로 우리의 모든 판단력이 그 시초가 감각들이 주는 경험에서 오는 만큼 그것은 진리의 경지는 아니다. 진리의 경지는 이런 모든 감각들이 일어나고 사라지는 것을 직관(直觀)할 수 있을 때 얻어진다고 할 수 있다.

부처님의 경지에서는 이런 모든 덧없는 감각들이 일어나고 없어짐을 직관(直觀)할 수 있으니, 비로소 모든 것을 올바로 바라보고(正見, 정견) 올바로 생각하고(正思惟, 정사유) 올바로 말하는(正語, 정어) 등등 팔정도를 행하신다 할 것이다. 그래서 손오공 날고 뛰어보아야 부처님 손바닥 위라는 말이 생겨난 것이다.

無　色聲香味觸
觸卽是空　空卽是觸

(월간 『동두천문학』 1999년 11월호)

의식(意識)의 성립(成立)

— 나의 유식론(唯識論) ⑥

이제까지 다섯 군데에서 감각(五官＝눈·귀·코·혀·몸)들이 발생하는 모습을 살펴보았다. 사람이 이 오감(五感)에서 발생한 감각을 실마리로 하여 생각하고 판단하는 작용을 거치면 하나의 의식이 성립된다고 볼 수 있다. 그러니까 어떤 하나의 의미가 탄생되어 확정되어 보이는 것이다. 그렇게 해서 우리의 의식이라고 하는 것이 생겨난 것이다. 그것을 더 구체적으로 예를 들어 설명해 보자

① 눈 — 인간의 눈으로 태양을 보고, 생각하고, 판단하는, 작용을 거치면 '태양은 광명이다' 하는 의식이 성립되는 것이다. 그런데 부엉이 눈으로 태양을 보고 생각하고, 판단하는 작용을 거치면 '태양은 암흑이다' 하는 의식이 성립되는 것이다. 왜 이렇게 상반되는 의식이 성립되는 것일까? 그것은 인간의 눈과 부엉이 눈에서 감각(시각) 작용이 서로 다르게 발생하기 때문이다. 이렇게 서로 감각 작용이 다르면 그 결과인 의식이 달라지고, 그것을

해석하여 규정짓는 법이 달라지고, 사물을 보는 관념이 달라지고, 개념이 달라지고, 그것을 정의 내리는 사상이 달라지고, 이념이 달라지고, 그 세계와 차원이 달라진다.

우선 그것을 해석하여 규정짓는 법이 어떻게 달라지는지 살펴보자. 인간의 눈으로 보면 '태양이 뜨면 온 세상이 밝아지는 법이다' 하는 하나의 법이 마음 속에 형성된다. 그런데 부엉이 눈으로 보면 '태양이 뜨면 온 세상이 어두워지는 법이다' 하는 정반대의 법이 마음 속에 형성된다.

② **귀** — 인간의 귀로 듣고, 생각하고, 판단하는 작용을 거치면 '하늘에 번쩍이는 뇌성번개는 엄청나게 큰 소리를 가지고 있다' 라는 의식이 성립된다. 그러나 뱀의 귀로 듣고, 생각하고, 판단하는 작용을 거치면 '하늘에 번쩍이는 번개는 번쩍일 뿐 아무 소리도 없다' 하는 의식이 성립된다. 왜 이렇게 상반되는 의식이 성립될까?

뱀은 청각이라는 감각을 선천적으로 아예 타고나지 않았다. 그런 까닭으로 뇌성번개를 해석하여 규정짓는 법이 전혀 다르리라.

사람은 '하늘에서 음전기와 양전기가 부딪치는 번개가 발생하면 엄청나게 큰 소리가 발생하는 법이다' 하는 하나의 법이 마음 속에 형성된다. 하지만 뱀은 '하늘에서 번개가 번쩍여도 번쩍이기만 할 뿐 항상 고요하고 고요한 법이다' 하는 하나의 법이 마음 속에 형성된다.

이렇게 소리 감각이 작용하지 않으면 소리에 대한 의식도 없고 소리를 해석하여 규정짓는 법도 없고 소리에 대한 상상도, 관념도, 개념도, 그 세계도 전혀 있을 수 없다.

③ **코** — 인간의 코로 분뇨의 냄새를 맡아보고 생각하고 판단하는 작용을 거치면 '분뇨의 냄새는 고약한 악취다' 하는 의식이 성립된다. 그러나 구더

기 코로 분뇨의 냄새를 맡아보고, 생각하고 판단하는 작용을 거치면 '분뇨의 냄새는 신선한 향기다' 하는 의식이 성립된다. 왜 이렇게 상반되는 의식이 성립될까? 서로 전혀 다른 신체적 생리로 인하여 전혀 다른 감각(후각)이 발생되기 때문이다.

이렇게 감각 작용이 다름으로 인하여 의식이 달라지고, 사물을 해석하여 규정짓는 법이 달라지고, 그 사물을 보는 관념이 달라지고, 개념이 달라지고, 사상이 달라지고, 모든 것이 달라질 수밖에 없다.

④ **혀** – 보통 사람이 매실을 먹어보고 생각하고 판단하는 작용을 거치면 '매실의 맛은 시다' 하는 의식이 성립된다. 그러나 임신부가 매실을 먹어보고 생각하고 판단하는 작용을 거치면 '매실의 맛은 달다' 하는 의식이 성립된다. 또 병자가 포도주를 먹어보고 생각하고 판단하는 작용을 거치면 '포도주 맛은 쓰다' 하는 의식이 성립된다. 그러나 건강한 사람이 포도주를 먹어보고 생각하고 판단하는 작용을 거치면 '포도주의 맛은 달다' 하는 의식이 성립된다.

왜 이렇게 서로 다른 의식이 성립되는 것일까? 지금 현재 처해 있는 서로 다른 신체적 조건 때문에 서로 다른 감각(미각)이 발생되고 있기 때문이다.

감각작용이 다르면 그것에 대한 의식이 달라지고, 그것을 해석하여 규정짓는 법이 달라지고, 보는 관념이 달라지고, 그것에 대한 이미지가 달라지고, 개념이 달라지고, 정의를 내리는 사상이 달라지고, 더 나아가면 이즘이 달라지고, 세계가 달라진다.

⑤ **몸** – 사람이 얼음을 만져보고 생각하고 판단하는 작용을 거치면 '아, 차갑다. 사람을 얼려 죽이겠다' 하는 의식이 성립될 수 있다. 그러나 영하 70°에서도 즐겁게 살아가는 북극곰이 얼음을 만져보고 생각하고 판단하는

작용을 거치면 '아 시원하다. 서늘한 돗자리 감이다' 하는 의식이 성립될 수 있다. 또 사람이 얼음을 만져보면 '얼음이란 무지무지하게 차가운 촉감이 일어나는 법이다' 하는 하나의 법이 마음 속에 형성된다. 그러나 북극곰이 얼음을 만져보고 나면 '얼음이란 상쾌한 기분을 일으키는 법이다' 하는 하나의 법이 마음 속에 형성될 것이다.

이렇게 서로 다른 신체 생리에 따라서 감각(촉감) 작용이 다르고, 의식이 다르고, 해석하여 규정짓는 법이 다르고, 관념, 개념, 이미지, 주의(主義) 등 모든 것이 달라진다.

이렇게 감각으로 받아들인 것들이 사람을 생각하게 하고 판단하게 하여 어떤 의식을 성립시킨다. 그런 의식에 도달함으로써 그 의식들의 경험과 기억에 의하여 비로소 지식도 거기서 나오는 것이다. 인간 지식의 근원은 다름 아닌 그 감각들이다. 감각을 통하지 않고는 여기 놓인 돌 하나가 무엇인지도 알 길이 없다.

그렇긴 하지만 그 감각들은 그 때 그 때 신체 생리 조건에 따라 꼭 같은 하나의 사물을 놓고도 서로 다르게 느껴질 수 있고, 그래서 생각이나 판단, 의식, 개념들이 얼마든지 달라질 수 있다. 나, 한 사람에게서도 어떤 한 사물을 두고 장소에 따라, 그 기분이나 정열에 따라 느껴지는 감각이 얼마든지 달라질 수 있다. 그러므로 감각들이란 필경 들떠 있는 것들이요, 정처 없는 것들이요, 불확실한 것들이다. 그건 항상 변하고 일정치 않아 고정된 의미가 없다. 필경 감각은 변하지 않는 자기 존재를 가질 수 없다.

그래서 감각에서 나온 모든 존재의미는 변화의 과정 속에 보인 그림자에 불과하다. 그렇게 변화의 과정 속에 보인 그림자인 까닭에 우리는 그 실체를 알 수 없고 잠시 알았다 해도 그건 금시 변하여 정처가 없다. 감각으로 우리 마음에 잡히는 것들은 부단하게 변화하는 존재들 뿐이다. 그건 영원불변한 것도 아니요, 확고부동한 것도 아니다.

그러므로 감각들의 중계로 오는 의식으로서 어떤 존재를 알았다 해도 그것은 실체가 아니다. 그리고 우리가 감각에서 오는 지식으로 어떤 것을 알았다 해도 그건 진리가 아니다. 이렇게 우리는 감각적인 방법으로 진리를 알 수 없는 것이 된다. 진실로 우리는 아는 것이 아무것도 없는 것이 된다.

우리에게 인지(認知)된 의식(意識)들은 개념적인 지식에 불과하다. 이 개념 뒤에는 만유의 근원인 이데아가 있다.
　　　　　　　　　　　　　　　　　　　　　　　　　　　　　　　　– 플라톤

그런데도 감각은 우리의 삶의 모든 것이 된다. 우리 육체는 감각의 한계 안에서 벗어나지 못하고 그 안에서 살고 있다. 감각은 육체의 움직일 바를 코치해 준다. 또한 정신 작용의 초석이 된다. 정신적 사고, 분별, 선택을 모두 감각적인 것에 의존하기 때문이다. 감각은 우리 덧없는 존재의 기초 토대이다. 또한 감각은 모든 것의 시작이자 종말이다. 감각은 지식의 원천이다. 감각은 인간 지식의 시초이자 그 종결이다.

왜 그럴까? 우리는 모든 판단력의 근거를 그 감각에 두고 있기 때문이다. 감각이 주는 효과와 인상에 의해서 판단하는 것이다. 그래서 감각은 우리들 마음과 정신을 지배한다. 또한 우리들의 이성을 지배하는 힘을 가지고 있다. 우리의 이성의 힘을 마비시키는 힘도 가지고 있다.

보라. 감각을 가진 자 누가 아름다운 장미꽃 보기를 싫어하랴. 누가 여인의 미색에 시선이 끌리지 않을 것인가. 누가 군악대의 북소리와 나팔소리에 고무되지 않을 것인가. 누가 음악의 아름다운 선율에 마음이 동요되지 않을 것인가. 누가 향기롭고 신선한 냄새를 싫어하며, 누가 배 고파지 않을 것이며, 누가 맛있는 요리를 거절하랴. 누가 밍크 담요 촉감 속에 포근함을 느끼지 않을 수 있으랴.

그러나 감각은 결국 허망하다. 영원히 머물지 않고 가 버린다. 황홀한 감각을 영원히 잡아두려 해도 그것은 어디론지 사라지고 변하고 없어진다. 감각은 변하지 않는 자기 존재를 가질 수 없기 때문이다. 그것은 허망하고 덧없다. 그것은 실체가 없는 것이다. 그것은 변화 속에 보인 그림자들이다.

그래서 붙잡을 수 없고 소유할 수 없다. 마치 우리 몫으로 남는 것은 바람과 연기 밖에 없다. 이렇게 감각들의 중계를 받아 시작된 의식들을 가지고 어떤 그럴 듯한 정의를 내린다 해도 그것은 긍정되는가 하면 곧 부정되는 것이며 옳은 것인가 하면 곧 그른 것이 된다. 그것은 선(善)인가 하면 곧 악(惡)이며, 진실한가 하면 곧 거짓이며, 영원한 듯하나 순간일 뿐이며, 완전한 듯하나 그것은 곧 결함이다. 모두 의식이 상대성 안에서 이랬다 저랬다 하고 갈팡질팡하기 때문이다. 이 세상이란 아무리 그럴 듯한 논리를 펼쳐도 그렇지 않다고 부정되지 않는 것이 없으며, 또한 어떤 어설픈 논리라도 그렇다고 긍정되지 않는 면이 없다. 필경 긍정도 부정도 공연하고 쓸데 없는 것이 되는 것을 가지고 우리는 고뇌한다.

찬성도 반대도 가짜인 것을 가지고 우리는 다툰다. 그것이 우리들의 의식세계다. 우리의 의식들은 덧없다. 필경 공연하고 허망하다. 그것은 실체가 아닌 그림자들이다. 그것은 본체가 아닌, 본체를 싸고 도는 껍데기의 유희들이다. 그것은 알맹이가 아닌 알 수 없는 껍질이다. 그 껍질들이 우리를 희롱한다. 마치 그것은 떠도는 허깨비요, 공중에 피어난 헛꽃이다. 그 결과 의식세계는 공연한 허깨비 놀음을 면치 못한다.

우리의 욕망은 그 허깨비를 잡으려고 허우적거리는 꼴이다.

감각적인 것을 가지고 우리는 사물의 본질을 알 수 없다. 그래서 진리를 알 수 없다. 규명할 수 없다. 그런데 우리가 사용할 줄 아는 것은 모두 감각의 산물인 의식 밖에 없으니 그것 말고 다른 방법으로 우리는 아무것도 아는 것이란 없다. 그래서 우리는 실은 사물들을 모르는 것이다. 일체 존재들을 모르는 것이다. 안다고 생각되었던 것은 감각을 타고 온 의식들의 덧없는 희롱이자 유희였다. 그러나 그것은 곧 변하는 것들일 뿐 변하지 않는 자기 존재를 가질 수 없다.

그래서 감각에서 나온 모든 의식적인 존재는 변화 속에 보인 그림자에 불과하다. 우리는 그림자를 보고 내가 무엇을 안다고 했던 것이다. 그림자에 취해 무엇을 보았다고 했고, 또 그림자를 붙잡고 내가 무엇을 얻었다고 했던 것이다. 한낱 그림자에 집착한 것이지 어찌 그것이 참으로 아는 것이 되겠는가. 우리가 감각적인 의식을 통해서 무엇을 안다는 것은 필경 그렇게 되어버리니 우리가 어찌 무엇을 안다고 할 수 있으리요. 인간 중에 가장 현명한 인간이라 할 수 있는 소크라테스는 이런 말을 자주 했다.

"너 자신을 알라. 나는 나 자신을 모른다. 그러나 나는 내가 내 자신을 모르고 있다는 것을 잘 알고 있다. 그러나 세상 사람들은 자기가 자기 자신을 모르고 있다는 것도 모르더라."

― 소크라테스

현대 문명인들은 문명의 발달로 많은 지식을 쌓았기 때문에 자기가 무엇을 많이 알고 있다고 생각할 수 있으리라. 그러나 인간의 지식이란 결국의 감각의 겉모양을 꾸미는 의식들에 불과하다. 또 인간은 이성(理性)을 가진 동물이라고 하나, 인간의 이성 역시 감각에서 오는 사색 판단의 겉모양을 꾸미는 정도일 뿐이다.

인간이 무엇을 안다고 하는 것은 결국 의식적으로 아는 것인데, 의식이란 모두 감각의 중계로 오는 것인 만큼, 우리는 진실로 무엇을 아는 것이 아니다. 예수는 인간의 이런 점을 꼬집어서 이렇게 말했다.

"너희는 육체를 따라서 판단하나 나는 아무것도 판단치 아니 하노라. 만일 내가 판단하여도 내 판단은 참되니 이는 내가 혼자인 것이 아니요, 나를 보내신 이가 나와 함께 계심이라." — 요한복음

여기서 육체를 따라 판단한다 함은 인간의 육체에서 나오는 감각을 따라 생각하고 판단함을 말함이다. 자기는 이런 육체적 감각을 따라 판단하는 것을 결코 하지 않는다는 뜻이다. 인간의 언어는 모두 의식적인 판단에서 오는 것들이요, 또 의식은 모두 감각들의 중계로 오는 것인 만큼 인간이 아무리 말을 잘 해도 진리를 깨닫지 못하고 말하면 결국 감각 놀이의 꿈 속에서 잠꼬대하는 것에 불과하다.

우리 마음이 감각에게 따라가지 않고 무심 속에 앉아 있으면 우리 마음은 잠시나마 절대 평등 속에 있는 셈이 된다. 그런데 어느새 마음은 감각에 팔린다. 마음이 감각에 팔려 감각적인 것으로 생각하고, 판단하고, 비교하고, 분별 선택하면 어느새 마음의 평등은 깨지고 우리는 의식적인 상대성의 저울대를 타고 오르락내리락 한다.

그것이 좋은 것이냐 나쁜 것이냐, 그것이 옳은 것이냐 그른 것이냐, 그 여자가 예쁘냐 미우냐, 그것이 선이냐 악이냐 하는 등등 마음은 상대성 안에서 어느 한 쪽에 치우치고 집착하여 우왕좌왕 갈등을 일으킨다. 그 갈등 속에서 가지가지 말이 만들어져 나온다.

그러나 대자연이 본래 가진 자기 영광 속에는 그런 상대적인 시비가 없다. 그런 상대성에 미혹 당하는 언어 자체가 있을 수 없다. 우리 마음이 감각적인 유희에 놀아나다 보니 가지가지 말이 생겨나와 춤을 춘다. 천차만별의 언어가 춤을 출 때마다 우리 마음은 금방 기뻤다 슬펐다 한다.

금방 희망적이다가 금방 절망적이 된다. 금방 팔팔하게 살았다가 금방 빳빳이 죽어간다. 통 정신을 차릴 수가 없다.

이 세상은 한판 감각 놀이장이요, 감각 놀이 승부장 같다. 마치 이 세상은

감각 놀이를 연출하는 마법의 나라 같다. 깨고 나면 아무것도 없는 감각 놀이 마법. 그런 언어가 갖는 유희성에 실컷 끌려다니고 나서 이제 죽음을 앞두고 모두가 실로 공연했음을 알게 된다.

공자 : 나는 말을 아니 하고자 하노라.
제자 : 선생님께서 말하지 않으시면 저희들은 무엇으로써 도를 전하리까?
공자 : 하늘이 무엇을 말하드냐. 계절은 절기를 좇아 바뀌며 백물은 철을 좇아 생성해도 하늘이 무엇을 말하려 하드냐.　　　　　　− 논어 〈양화〉에서

말로써 표현할 수 있는 도(道)는 영원불변의 도가 아니다. 아는 자는 말하지도 않고 말하는 자는 알지 못한다.　　　　　　　　　　　− 노자 〈도덕경〉

세상 사람들은 사물을 느끼고 판단하는 의식을 자기 마음인 줄 생각한다. 그러나 그것은 벌써 감각에 물들어 실은 본래 자기 모습을 잃어 버린 상태이다. 이미 감각에 놀아나 대상을 분별하여 유희하고 있는 하나의 미혹일 뿐이다.
어느 날 석가모니는 자기 제자에게 물었다.

석가 : 아난아(석가제자) 어떤 것을 네 마음이라 하느냐?
아난 : 이렇게 헤아리고 찾아보는 것을 마음이라 합니다.
석가 : 아니다, 그것은 너의 마음이 아니다. 그것은 대상의 허망한 모양을 생각하여 너의 참 마음을 의혹하게 하는 것들이다. 네가 시작 없는 옛적부터 금생에 이르도록 도둑을 잘못 알아 자식으로 여기고 있었구나. 네가 너의 영원한 마음(너의 참마음)을 번뇌 때문에 잃어 버린 탓으로 너는 윤회를 받고 있는 것이다.　　　　　　− 수능엄경

마음은 모든 성인의 근원이 되지만 잘못 쓰면 일만 가지 악(惡)의 주인이
다.
— 달마스님 〈관심론〉

'마음 속에 있는 욕망이 곧 죽음이다' 하는 운명을 아는 자는 영원한 것이
되나니, 마음 속에 무지의 매듭이 결합되어 있다고 하는 운명을 아는 자는 영
원한 것이 되나니…
— 힌두교 우파니샤드 카타

사람이 마음을 쓸 때 잘못이 없으면 거기서 항상 진리성이 작용한다.
— 육조단경 반야품

그러나 마음이 항상 감각(六感＝눈·귀·코·혀·몸·의식)에 물들어
미혹되면 그 사람의 마음 속에 진리성(眞理性)이 작용하기는 커녕 어지러운
번뇌만 춤을 추고 있는 것이다. 그 마음 속에 온갖 유희가 깃들고 있는 것이
다. 유희 속에서 실컷 희롱 당하다가 끝내는 것이 사람의 일생이다.

無　色聲香味觸法　無　意識界
法卽是空　空卽是法

(월간 『동두천문학』 1999년 12월호)

의식(意識)의 상대성(相對性)

― 나의 유식론(唯識論) ⑦

온 세상 여자들이 모두 미인이라고 하자. 그럼 아름답다고 말할 필요가 있을까? 모두가 아름다운데 굳이 누구를 아름답다고 말할 필요가 없을 것이다. 아예 아름답다는 말조차 존재할 곳이 없고 아름다운 미인이란 개념조차 나올 수 없었을 것이다. 감각적으로 차별을 느낄 수 없기 때문에 그 존재가 드러나지 않는 것이다.

모든 존재는 차별적인 느낌(감각)에서 온 의식들에 불과하기 때문이다. 그러므로 감각은 모든 존재의 시발점이다.

자, 그럼 아름다움이 왜 거기 존재하게 되었는가 더욱 자세히 알아보자. 아름답다 아름답다 하지만 추한 것이 있기 때문에 아름다운 것이 표가 나는 것이다.

선하다 선하다 하지만 악한 것이 있기 때문에 선한 것이 드러나는 것이다. 검은 색이 있기 때문에 흰색이 눈에 띈다. 약한 것이 있기 때문에 강한 것이 성립되는 것이다. 이렇게 해서 모든 존재가 비로소 자기의 의미를 드

향락에서 해방된 인간은
슬픔도 공포도 없다

러낸다. 알고 보면 추(醜)는 미(美)의 의미를 존재시켜 주고, 미는 추의 의미를 존재시켜 준다. 흰 것은 검은 것을 존재시켜 주고, 검은 것은 흰 것을 존재시켜 준다. 약한 것은 강한 것을 존재시켜 주고 강한 것은 약한 것을 존재시켜 준다.

이렇게 서로 받쳐 줌으로써 그 의미를 살아나게 한 것이다. 마음 속에 의식은 상대적인 대립과 차별이 아니면 그 의미가 보여지지 않고, 느껴지지 않고, 잡혀지지 않는다. 이 세상 모든 의미는 상대적인 차별감을 타고 거기서부터 생겨난다.

이 세상 사람들이 모두 착하다 하자. 그럼 착하다(善)고 말할 필요가 있겠는가. 모두가 착한데 굳이 누구를 착하다고 말할 필요가 없으리라. 그렇게 되면 착하다는 의미 자체가 존재할 필요가 없어지고 말 것이다. 참으로 묘하다. 선과 악은 서로 존재시켜 준다. 선의 의미는 혼자 존재하지 못하고 악이 그것을 돕는 듯 대립하는 듯 받쳐 주어서 존재시킨다. 또한 악의 의미도 혼자 존재하지 못하고 선이 그것을 돕는 듯 대립하는 듯 받쳐 주어서 존재시킨다.

미와 추도 서로 존재시켜 준다. 아름다움의 의미는 혼자 존재하지 못하고 추함이 그것을 돕는 듯 대립하는 듯 받쳐 주어서 존재시킨다. 또한 추함의 의미도 아름다움이 그것을 돕는 듯 대립하는 듯 받쳐 주어서 존재시킨다. 그 차별적인 느낌이 서로 돕는 듯 서로 대립하는 듯하며 모든 존재의 의미를 살려낸다. 아니 탄생시키는 것이다. 그것이 이 세상 모든 존재들의 모습이다.

존재란 그렇게 해서 존재한다. 이 세상 모든 존재의 의미는 반드시 그렇게 상대성에 의해서 존재한다. 이것이 있음으로 저것이 있다. 이것이 없으면 저것도 없다. 삶이 있음으로 죽음이 있다. 삶이 없으면 죽음도 없다. 사랑이 있음으로 증오가 있다. 사랑이 없으면 증오도 없다.

그것뿐이겠는가. 있는 것과 없는 것, 큰 것과 작은 것, 좋은 것과 나쁜 것, 옳은 것과 그른 것, 귀한 것과 천한 것, 우수한 것과 열등한 것 등등 이 세상 모든 의미를 가진 것이면 모두 상호 의존적인 상대성의 원리에 의해서 겨우 그 개념을 존재시킨다. 왜냐하면 상대적인 차별감이 그 존재의 의미를 살려 주기 때문이다. 아니 탄생시켜 주기 때문이다.

그것이 무엇인지 알 수 없는 것이었다가 알 수 있는 의미가 된 것은 누구 때문인가? 감각 덕분인 것이다. 마음이 끝없이 감각을 타고 끊임없이 출렁 거리며 차별하고 대립하는 상대성의 유희를 거쳐 나타난 것들임을 알 수 있 다. 이 세상 모든 존재는 상대성의 차별 감각을 타고 자기의 의미를 성립시 킨다. 이렇게 성립시킨 그 의미들이란 무엇인가? 그것은 차별적인 감각에 서 온 일종의 개념들일 뿐이다.

우리가 이 세상에서 무엇을 안다는 것은 결국 모두 개념들에서 온 의식에 불과한 것들이다. 이쯤 되면 이 세상 모든 존재한다는 것의 의미라는 것이 무엇인지 알 것이다.

마음이 덧없는 감각을 타고 생각을 일으켜 끊임없이 유희할 때 나타나는 그림자들이다. 이 그림자들이란 본질적으로 볼 때 실다움이 없고 실체가 없 는 허깨비요 공한 것이다. 마치 꿈 속에선 분명 있는 듯한 사물이었으나 꿈 을 깨고 나면 아무것도 없는 것처럼 그 실체가 없는 것들이다. 실체가 없으 니 본래 자기 존재의 성질도 갖지 않는 것들이다. 그것은 필경 공(空)한 것들 이다.

각기 자기 존재의 성질을 가진 것같이 보였던 것은 꿈꿀 때 느끼는 감각 들 때문인 것이다. 그러나 꿈을 깨고 나면 꿈 속에 분명 존재하던 것들이 흔 적도 없는 것과 같다. 마치 허공에 핀 헛꽃이 없어졌다 하더라도 그것이 한 때 있었다고 말할 수 없는 것과 같은 것이다.

왜냐하면 헛꽃은 실제 생겨난 적이 없기 때문이다. 다만 눈병 난 환자의 눈을 통하여 있는 듯이 그렇게 나타났던 그림자요 허깨비들이기 때문이다. 마음으로 관조해 보면 감각에서 온 이 세상 모든 존재들이 얼마나 실다움이 없는 덧없는 것들인가. 그것들은 실로 공연한 것들이다. 그래서 그 성품을 공한 것이라 한 것이다.

우리는 꿈으로 사물들을 알고 있다. 실은 우리는 사물들을 모른다.

– 플라톤

그러므로 미혹에서 깨어난 사람이라야 인생이 큰 꿈이었음을 이해한다.

– 장자 〈제물론〉

우리 인생을 꿈에 견주어 본 자들은 아마도 그들이 생각하는 것보다 더 옳게 본 것이다. 우리들이 잠깨어 있는 현실은 결코 꿈을 깨끗이 씻을 만큼 잠깨어 있는 것이 아니다. 그 꿈은 잠깬 자들의 꿈이며 꿈보다 더 나쁜 꿈이다.

– 몽테뉴 〈레이몽스봉〉

아침 밥상머리에 앉아 어젯밤 꿈 이야기하는 김 서방, 박 서방, 지금도 꿈 속인 줄 모르고 있구나.

– 서산대사 〈서간구감〉

어떤 시인이 말했듯이 "미를 움켜잡고 보니 손에 잡히는 건 추더라"고 했다. 옛 말에도 "미를 좋아하면 추도 함께 따라온다" 했다. 그러나 그보다 더 정확히 말하자면 미는 본래 추를 떠나서 있는 것이 아니요, 추 또한 미를 떠나서 있는 것이 아니라고 하겠다. 미가 바로 추요, 추가 바로 미다. 왜냐하면 미와 추는 한 몸이요 하나이기 때문이다.

그러나 그보다 더 자세히 설명하자면 그것들의 본성은 미도 아니요 추도 아니다. 다만 사람이 감각적으로 탐하고 감정적으로 놀아나다 보니 본성에서 벗어나 홀연히 빚어진 요술 같은 것이 되어 미가 되고 추가 된 것이다.

그것은 우리의 감정 속에서 인연 따라 그때 그때 미로 보이기도 하고 추로 보이기도 한 것뿐이다. 우리는 그 요술 같은 세계 안에 유희하다가 참다운 자기를 잃어 버린 것이다. 참다운 자기를 잃어 버린 탓으로 우리는 자기의 삶이 무엇인지 모르게 되었고 왜 사는지도 모르게 되었다. 누구나 자기가 살고 있다고 생각하면서도 왜 사느냐 물으면 대답을 하지 못한다. 그것이 인생이다.

처음으로 돌아가 다시 한 번 살펴보자. 여기 우리 앞에 한 사람의 미녀가 서있다 하자. 왜 그녀가 미녀로 존재하게 되었는가? 그것은 우리의 의식이 그렇게 작용했기 때문이다. 우리의 감각에 물든 마음의 의식들이 그렇게 보고 느끼고 생각하고 판단하는 작용을 거쳤기 때문에 그녀가 미녀가 된 것이다.

우리의 감각적 의식 때문에 그렇게 생겨난 것이다. 본래 어디에 미녀의 본연의 규정이 있었던 것도 아니고 신이 미녀의 한계점을 정해 놓았거나 명명해 놓은 것도 아니다. 오직 마음 속에 감각 작용이 일어났기 때문에 그런 일이 있게 된 것이다.

마음이 그때그때 감각에 물들면 곧 의식화된다. 더 자세히 설명하자면 하나의 감각을 느끼면 곧 생각하고 판단하는 작용을 거쳐 어느새 하나의 의식이 형성되어 마음 속에 자리 잡는다. 그래서 우리의 마음 속은 온통 그 의식들이 주인이 되어 버린 것이다. 온통 그 의식들이 마음의 세계를 이루고 있는 것이다. 우리가 알 수 있는 마음이란 모두 의식화(意識化) 된 것들 뿐이다.

우리는 감각에 물들어 의식화 된 마음을 쓰면서 산다. 오직 그것 밖에 쓸 줄 모른다. 그러나 본래 마음의 바탕에는 이런 의식들의 때가 묻어 있지 않았지만 우리가 감각에 의한 생각들에 물들어 의식의 때가 묻게 된 것이다.

우리는 잃어버렸다. 감각에 물들어 의식화 되기 이전 본래 자기 마음을.

　그러니까 그 의식들이 온통 마음의 본바탕을 가려 버린 것이다. 나그네가 들어와 주인 노릇을 하고 있다고 할까. 아니면 가짜가 들어와 진짜를 밀어 내 버렸다 할까. 더 정확히 말하면 허상(虛像)이 들어와 진상(眞像)을 가려 버린 것이다. 우리는 잃어 버린 줄도 모르게 마음의 본체를 잃어 버린 것이다.

　"마음의 본체(本體)라고? 글쎄 그런 것이 있었던가?" 하고 의심할 것이다. 그렇다면 마음의 본체는 모양이 어떻게 생겼는가? 그건 어느 형상에도 속한 것이 아니요, 어느 색채에 속한 것도 아니다. 그래서 볼 수 없고, 만질 수 없고, 나타낼 수도, 인식할 수도 없다.

　마음의 본체는 마치 거울과 같다. 거울은 자신의 색깔을 갖지 않는다. 다만 붉은 것이 그 앞에 오면 붉은 것을 비추고, 푸른 것이 오면 푸른 것을 비출 뿐, 거울은 자신의 색깔을 갖지 않는다. 우리 마음의 본체도 거울같이 자신의 색깔이나 형상을 갖지 않는다.

　마치 거울이 사물이 오는 대로 그 색깔에 물들어 비쳐주듯 우리 마음 본체는 인간의 의식이 오는 대로 의식에 물들어 보일 뿐 자신의 본 바탕을 보여 주지 않는다. 아무리 보려 해도, 생각으로 헤아려 보아도 알 수 없는 것이 그것이다.

　왜냐하면 마음 본체는 그런 감각적인 일체 차별성을 떠난 평등성이요, 일체 상대성을 떠난 절대평등이기 때문이다. 그래서 거긴 일체 개념이 붙을 수 없는 자리다. 마음이다, 마음이다 하지만 마음 자체 모양이 어떻게 생겼는지 물으면 누가 대답을 하던가. 마음의 본체는 시간과 공간을 초월해 있는 것이다.

　인간의 마음은 신(神)의 빛이다. 인간의 마음은 신(神)과 동체(同體)다.

― 탈무드

마음의 본체는 곧 하늘의 본체다.

— 채근담

마음이 곧 부처요, 부처가 곧 마음이다.

— 보조스님 〈수심결〉

이 마음은 시작 없는 옛적부터 나고 죽는 것이 아니고, 푸르거나 누른 것도 아니며, 어떤 형상이 있는 것도 아니다. 모든 이름과 말과 자취와 관계를 초월한 본체가 마음이다.

— 황벽스님 〈전심법요〉

감각적인 기쁨을 받아들이는 자는 곧 감각적인 슬픔도 받아들이게 되어 있다. 그것이 일체 의식작용이 받아야 하는 인과응보다. 이것이 있음으로 저것이 있다. 이것이 없으면 저것도 없다. 삶이 있는 곳엔 죽음도 있다. 죽음이 없는 곳에 삶도 없다. 그래서 기쁨이 있는 곳엔 반드시 슬픔도 있다.

사람들은 "나에게 오직 기쁨을 주소서" 하고 기도하지만, 만일 우리에게 기쁜 일만 계속 일어난다면 우리는 기쁨 자체를 기쁨으로 느끼지도 않고 누리지도 못하리라. 기쁜 일만 계속 되는데 어찌 기쁨으로 느끼겠는가. 그러나 기쁨은 슬픔을 낳고 다시 슬픔은 기쁨을 낳게 되어 있다.

감정은 언제나 변화 속으로 흐름을 요구하는 유희다. 사랑이 있는 곳엔 증오가 있다. 사랑이 없는 곳엔 증오도 없다. 그래서 사랑에 불붙는 자는 증오에도 불붙는 자이니 마음이 감각적인 것을 받아들이고 감각적인 것에 집착하면 그 마음은 항상 번뇌에 활활 타오르게 되어 있다.

한 번 탄생함이 있는 곳엔 반드시 한 번 죽음이 있다. 생일날이 있는 자에겐 반드시 제삿날도 있기 마련 아닌가. 서로 만남이 있는 곳엔 반드시 헤어짐이 있다. 서로 영원히 헤어지지 않을 것이었다면 서로 만나지도 않았을 것이다. 이렇게 모든 것이 상대성의 연속이다.

기쁨이 있는 곳엔 슬픔도 함께 있다. 사람이 기뻐할 줄 몰랐으면 물론 슬퍼할 줄도 몰랐으리라. 그러나 기뻐할 줄 아는 자는 반드시 슬퍼할 줄도 아는 자이다. 상대성이 지니는 유위심 속에 끊임없이 유희하고 있기 때문이다. 인간의 덧없는 유위심은 죽는 날까지 계속된다. 그러나 마음 속에 있는 덧없는 유위심을 떨쳐 버리고 진정 무위심 속에 들어갈 수 있는 자는 영원하리라.

인간의 유위심 속에서 사랑과 미움이 계속되고 기쁨과 슬픔이 계속된다. 쾌락을 즐기는 곳엔 고통과 아픔도 함께 따른다. 무엇을 만끽했을 땐 허탈감도 함께 따른다. 이렇게 돌고 도는 유위심을 본질적으로 분석해 보면 이런 뜻(의미)이 된다.

사람의 마음이 기쁨을 구하는 것은 결국 슬픔을 구하는 것과 같다. 사람이 살기 위해 탄생함은 결국 죽기 위해 탄생함과 같다. 쾌락을 갈구하는 자는 결국 고통을 갈구하는 꼴이 된다. 그래서 마음 속에 이런 덧없는 유위심을 떨쳐 버리고 무위심(無爲心)을 실천할 수 있는 자는 위대하다. 영원하다. 왜냐하면 그 사람이야말로 마음의 어리석음에서 해탈(解脫)한 사람이기 때문이다.

> 無受想行識
> 無眼耳鼻舌身意
> 無相無住

(월간 『동두천문학』 2000년 5월호)

이 세상 모든 존재의 의미는 연기법(緣起法)이다

— 나의 유식론(唯識論) ⑧

어떤 사람이 어려서부터 자라온 환경이 매우 불우했다. 가난한 집에서 태어난 데다가 부모마저 일찍 돌아가셨다. 그에겐 세상을 살아가는 것이 매우 힘들고 어려움의 연속이었다. 인생은 그에게 어려서부터 많은 시련을 겪게 하고 많은 생각을 하게 했다. 살아서 모든 일이 마음대로 되기 어렵고 고통스런 것들의 연속인 것이다.

이렇게 살아가야 하는 인생이란 무엇일까? 곰곰이 생각하다가 그는 일기장에 이렇게 적어 넣었다. '인생이란 슬픈 것이다'라고 그는 일기장에 이렇게 기록하면서 이 말은 누구도 부인할 수 없는 인생에 대한 올바른 정의를 내린 것이라고 생각했다.

그 후 세월이 흐르고 그는 다행히 운이 좋아 평탄한 출세가도를 달렸다. 그래서 명예도 얻고 부(富)도 얻고 건강도 좋았다. 그의 마음은 날마다 즐거움의 연속이었다. 이제 그는 정말 인생이란 한 번 살아볼 만한 가치가 있는 것이라고 생각하게 되었다. 그는 어느덧 인생의 찬미자가 되었다. 그래서 그의 일기장에 '인생이란 기쁜 것이다' 라고 기록했다.

　그러다가 우연이 지난날 학창시절의 색바랜 일기장을 들춰보게 되었다. 거기엔 '인생이란 슬픈 것이다' 라고 기록되어 있었다. 지금 심정으로 생각해 보니 말도 안 되는 것 같았다. 그러나 그는 매우 놀랐다. 그 옛날엔 그렇게 진지하게 쓴 글귀가 아니던가. 그런데 왜 이렇게 생각이 달라졌을까? 다시 곰곰이 생각해 보니 '인생은 슬픈 것이다' 해도 완전히 정확한 것이 아니요, 다시 '인생은 기쁜 것이다' 이렇게 정의를 내려도 인생에 대한 완전한 정의가 아님을 알았다.

　그는 또 얼마 후 사업에 실패하여 회사가 부도나게 되자 무척 괴로워했다. 그래서 '인생은 괴로운 것' 이라고 일기를 쓰다가 글쎄 이따위 말들을 늘어놓은들 무엇을 하겠는가, 하며 펜을 내던져 버렸다. 결국 이랬다 저랬다 하는 생각들의 변화를 겪었지만 결론은 이것도 저것도 아닌 셈이었다.

　그럼 인생을 무엇이라고 정의(定義)를 내려야 꼭 맞는 완전무결한 정의를 내린 것이 될 수 있을까? 지워지지 않는 물음표는 계속 남아 있었다. 말하자면 진리는 분명 있는 것인데 그리고 철학적으로 꼭 알맞은 근사한 말이 있을 것 같은데 그것이 무엇일까? 곰곰이 생각하고 또 생각했다. 그러나 알 수 없었다. 그는 깊이 생각에 잠겨 있다가 문득 하나의 기억이 머리를 스쳤다. 얼마 전 어느 잡지에서 도(道)를 깨달았다는 어느 고승에 대한 인터뷰기사를 읽었던 것이 생각났다.

　그렇구나. 그 고승에게 물어보면 알 수 있겠구나. 내가 왜 진즉 그런 생각을 못했을까 하며 그는 곧 고승을 찾아갔다. 고승에게 공손히 큰절을 올리고 물었다.

　"큰스님, 우리 인생이란 무엇이라고 말해야만 올바른 정의를 내린 것이 될 수 있을까요? 저에게 그 답을 내려주십시오. 그것을 말씀해 주신다면 그 말씀 길이길이 내 마음 속에 받들어 행하겠습니다."

그러자 스님은 허허허… 너털웃음을 웃으신 후 이렇게 말했다. "나도 그것을 모른다네, 이 사람아" 하시며 한 마디로 일축해 버렸다. 그는 다시 절을 올리며, "큰스님이 가엾은 중생에게 자비를 베푸시어 인생이 무엇인지 꼭 맞는 답을 일러주십시오" 하며 재차 간청했다.

스님은 "나 역시 모르는 것인데 어떻게 그대에게 말해 줄 수 있겠는가" 하는 말뿐이었다. 그러자 그 사람은 아주 강경한 어조로 말했다. "만일 말해 주시지 않는다면 저는 이 방에서 한 발자욱도 나가지 않겠습니다" 하며 버티고 앉아 있었다.

한참 침묵이 흐른 후 스님은 다시 입을 열었다.

"내가 자연 속에서 비유를 하나 들어 설명하겠으니 잘 듣고 잘 생각해 보라. 독사가 먹이를 잡을 때는 그 이빨로 문다. 독사의 이빨은 그 끝이 주사침처럼 되어 있어 거기서 치액(齒液, 뱀의 이빨에서 나온 물)이 나온다. 그 치액이 사람의 혈관을 타고 심장에 도달하면 그 사람은 1분30초 만에 심장이 파열되어 죽고 만다. 독사의 치액은 무서운 독약이 되기 때문이다. 그러나 그 치액이 사람의 입을 통해 위장으로 들어가면 보약이 된다. 원기가 넘치고 정력이 왕성해지기 때문이다. 그렇다면 사람의 심장과 위장은 어차피 한 몸 안에 붙어있는 것인데, 뱀의 치액 그것은 우리에게 독약인가? 보약인가? 한 번 말해 보라. 어서 빨리 대답해 보라."

그러나 그 사람은 무엇이라고 말해야 할지 몰라 머뭇거리며 대답을 못하고 있었다. 이렇게도 생각해 보고 저렇게도 생각해 보는 눈치였으나 결론을 내리지 못하고 있었다. 스님은 다시 입을 열었다.

"사람이 참다운 이치를 알려면 불교에서 말하는 연기법(緣起法)을 몰라서는 안 된다. 연기법이란 무엇인가. 이 세상 모든 존재하는 것들의 존재 의미는 인연 따라 생겨났다가 다시 인연이 흩어지면 없어진다는 뜻이다. 더 자세히 설명하자면 뱀의 치액이 심장과 만나는 인연이 되면 독약이 되고, 위

백운소림 **향락**에서 해방된 인간은
수 상 집 **슬픔도 공포도 없다**

장과 만나는 인연이 되면 보약이 된다. 이렇게 무엇과 인연 관계가 되느냐에 따라서 그 존재 의미가 달라진다는 뜻이다. 인연 작용이 일어나기 전까지는 우리는 그것이 독약인지 보약인지 그 존재 의미를 모르지만, 인연작용이 이루어지면 그 인연을 따라 독약이 되기도 하고 보약이 되기도 한다는 것이 연기법이다. 그것을 또 한 편으로는 인연법이라고 말하기도 한다. 한번 더 자세히 설명하자면 뱀의 치액이 위장의 생리와 만나면 보약이 되는 결과가 이루어지고 심장의 생리와 만나면 독약이 되는 결과가 이루어진다. 또는 부싯돌과 강철이 부딪치는 인연이 되면 불이 탄생하는 결과가 이루어진다. 이렇게 탄생한 불씨는 다시 나무라는 땔감과 만나는 인연이 되면 불은 맹렬하게 타오르지만 다시 땔감이 다하면 불은 저절로 꺼지는 결과가 이루어진다. 이렇게 인연작용에 의해서 불은 문득 있는 것이 되었다가 다시 문득 없는 것이 된다. 한 인간이 세상에 살아있다는 것은 거기 지금 여러 인연이 모여 생명의 불이 하나 타고 있다는 것을 말해 준다. 그 결과 거기 하나의 '나' 라고 하는 존재 개념이 이루어지고 또 나라고 하는 하나의 주관의식이 거기 생기게 된다. 이렇게 이루어진 주관의식이 '나' 밖의 삼라만상과 교감하는 인연작용에 의해서 모든 대상들의 하나하나 존재 의미를 만들어 낸다. 그러나 인간이라고 하는 나의 생명의 불이 꺼지면 그것들의 존재 의미도 사라진다. 그렇게 존재하던 모든 것들의 존재의 의미도 문득 있는 것이었다가 문득 없는 것이 된다. 이렇게 인연 따라 있었다가 없었다가를 반복하는 것은 그것이 공(空)한 것이기 때문이다. 그것은 꿈 속처럼, 허깨비처럼, 그림자처럼 존재하는 것들이다. 그것이 우리들의 자아(自我)의 존재요, 일체 만물의 존재다. 그래서 불교에서는 '나' 가 있지 않은 '무아(無我)' 라고 한다. '나' 라고 하는 것들이 실다움이 없는 것들이기 때문이다. 그래서 우리는 뱀의 치액 그것이 무엇인지 모른다고 말해야 더 옳을 것이다. 그것이 근본적이고 본질적인 질문에 대한 올바른 대답이 된다.”

유식론 첫장에서 기술했듯이 사람의 눈이 태양과 만나는 인연이 되면 온 세상이 밝은 광명천지가 되지만 부엉이 눈이 태양과 만나는 인연이 되면 온 세상이 암흑천지가 되는 것과 같다.

또 일반 사람들의 혀와 매실이 인연이 되면 신맛이 된다. 너무 시어서 턱이 돌아갈 것 같다. 하지만 임신부의 혀와 매실이 인연이 되면 매실의 맛은 달다. 판다곰의 혀와 댓잎이 인연이 되면 댓잎은 맛있는 식사가 되지만 사람의 혀와 댓잎이 인연이 되면 아무리 씹어도 아무 맛이 나지 않는다. 사자의 후각엔 코끼리 똥이 향기가 되지만 사람의 후각엔 구린내가 된다. 이렇게 서로 인연의 결과가 이루어짐이란 그 의미가 각각 다른 것이 된다.

결론적으로 말하자면 코끼리 똥의 본질은 더러운 것도 깨끗한 것도 아니라는 뜻이다. 그때그때 인연의 법칙에 의해 향기가 되기도 하고 구린내가 되기도 하지만 그 본질은 반야심경에 나온 대로 불구부정(不垢不淨)이라는 뜻이다.

> 연기(緣起)를 보면 곧 법(法)을 보고
> 법을 보면 연기를 본다. 일체 존재는
> 인연 따라 생겨나고 없어지는 연기법이다.
>
> ※ 緣起란 因緣生起의 준말
>
> — 한글대장경 중아함경 1권 161페이지

> 모든 법은 인연에서 생겨나는 것. 그 법은 인연 따라
> 멸하나니 인연이 멸하면 곧 도(道)라고
> 큰 스승께서 이렇게 말씀하셨네.
>
> — 불본행집권 2권 276페이지

이와 같이 지상의 모든 유위법은 무상하여 인연 따라 이루어지고 인연 따라 없어지는 성질의 것이다. 육체와 정신 모두 어떤 원인과 인연 조건에 의해서 이루어지고 사라지는 허무한 존재다.

우리 인류역사에 4대 성인 중 한 분이신 소크라테스에 대하여 이야기해 보자. 소크라테스는 항상 아테네 시민을 향해 이렇게 말했다 한다.

"너 자신을 알라."

그래서 어느 날 한 시민이 질문했다. "선생님은 선생님 자신을 알고 있소?" 하고 물었다. 그랬더니 소크라테스는 이렇게 대답했다.

"나는 나 자신을 모른다. 하지만 나는 내가 나 자신을 모른다는 것을 잘 알고 있다. 그런데 세상 사람들은 자기가 자기 자신을 모르고 있다는 것도 모르더라……. 그 사람이나 나는 선(善)이나 미(美)에 대하여 전혀 아는 것이 없는데도 그 사람은 자기가 모르는 줄 모르고 있다. 그러나 나의 경우는 어떤가. 나는 내가 모른다는 것을 분명히 알고 있기 때문에 나는 그 사람보다 지혜로운 사람이다."

– 소크라테스 변명에서

젊은 시절 소크라테스는 군인이었다. 그는 군인 신분인데도 명상하기를 즐겼다. 알 수 없는 하나의 화두가 머리에 떠오르면 부대 연병장인데도 그냥 그 자리에 선 채로 명상에 잠겼다 한다. 그냥 하루 종일 선 채로 화두 참구에 잠겨 있으면 그 소식이 부대 내에 알려지고 군인들은 모두 나와서 그 꼴을 구경했다 한다. 어떤 때는 선 채로 밤까지 그 이튿날까지 계속되었다 한다. 어떤 군인들은 연병장 옆에 있는 원두막을 빌려 밤 새워 그 꼴을 구경했다고 한다.

제대 후 아테네 시에 살 때도 어느 향연에 초대받아 가는 도중 화두가 머리에 떠오르자 그대로 길가에서 벽을 향하고 명상에 잠겨 버렸다. 한편 초대한 집에선 다른 손님들은 다 모였는데 소크라테스만이 오지 않아 사동을 시켜 나가보게 했다. 사동은 어느 집 앞 길가에서 담벽을 향해 서서 명상에 잠긴 소크라테스를 발견했다. 그래서 "어서 가십시다" 재촉했으나 들은 체도 않고 명상에 잠겨 있었다. 사동은 돌아와 주인께 이 사실을 보고했다.

소크라테스는 일단 화두가 떠오르면 그곳이 연병장이든 길가이든 거기 선 채로 참선으로 들어가는 버릇이 있었다. 일반적으로 불교승려들은 참선할 때는 방에서 좌복 위에 단정히 앉아 참선하며 화두를 참구한다. 그러나 마음이 진실로 참선하려 한다면 그 자세가 무슨 문제이겠는가. 선 자세이거나 앉은 자세이거나 무슨 상관이 있는가. 다만 마음상태가 화두에 몰입하는 자세가 되었느냐 안 되었느냐가 문제일 뿐이다.

이와 같이 지금부터 이천오백 년 전 소크라테스는 그리스에서, 석가모니는 인도 보리수 아래서 모두 자기 스스로 자기를 찾기 위해 그 정신상태가 저절로 참선하는 자세가 된 것이다. 어떤 스승이 있어서 지도를 받은 것도 아니요, 자기 스스로 저절로 그런 정신자세가 이루어진 것이다. 인간세상을 살아가자면 누구나 삶의 근본적인 문제에 대한 자기 물음(화두)에 부딪치지만, 보통사람들이야 잠시일 뿐 세상살이 욕망과 번뇌에 재미 붙여 살며 그냥 지나쳐 버리기 마련이다. 그렇게 한세상 덧없는 인생을 보내고 만다.

다시 처음으로 돌아가 이야기해 보자. 소크라테스가 말하길 "그 사람이나 나는 선(善)이나 미(美)에 대하여 전혀 아는 것이 없는데도 그 사람은 자기가 모르는 줄 모르고 있다. 그러나 나의 경우는 어떤가? 나는 내가 모르고 있다는 것을 분명히 알고 있기 때문에 나는 그 사람보다 더 지혜로운 사람이다" 라고 한 말이 무엇인지 한 번 검토해 보자.

우리 인간이 선(善)이나 미(美)를 인식하고 안다는 것은 맨 처음 그 시초가 감각(느낌)에서 온 것이다. 감각이 주는 효과와 인상에 따라 '아! 미인이다'

하는 생각을 일으키고 인식하는 것이다. 그리고 생각을 일으키면 즉시 더욱 분별 · 비교 · 판단을 거쳐 하나의 의식으로 이루어져 자리잡게 된다. 하지만 우리는 그런 의식적 판단들이 결코 진리의 경지는 아니라는 것을 알고 있다.

우리 인류가 '이것은 완전무결한 선(善)이다' 라고 느끼고 공감할 수 있는 기준이 있을 수가 있을까? 모든 동물들이 자기 새끼를 기르고 먹여 살리기 위해 온 정성을 다하고 있는 모습을 보면 눈물겹다. 거기서 우리는 선(善)이 무엇인가를 깊이 생각해 볼 수 있다.

그런데 동물왕국에 보면 자기 새끼를 먹여 살리기 위해 다른 동물의 새끼를 물어와 그 몸을 갈기갈기 찢는다. 그리고 피가 철철 흐르는 먹이를 자기 새끼에게 먹이고 있다. 끔찍한 악행이 행해지고 있음을 본다. 자기 새끼에게 행하는 선이 곧 다른 동물에겐 악이 된다. 그렇게 거기 선과 악이 함께 행해지고 있음을 본다. 하나의 선행이 곧바로 다른 악행이 됨을 보고 우리는 놀란다.

우리 인류가 '이것은 완전무결한 미(美)다' 라고 모든 사람이 느끼고 공감할 수 있는 기준이 있을 수 있을까? 어떤 남자가 아름다운 아가씨를 보게 되었는데 그 아가씨가 세상에서 가장 아름다운 미인같이 보였다. 그래서 열렬히 사랑하게 되고 사귀게 되었다.

그런데 얼마 후 다른 아가씨를 만나게 되었는데 너무나 황홀하도록 아름다웠다. 먼저 아가씨는 이 아가씨에 비하면 순수한 촌색시에 불과한 것 같았다. 그리고 촌스럽고 초라해 벌써 싫증이 났다. 이제 이 남자의 관심은 온통 새로운 아가씨에게 기울어져 있었다.

우리는 진실로 선의 정체가 무엇인지, 미의 정체가 무엇인지 모른다. 우리는 다만 감각적으로 느끼고 판단하고 인식한다. 그때그때 감각이 주는 효과와 인상에 따라 '아, 미인이다' 하는 생각을 일으키며 인식하는 것이다.

그러나 사람마다 미를 보는 관점이 다를 수 있고 취향이 다를 수 있기 때문에 서로 미를 보는 관점이 같고 취향이 비슷한 인연끼리 만난다면 비로소 좋은 인생인연이 이루어질 것 같다.

하여튼 우리는 진실로 선의 정체가 무엇인지 미의 정체가 무엇인지 모른다고 말해야 할 것 같다. 사람이 감각적인 것에만 치우치면 어찌 올바른 존재의 의미를 파악할 수 있겠는가. 감각들은 항상 변하고 달라지는 덧없는 것이어서 오늘은 이렇게 느껴지던 것이 또 내일은 다르게 느껴지고 그 다음날엔 또 다르게 느껴지게 될 수 있기 때문이다. 감각이란 그런 변덕쟁이 같은 것이어서 감각은 변하지 않는 자기 존재를 가질 수 없다.

그런데 그런 감각에서 온 것이 선이기도 하고 미이기도 한 것이다. 그렇기 때문에 우리는 진실로 선(善)이 무엇인지 미(美)가 무엇인지 모른다고 말해야 옳을 것 같다. 왜냐하면 우리는 그때그때 느껴짐으로만 판단하기 때문이다. 그런 느껴짐이란 항상 덧없이 변하고 들뜨고 달라짐을 계속할 수밖에 없다.

그러므로 어차피 느낌으로만 아는 것이 우리의 정신세계이기 때문에 '이것은 완전한 선(善)이다. 이것은 완전한 미(美)다' 라고 확실하게 정할 수 없고 확실하게 판단될 수 없다. 그래서 우리는 선이나 미, 그것이 무엇인지 모른다고 또 한 번 말해야 할 것이다. 그렇기 때문에 감각을 따라다니지만 말고 멈추어 서서 그것을 되돌아보고 문득 전도몽상(顚倒夢想)이 아닌 경지를 이제는 훤하게 비추어 볼 수 있어야 한다. 그것이 견성(見性)이다.

뒤바뀐 꿈 생각이(顚倒夢想) 무엇인지 알려고 한다면
그것은 불꽃 같은 마음 때문임을 알라. 온갖 불꽃 같은 마음 번뇌
버려라. 거기서 욕심은 그치어 쉬느니라.

— 한글대장경 증일아함경 1권 517페이지

모든 법(法)은 다 비고(空) 고요하여 생기는 것이나 사라지는

것이 모두 허깨비로서 진실함이 없기 때문이다.

– 한글대장경 증일아함경 2권 189페이지

또 하나의 예를 들어보자. 서기 67년 인도불교가 처음 중국에 전해진 이후 중국불교는 눈부신 발전을 이루었다. 그 후 서기 520년경 중국 양나라 시대가 되었다. 그때 인도고승 달마대사가 선불교(禪佛敎)를 전하기 위해 중국에 왔다. 달마대사는 석가모니 부처님의 혜명을 이어받은 28대 조사였다. 달마스님이 중국에 오기 전까지는 중국불교는 교법(敎法)을 위주로 발전을 이루었으나 선법(禪法)은 아직 제자리를 잡지 못하고 있었다.

선승(禪僧)이자 28대 조사인 달마대사가 중국에 오셨다는 말을 전해 들은 당시 양나라 황제 양무제는 득달같이 찾아와 뵈었다. 정중히 인사드린 후 서로 법 문답을 하게 되었다. 당시 양무제는 그동안 불교를 위해 많은 불사를 일으키고 베풀어 세상엔 불심 천자(天子)로 불려지고 있었다.

양무제는 달마대사에게 정중하게 물었다.

"어떤 것이 성스러운 진리의 제일가는 뜻입니까?"

이에 달마대사가 대답했다.

"진리의 경지는 확연하여 그 경지에서는 성인이니 범부이니 하는 것도 없습니다."

그러나 이 말 뜻을 정확히 알아듣지 못한 황제는 놀라서 다시 물었다.

"그렇다면 지금 내 앞에 나를 대하고 있는 분은(달마대사를 지칭한 말) 누구시옵니까?"

그러자 달마대사가 대답했다.

"모르겠습니다."

황제와 달마스님이 나누는 대화는 황제에겐 이해하기 어려웠고 뜻이 통

하지 않는 난감한 대화였다.

　지금까지 이 장에서 다룬 '나는 모른다' 라는 대답이 나온 경우는 3번이나 된다. 그 첫 번째는 인생이 무엇인지 모른다는 고승의 대답이 있었고, 두 번째는 소크라테스가 '나도 나 자신을 모른다' 는 대답이 있었고, 세 번째는 달마스님이 역시 '모르겠습니다' 라는 대답이 있었다. 보통 사람의 생각으로선 이해하기 어렵고 짐작하기도 어려운 대화들이다. 왜냐하면 지금까지 인류가 있어온 이래 사람이 들어보지 못한 이상한 대화법의 문답이기 때문이다. 하지만 이건 사람의 정신을 개벽하는 말이다. 그래서 이제까지 말한 이 어려운 대화의 뜻을 이해시키기 위해서 마지막으로 중국 도교의 교리에 나온 문답 하나를 소개하고자 한다.

　도인(道人)이신 태청이 어느 날 무궁이라는 사람에게 물었다.
　"당신은 도(道)를 알고 있소?"
　이에 무궁이 대답했다.
　"나는 도를 모르오."
　다음에는 위라는 사람에게 물었다.
　"당신은 도를 알고 있소?"
　이에 위가 대답했다.
　"예, 나는 도를 알고 있소."
　그러자 태청은 덧붙여 물었다.
　"그럼 당신이 안다는 그 도에 속한 무슨 속성(屬性) 같은 게 있습니까?"
　"예, 도가 고귀하면 제왕이 되고 천하면 종이 되며 모이면 삶이 되고 흩어지면 죽음이 된다는 것을 나는 알고 있소. 이것이 내가 알고 있는 도에 관한 그 속성이오."
　이 말이 끝나자마자 도인 태청은 하늘을 우러러보며 한숨짓고 탄식하며 말했다.

"모른다 하면 사실은 아는 것이고 안다고 하면 사실은 모르는 것인데, 그러나 어느 누가 이 모르는 것이 진실로 아는 것임을 알고 있을까" 하며 한숨지었다.

마침 그 자리에 태청의 참다운 제자 무시라는 사람이 있어 도의 경지에 대하여 해설을 곁들여 말했다.

"도란 귀로 들을 수가 없는 것인데 들었다 하면 도(道)가 아니다. 도는 눈으로 볼 수 없는 것인데 보았다 하면 도가 아니다. 도는 말할 수가 없는데 말했다 하면 도가 아니다. 도는 만물에 형체를 베풀어 주면서도 그 스스로는 형체가 없다는 것을 안다면 그 도는 의당 뭐라고 이름 붙이지 못하게 된다."

– 장자지북유14

불교철학의 연기법(緣起法)과 소크라테스의 부지(不知) 철학과 중국 도교의 무위자연(無爲自然) 철학은 오랜 인류역사에 인간심성(心性)의 근본이나 본질을 밝히는 데 그 맥락(脈絡)을 같이해 왔다. 또한 중국 유교의 공자도 이러한 인간의 알지 못함에 대하여 논어에 이렇게 말한 것이 있다.

"아무도 나를 아는 사람이 없구나."

그때 자공이라는 제자가 공자 곁에 있다가 공자에게 말했다.

"무엇 때문에 선생님을 아는 사람이 없다는 것입니까?"

그러자 공자가 말했다.

"하늘을 원망 않고, 남을 허물하지 않고, 밑에서 배워 위로 통달하거니와 나를 아는 것은 하늘일 것이다."

– 논어에서

여기서 공자가 "아무도 나를 아는 사람이 없구나"라고 말하는 것은 무슨 뜻일까? 모두 공자의 참다운 존재를 모르고 있다는 뜻이다. 이 한 마디 말이야말로 인류의 스승 공자님의 위대함을 다시 엿보게 하는 말이다. 석가모니 부처님도 이런 말을 했다. "부처란 무엇인가? 누가 나(부처)를 보려 할 때 찬란한 색깔로써 보려 하거나 아름다운 음성으로서 찾으면 그 사람은 삿된 도리를 행하고 있음이니 끝내 부처를 보지 못하리라." 우리 인간이 무엇을 안다는 것은 무엇인가? 맨 처음 감각으로 느끼고 곧 생각을 일으키는 의식을 통해서 무엇인가를 아는 것으로 파악하는 것이다. 말하자면 그 시초가 감각에서 시작된 것이다.

그런데 감각들이란 변덕스러운 것이어서 오늘은 이렇게 느껴지던 것이 내일은 저렇게 느껴지고 모레는 또 다르게 느껴질 수 있다. 알고 보면 감각들이란 변하지 않는 자기 존재를 가질 수 없는 것들이다. 사람들은 그때 그때 감각들이 주는 효과와 인상에 의해서 대상을 파악하지만 그것은 정처가 없는 것들이다. 또한 덧없는 것들이다. 우리는 덧없는 감각과 덧없는 생각과 덧없는 의식으로 어떤 존재를 아는 것으로 삼는다.

그러나 그렇게 파악된 것들이란 이미 마음이 미혹당해서 나타난 결과들일 뿐이다. 우리가 어떤 존재를 올바르게 알고 본다는 것은 참으로 어려운 일이다. 그렇기 때문에 어떤 존재의 의미를 올바르게 안다는 것은 진리를 깨닫지 않고는 불가능하다.

우리는 그냥 그때그때 느끼는 감정과 인상으로 서로 받아들여 교류하며 세상을 살아간다. 그러나 인간이 진리를 깨달아 겉모습이 아닌 내면을 알고 그 본질을 알아 바른 삶을 실현할 수 있다면 그것이 우리들 삶의 최고의 이상향이 될 것이다.

(『한국불교문학』 2016년 겨울호)

향락에서 해방된 인간은
슬픔도 공포도 없다

인간은 감각적인 존재(存在)

― 나의 유식론(唯識論) ⑨

그동안 감각들의 발생에 대하여 하나하나 짚어 본 셈이다. 이렇게 다섯 군데서 발생하는 감각들(눈·귀·코·혀·몸)이 모여서 서로 상의와 협동으로 의식들을 만들어내는 것을 보아왔다. 우리에게 이 다섯 가지 감각이 없으면 사물들을 인식할 수 없다. 그래서 우리의 의식작용은 모두 이 감각들을 중계로 하여 이루어진다는 것을 알았다.

이 다섯 감각 중에 한 가지라도 결여되면 우리는 생명체로서 불완전해진다. 현상계에 대한 인식 능력이 결여되고 그로 인해 의식 활동을 제대로 할 수 없기 때문이다.

장님에게는 아무리 밝고 찬란한 빛이 있어도 그것이 빛이 되지 못한다. 귀머거리에게는 아무리 큰 소리가 울려도 그것이 소리가 되지 못한다. 코머거리에게는 아무리 향기가 진동해도 그것이 냄새가 되지 못한다. 온몸이 쇠하여 신진대사가 제로 상태로 떨어진 자에게는 아무리 진수성찬을 차려 놓아도 그것이 맛이 되지 못한다. 전신마취 당하듯 촉감이 정지된 자에게는 아무리 어루만져 주어도 애무가 되지 못한다.

이 다섯 감각들이 모두 일어나지 않는 육체는 죽은 몸이다. 죽은 자는 육체라는 기계가 고장나서 감각적 기능을 발휘할 수 없기 때문이다. 죽은 자 앞에서는 천하일색 미인이 술을 따라도 그것이 향응이 되지 못한다. 죽은 자는 일체 감각을 일으키지 못하고 거기 따라 생각도 일어나지 않기 때문이다. 설사 죽은 자의 입을 벌리고 거기 술을 들이부어 넣는다 해도 죽은 자가 황홀한 감각을 일으키겠는가?

몸에서 어떤 감각이라도 일어나야만 그것을 실마리로 하여 무슨 생각을 일으킬 수 있을 것인데 그렇지 못하기 때문이다. 인간이 생각을 일으킨다는 것은 그 실마리가 감각에서 온 것들이다. 느낌을 일으키는 감각을 중계로 하여 생각하고 판단하며 어떤 의식을 성립시킬 수 있기 때문이다.

우리는 감각이 없으면 어떤 사물도 인식할 수 없다. 감각적 방법이 아니고선 우리는 여기 놓인 돌 하나가 무엇인지 알 수 없다. 우리는 감각을 통해서 일체 사물을 인식할 수 있다. 그것 말고 다른 방법이란 우리에게 없다. 사람의 정신 작용이란 그 감각들을 실마리로 하여 생각하고, 판단하고, 선택하는 의식작용이 진행이다. 그리고 그것을 총체적으로 총괄하는 것을 사람의 마음이라 한다.

'마음' 그래서 사람의 마음이 움직인다는 것은 생각들의 진행이요, 판단 분별하는 의식들의 진행을 말함이다. 그렇게 하여 우리는 감각에 물든 마음을 쓰며 살아간다. 즉, 우리의 삶은 온통 감각적 마음을 쓰며 살아간다는 뜻이다. 어쨌든 우리는 삼라만상의 존재를 알려고 할 때 감각적인 방법으로 느끼고 생각하고 판단하고 인식한다.

그 방법 밖에 다른 방법이 없다. 생각이든 의식이든 모두 감각에 뿌리를 두고 있기 때문이다. 그래서 우리는 그 감각들의 중계로 오는 것을 가지고 생각하고 판단하는 것이다. 설사 어떤 사람이 고상한 정신을 소유하고 있다

해도 그 고상한 정신이란 것도 모두 마음이 감각에 뿌리를 두고 사리분별하는 데서 온 것들이다.

사람들은 흔히 플라토닉 러브를 곧잘 이야기한다. 육체적인 사랑이 아닌 숭고한 정신적 사랑이 있다는 것이다. 그러니까 이성을 육체적으로 사랑하지 않고 정신적으로만 사랑한다는 것이다. 그런 것이 인간에게 가능할까.

설사 그런 것이 있다 해도 그것도 결국 이성의 용모나 행동 속에서 풍기는 것을 감각적으로 생각하고 음미하기 때문에 사랑하는 것이다. 사랑하는 대상의 아름다운 용모, 고운 목소리, 행동거지 하나하나에서 풍기는 향기 등, 그 사람에게서 느껴지는 감각적인 맛을 알기 때문에 가능한 것이다.

사랑의 대상을 전혀 감각적으로 느낄 수 없고, 상상할 수 없고, 종잡을 수 없는데 사랑한다는 것은 불가능한 일이다. 인간은 육체와 정신을 전혀 별개의 것으로 생각하기 쉽지만 그 둘은 본래 나누어질 수 없는 것이다. 왜냐하면 사람의 마음이 작용할 때 어디까지가 육체적이고 어디서부터 정신적이라는 한계선을 그을 수 없기 때문이다.

이것을 더 자세히 구체적으로 설명하자면 이렇게 된다. 육체의 행위는 정신에 의해서 이루어지고, 정신의 행위는 육체에 의해서 이루어진다. 그러므로 정신을 떠나서 육체를 생각할 수 없고, 육체를 떠나서 정신을 생각할 수 없다. 결국 정신행위와 육체행위는 조그만 틈도 없이 함께 하고 있는 하나이다. 하나이던 그것이 감각적 작용을 하며 상대적으로 나누어져 사랑도 일으키고 미움도 일으킨다. 선도 일으키고 악도 일으킨다. 아름다움도 일으키고 추함도 일으킨다. 좋다는 것도 일으키고 싫다는 것도 일으킨다.

그렇게 해서 감각이 그런 상대적인 존재 의미들을 낳아 놓은 것이다. 그것이 일체 존재가 존재하게 된 그 연유다. 그러나 그것들은 인연 따라 잠시 생겨나 실재한 듯 보였으나 그건 곧 덧없이 변하고 사라지고 없어지는 허망한 것이 된다.

육체와 정신은 그 한계가 없다. 그 근본에서 보면 육체와 정신은 하나이다. '하나' 그러니까 그 무엇이라고 설명할 수 없는 그 하나에서 둘로 나누어져 나와 육체와 정신이라는 이름이 각각 붙은 존재가 된 것이다. 그 하나는 무어라고 형상을 느낄 수 없고 무슨 의미라고 상상해 볼 수도 없는 것이다. 그래서 어떤 사람들은 다만 그 이름을 절대라고 붙여본다. 육체와 정신뿐만 아니라 다른 모든 상대적인 존재들도 알 수 없는 그 하나에서 둘로 나누어져 나와 상대적이 된 것이다.

삶과 죽음은 알 수 없는 그 하나에서 둘로 나누어져 나와 서로 이름이 다른 존재가 된 것이다. 그리하여 우리는 삶을 좋아하고 죽음을 싫어하는 것이 되었다. 있는 것과 없는 것은 알 수 없는 그 하나에서 둘로 나누어져 나와 이것은 있는 것이 되고 저것은 없는 것이라고 분별하고 차별하게 한다. 눈에 보이는 감각으로 생각하고 헤아린 데서 온 결과인 것이다.

그러니까 있다 없다, 좋다 나쁘다 등등 상대적인 생각들은 감각들의 효과와 인상에서 온 개념들이다.

> 육체와 정신은 모두 원인과 조건(인연)에 의해서 이루어지고 사라지는 허무한 존재다.
> — 중아함 대인경

우리는 이렇게 감각적인 개념을 가지고 존재하는 그것이 무엇이라는 것을 추리하는 정도다. 그것은 결국 모두 개념적인 지식에 불과하다. 우리는 진실로 존재하는 것이 무엇인 줄 모르고 있는 것이라고 해야 더 옳을 것이다. 그러나 사람들은 자기가 모든 존재의 본성을 모르고 있다는 것도 깨닫지 못하고 있다.

좋다 나쁘다는 알 수 없는 그 하나에서 나누어져 나와 서로 이름이 다른 둘이 되고 둘은 상대적으로 대립하는 것이 되었다. 슬픔도 기쁨도 알 수 없는 그 하나에서 나누어져 나와 서로 이름이 다른 둘이 되고 둘은 상대적으로 대립하는 것이 되었다. 권리와 의무도 알 수 없는 그 하나에서 나누어져 나와 둘이 되고 상대적으로 대립하는 것이 되었다. 우리는 권리를 좋아하고 의무를 싫어한다. 그러나 한 나라의 대통령이 되면 엄청난 권리를 잡았다고 생각되지만 실은 한 나라의 경제와 민생을 책임지는 엄청난 의무를 짊어진 것이다.

한 가정의 주인이라 하지만 가족을 먹여 살려야 하는 노예가 아니던가.

사랑과 증오도 알 수 없는 그 하나에서 나누어져 나와 둘이 되고 서로 상대적으로 대립하는 것이 되었다. 우리는 사랑을 좋아하고 증오를 싫어한다. 그러나 사랑이 깊은 곳엔 증오도 깊다는 말이 있다. 사랑을 불태울 수 있는 자는 증오도 불태울 수 있는 자다. 애초에 사랑하지 않는 사람끼리는 증오할 일도 없는 것이다.

부모들은 자기 자녀가 이웃 친구와 친하게 지내면 흐뭇하게 바라본다. 그러나 너무 친해 죽고 못살면 "어허 그러다가 또 싸울라" 하면서 걱정한다. 그렇다고 좋아하고 사랑하지 말라고 할 수 없는 것이 우리의 삶이요, 현실이다. 요즈음은 모두 입만 벙긋하면 사랑타령이다. 그 사랑이 얼마나 무서운 마음의 독소를 가지고 있는지 모르고 있다. 요즘 사람들은 자신의 육욕을 사랑이라고 신성화시키기를 서슴지 않는다.

다시 본론으로 돌아가 이야기해 보자. 이렇게 모든 일체 존재와 삼라만상이 알 수 없는 그 하나에서 나누어져 나와 둘이 되고 때론 셋이 되고 넷이 되고… 무한이 된 것이다. 이렇게 해서 우리가 아는 일체 존재의 의미란 감각들의 바람을 타고 우리에게 온 것들이다. 그것들은 감각을 타고 우리에게 와서 즐거운 멜로디가 되기도 하고 아름다운 리듬이 되기도 한다.

하지만 때론 거친 풍랑이 되어 우리를 휩쓴다. 그것은 마치 요술처럼 환상처럼 전개된다. 이렇게 해서 환상 같고 요술 같은 한 세상 지내고 난 사람들이 공통적으로 하는 말이 있다.

"지나간 모든 일들이 꿈 속이었지. 나는 한 세상 그 꿈 속에서 나의 꿈을 마음껏 펼쳤노라" 하는 사람도 있고, "나의 인생은 행복 없는 불행한 악몽이었지" 하고 탄식하는 사람들도 있다.

어쨌든 이 세상 일체 존재의 의미가 모두 감각적으로 느끼고 생각하고 판단하는 데서 온 의식들의 세계다. 그것 밖에 다른 것이 아니다. 우리의 삶이란 의식들의 놀음이요 유희다. 그것은 환상처럼 요술처럼 꿈처럼 우리에게 온 것들이다.

이렇게 모든 것들이 거기서 비롯되고 다시 모든 것이 거기로 귀착하는 '하나' 그 하나는 불가사의해서 감각적으로 헤아리고 생각으로 추리할 수 없다. 그래서 우리는 그 하나를 두고 알 수 없고 무어라 형용할 수 없는 형이상학이라 한다. 그 하나라는 말의 의미를 가지고 인류의 사대 성인이나 현자들이 사람을 교화하는 말들이 경전에 많이 나온다.

"둘이 있으나 오직 하나인 영원의 브라만이여… 우리는 당신으로 더불어 하나임을 잊어버리고 연약함으로 어찌할 바를 모르고서 사람들은 슬픔으로 가득하도다."
— 우파니샤드 스베타스 바타라

공자 : 너는 내가 많이 배워 가지고 그것들을 기억하는 사람이라 생각하느냐?
제자 : 그렇습니다. 그렇지 않습니까?
공자 : 그렇지 않다. 나는 하나로써 관철하고 있다.
— 논어

나와 아버지는 하나이다. 아버지께서 내 안에 계시고 내가 아버지 안에 있음을 깨달아 알아라.   − 요한복음

　따지고 보면 천지 만물은 그 실 하나일 따름이다. 오직 도에 통달한 사람만
이 만물이 결국 하나라는 것을 이해한다.   − 장자 〈소유유〉

　하나를 알면 일체를 알고 하나를 모르면 일체를 모른다. 여래는 결국 본체
와 현상이 하나임을 밝혀낸 것이다.   − 법화경

　속된 눈으로 보면 하나하나가 다르지만 깨달음의 눈으로 보면 가지가지가
한결 같은데 어찌 번거로이 분별하고 취하고 버리는 것을 남용하리요.
                                                                    − 채근담 후집

　있는 것과 없는 것은 결국 같은 것(하나)에서 나와서 이름이 다를 뿐이다.
그 같은 것(하나)을 유현(幽玄)이라 한다. 그윽하고 신비로워 모든 것이 거기
서 나오는 것이다.   − 노자 〈도덕경〉

　그 하나라는 것을 두고 기독교에서는 거기다 '님' 자를 붙여서 하나님이
라 부른다. 그렇게 해서 신앙의 대상으로 삼는다. 불교에서는 그 하나가 불
가사의하고 심오해서 그것을 깨달아야만 마음 속에 증명할 수 있다 하여 깨
달음이란 뜻을 가진 부처불(佛)자에 '님' 자를 붙여 부처님이라 한다. 그렇게
해서 신앙의 대상으로 삼는다. 유교에서는 하늘이 그 하나를 상징하여 주고
암시한다 하여 하늘에다 님자를 붙여 하느님이라 한다. 또 다른 민속 신앙
에서도 많이 하늘에 님자를 붙여 하느님으로 신앙의 대상을 삼는다.
　무한대의 하늘은 어디서 시작하여 어디서 끝나는지 그 시작과 끝 인간
의 생각으로 헤아려 알 수 없다. 그래서 인간의 사고력이 범하지 못하는 절

대성이 깃든다 하여 하늘의 명사 끝에 '님' 자를 붙여 하느님을 신앙의 대상으로 삼는 것이다. 그러나 중국의 유교에서는 굳이 하늘에 '님' 자를 붙이지 않고 쓰는 경우가 많다.

공자의 어록을 보면 하늘의 도리가 이렇고 저렇고 하는 말이 나온다. 그러나 굳이 님자를 붙이지는 않는다. 왜 그럴까? 유교는 종교이면서도 다른 종교와 좀 다른 특이한 면을 가지고 있다. 유교는 사후세계나 내세관에 대해선 언급하지 않는다. 오직 현실에서 사람이 행하고 지킬 도리만을 강조한다.

공자는 죽음이 무엇인가 묻는 제자에게 "너는 삶이 무엇인지도 모르면서 죽음을 묻느냐"고 한 마디로 일축해 버린다. 또 제자가 귀신을 섬기는 도리를 물으니 "너는 산 사람 섬기는 법도 모르면서 죽은 사람 섬기는 것을 묻느냐"고 일축해 버린다. 그건 무엇을 뜻하는가. 너희들이 진실로 삶이 무엇인지 안다면 죽음이 무엇인지도 안다는 뜻이 내포되어 있는 것이다.

여기서 우리는 중국 민족의 독특한 민족성을 알아볼 필요가 있다. 옛부터 중국 사람들은 철저히 현실주의자들이요 실용주의자들이다. 그래서 어떤 이상적인 신비성보다는 현실의 실재성에 모든 가치를 둔다. 그래서 옛부터 중국 사람들은 눈에 보이지 않는 것은 믿지 않는다는 속설이 있다.

공자는 사람이 살고 있는 현실 속에서 부모에 효도하고, 나라에 충성하고, 형제간에 우애하고, 친구간에 신의를 지키라는 등…… 철저히 현실 속에서 어떻게 살 것인가를 가르칠 뿐 이상적인 사후세계나 죽음에 관해서는 한 마디도 언급이 없다.

그런 가르침이 넓은 중국의 문화권을 이천오백 년 동안이나 주도했다. 유교의 교리는 중국인의 국민성에서 우러나온 것이다. 그런 풍토 속에선 그런 종교가 정착될 수밖에 없었다.

그러나 요즈음 세상에서도 그렇게 현실 속에 삶의 도리만을 가르치는 종교가 인간에게 먹혀들 수 있을까? 이제 인류는 물질문명의 발달로 의식이 날로 복잡해지고 정신 갈등이 한층 심화되었다. 인지는 날로 발달하고 사람들은 날로 영악해져서 그런 종교의 가르침만으론 어려울 것 같다. 인류는 나날이 유태인화 되어가고 있다. 이 지구상에서 유태인을 가장 영특하고 영리한 민족으로 손꼽고 있다.

옛날 사람들은 자연 속에서 토지를 갈고 씨 뿌리는 것을 생업의 첫째로 삼아 왔다. 그 시대 사람들은 자연 속에서 단순하고 순박한 마음으로 살아갈 수 있었다.

지금 세상은 많이 변했다. 인간의 생활 방식이 많이 다양해지고 생존 수단이 악착스러워지고 극악스러워졌다. 삶의 경쟁이 초를 다투는 시대가 된 것이다. 이런 생존경쟁과 정신갈등 속에서 인간은 엄청난 번뇌로 머리는 더 견딜 수 없는 지경에 이른 것 같다. 이런 상황 속에서 인간은 강력한 유일신을 내세울 필요성을 느끼게 되리라. 그리하여 신에게 이 세상의 창조와 심판의 권능을 부여해야 한다.

그런데 여기서 재미있는 사실은 고대 동양에서 발생한 종교들은 모두 신(神)을 내세우지 않는다는 것이다. 신을 내세우는 종교는 모두 서양쪽에서 온 것들이다. 중국의 유교는 하늘을 신격화 하지 않고 끝에 '님' 자도 붙이지 않는다.

공자의 어록에는 신(神)에 대한 언급이 없다. 공자가 평생 언급하지 않은 것이 4가지가 있었다 한다. ① 괴이한 일, ② 힘 자랑, ③ 난동질, ④ 신(神) 등이다. 공자가 신에 대한 언급을 하지 않았다니 서양인들 생각에서 보면 얼마나 놀라운 일인가. 그래서 공자가 언급을 회피한 4가지를 분석해 보니 모두 인간의 호기심이 가장 이끌리기 쉬운 요사스러운 마음에 관한 것들임을 알 수 있다.

사실 신의 개념이라는 것도 얼마나 요사스러운 정신의 갈등 속에서 파생

된 것들인가. 옛부터 우리나라에서는 신들렸다 하면 무당이나 점쟁이가 된 것으로 보았었다. 도교도 무신론이다. 인도에서 발생한 불교도 무신론이다. 부처님이란 신이 아니요 그냥 진리를 깨달아 자기 마음을 자유자재로 하는 최상의 인격자요 인류의 스승이란 뜻이다. 부처님이란 어디까지나 인격적인 자아 완성자이다. 인도의 힌두교는 신은 있으되 유일신이 아닌 다신교(多神敎)요, 범신론적이다.

이렇게 동양의 종교들은 이 우주를 신의 원리로 보기보다는 마음의 원리에 맞춘다. 공자·석가·노자 모두 무신론자임을 알아야 할 것이다. 일찍이 동양의 성인들은 신에 대한 개념을 정립시키려는 시도가 없었다. 왜냐하면 그것은 모두 인간 마음이 범한 망상임을 알기 때문이다. 인종상으로 보면 서양인들은 동양인들보다 색깔이 짙은 민족이다. 색깔이 짙다는 것은 무엇을 말함인가. 자기 존재의식을 불러 일으키는 감각적인 색채성이 강하다는 것이다.

서양인들은 기쁨과 슬픔을 일으키는 감각적 감정 작용이 동양인들보다 훨씬 강하고 격렬하다. 동양인들은 그에 비하면 감각적 감정 작용이 담담하고 느리다. 서양인들은 그 감각적 색채성이 강하다 보니 자기 존재를 위한 욕망 추구나 쾌락 추구도 강하다. 육체로부터 오는 욕망 추구와 쾌락 추구가 강하다 보니 번뇌도 많고 죄의식도 강하다.

더 자세히 말하자면 육체의 감각으로부터 얻는 기쁨도 많지만 그만큼 고통도 많은 것이다. 그래서 정신적으로는 그런 육체적인 것으로부터 초월할 수 있는 신적인 것을 동경하게 된다. 또 그들은 자기 힘으로 자신의 육체를 초월하는 것은 도저히 불가능하다는 생각이 들고 오직 신의 힘을 비는 타력(他力) 신앙이 발생하게 된다.

이에 비하면 동양인들은 육체로부터 오는 감각의 색채성이 약하다 보니 육체의 정욕으로부터 오는 고통도 덜 받게 된다. 또 서양인들보다 훨씬 정적(靜的)이기 때문에 육체를 초월하는 경지도 자력으로 얻을 수 있다고 생각한다. 즉 자신이 자기 마음을 잘 다스리고 수행하면 초월하는 경지를 누릴수 있다는 생각으로 자력(自力) 신앙이 발생했던 것이다. 그래서 불교에서는자기 마음을 닦는 수도(修道) 생활을 가장 이상적인 신앙 생활로 보았고, 유교에서는 인성(人性) 수양을 위한 선비 정신을 가장 이상적인 목표로 삼았다. 그래서 무신론적인 종교들이 많이 발생했던 것이다.

그러나 서양에서는 오직 타력(他力) 신앙으로 신을 내세워 그 신이 이 세상창조와 심판의 권능을 가질 수 있어야 한다는 종교가 발생하게 된다. 재미있는 이야기가 있다.

서양인들이 처음 동양의 종교를 접해 보고 나서 "유교나 불교는 종교가아니다"라고까지 했던 것이다. 그들의 종교처럼 강력한 신을 내세우지 않는 데서 느끼는 생각들이다. 그들은 유교는 도덕이요 불교는 철학이자 과학이라고까지 했다. 하여튼 서양인들은 육체의 감각으로부터 오는 인간의 자아성이 강렬하다.

이런 사람들을 제도하기 알맞은 종교가 세계화 바람을 타고 동양으로 밀려 왔다. 그리고 동양을 지배한다. 동양인들도 물질문명의 바람을 타고 인지가 날로 발달해 서구화 되어 가고 있다. 서양 종교는 강력한 유일신을 내세워 인간 정신 속에 강한 죄의식과 지옥의 두려운 모양을 불어넣는다. 그렇게 해서 쾌락적 감각에 놀아난 방종한 인류를 겁주고 달랜다.

인간은 본래 타고난 근본 무지를 가지고 있다. 그 무지 때문에 빚어지는가지가지 번뇌와 갈등, 가지가지 욕망의 성취와 좌절, 그리고 거기서 나오는 회한과 죄책감에 만신창이가 되었다. 종교는 그런 현대인들을 겁주고 달랜다.

그 종교를 탄생시킨 그 민족을 고찰해 보면 그런 민족성과 그런 풍토 속에선 자연히 그런 종교가 발생될 수밖에 없다는 재미있는 결론이 나온다.

그 민족마다 그 민족만이 갖는 속성과 특질이 있기 때문이다.

메부리 코에 영리하고 영특한 지혜를 가진 이스라엘 민족이 유대교와 기독교를 발생시켰다. 거무티티한 얼굴에 높고 두드러진 콧대, 그리고 짙은 눈썹에 시커먼 수염이 온통 얼굴을 뒤덮고 있는 아랍인들이 이슬람교를 발생시켰다. 철학적 명상을 즐기고 요가수행을 하며 이상적인 내세관을 중요시하는 인도인들이 힌두교와 불교를 발생시켰다. 반대로 이상적인 내세관보다는 현실의 분명한 실제성과 실리와 실용성을 중요시하는 꼼꼼한 중국인들이 유교를 발생시켰다.

앞에서도 말했지만 육체로부터 나오는 감각적 색체성이 강한 민족들은 모두 유일신을 믿는 종교를 발생시킨 것을 볼 수 있다. 기독교와 이슬람교가 그것이다. 그들은 자기들이 믿는 신(神)만이 유일한 신이라고 서로 주장한다. 기독교는 여호와 신만이 진짜 신이며 진리며 여호와만이 인간을 구원할 수 있다고 주장한다. 이에 맞서서 이슬람교는 알라신만이 진짜 신이며, 알라 이외에는 신이 없으며, 알라신의 계시만이 진리이며 알라신만이 인간을 구원할 수 있다고 주장한다. 그래서 그들은 항상 충돌한다.

그러다 보니 이 지구는 기독교와 이슬람교의 전쟁 무대가 된 지 오래 되었다. 이 두 종교의 싸움은 1400년 전으로 거슬러 올라가야 한다. 마호멧이 살아 있으면 지금 1400살이 되니까. 중세 서양에서는 십자군 전쟁이다 백년 전쟁이다 하는 무수한 크고 작은 전쟁들을 치루어 냈다. 근래에 와서는 중동의 레바논, 베이루트, 시나이 반도, 팔레스타인 문제로 전쟁 그칠 날이 없다.

얼마 전 유고슬라비아에서는 기독교 민병대와 이슬람 민병대의 전쟁으로 대결하여 온갖 살육과 약탈이 자행되었다. 인도네시아는 국민의 반수가 이슬람교요 반수는 기독교인 까닭에 전 국민이 둘로 나뉘어 패싸움을 벌린다. 이 세계가 유일신들의 전쟁터가 된 지 오래 되었다. 종교가 전쟁의 주범이 되고, 종교가 전쟁의 명분이 되고, 종교가 침략과 정복을 합리화 시켜 준다.

그와 비교하면 신을 내세우지 않는 동양 종교의 교리들은 전쟁의 명분이 되지 않는다. 가지가지 침략과 정복을 합리화 시켜 주지 않는다. 논어 맹자 어디를 읽어보아도 인간의 침략 전쟁을 합리화 시킬 수 있는 구절들이 없다. 불교의 팔만대장경과 힌두교의 우파니샤드와 노자 장자 어디를 읽어보아도 침략 전쟁을 합리화 시켜 줄 수 있는 구절들을 찾을 수 없다.

그러나 유일신을 섬기는 종교에서는 '성전(聖戰) 성전'을 외쳐대며 총검을 높이 들고 전쟁을 꼭 신의 이름을 걸고 싸운다. 자기들 신이 이 땅을 지키라고 했다는 것이다.

그래서 '이에는 이 눈에는 눈'이라는 말을 한다. 이스라엘 민족들은 자기들이 창조주 하나님으로부터 선택받은 선민임을 자처한다. 십자군 전쟁 때 출전하는 기사들은 전쟁에 임하기 전 십자가 성호를 그으며 하나님께 승전을 기원한다.

입만 벙긋하면 사랑, 사랑을 연발하는 그들이 웬 증오심은 그토록 강한지. 말로는 세계 평화를 인류 평화를 외쳐대면서 웬 전쟁을 그렇게 일삼아야 하는지. 이제 종교가 인간의 전쟁 수단이 되고 도구가 되었다. 왜 종교가 전쟁의 주범이 되어야 하는가?

오직 자기 신만이 진짜 신이라는 집착 때문이다. 동양적인 사고 방식으로 볼 때 싸우는 신(神)들이라는 것을 도저히 상상할 수가 없었다. 그러나 서양 그리스인들이 만들어낸 그리스 신화를 보면 가지가지 싸우는 신들을 만들어 놓고, 그 신들의 전쟁 이야기를 예술적 의미로 부각시킨다. 그러나 그건 자기들의 인간적 마음의 색채들을 가져다 그대로 신들에게 옷 입힌 것이다.

동양의 성자들이 만든 종교들은 신의 존재를 등장시키지도 않았으니, 고대 중국이나 한국에서는 할 수 없이 무속들이 가지가지 잡신(雜神)들을 만들어 놓고 미천한 인간들의 병든 심신을 추슬러 주는 데 그 역할을 담당했다. 불교 신자가 전 국민의 99%를 차지하고 있는 일본에서는 불교가 신(神) 중심의 종교가 아니다 보니 그들의 민속신앙에 전래되어 온 가지가지 잡신들의 이름이 있음을 볼 수 있다. 그 잡신들 앞에서 무당들이 푸닥거리함을 흔히 볼 수 있다.

여호와신이 진짜 신인지, 알라신이 진짜 신인지, 그건 이 지상에서 판가름이 난다는 건 불가능하다. 왜냐하면 그것은 어디까지나 자신들의 감각적 색채에 맞게 만들어낸 신(神)들에 불과하기 때문이다. 다만 판가름 아닌 판가름이 날 수는 있다. 그건 어느 한 쪽이 이 지구상에서 완전히 없어져 버려야 된다는 것이다.

왜냐하면 두 종교가 서로 자기 신만이 진짜 신이라고 주장하며 한치의 양보도 있을 수 없게 되어 있기 때문이다. 만일 남의 신을 인정해 주면 그것은 바로 자기 신을 부정하는 것이 된다. 그것이 유일신의 종교가 가진 모순을 보여주는 것이다.

일찍이 동양적 사고 방식으로는 누구를 편드는 신이라는 것을 생각해 볼 수가 없었다. 그런데 육체에서 나오는 감각적 색채성이 강한 민족들은 신들의 의미를 자기들의 색채에 맞게 만들어낸 것이다. 그리고 그 신들을 자기 편으로 만들어 놓고 그것만이 진리라고 믿고 집착한다. 감각적 색채가 강한 그들의 속성상 털어 버릴 수 없는 강한 집착이 그들을 따라다니고 있는 것이다.

그들이 신체적으로 갖는 감각적 색채성, 그 색채성에서 우러나오는 방종한 쾌락과 허영, 그리고 방종한 욕망을 다스리려면 어떤 강한 율법이 있어야 할 필요성을 느끼게 되리라. 그리고 그 율법은 국법이나 도덕적 차원보다 더 높은 어느 거룩한 신으로부터 개시가 되어야 한다. 필경 그들의 강한 감각적 색채성을 다스리는 데 알맞은 신들을 등장시켜야 한다. 그러다 보니 그들에겐 자력(自力) 신앙이란 엄두도 못내는 것이다. 오직 신에 의지하는 타력(他力) 신앙이 만들어질 수밖에 없었다.

옛날엔 지구 반대편에서 일어나는 일들이 이쪽에 알려지려면 한 오백 년 아니 한 천 년 걸리는 시절이 있었다. 그 시절엔 이곳 동양쪽은 조용했었다. 여호와신이 누구인지, 알라신이 무엇인지 아는 사람도 없었고 알지 못해도 괜찮았다.

요즈음은 지구 반대편 일들이 몇 초면 알려져 온다. 문명의 발달로 세계화 바람을 타고 세계는 지구촌 시대가 되었다. 그래서 두 유일신의 싸움질이 세계 각처로 번져 왔다. 두 유일신의 싸움질이 지구 곳곳을 들쑤시며 무고한 살육을 감행한다. 거대한 빌딩에 비행기가 온몸을 통째로 처박고 죽어가며 그 빌딩에 있는 오천 명의 사람들을 몰살시킨다. 그야말로 인간 증오심이 무엇인가를 한 번 보여준다. 죽은 사람들의 남은 가족들은 발을 동동 구르며 "아니 여호와 하나님은 무엇하고 있길래" 하며 원망한다.

이번에는 아프가니스탄이 미국에 정복당하자 아프가니스탄 사람들은 발을 동동 구르며 "아니 알라신은 도대체 무얼 하고 있단 말인가. 저들을 벌주지 않고" 하며 원망한다. 아무리 인간이 근본 무지를 타고 났다지만 서로 신의 이름을 팔아가며 싸우는 잔혹한 살상이 언제쯤 끝나려는지 모르겠다.

자신들의 감각적 색채에 맞게 만들어낸 신(神)들, 그 신들이 온 지구를 소란케 하고 있다. 신을 내세우는 두 종교가 얼마나 투쟁적이고 전투적인지 이 지구가 평화와 공존을 찾은 시대가 없었다.

지난 역사 속에서 이런 종교적 침략 전쟁의 승리는 모두 신의 가호와 은총으로 통했다. 그 승리는 엄청난 살육의 대가인데도 서로 참회란 말은 쓰지 않는다. 왜냐하면 그건 모두 거룩한 신의 계시와 은총의 이름으로 얻은 소득이기 때문이다. 거기에선 아무도 참회나 반성이란 말은 입에 담지 않는다. 그것은 모두 자기들 유일신의 이름으로 행한 거룩한 성전이기 때문이다. 그 성전의 기쁨에 너무 기뻐하다가 죽은 교황도 있다. 교황 레오10세는 그렇게도 바라던 밀라노가 함락되었다는 소식을 전해 듣고 그 기쁨에 너무 가슴이 벅차 그만 죽고 말았다. 최고의 성직자라는 사람이 그렇게 감각적 반응이 요란했던 것이다.

그런 걸 보면 인간은 철저히 감각적인 존재라는 걸 알 수 있다. 인간이 감각으로 받아들인 것들이 의식화 되고 감정화 되어 우리의 삶을 온통 뿌리채 흔들고 있는 것이다. 그 감각이 우리 인생을 온통 지배하고 있는 것이다.

인간이란 이 지상에서 가장 악한 동물이다. 인간이란 왜 자기 종교의 신만이 진리라고 주장하고 서로 싸우는가? 왜 이교도를 무조건 마귀라고 매도하는가? 그들은 마귀가 자기에게서 비롯된 것임을 모르고 있다.

이런 종교들이 어디서부터 잘못되게 되었는지 그 이유를 스스로 자각하는 지혜가 없다면 인간이 자칭 만물의 영장이라고 하는 말을 삼가해야 할 것이다.

(월간 『동두천문학』 2001년 9월호)

감각에서 시작된 의식세계(意識世界)

― 나의 유식론(唯識論) ⑩

어떤 사람이 태풍 부는 날 길을 가다가 지붕에서 떨어지는 기왓장에 맞아 심하게 다쳤다. 놀랍고 억울했으나 기왓장에게 복수할 수도 없었다. 기왓장을 미워할 수도 없었다. 기왓장은 의식이 없고, 사람을 다치게 하려고 의도한 적이 없기 때문이다. 참으로 분했으나 원망할 대상이 없었다.

그러나 만일 누가 의도한 바 있어서 기왓장을 던졌다면 한판 싸움이 벌어지고 서로 원수 사이가 될 수도 있었을 것이다. 또는 태풍 부는 날이라 하여 이것은 바람 탓이라며 바람과 원수가 될 수도 없었다.

어린애가 길을 가다가 돌부리에 걸려 넘어졌다. 그리고 즉시 뒤를 돌아보았다. 그리고 자기를 넘어뜨린 범인이 돌부리라는 것을 안다. 그러나 그 어린애도 돌부리와 싸울 수 없다는 것을 잘 안다. 왜냐하면 돌들은 의식이 없고, 따라서 고의로 의도한 바도 있을 수 없기 때문이다.

이렇게 사물들은 의식이 없고 의도한 바도 없다. 그래서 이런 사물들은 아무런 문제를 일으키지 않는다. 그럼 문제를 일으키는 것들은 누구인가. 의식이 있고 의도한 바가 있어서 행동하는 것들이다. 그들만이 모든 문제를 일으킨다. 이 세상 모든 문제는 의식이 있어 의식에 의해 분별하고, 판단하고, 행동하는 동물들에게만 발생할 뿐이다.

동물들 중에서도 특히 사람은 예민한 감각과 생각, 그로 인한 복잡한 의식 판단에 의해 권모술수가 능한 동물이다. 그래서 많은 문제를 일으킨다. 그래도 다른 동물들은 사람에 비하면 의식구조가 단순하고 직선적이다. 동물들은 단순히 자신의 굶주림을 해결하기 위해 상대를 공격할 뿐이다. 그 이상의 목적이 없다.

어느 날 먹이사냥을 마치고 배가 부른 사자가 누워서 느슨하게 낮잠을 즐기고 있었다. 그런데 그때 어느 정신 없는 토끼 한 마리가 길을 잘못 들어 사자 앞을 지나가게 되었다. 그러자 실눈을 뜨고 가만히 노려보던 사자는 귀찮다는 듯이 고개를 돌려 버리고 말았다. 지금 배가 부르니 토끼를 공격할 필요가 없었다.

토끼는 그날 참으로 운수 좋은 날이었다. 이렇게 짐승들의 의식은 단순하고 복잡하지 않다. 오직 굶주림을 해결하기 위해 상대를 공격할 뿐 다른 목적이 없다.

그러나 사람의 의식세계는 어떠한가? 자존심, 라이벌, 경쟁, 시기, 질투, 사랑, 증오 등 가지가지 복잡다단한 의식 분별에 의해 작용한다. 이 복잡다단한 의식들이 시작된 곳은 어디인가.

맨 처음 그 시초가 감각에 있다. 인간은 어떤 것에서 감각을 느끼면 퍼뜩 생각을 일으키고, 그 생각이 일어남과 동시에 판단 분별을 거쳐 어느새 하나의 의식이 이루어진다. 감각에서 시작하여 한 의식이 이루어지기까지는 거의 동시 한 순간에 이루어질 수 있다.

사람이 산다는 것은 온통 그 의식놀이에서 벗어나지 않는다. 의식놀이에서 시작하여 의식놀이로 끝나는 것이 사람의 일생이다. 이 세상 모든 문제가 감각들의 중계로 오는 의식놀음이다. 사람의 마음은 그 의식적인 것에 의해 판단 분별하고 지각하여 무엇인가를 아는 것으로 삼는다. 이렇게 사람의 다섯(눈·귀·코·혀·몸) 감관에서 오는 감각들의 상의와 협동으로 의식이 생겨나고, 그 의식적인 것들의 경험과 기억 분별 비교 등에 의해 인간의 지식도 거기서 생겨난다.

인간의 지식도 그 근원이 다름 아닌 감각이다. 감각들의 중계로 의식이 이루어지고 그 의식들을 재료 삼아 경험과 기억으로 요리조리 비교하고 판단하여 짜맞추기함으로써 인간지식이 이루어진다. 이렇게 인간지식도 그 근원이 감각이고 보면 그 지식이라는 것도 그 기초가 얼마나 허약하고 불완전한 것인가.

듣고 보고 냄새 맡는 감각기관을 지배하는 것은 뇌수로서 감각기관으로부터 기억력과 판단력이 생기며 또 기억력과 판단력이 고정되면 그곳에서 지식이 생기는 것이다.
— 소크라테스 파이돈

인간지식의 기초가 왜 허약하고 불완전한 것인지 알기 위해 다시 감각들에 대해서 이야기해 보자. 감각들이란 꼭 같은 한 사물을 놓고도 시간에 따라, 장소에 따라 다르게 느껴질 수 있다. 또 그때그때 기분이나 심정, 정열 등에 의해 다르게 느껴질 수 있다. 그래서 그 결과인 생각이나 의식이 얼마든지 달라질 수 있다.

내가 어릴 때 달리아 꽃을 처음 보았던 기억이 지금도 생생하다. 어느 날 아침 뜰에 새로 핀 새빨간 달리아 꽃을 보았을 때 어찌나 황홀하게 느껴지던지 한참을 바라보고 있었다. 달리아 꽃을 처음 본 그 인상은 마치 전기에 감전된 듯 하나의 놀라운 충격이었다. 아름다운 꿈의 세계라는 것도 그런 황홀한 감각성(感覺性)에서 촉발되어 퍼져 나가는 것이 아닐까 생각한다.

그 후 달리아 꽃을 자주 보게 되었다. 자주 보게 되니 그 첫 인상 때의 황홀한 충격이란 없어지고, 세월이 감에 따라 담담해지더니 이제는 아주 냉담해져 버렸다. 요즈음은 달리아 꽃을 보아도 별다른 느낌도 생각도 일어나지 않는다.

그러므로 감각들이란 항상 변하고 일정치 않아 고정된 의미가 없는 것들이다. 오늘은 이렇게 느껴지던 것이 내일은 저렇게 느껴지고 그 다음날엔 또 다르게 느껴질 수 있으니 감각들이란 일정치 않고 항상 들떠 있는 것이요, 정처가 없는 것들이다.

그리고 불확실한 것들이다. 감각으로 우리 마음에 잡히는 것들은 끊임없이 변화하고 있는 것들이다. 결국 감각은 변화하지 않는 자기 존재를 가질 수 없다. 우리가 감각을 통해서 판단하는 것들이란 항상 변화하는 과정에 있는 것들이니 모든 존재는 변화하는 과정에서 잠시 그런 보임새 형태를 보여주고 있는 것에 불과하다.

잠시 그런 형태들이란 무엇인가? 그건 실재하는 실체가 아닌 그림자와 같은 것들이다. 그런데 그 그림자도 지금 곧 다른 보임새 형태로 변화하는 과정에 있는 것들이다. 하얀 백합꽃이 한 송이 피어 있다. 희고 깨끗한 그 모습은 모든 순결과 순수의 의미인 양 아름답다. 그런데 열흘을 못 넘기고 시들어간다.

마지막엔 시커멓게 변하더니 어이없이 땅에 떨어져 썩어 버리고 만다. 그러더니 어디론지 사라져 그 형태도 없어져 버렸다. 젊고 아름다운 여인도 마치 온갖 신선미와 향기로움 자체 같더니 세월 따라 축 처지고 주름지고 괴상한 모습이 되었다. 신선함과 향기는 어디 가고 쭈글쭈글한 노파가 되어 보기도 싫다.

이 세상엔 영원히 변치 않고 그대로 있는 것이란 하나도 없다. 바위도 속도가 느릴 뿐 그것도 풍화작용으로 깎이고 허물어져 성주괴공(成住壞空)의 과정을 밟고 있는 중이다. 그렇게 좋은 감각을 불러 일으키던 것이 이제 그렇게도 보기 싫은 감각을 불러 일으키는 것이 되었다. 모든 존재는 변화하는 과정에서 잠시 그런 보임새의 형태를 보여주고 있는 것에 불과하다.

잠시 그런 형태들이란 무엇인가? 그건 실체가 아닌 그림자 같은 것들이다. 그런데 그 그림자도 지금 곧 다른 형태로 변해가는 과정 속에 있는 것이다. 그렇다면 그런 보임새의 형태를 잠시잠시 보여주고 있는 그림자들이란 또 무엇이겠는가?

그것은 허깨비나 환상들과 다를 것이 없다. 왜냐하면 그것은 고정불변하게 존재하지 않으면서 변해가는 과정에 임시 한 순간의 형태를 보여주고 있는 것에 불과하기 때문이다. 그런 것들을 보고 우리는 그것이 실제 존재하는 것으로 생각하는 것이다.

그런데 한 순간의 임시로 나타난 형태들인데, 그걸 두고 어찌 어떤 존재의 의미를 올바로 파악할 수 있겠는가. 그건 환각이나 꿈결같이 끊임없이 흐르고 있는 것이다. 무수한 환생(幻生)처럼 생겨났던 존재들이 무수한 환멸(幻滅)처럼 사라져 감을 보라. 왜 그렇게 되고 마는가. 그것들은 본래 공(空)한 것들이요, 그것들은 실재하지 않는 것들이라고 불교에서는 말하고 있다.

그리고 또, 감각들이란 하나의 사물을 두고 천 사람이 보면 천 사람의 느낌이 각각 다를 수 있다. 그래서 천 사람이 각각 생각하고 판단하는 의식들이 천 가지로 다를 수 있다. 그러므로 감각들이란 천차만별의 의식세계를 연출할 수 있다.

그렇게 감각들이란 천 가지로 달라지게 하는 것들인데 어떻게 확실하고 올바른 판단의 기준을 세울 수 있을 것인가. 판단하는 자나 판단 당하는 대상이나 모두 변화하는 과정에서 잠시잠시 한 순간의 그런 보임새로 하나의 형태를 보여주고 있는 것에 불과하다. 그리고 그것은 인식하는 자의 소질에 따라 각각 다르게 인식되고, 또는 판단하는 자의 작위(作爲)에 따라 각각 다르게 판단되는 것이다.

그런데 그것이 어찌 존재하는 것들의 진실한 모습이겠는가. 그러므로 감각들의 중계로 오는 의식으로 어떤 존재를 알았다 해도, 어찌 그것이 존재의 올바른 정체나 그 의미를 아는 것이 되겠는가.

그것을 다시 한 번 정리해서 설명해 보자. 감각들이란 하나의 사물을 두고 천 사람이 보면 천 사람의 느낌이 다를 수 있다. 그래서 천 가지로 다른 생각들을 낳게 되고, 천 가지로 다른 판단작용을 낳게 되고, 천 가지로 다른 의식의 형태들을 낳을 수 있으니, 천 가지로 다른 의식의 형태들, 그것이 어찌 진실의 모양이겠는가.

그래서 그런 의식들은 진실이 아니라는 것을 곧바로 알 수 있다. 그건 실체가 아닌 그림자들이요, 진실을 가려 버린 환영들이다. 한 세상 무수한 환생처럼 생겨났던 존재들이 무수한 환멸처럼 사라져 감을 보라. 그것은 진짜로 있는 것들이 아닌 임시로 나타난 보임새 모양들이다.

감각들은 끊임없이 우리의 인식(認識)을 향해 온다. 그리고 그 인식을 통과하면 곧 하나하나의 의식이 이루어진다. 그런 감각들의 중계를 받아 가지가지 형태로 나타나는 인간의 의식들이란 과연 무엇일까? 우선 의식이란 글자를 있는 그대로 해석해 보면 이런 뜻이 된다. 즉 '의식(意識)'이란 어떤 것에서 어떤 의미가 있음을 아는 것'이란 뜻이다. 이것을 좀 더 이해하기 쉽게 하기 위해서 자연 속에서 실례를 들어 설명해 보자.

산꼭대기에 큰 돌 세 개가 나란히 서 있었다. 전설에 따르면 그것을 삼형제석이라고 한다는 것이다. 낮에 보면 삼형제가 다정하게 서 있는 듯하다. 그런데 밤이 되면 어둠 속에 서 있는 그 모습이 음흉한 도둑들 모습 같아 보인다. 그리고 달밤이 되면 그 모습이 달빛을 받아 온유한 노인들의 모습같이 보인다. 모든 것은 그 느낌에 따라 생각에 따라 의식되는 것일 뿐이다.

그것은 실제 다정한 삼형제도 아니요, 도둑들도 아니요, 노인들도 아니다. 사람의 느낌이나 생각들이 그런 의식의 의미를 만들어내는 것이다.

우리나라 속담에 "개도 안 물어가는 것이 돈이다"라는 말이 있다. 어느 길가에 한 장의 지폐가 떨어져 있었다. 개는 지나가면서도 거들떠보지도 않는다. 또 보았다 해도 한 장의 종이 조각 이상으로 보지도 않았을 것이다. 그러나 사람이 보았다면 눈이 번쩍 뜨이며 빛을 발할 수도 있었을 것이다.

인간과 개가 한 장의 지폐를 두고 일으키는 의식작용이 사뭇 다르다. 그 의식 작용 속에서 생겨나는 그 의미가 서로 다르게 발생하기 때문이다. 이렇게 의식하기에 따라서 그 존재 의미가 서로 다르게 만들어져 나온다. 이 세상 모든 존재가 이렇게 각자 의식하기에 따라서 어떤 존재의 의미가 만들어져 나온 것이다.

어디에도 "지폐의 본래의 의미는 이런 것이다"라고 정해져 있지 않다. 다만 그때그때 인식하는 자가 마음 속에서 의식을 일으키기에 따라서 그 의미가 만들어져 나오고 있을 뿐이다. 모든 존재가 그렇게 해서 존재하게 된 것이다. 모든 존재가 그렇게 해서 자기 존재 의미를 갖게 된 것이다.

그래서 인간의 '나' 라고 하는 존재도 그렇게 해서 존재하게 된 것에 불과하다. 그래서 불교에서는 '나' 라고 하는 존재 자체도 실체가 없는 무아(無我)라고 한 것이다. 따라서 삼라만상 일체 존재가 각자 의식하기에 따라서 그 존재성을 갖게 된 것이다.

의식 작용이 있기 전에는 그것이 "존재한다. 또는 존재하지 않는다"고 시비할 것도 없고, 그 의미가 "이런 것이다. 아니다. 저런 것이다" 하며 분별하여 꼭 그 정의를 내려야 하는 것도 아니다. 그런데 사람의 의식이 자꾸 그런 의식적인 상대성 의미를 만들어내는 것이다.

그렇게 해야 자기 할 일을 다하는 것인 양 하는 것이 인간의 의식이다. 모든 존재는 그 사람이 인식하는 정도에 의해서 그 존재성이 생겨나는 것이다. 그래서 이 세계는 내 마음 속, 내 의식의 표상일 뿐이다. 또한 일체 삼라만상도 나의 정신의 표상일 뿐이다. 결국 내가 인식하는 정도에 따라서 내 마음의 작용을 표상화시켰기 때문이다. 그렇게 해서 존재하게 된 것들이란 다만 내 의식에 의해 바추어져 나타난 영상들일 뿐, 그것은 실체가 아니어서 존재하지 않는 것이라고 한 것이다.

그래서 불교의 유식론에서는 "각자 나의 의식 작용이 있을 뿐, 바깥 경계는 없는 것이다" 라고 한 것이다. 그 바깥 경계란 나의 의식에 의해서 지각(知覺)된 것에 불과하기 때문이다. 그러니까 어떤 때는 다정한 삼형제로 지각되고, 어떤 때는 도둑놈으로 지각되고, 어떤 때는 노인으로 지각되었지만 그것은 삼형제도, 도둑도, 노인도 아니다. 이렇게 한 순간의 의식을 통해 지각된 것이란 그 실체가 아니기 때문이다.

일반 사람이 매실을 먹어 보면 느껴지는 그 맛이 무척 시다. 그래서 일반 사람들의 마음 속엔 "매실의 맛은 신 것이다" 라는 하나의 의식이 성립될 수 있다. 그런데 임신부가 매실을 먹어 보면 그 맛이 달다. 그래서 임신부의 마음 속엔 "매실의 맛은 단 것이다" 라는 하나의 의식이 성립될 수 있다.

왜 이렇게 서로 다른 의식이 성립되는 것일까? 그것은 지금 일반 사람과 임신부가 처해 있는 신체 생리 조건이 달라 감각이 서로 다르게 발생하기 때문이다. 감각이 다르게 발생하면 그 결과인 의식이 달라지는 것이다. 이렇게 의식이 달라지는 것은 그 원인이 감각에 있다. 감각이 서로 다르게 발생했기 때문이다. 그럼 왜 감각이 서로 다르게 발생했을까. 그 원인을 알기 위해 맛이란 도대체 무엇인가를 한 번 고찰해 볼 필요가 있다.

맛이란 매실에 있는 것이 아니다. 맛이란 그때그때 맛보는 자의 혀의 작용에서 만들어내는 한 순간의 감각인 것이다. 지금 임신부와 일반 사람이 처해 있는 신체 생리가 달라 감각이 서로 다르게 만들어지는 것이다. 또 다른 사람이 다른 시간에 맛보면 또 다른 맛이 될 수 있다. 그 사람의 신체 조건에 따라 다르게 만들어지는 맛이란 일정한 것이 아니요, 고정된 의미가 있을 수 없는 것이다. 임시로 발생되어 한 순간의 감각 속에 존재하는 듯했을 뿐 존재하지 않는 것들이다. 왜냐하면 그것은 공한 성질을 가진 것이요, 공한 의미를 가진 것일 뿐이다.

그런데 서로 자기 감각(미각)이나, 자기 생각, 자기 의식에 집착하고 거기에 사로잡혀 "내가 의식한 것만이 진실이다"라고 주장한다면 결론이 나겠는가? 영원히 결론이 나지 않을 것이다. 이렇게 자기 감각에서 온 의식으로 어떤 것을 아는 것이란 올바르게 아는 것이 아니라는 것을 우리는 알 수 있다. 그래서 일체 대상이나 존재에 대하여 의식적으로 아는 것이란 진리가 아니다.

왜냐하면 그런 의식들이란 항상 일정치 않고 이랬다 저랬다 하면서 들떠 있는 것이요, 정처가 없는 알음알이(識)들이기 때문이다. 맛이란 그때그때 미각 작용이 발생시키는 한 순간의 감각이요, 한 순간의 의식에 불과하다. 그 맛은 시간에 따라 그 사람 신체 조건에 따라 또 달라질 수 있으리라.

그래서 맛이란 매실에 있는 것도 아니요, 그때그때 그 사람의 미각 작용에 따라 만들어져 나오는 것이다. 그래서 신체 조건이 달라지면 맛은 또 달라질 수 있는 것이다. 결국 의식적인 것들이란 정처없이 우리를 스쳐가는 환각 같은 것들이다. 그래서 그건 실다운 것들이 아니요, 실로 공한 성질의 것들이다.

사람이 즐겨 먹는 새우젓을 돼지들에게 먹이면 죽어 버린다 한다. 왜 그런지는 모르지만 하여튼 돼지 신체 생리엔 새우가 독소가 되는 작용을 하는 모양이다. 그래서 돼지와 인간이 서로 만나 주장한다 하자. 인간은 "새우는 맛 좋은 영양식이다"라는 정의(定義)를 내리고, 돼지는 "아니다 새우는 독약이다"라는 정의를 내린다면 어떤 것이 올바른 정의를 내린 것이라고 결론이 나겠는가? 그것도 영원히 결론이 나지 않을 것이다. 서로 신체 생리가 달라 사물을 두고 느끼는 감각이나 의식이 서로 다르게 만들어져 나오기 때문이다. 그래서 각자 만들어내는 의식들은 일정치 않고 정처가 없고 불확실한 것들이다. 그런 의식들을 가지고 모든 존재에 대한 올바른 판단을 내리겠는가.

　결국 의식들이란 무엇인가. 감각들의 효과와 인상에 따라 이렇게도 되고 저렇게도 될 수 있는 정처없는 것들이다. 의식들이란 항상 일정할 수 없고 항상 들떠있는 것인데 그것을 가지고 어찌 존재의 올바른 의미를 알아내겠는가. 역시 감각들의 중계로 오는 인간 지식으로 어떤 존재의 의미를 알았다 해도 어찌 그것이 진리이겠는가. 감각에서 시작하여 의식적인 것으로 나타나는 일체 존재들은 끊임없이 변화하며 흐르는 과정 속에 있는 것이다. 그런 과정 속에 있는 한 순간의 모습을 보고 우리는 그것이 존재한다고 하며 그 존재의 의미는 이런 것이라고 집착하지만, 그 존재는 또 변하고 흐르면서 또 다른 모습이 되거나 또 다른 의미가 되어 끊임없이 다른 존재 의미를 보여준다.

　　무릇 있는 바 모든 존재현상은 다 허망하니 만약 모든 현상이 진실상이 아님을 볼 줄 알면 곧 여래를 보느니라.

- 금강경

　그러나 우리는 그런 것들이 실답게 존재하는 것인 양 생각하고 그것에 집착하여 그것에 재미 붙이고 취하여 살아간다. 그렇게 존재하는 것들에게 호기심을 느끼고 맛 붙이며 때로는 도취해서 욕망을 발동시키고 그런 것들을 얻기 위해 희망사항이 생기고 원하는 꿈을 꾸면서 살아가는 것이다. 그래서 이 세상 모든 존재는 각자 자기 의식으로 관심 갖는 만큼 문제화 된 것이다.

　미인(美人)도 자기가 의식적으로 도취해서 바라본 만큼 미인이 된다. 모든 것의 가치도 자기가 의식적으로 욕심냈던 만큼 소중해 보이게 된 것이다.

그런데 그렇게 존재하는 것들이란 무엇인가. 그런 존재 역시 끊임없이 변화하는 과정 속에 있는 것이다. 모든 존재가 내 앞에서 그런 식으로 존재하는 것이고 보면 우리가 욕망할 때의 마음 작용이라는 것도 일정치 않고 덧없고 허망한 것이다. 모두가 유희하는 마음 작용으로 흐르고 있기 때문이다. 한 세상 무수한 환생처럼 생겨났던 존재들이 무수한 환멸처럼 사라져감을 보라. 환상에 취해 꿈꾸던 삶이 그 꿈이 사라지듯 허망하게 없어져 버림을 보라.

우리들 의식으로써 진리를 규명하려고 하는 것은 마치 환상 속을 더듬으며 붙잡으려고 하는 것과 같다. 가지가지 의식들의 의미는 흩날리는 환영과 같이 오히려 진리를 흩고 부수는 것이라는 것을 알 수 있다. 그런 의식적인 것들을 가지고 진리를 알려고 했던 것은 처음부터 잘못된 시도이다. 사람들은 자신들이 타고난 감각적 성향의 병폐를 알지 못한다. 그 감각에서 온 의식들의 오랜 습관성에 사로잡혀 부질없는 의식세계를 유희하고 있는 것이다.

결국 진리는 이것에도 속하지 않고, 저것에도 속하지 않으며, 그 어떤 것에도 속하지 않는 것인데, 다만 인간이 때로는 이것인가 하고 이것에 집착하고, 때로는 저것인가 하고 저것에 집착하며 오랜 세월을 부질없이 왔다 갔다 유희하고 있는 것이다.

인간은 왜 유희하는가. 자기 욕망의 달성을 위해 항상 유위심(有爲心)을 일으키기 때문에 유희하는 것이다. 무수한 대상들과 서로 유위심으로 만나 느끼고, 생각하고, 의식하는 것을 반복하며 부질없이 헤매고 있는 것이다. 한 생각에 의해 또 한 생각을 낳고, 한 의식에 의해 또 한 의식을 낳으며 꼬리를 물고 이어지며 덧없는 유위심을 계속하고 있는 것이다. 그러나 결국 어떤 그럴 듯한 생각이나 의식으로도, 그것으로서는 진리를 알 수 없는 것이 된다.

학자들은 대개 오랜 옛부터 이런 식의 진리 탐구에 절망하여 말하기를 우리들의 사유(思惟) 방법으로는 결코 진리를 알 수 없다는 결론에 도달한다. 결국 그들이 증명한 것은 인간 의식의 불확실성과 인간 지식의 불완전성이다.

진리란 무엇인가? — 우리는 끝없는 바다 위에 떠돌아다니는 작은 배다. 그리고 우리는 부서지는 물결에 반사되어 반짝이는 빛을 진리라 부른다.

— 상트 뵈에르

인간의 생각들이란 감각들의 중계로 품어지는 것이라는 것을 여태까지 이야기해 왔다. 그렇기 때문에 우리들의 머리 속에 떠오르는 일체 개념도 결국 감각들의 효과와 인상에서 온 것들이다. 그래서 우리가 무엇을 안다는 것은 모두 감각적인 개념으로 아는 것이지 그 본질을 아는 것은 아니다. 그래서 인간의 의식이란 개념적인 지식에 불과한 것이라고 한 것이다. 이렇게 감각들의 중계로 오는 생각들을 가지고 자꾸 생각하고 또 생각해 보아야 마치 허망한 그림자를 잡으려고 하는 것과 같다. 왜냐하면 감각에서 온 생각들이란 항상 일정치 않고 변하고 들떠 있는 것이기 때문이다. 그것을 느끼는 자에겐 그때그때 실제 존재하는 것처럼 느껴지지만 마음을 깨달아 그 본질을 직관(直觀)하는 사람이 보면 실재하지 않는 것들이다.

있는 듯이 느껴지는 것은 변덕스런 감각들을 따라 그렇게 있는 듯한 형태를 보였을 뿐 그것은 순간순간 생겼다가 사라지는 것들이다. 이 순간 이렇게 느껴지던 것이 다음 순간 또 다르게 느껴지니 감각들이란 필경 변하지 않는 자기 존재를 가질 수 없다. 감각이란 항상 이랬다 저랬다 하는 실로 공연한 공성(空性)을 지닌 것들이다. 그렇기 때문에 그것을 가리켜 인간의 허망한 번뇌라고 한 것이다.

그런데 그런 허망한 감각들이 모여 생각들을 낳고, 다시 그런 생각들이 모여 모든 의식들의 형태, 즉 의식의 틀을 만들었던 것이다. 그러니까 의식의 틀, 그 형태가 이루어짐은 그 시초가 감각들의 영향 때문이다. 그러므로 인간이 그 의식들을 아무리 똑똑하고 총명하게 굴려도 그것은 망상일 뿐이다. 그런 의식들을 총명하게 굴리면 굴릴수록 오히려 진리를 아는 데는 장애가 될 뿐이다.

또 한 번 결론을 내리자면 인간의 감각적인 생각이나 의식으로 아무리 궁리하고 궁리해도 진리는 더욱 알 수 없는 것이 된다. 왜냐하면 그 시초가 감각에서 온 의식들은 거품처럼 떠도는 알음알이(識)에 불과하기 때문이다. 사람의 마음이 그런 변덕스럽고 거품 같은 알음알이에 의한 삶을 살다 보니 사람들은 때때로 무심결에 말한다.

"내 마음 나도 모르겠어."

본래 정해진 법이 있을 수 없다는 것을 아는 것, 그것이 인간의 최고의 지혜다. 그 지혜는 생사를 뛰어넘는 지혜다.
                                        – 금강경

생각으로 헤아려 진리를 알려고 하는 사람은 마치 모래를 쪄서 밥을 지으려는 사람과 같다.
                                        – 원효대사

설사 세상 일을 똑똑히 분별하더라도 비유하건대 똥덩어리 가지고 음식 만들려는 것과 같고, 진흙 가지고 흰 옥을 만들려는 것과 같아 성불하여 마음 닦는 데는 도무지 쓸데없는 것이니 부디 세상일을 잘할려고 하지 말지니라.
                                        – 경허선사

우리들의 모든 정신 활동이란 이런 의식 작용의 범주를 벗어나지 않는다.

왜냐하면 정신 활동의 모든 판단을 의식에 의존하기 때문이다. 그래서 우리들의 정신 활동도 그 기초가 감각 위에 세워진 것이다. 왜냐하면 정신 작용의 재료들이란 모두 감각에서 온 의식들을 사용하는 것이기 때문이다. 이렇게 의식적인 것에 의해서 모든 존재가 존재하게 된 것이다.

그런데 그 의식 작용이란 무엇인가. 시간과 장소에 따라 사람에 따라 항상 달라지고 변할 수 있는 것이기 때문에 모든 존재는 고정불변한 자기 의미를 갖지 못한다. 고정불변한 자기 의미를 갖지 못하기 때문에 그 실재성도 갖지 못한다. 그래서 모든 존재는 있지 않는 공(空)한 것이라 한 것이다. 다만 그 의식을 일으키는 그때 그때 알음알이(識)만 있을 뿐이라고 한 것이다. 그래서 불교 유식론에서는 삼계(三界)가 오직 식(알음알이)일 뿐이라고 한 것이다.

이 말을 더 쉽게 말하자면 "이 세계는 오직 알음알이에 의해서 있게 된 것이다"라는 말이다. 그리고 마지막엔 그 알음알이마저도 없다고 한 것이다. 왜냐하면 사람의 마음이 알음알이(識)를 일으키지 않으면 그 알음알이 자체도 존재하지 않기 때문이다. 마음이 알음알이(識)를 일으키지 않는다면 이 세상 그 어떤 존재도 자기 존재성을 갖지 못하기 때문이다.

그래서 한 걸음 더 나아가 화엄경에서는 "삼계가 유심(唯心)이요, 만법이 유식(唯識)이다" 말한다. 이 말을 더 알기 쉽게 말하자면 "이 세계는 오직 마음이 만들어낸 것이다"라는 뜻이다. 그래서 마음 밖에는 부처가 없다고 한 것이다. 그래서 이 세계의 삼라만상 모든 존재가 오직 사람의 마음 작용을 반영시킨 영상(映像)에 불과하며, 또한 그 마음 작용의 표상에 지나지 않는다고 한 것이다. 인간이 살아가면서 물질적 사물을 경험하지만 그 사물은 지각(知覺)하는 정신과 다르게 독립하여 존재하는 것이 아니다. 그러므로 물질적 사물은 다만 의식에 의해 지각된 것에 불과하다. 그렇기 때문에 외부 세계에 모든 존재의 실재성이란 오직 인식하는 자의 주관에 의존한다고 한 것이다. 그래서 우리가 의식할 수 있는 것이란 그 어떤 사물이라도 관념일 뿐 사물, 그 자체는 아니어서 그 실재성이 없다고 한 것이다.

이제 여기서 참으로 밝히고 넘어가야 할 것이 있다. 그동안 우리가 살아오면서 우리 마음을 감각에 의해서 생각하고 감각에 의해서 인식하는, 그러니까 온통 감각에 물들어 버린 마음을 쓰면서 살아온 셈이다. 그리고 우리들의 정신 활동도 온통 그 감각적인 의식에 의해서 판단하고, 분별하고, 선택하는 삶을 살아온 것이다. 그러나 마음의 본래 바탕은 감각적인 것이 아니다. 마음의 본래 바탕은 감각적인 것에 영원히 물들지 않고, 물들 수도 없는 절대적인 자리이다. 왜냐하면 그 자리는 감각이나 생각 이전의 본래 자리이기 때문이다.

그런데도 우리는 감각에 물든 마음만 쓰면서 살아온 셈이다. 그렇게 될 수밖에 없는 것은 마음의 본 바탕이 형상도 없고, 그 색깔도, 소리도 없어 느낄 수도 없고, 어떻게 생각해 볼 수도 없는 자리이기 때문이다. 그래서 우리가 진리를 알려고 한다면 그 형상도 없고, 그 색깔도, 소리도 없는 자기 마음 자리를 회복해야 하는 것이다. 우리 마음의 본 바탕 위에 온갖 감각의 때(垢, 구)를 묻혀 놓았기 때문이다. 또한 온갖 생각의 때를 묻혀 놓았고, 온갖 의식의 때를 묻혀 놓았기 때문이다. 그렇게 물들여 놓은 감각의 때, 생각의 때, 의식의 때를 닦아내야 한다. 그래서 마음 닦아야 한다는 수심(修心)이라는 말이 있게 된 것이다. 그러니까 전혀 감각이나 생각에 물들지 않고, 집착하지 않는 자기 마음 본연(本然)의 자리를 찾아내는 것이다. 본연의 자리를 찾아낸 순간 진리는 비로소 숨겼던 자기 모습을 보여주는 것이다. 그래서 사람이 열심히 마음 닦는 공부를 하면 그 자리를 확인하여 볼 수 있을 것이다.

보살은 이와 같이 청정심을 내야 한다. 마땅히 형상에 머물지 말고 마음을 낼 것이며, 마땅히 소리, 냄새, 맛, 촉감 등에 머물지 말고 마음을 내야 한다.
마땅히 머무는 바 없는 마음을 내야 한다.   - 금강경

그렇게 감각이나 생각, 의식에 물들거나 집착하지 않고 내는 마음이 바로
깨달은 사람의 마음이다. 부처님의 청정한 마음이다.

(『한국불교문학』 2014년 봄호)

말나식(末那識)이란 무엇인가

― 나의 유식론(唯識論) ⑪

이제까지는 주로 제6식(識)인 의식(意識)들에 관해서 이야기한 것들이다. 그리고 그 6식이 이루어지기까지는 오관(五官＝눈·귀·코·혀·몸)들이 일으키는 감각들을 중계로 하여 의식들이 이루어진다는 것을 설명해 왔다.

그리하여 그 의식들은 우리 마음 속에 깊이 뿌리내리고 우리의 삶 전반을 지배하게 된 것을 이야기해 왔다. 하지만 그것 말고 그 의식들이 우리의 삶 전반을 지배하게 된 데는 제7식(識)인 말나식(末那識)의 영향이 더 크다는 것을 지금부터 이야기하고 싶다.

제7식인 말나식이란 무엇인가? 모든 감각적인 의식들이 끊임없이 움직이다 보면 어느새 그 의식들을 움직이게 하고 조종하는 주체로서 '나'라는 자아의식이 자연스럽게 본능적으로 발생하게 되어 있다. 경험에 의한 여러 가지 감각적 의식들이 합성(合成)되어 자아의식의 개념을 탄생시킨 것이다.

그렇게 해서 '나'라는 존재개념을 만들어낸 것이다. 그러니까 자아의식은 모든 의식 본능이 모여 스스로 존재시킨 것이다. 이렇게 시작해서 자아 의식이 점점 뚜렷해지면 그때부터 모든 의식이 나를 중심으로 명령 계통이 이루어지고 오직 나를 위하여 움직이고, 그것을 위해 대상을 분별하고, 차별하여 판단하는 의식 세계가 이루어진다. 그리고 나를 보호하고, 나를 아끼고 사랑해야 한다는 필요성이 절실한 의식으로 자리 잡는다.

나는 지금 여기 있다. 그러므로 나는 분명 존재한다. 그래서 나를 위해선 어떻게 하고 무엇을 해야 한다는 자기 주관이 선다. 이렇게 해서 확립된 '나'는 생각해 보니 이 세계를 다 준다 해도 바꿀 수 없는 존재가 된다. 왜냐하면 오직 하나뿐인 목숨인데, 내가 죽어 버리면 이 세계를 다 준다 해도 아무 쓸데가 없다고 생각되기 때문이다.

이렇게 말나식이 발생시킨 '나'라는 자아의식은 이 세계 전체보다 더 값지고 그 어떤 것보다도 더 높은 것이 된다. 이렇게 해서 확고한 자아의식이 확립된 것이다. 생각하면 자아의식은 얼마나 굳세게 우리 마음 속에 자리 잡았는가. 인도의 시성 타고르는 그의 시(詩)에서 이렇게 말했다.

"나 있다는 끊을 수 없는 놀라움이 삶이다."

그런 엄청난 자아의식을 성립시킨 역할을 한 것은 누구인가? 그것은 인간의 생각하는 사고력 덕분이다. 인간은 항상 생각한다. 그리고 지금 자신이 생각하고 있다는 것까지도 되돌아보고 사고할 수 있는 것이다. 그러니까 생각하는 자신을 되돌아볼 수 있는 그 사고력으로 확실한 자신의 존재를 파악할 수 있으니 얼마나 현명한 존재인가.

그렇긴 하지만 인간이 사고한다는 것이 무엇인가? 결국 생각을 따라 궁리하는 것인데, 그 생각들이란 모두 감각들의 중계를 받아 이루어진 것들이다. 생각은 감각들의 중계를 받지 않고는 자기 수단방법을 갖지 못하게 되어 있다.

그런데 또 그 감각들이란 어떤 것인가. 항상 일정치 않고 변하고 흐르는

향락에서 해방된 인간은
슬픔도 공포도 없다

것들이다. 감각은 본래 변하지 않는 자기 존재를 가질 수 없는 것들이다. 그런 감각들의 중계를 받아 이루어지는 생각들, 역시 항상 흔들리게 되어 있다. 파스칼이 "인간은 생각하는 갈대다"라고 하였듯이 인간의 생각은 갈대처럼 이지저리 흔들리게 되어 있다. 인간의 생각들 역시 영원불변한 자기 존재의 주관을 가질 수 없는 것이다.

그런데 그런 생각들로 이루어진 것이 인간의 자아의식이다. 그래서 인간에게 '나'란 무엇인가? 물으면 대답이 불가능해진다. 그 자아의식도 항상 흔들리게 되어 있기 때문이다. 물론 그런 인간의 사고력으로 근본적인 진리는 알 수 없는 것이지만, 그래도 인간은 보편적인 감각, 그리고 보편타당성 있는 생각들을 잘 짜맞추어 생각하고 사고하는 힘이 있는 동물이다. 그래서 자기 존재를 잘 보호하고 방어하는 현실 대처를 잘 할 수 있는 동물이기 때문에 인간을 만물의 영장이라고 불리게 된 것이다.

아무튼 인간은 그 사고력 덕분에 고등동물이 되어 다른 동물들을 지배한다. 그런데 다른 동물들은 왜 그런 깊은 사고력을 갖지 못하는 것일까? 그런 깊은 사고력이 없기 때문에 확고한 자아의식이 이루어지지 않는 것이다. 그런 점을 자연 속에서 그 실례를 들어 설명해 보자.

농사짓는 소들을 보라. 그들은 힘든 일을 싫다 하지 않고 인간을 위해 봉사한다. 그런데 인간은 그런 소들을 실컷 부려먹고 마지막엔 잡아먹는다. 소들이 만일 요리조리 헤아려 생각할 줄 알고, 비교 검토하는 사고력이 있었다면 장차 인간에게 잡혀 먹힐 바엔 도망쳐 버렸을 것이다. 소들도 간단한 의식이나 생각은 있다. 자기 새끼를 보호하고 젖을 먹이며 새끼가 보이지 않으면 목메어 부른다.

그렇게 소들에게도 기본적인 생각이나 의식은 있지만 그 생각들을 요리조리 헤아리고 분별하여 계산하고 짜맞추는 깊은 사고력이 없다. 그래서 자아의식이 뚜렷하지 못하다. 인간의 자아의식이 천하와도 바꿀 수 없을 정도로 높아져 있을 때 왜 짐승들은 그런 자아개념을 뚜렷이 갖지 못하는 것일까.

꿀벌들을 보라. 인간이 마련해 준 벌통 속에 자기들의 식량을 마련하기 위해 봄·여름·가을 열심히 일한다. 그런데 그렇게 가득 모은 꿀을 전부 인간이 가로채 버린다. 그리고 보잘것없는 설탕물을 조금 타서 겨울 식량하라고 넣어준다. 만일 인간이 그런 일을 당했다면 가만 있지 않았을 것이다. 모두가 도둑맞았다고 떠들고 싸우다가 떠나 버렸을 것이다.

이 뻔뻔한 도둑놈인 인간을 보고도 왜 도둑이란 생각이 떠오르지 않는 것일까. 왜 벌들의 사고력이 거기까지 미치지 못하는 것일까. 짐승들도 감각도 있고 생각도 있고 기초적인 의식 판단까지 할 수 있는데 왜 제7식인 말나식의 경지인 자아의식이 뚜렷하지 못한 것일까. 그것은 깊이 생각하고 상상하는 사고력이 없기 때문이다. '나' 라는 자아의식이 뚜렷해지면 한없이 자기를 아끼고 사랑하는 의식세계가 발달될 것이다. 그러나 짐승들은 모든 것을 요리조리 헤아리고 분별 비교 사량하여 어떤 차별적인 가치를 평가할 수 있는 사고력이 없기 때문이다.

인간은 생각하고 상상하는 사고력 덕분에 천하와도 바꿀 수 없는 '나' 라는 자아의식을 존재시키고, 천하보다 높은 자존심을 가질 수 있었다. 만일 우리가 애초에 '나' 라는 것이 없었으면 무엇을 느낀다거나 무엇을 생각한다거나 하지 않았을 것이다. 거기 따라서 의식세계도 이루어지지 않았을 것이다. 그러나 인간은 생각하는 동물이며, 더 나아가서는 "나는 지금 생각하고 있다" 는 사실까지도 되돌아 볼 수 있는 높은 의식적인 존재라는 것이다. 그런 사고력이란 인간처럼 자아의식이 발달된 동물이 아니면 안 될 것이다. 그 사고력과 상상력 덕분에 인간은 만물의 영장이 된 것이다. 그 얼마나 영광스런 존재인가.

그런데 이상하게도 거기서 하나 둘 문제가 발생하기 시작한다. 인간의 사고력으로 인간 의식의 지평선을 조용히 바라보고 있노라니 죽음의 그림자가 보이기 시작한 것이다. 뿐만 아니라 그 사고력 덕분에 가지가지 의식적 세계의 산물인 꿈의 세계도 펼쳐지기 시작한 것이다. 그 사고력이 가지가지 의식세계의 이상한 존재들을 만들어내기 시작한 것이다. 그러나 짐승들의 머리 속엔 죽음의 의미가 들어앉을 곳이 없다. 인간이 만물의 영장임을 자처하면서 팽팽한 자존심을 세우더니 글쎄 죽음의 그림자 앞에선 벌벌 떨기 시작한다.

생각하는 상상력 덕분에 그렇게 높고 높은 존재이더니 이번엔 그렇게 낮은 데로 추락해야 한다는 말인가. 인간이 짐승들보다 더 불안한 정신의 소유자가 될 줄을 어찌 알았으리오.

그렇다면 한편 인간이란 얼마나 가련하고 비참한 존재인가. 짐승들보다 하루도 마음 편히 지낼 수 없는 불안한 존재인 것이다. 우리는 상상력 덕분에 아름다운 꿈의 세계를 가질 수 있는 행복을 얻었다. 그러나 그 행복을 얻은 만큼 불행도 얻게 된 것이다. 인간의 의식들은 끊임없이 흐르고 변한다.

이렇게 흐르고 변하는 의식들에 의해서 있게 된 나의 자아는 실제로 있지 않은 것이다. 왜냐하면 흐르고 변화하는 요소들로만 이루어져 있어 영구불변의 실체가 없기 때문이다. 결국 흘러가는 의식들은 '나'가 될 수 없기 때문이다. 그래서 불교에서는 무아(無我)라고 한 것이다.

이렇게 무엇을 '나'라고 내세울 만한 것이 없는 무아인데도 생각하고 상상하는 사고력 덕분에 나를 엄연히 존재하는 유아(有我)로 만든다. 이것을 불교에서는 전도(顚倒)된 사고방식이라 한다. 모두가 인간의 사고력 때문에 그렇게 된 것이다. 앞에서 말한 바와 같이 인간의 의식은 끊임없이 흐르고 변한다. 그래서 그 흘러가는 의식들은 내가 될 수 없기 때문에 무아라고 한 것이다. 결국 '나'라고 할 만한 영구불변의 실체가 없기 때문이다. 그런 인간의 존재성에 대해서 미국 시인 프로스트는 이렇게 노래했다.

아무것도 없었다

세상의 절망에 대하여서
나는 하나님께 말하려 했다.
그러나 더욱 허망하게도
나는 하나님이 없음을 알았다.

하나님은 내게 말하려 했다.
(아무도 웃지 말지어다)
하나님은 내가 없음을 알았다.

— 로버트 프로스트

　인간의 무아에 대하여 얼마나 재미있는 비유를 들었는가. 설사 하나님이 있어 나에게 말하려 해도 내가 없다는 것이다. 내가 없음을 자기는 알았다는 것이다. 인간은 모두 감각적인 생각이나 의식에 의해 내가 존재한다고 생각하지만 그것은 실로 공(空)한 것이다. 인간의 의식은 끊임없이 흐르고 변화하는 요소들로 이루어져 있기 때문이다.

　아직 자아의식이 발달되지 못한 어린애들을 보라. 어린애들은 아직 죽음을 모른다. 그래서 죽음의 두려움도 모른다. 아직 깊은 사고력이 없어 자아의식이 발달되지 않았기 때문이다. 애들은 몸이 아프면 다만 그 몸에서 오는 통증 때문에 괴로워할 뿐 자기가 죽을까 봐 걱정하진 않는다.

　그런데 어른들은 몸도 아프고 죽음도 상상하며 이중 고통을 겪는다. 설사 어떤 어린애가 불치의 병으로 오래지 않아 죽게 되어 있더라도 그는 죽음을 모른다. 그리고 생명의 아까움도 소중함도 의식적으로 분별할 줄 모른다. 그렇기 때문에 마음 속에 죽지 않으려고 당황하거나 애태우는 것이 없다.

죽음을 피해 보려고 요리조리 생각하지도 않는다.

그런데 오래 살아온 어른들일수록 삶에 대한 강한 애착을 가지고 죽지 않으려고 안간힘을 쓴다. 어른들은 오랜 세월을 살아오면서 삶에 대한 애착을 마음 속에 익히고 푹 배이게 한 것이다. 그렇게 삶의 단맛 쓴맛을 의식적으로 익힌 어른들이기 때문에 죽기를 더 싫어한다. 그건 가지가지 생각과 의식들 때문에 그렇게 된 것이다.

인간은 자기의식으로 일으키는 죽음의 공포 때문에 얼마나 더 삶에 대한 강한 애착을 보이는가. 사는 동안 자기를 아끼고 사랑하는 자아의식을 마음 속에 한없이 깊게 익히고 푹 배이게 했기 때문이다.

베트남 전쟁에서 부상당한 한 병사가 있었다. 그는 두 팔과 두 다리를 모두 절단해야 했다. 남은 것은 머리와 몸통뿐이었다. 그는 사지를 모두 잃고 몸통만 남은 삶을 유지하고 있었다. 그는 문병 간 사람들에게 말했다. "하마터면 목숨을 잃을 뻔했습니다" 하면서 눈물을 흘리고 있었다. 이 얼마나 기막힌 사연인가. 그 사람의 심정으로 보아선 정말 맞는 말이다. 총알이 비 오듯 쏟아지는 전쟁터에서 동료들은 모두 죽었는데 자기는 살아났으니 그것이 기적이 아니고 무엇이겠는가. 하마터면 자기도 죽을 뻔하지 않았는가.

인간의 자아의식이란 그렇게 생각하게 하는 것이다. 인간의 생각이나 의식들은 한없이 현명한 듯 한없이 어리석은 듯, 마음 속에서 그렇게 작용하는 것이다. 이것이 인간의 의식세계이다. 그 속에 인간의 삶이 있다. 인간의 삶은 온통 그런 의식적인 것에 의해서 작용하는 것이다. 마지막까지 실낱같은 생명의 끈을 놓지 않으려고 안간힘을 쓰고 있는 것은 누구인가. 우리의 자아의식인 말나식이다. 그 의식이 모든 문제들을 만들어내고 있는 것이다.

그러나 이와는 정반대의 경우도 목격하게 된다. 사교계를 주름잡던 한 미남 청년이 있었다. 그는 천하에 이름난 바람둥이이자 오입쟁이였다. 호리호리하고 늘씬한 키에 미모인 데다 서글서글한 눈빛이 그를 바라보는 여자들의 가슴을 설레게 했다. 그래서 그는 많은 염문을 뿌리고 다녔다. 그런데 이 사나이가 어느날 갑자기 자살해 버렸다. 왜 그랬을까?

우리가 느끼는 감각들은 감정화 되어 우리의 삶을 아름답게 꿈꾸게 하고 아름다운 환상 세계를 연출할 수 있다. 감정에 들뜬 마음으로 보면 애인의 모습은 실제보다 더 아름답게 보일 수 있고 자기가 싫어하는 것에 대해서는 더욱 나쁘게 보일 수 있다. 감정은 우리의 마음과 이성을 지배할 수 있는 힘을 가지고 있다. 감각에서 온 인간의 감정은 인간의 정신을 지배하고 뒤흔들 수 있다.

일체 의식적인 의미들이란 무엇인가. 자주 설명했듯이 감각들의 효과와 인상에 의해 탄생된 것들이다. 그렇기 때문에 그 본질이 감각에 의해서 변질되고, 그릇되지 않고는 우리에게 오지 않는다. 이미 변질되었기 때문에 우리에게 온 것이라는 것을 알아야 한다. 우리는 진실로 존재하는 것이 무엇인지 모르기 때문에 감각적으로 겉에 나타나 보이는 것이 존재하는 것의 전부인 양 생각한다. 그러나 좀 현명한 판단을 가진 사람이라면 곧 이런 것들이 속임수라는 것을 안다.

이렇게 자연의 감각들은 속고 속이는 것으로 우리 앞에 나타난 것이다. 그런 감각들이 우리 마음에 끼친 속임수를 현명한 정신은 안다. 그리고 복수하듯 그들에게 앙갚음을 할 때가 있다. 때때로 이런 감각들에게 속고 속은 우리들 마음은 만신창이가 되어 자신을 자학하고 싶은 것으로 정신적 쾌감을 누릴 수도 있으리라.

미를 좋아하면 추도 함께 따라온다는 말이 있다. 미를 움켜잡고 보니 자기가 얻은 것은 추(醜)였다. 사교계를 주름잡던 사나이 마음 속에 남는 것은 난무하는 감각들에 의한 환멸이었다. 온갖 미적인 감각 뒤에 숨은 살벌한 의식들의 갈등을 맛볼 수 있었을 것이다. 이렇게 되면 인간은 인간 자체의 존재 의미에 역정이 나서 그는 거기서 자신의 존재에 대하여 앙갚음을 한 것이다. 그런 자기 자신을 쓰러뜨리고 싶은 자학의 쾌감을 선택할 수 있으리라. 세계의 역사 속에는 이렇게 인기 절정에서 자기를 쓰러뜨린 사람들이 꽤나 있다. 어떤 사람은 부의 절정에서 자기를 쓰러뜨린 사람도 있다.

우리들 마음 속에는 천하를 준다 해도 바꿀 수 없는 소중한 '나'라는 자아의식이 있는가 하면 이번에는 마치 자기 자신을 폐기물 처리하듯 버리고 싶은 자아의식도 있는 것이다. 자, 그럼 어떤 것이 인간의 올바른 자아의식이라 할 수 있는가? 한 번 생각해 보자. 인간은 각자 자신의 자아를 천하와도 바꿀 수 없는 정도의 소중하고 가치 있는 것으로 생각하고 있지만, 남이 볼 때도 그런가. 남이 보기엔 그 사람의 존재를 아무 가치도 없는 것으로 볼 수 있고, 더구나 천하와도 바꿀 수 없는 그런 존재로 보지는 않는다.

그럼 인간의 존재를 폐기물 처리하듯 아무 가치도 없는 것으로 볼 수 있는가. 그러나 사람들은 그럴 수는 없다고 당장 이의를 제기할 것이다. 여기서 우리는 알 수 있다. 천하를 준다 해도 바꿀 수 없는 자아의식도, 그리고 폐기물 처리하듯 버리고 싶은 자아의식도, 모두 각자 자기 생각이 만들어낸 의식들일 뿐이다. 결국 인간의 자아의식이란 모두 자기 감각, 자기 생각이 만들어내는 환상 같고 꿈결 같은 의식들일 뿐이다. 다만 때로는 정말 천하를 준다 해도 바꿀 수 없는 소중한 것이라는 생각이 들기도 하고, 때로는 정말 덧없고 실없는 아무 가치도 없는 것이라는 생각이 들기도 했던 것이다. 결국 이런 생각도 저런 생각도 인간의 의식(알음알이)들을 따라다니다 보니 그렇게 된 것이다.

그런 인간의 생각들이란 무엇인가? 그때그때 감각들이 주는 효과와 인상에 의해서 이랬다 저랬다 하는 것들이다. 그렇게 왔다 갔다 하며 때로는 이것인가 하고 이것에 집착하고 때로는 저것인가 하고 저것에 집착할 때 생겨나는 덧없고 실없는 의미들인 것이다. 그 의미들은 고정불변한 의미가 아닌 떠도는 알음알이(의식)들이다. 그런 알음알이들은 결코 진리가 될 수 없다.

항상 이랬다 저랬다 하기 때문이다. 그 알음알이(의식)들은 때로는 이것이다, 때로는 저것이다 집착하며 항상 왔다 갔다 하는 것들이다. 그 알음알이(의식)들 때문에 이것과 저것이 있는 것이다. 선과 악이 있는 것이다. 그리고 일체 상대적인 의식들이 생겨나게 된 것이다. 이것이 있음으로 저것이 있다. 이것이 생겨남으로 저것도 생겨나게 된 것이다.

그러나 이것과 저것의 본래 의미는 하나의 본질로 되어 있다. 그런데 인간의 감각이나 생각에 의해 자기 본질을 잃고 둘이 된 것이다. 그러니까 하나의 본질이 둘이 되어 나오면서 의식화(意識化)가 이루어진 것이다. 그렇게 해서 우리가 의식하는 이것과 저것은 서로 엄연히 다른 의미인 것처럼 보이게 된 것이다. 그러나 그 둘은 하나의 본질에서 나온 것이다.

이것이 있음으로 저것이 있다. 이것이 생(生)함으로 저것이 생하며, 이것이 없으면 저것도 없다. 이것이 멸하기에 저것도 멸한다.　　　　　- 상응부경

중생은 망상 분별에 의해 있다(有)와 없다(無)의 양극단에 얽매인다. 그러므로 성인(聖人)은 유(有)에 있어서도 유(有)에 집착하지 않고 무(無)에 있어서도 무에 집착하지 않는다.　　　　　- 대품반야경 행상품

어리석은 마음은 두 가지 상대적인 것에 집착하지만 보살은 함께 버리고 애착하지 않는다. 미(美)를 좋아하면 추(醜)도 따라오듯……　　　- 열반경 성행품

유(有)와 무(無) 두 가지는 같은 것(하나)에서 나와 이름이 다를 뿐이다.
같은 것(하나)을 유현(幽玄)이라 한다. 유현하고 유현하여 모든 미묘한 것이 나오는 문이다.　　　　　- 노자 〈도덕경〉

이것과 저것은 서로 상대적으로 대립하는 말(의식)이다. 그러나 그 둘은 본래 하나인 것이다. 하나이던 본질이 변화하며 둘로 나누어져 나와 두 가지 의식이 된 것이다. 처음 '이것' 이란 말이 없었으면 '저것' 이란 말도 없었을 것이다. '이것' 이 '저것' 이라는 존재 의미를 생겨나게 해 주었고, '저것' 이 '이것' 이라는 존재 의미를 상대적으로 생겨나게 했던 것이다. '이것' 이라는 의미는 혼자 존재하지 못하고, '저것' 이 '이것' 을 존재시켜 주고 '이것' 은 '저것' 을 존재시켜 주는 역할을 한 셈이다. 이것과 저것은 대립하는 것인가 하면 서로 붙들어 주어 상호 의존하는 관계다. 왜냐하면 이것 없는 저것이 있을 수 없고 저것 없는 이것이 있을 수 없기 때문이다.

이 둘은 이중성으로 양립(兩立)한다. 이 둘은 서로 적대하면서도 서로 도와 주어야만 서로 존재할 수 있기 때문이다. 그래서 이 둘의 근본 뿌리는 하나였다는 것을 알 수 있다. 그러나 본래 하나일 때의 본질을 인간의 생각으로 그려낼 수 없고, 본래 하나일 때의 의미를 인간의 의식으로 표현할 길이 없는 불가사의한 것이다. 왜냐하면 그 '하나' 란 생각 이전의 상태이기 때문이다. 이것에도 속하지 않고, 저것에도 속하지 않고, 그 어떤 것에도 속하지 않는, 인간의 의식으로는 일체 말할 길이 끊어져 버린 것이기 때문이다. 그것을 철학에서는 형이상학(形而上學)이라 말하지만 종교에서는 일체 상대성을 떠난 절대성이라 한다.

그렇게 하나이던 그것이 인간의 감각성(感覺性)을 타고 흘러나와 상대적인 둘이 된 것이다. 그래서 이것과 저것이라는 상대적 의미가 된 것이다. 이런 상대성의 경지에선 감각적으로 형용이 되고 감각적 형상에 잡히기 때문에 그때는 형이하학(形而下學)이 된다. 그러나 깨달음의 경지에서 보면 형이상학이 바로 형이하학이요, 형이하학이 바로 형이상학이다. 왜냐하면 그 둘은 본질이 하나이기 때문이다.

모든 감각 성향(性向)은 본능적인 유희성을 가지고 있다. 그래서 사람의 마음이 상대성에 동요되면 어느새 감각적인 유희성에 놀아나고 있는 것이다. 누가 '이것이다' 말하면 어느새 누가 '저것이다' 말하는 맞대꾸를 하게 되어 있다. 무슨 말을 하든 대꾸를 하여야만 대화가 이루어지듯, 두 손뼉이 부딪쳐야 소리가 나듯이 모든 것이 상대성이 되는 대립 관계이어야 어떤 작용이 되는 것이다. 그 상대성에서 모든 작용의 동작과 형상이 이루어지는 것이다. 그리고 그 동작과 형상이 바로 유희가 되는 것이다. 이렇게 소리로 유희하는 것이 되면 음악이 되고, 색채로 유희하는 것이 되면 울긋불긋한 색이 대비되어 미술이 된다.

마침내 그런 마음의 유희성은 좋은 것인 듯 나쁜 것인 듯 출현하고, 선(善)인 듯 악(惡)인 듯 헷갈리고, 천사인 듯 악마인 듯한 징후를 보이면서, 그렇게 어우러져 인간 심정을 울고 웃게 하는 것이다. 예술도 그 유희성을 잘 살려 표현하는 것에 불과하다. 다시 말하지만 이 세상 모든 살아있는 것들이란 감각성(감정)을 타고 흐르며 유희하기 위해 태어난 것 같다. 마음이 의식을 따라다니고 있는 한 부동으로 가만히 있기란 불가능하다. 그러나 그 하나는 분열을 일삼아 갈라지면서도 다시 하나가 된다.

기쁨과 슬픔은 서로 상대적으로 대립하는 말(의식)이다. 그러나 그 둘은 본래 하나인 것이다. 하나이던 본질이 변질되어 둘로 나누어져 나오면서 두 가지 의식이 된 것이다. 그렇게 사람의 마음이 감각성을 타고 흐르면서 유희하는 것에 집착해서 보면 기쁨과 슬픔이란 양극단의 서로 엄연히 다른 것이 된다.

살아가면서 우리는 항상 기쁜 일만 일어나길 바란다. 그러나 운명이 우리에게 계속 기쁜 일만 일어나게 해 준다면 무엇을 기뻐하겠는가. 그렇게 기쁜 일만 계속된다면 우리는 기쁜 것 자체를 기쁜 것으로 느끼지도 못하고 누리지도 못하리라. 그러나 기쁨은 슬픔을 낳고 다시 슬픔은 기쁨을 낳게 되어 있다. 감각적인 것에 놀아나는 마음, 즉 감정이란 언제나 변화 속으로 흐름을 요구하는 유희다. 그래서 모든 일은 인과를 낳는 유희가 된다.

사람이 기뻐할 줄 몰랐으면 슬퍼할 줄도 몰랐을 것이다. 기쁨을 아는 자는 반드시 슬픔도 아는 것이다. 기쁨이 있는 곳엔 반드시 슬픔이 있고, 슬픔이 있는 곳엔 반드시 기쁨도 있다. 기쁨은 슬픔의 유희가 낳은 것이고 슬픔은 기쁨의 유희가 낳은 것이다. 이것이 마음이 감각적인 것에 물들면 갖게 되는 인과(因果)다. 그리고 그 인과에 잡히면 이미 윤회하고 있는 것이 된다. 사랑이 있는 곳엔 증오가 있다. 사랑이 없는 곳엔 증오도 없다. 그래서 사랑에 불붙는 자는 증오에도 불붙는 자이니, 마음이 감각적인 유희를 받아들이고 거기에 놀아나면 끝없는 인과의 유희를 계속하는 것이다.

소크라테스는 이렇게 말했다.

"쾌락과 고통이라는 두 몸뚱이는 한 머리에 붙어있다고 말해야 할 걸세. 그 한 편을 얻으면 반드시 다른 하나가 따르게 마련이네."

그러다 보면 세상만사가 비극 아닌 것이 없고 또한 비극 그대로가 희극 아닌 것이 없다. 비극성과 희극성은 마음의 유희에 의해 서로 다른 것인 듯 겉으로 나타나 보일 뿐 그 둘은 본래 하나인 것이다. 왜냐하면 모든 유희성이 본래 공연한 공성(空性)으로 된 것이기 때문이다. 공성이기 때문에 그것이 실로 공연히 유희하고 있는 것이다. 사람의 마음이 감정적인 유희성에 흔들리기 때문이다. 그러나 인간 자신은 그것을 모른다. 인간의 마음은 자신의 본성을 잃어버린 근본 무지를 앓고 있기 때문이다. 그러나 깨달은 사람은 그것이 공성으로 작용하고 있음을 환하게 비추어 볼 수 있다.

모든 존재의 성질은 공(空)해서 존재가 아니기 때문이다. 그러나 이 존재를 떠나 따로 공이 없으니 모든 존재는 있는 그대로가 공이고, 공은 곧 존재이다.
　　　　　　　　　　　　　　　　　　　　　　　　　　　　－ 대품반야경

그것이 없어졌기 때문에 공이 되는 것은 아니다. 있는 그대로 물질적 현상의 본성이 원래 공인 것이다. 이와 같이 감각도 의지도, 표상도, 그대로 공이다. 마음의 본성이 공인 것이다.

— 유마힐경

권리와 의무는 서로 상대적으로 대립하는 말(의식)이다. 그러나 그 둘은 본래 하나이다. 하나이던 본질이 변질되어 둘로 갈라져 나오면서 두 가지 의식이 된 것이다. 하나이던 본질이 의식화 되면서 둘이 되었다 하니, 그 의식화란 무엇인가? 마음이 자기 본래 자리를 지키지 못하고 감각으로 들뜰 때 변하여 나타난 것이다.

우리는 권리를 좋아하고 의무를 싫어한다. 그러나 그것은 밖으로 나타난 형태만 보고 판단하기 때문이다. 어떤 사람이 승진하여 한 회사의 과장이 된 권리를 얻었다 하자. 그 권리는 과장으로서의 의무를 다하라고 주어진 권리다. 그런데 과장으로서 의무를 다하지 않으면 곧 과장의 권리를 잃는다는 것은 당연하다. 권리와 의무는 서로 떨어질 수 없이 함께 하는 것이다. 그 둘은 본래 하나요, 한 몸이었기 때문이다. 역시 한 가정의 가장이 된 권리를 얻은 자는 한 가족을 먹여 살려야 하는 의무를 짊어진 노예가 된 것이다.

한 나라의 대통령이 되면 엄청난 권리를 얻은 것이다. 그러나 그 권리는 민생을 책임진 엄청난 의무를 짊어진 것이다. 그런데 '권리' 이니 '의무' 이니 하는 밖으로 나타난 서로 다른 형태만 보고 집착하기 때문에 본래 한 몸인 올바른 권리에 올바른 의무가 실행되지 않는 것이다.

한 나라의 최고 지위에 있는 사람이 권리만 좋아하고 의무를 게을리 하다가 국사를 그르친 것을 자주 본다. 권리와 의무뿐만 아니라 일체 상대적인 의식이 본래 하나요, 한 몸인 것이다. 왜냐하면 그 근본이 하나이기 때문이다. 그러나 인간적인 생각이나 판단으로선 일체 상대적인 것들이 엄연히 다르게 보인다. 그것은 마음이 자기 본바탕을 잃고 생각으로 작용하여 현실의 식으로 나타나기 때문이다.

아름다운 것과 추한 것은 서로 상대적으로 대립되는 말(의식)이다. 그러나 그 둘은 본래 하나이다. 본래 하나이던 본질이 감각성을 타고 흐르면서 두 갈래 의식으로 나누어지는 작용을 한 것이다. 그런 작용을 할 때는 이미 하나이던 본질이 변질되어 나타난 것인데 바로 미(美)와 추(醜)다.

우리는 미를 좋아하고 추를 싫어한다. 그러나 옛말에 미를 좋아하면 추도 함께 따라온다는 말이 있다. 그러나 그보다 더 정확히 말하자면 미 속에 추가 있고, 추 속에 미가 있다고 해야 할 것이다. 왜냐하면 미와 추는 본래 하나이자 한 몸이었기 때문이다. 그래서 이 세상엔 추 없는 미가 있을 수 없고, 미 없는 추가 있을 수 없다고 할 수 있다. 본래 미와 추로 나누어지기 전 하나의 본질로 있을 때는 그것이 무엇이라고 말로 할 수 없는 것이다. 그것은 생각 이전의 자리이기 때문이다.

그런데 그 무엇이라고 말로 할 수 없는 본질이 의식화 되면서 하나이던 본질이 변질되어 미와 추로 나타난 것이다. 그런 미와 추의 정체는 무엇인가? 인간의 감각성에 의한 생각 때문에 그렇게 나타나 보이는 것이다. 그러므로 그것은 그림자처럼 또는 환상처럼 존재하는 것에 불과하다. 왜 그것을 환상처럼 존재한다고 볼 수 있는가? 그것은 필경 공(空)한 공성(空性)으로 존재하는 것이기 때문이다. 그리고 미와 추뿐만 아니라 일체 상대적인 의식들이 모두 필경 공한 공성을 면하지 못하기 때문이다.

인간은 선을 좋아하고 악을 싫어한다. 그렇게 인간은 선을 좋아하고 악을 싫어할 줄만 알았지, 선이 어떻게 해서 생겨난 것이며, 악이 어떻게 해서 생겨난 것인 줄을 모른다. 그러므로 진실로 인간은 선악이 무엇인지 모르고 있다고 해야 옳을 것이다. 그냥 감각적인 느낌이나 생각으로만 판단하기 때문이다. 감각적으로만 아는 것, 그것이 인간의 아는 것 전부이다. 인간은 그것을 넘어서지 못한다. 왜 넘어서지 못하는지 다음과 같은 예를 보자.

동물들이 자기 새끼를 기르고 먹여 살리기 위해 온 정성을 다하고 있는 모습을 보면 눈물겹다. 거기서 우리는 선(善)이 무엇인가를 생각할 수 있다. 그러나 자기 새끼를 먹여 살리기 위해 다른 생명을 물어와 그 몸을 갈기갈기 찢는다. 그리고 피가 철철 흐르는 먹이를 자기 새끼에게 먹이고 있다. 끔찍한 악(惡)이 행해지고 있음을 본다. 자기 새끼에게 행하는 선이 곧 다른 동물에겐 악이 된다. 거기 선과 악이 함께 행해지고 있다. 하나의 선행이 곧바로 하나의 악행이 됨을 보고 우리는 놀란다.

한 아름다운 아가씨를 한 남자가 지극히 사랑하고 있었다. 남자는 그 아가씨를 위해 자기가 할 수 있는 봉사를 다하고 있었다. 그는 매일 기도했다. "내 사랑을 영원하게 하소서" 하며. 그렇게 지극한 사랑을 받고 있는 아가씨 눈엔 그 남자가 천사같이 보였다.

그런데 어찌 된 일인가. 그 남자는 더 아름다운 아가씨를 발견하자 그만 마음이 변해 버렸다. 먼저 아가씨를 헌신짝 버리듯 버리고 새로운 아가씨를 위해 온 정성을 다하고 있었다. 지금에 와서 버림 받은 아가씨가 그 남자를 다시 보니 그는 악마같이 보였다. 만일 그 남자 앞에 더 아름다운 아가씨가 인연이 된다면 마음은 또 한 번 변할 수 있으리라.

이렇게 인간의식들이 하는 일이란 선인가 하면 악이기도 하고, 천사인가 하면 악마이기도 하고, 사랑인가 하면 증오이기도 한 것이다. 이렇게 사람이 의식적인 마음을 쓰며 산다는 것이 도깨비 장난 같은 것이 되고 보면 일체 존재가 알 수 없이 얽힌 인연 속에서 이루어진 인과 아닌 것이 없다. 한 생각을 내고 한 의식에 잡히면 벌써 한 인과에 떨어지는 어리석음을 낳는 것이다. 그래서인지 선승(禪僧)들에게 어떤 것이 악이고 어떤 것이 선인지 물으면 항상 이렇게 대답한다.

"그따위 선에도 악에도 집착하지 말고, 천사에게도 악마에게도 마음 팔

향락에서 해방된 인간은
슬픔도 공포도 없다

지 말고 돌아앉아 화두나 참구하라. 인연으로 생겨나는 상대적인 생각들을 모두 버려라. 모든 것이 망상 놀음을 면치 못하기 때문이다. 그대가 참으로 진리를 알고자 한다면 그따위 상대적인 선과 악에 집착하여 자꾸자꾸 한 생각, 한 생각을 일으키어 계속 한 의식, 한 의식을 지어가면서 진리를 알려고 한다면, 그렇게 할수록 진리를 아는 데는 장애가 될 뿐이다. 그대 근본을 깨닫는 데는 아무 소용이 없는 것이니 일체 상대적인 생각들을 쉬고 돌아앉으라. 돌아앉아서 화두 하나만 참구하라. 그러면 반드시 깨달을 날이 오리라. 그따위 생각이나 의식으로 요리조리 따져보아야 쓸데없는 망상만 머리 속에 먹구름 덮이듯 끝날 날이 없으리라."

어떤 존재를 가지고 영원한 것이라거나 또는 무상한 것이라거나 한다면 한쪽에 치우친 극단론이다. 나는 이 세상이 무한하다거나 유한하다거나 단정적으로 말하지 않는다. 그것은 이치와 법에 맞지 않기 때문이다.

— 보적경 가섭품

상대적인 것으로부터 떠난다 함은 주관과 객관을 떠나 평등한 행을 하는 것이다. 집착한 마음으로 취하고 버리면 두 가지가 서로 대립된다. 그러나 집착하지 않으면 취하고 버림이 없다. 이렇게 취하고 버림이 없으면 절대평등에 드는 것이다.

— 유마힐경

자기 뜻을 굽히지 않고, 자기 몸을 욕되게 하지 않는 사람은 수양산에 들어가 고사리 뜯어 먹고 살다가 죽은 백이와 숙제일 것이다. ……그러나 나로 말하면 이와는 달라서 꼭 그래야 한다는 것도 없고 꼭 그래서는 안 된다는 것도 없다.

— 공자 〈논어〉

성인은 이런 상대적 입장에 서지 않고 인위를 초월한 자연의 입장에서 사물을 보는 것이다.

– 장자 〈소유유〉

보살은 세상을 초월해 있으면서도, 또한 세상을 따르고 있습니다. 이것이 보살의 집착 없는 행입니다.

– 화엄경 십행품

육체와 정신은 서로 상대적으로 대립하는 말(의식)이다. 그러나 그 둘은 본래 하나이다. 하나인 본질이 둘로 갈라져 나오면서 변질되어 두 의식이 된 것이다. 하나이던 본질이 의식화 되면서 둘이 되었으니, 그 의식화란 마음이 자신의 본연을 지키지 못하고 감각적인 것에 들뜨고 변화하여 그렇게 된 것이다.

어떤 사람들은 자기 사랑이야말로 플라토닉한 사랑이라고 말한다. 그러니까 자기 사랑은 육체적이 아닌 참다운 정신적 사랑이라는 것이다. 그러나 그가 말하는 정신적 사랑이라는 것도 결국 이성의 용모나 행동 속에서 풍기는 것을 감각적으로 느끼고 생각하고 의식적으로 음미하기 때문에 사랑하는 것이다. 사랑하는 대상의 아름다운 용모, 고운 목소리, 행동거지 하나하나에서 풍기는 향기 등 그 사람에게서 느껴지는 감각적인 맛을 알기 때문에 가능한 것이다. 사랑의 대상을 전혀 감각적으로 느낄 수 없고, 상상할 수도 없고, 종잡을 수 없는데 사랑한다는 것은 불가능한 일이다.

인간은 육체와 정신을 서로 다른 별개의 것으로 생각하지만 그 둘은 본래 나누어질 수 없는 것이다. 왜냐하면 사람의 마음이 작용할 때 어디까지가 육체적이고 어디서부터 정신적이라는 한계선을 그을 수 없기 때문이다. 그것을 좀 더 구체적으로 설명하자면 이렇게 된다.

우리의 육체 행위는 정신의 작용에 의해서 행해지는 것이다. 그리고 정신 행위는 육체(두뇌) 작용에 의해서 행해지고 있는 것이다. 그러므로 육체를 떠나서 정신을 생각할 수 없고, 정신을 떠나서 육체를 생각할 수 없다. 결국 육체 행위와 정신 행위는 조그만 틈도 없이 함께 행해지고 있는 것이다.

육체와 정신, 그것은 본래 하나이기 때문이다. 그래서 육체 없는 정신이 있을 수 없고, 정신 없는 육체가 있을 수 없다. 그럼 아예 반야심경에 나오는 말과 같이 "육체는 곧 정신이며, 정신은 곧 육체다"라고 말하면 어떨까. 그러나 보통 사람의 생각으론 그렇게까지는 잘 이해가 되지 않을 것이다. 왜냐하면 인간의 생각으론 가능하지 않는 즉, 불가사의의 경지가 되기 때문이다. 그동안 인간은 오직 생각으로 가능한 세계만 마음에 익혀 왔기 때문이다. 그래서 생각이 미칠 수 없는 '육체는 곧 정신이며, 정신은 곧 육체다'라는 말은 이해될 수 없을 것이다. 인간의 생각으로서는 더는 나아갈 수 없는 곳까지 온 것이다.

하여튼 인간의 마음이 감각성을 타고 흐르면서 하나의 본질이 둘로 나누어지며 둘은 서로 엄연히 다른 '육체와 정신'이라는 이름이 붙어버린 것이다. 그래서 우리는 육체와 정신이라는 이름에 집착하며 살아간다. 그러나 깨달은 사람은 육체와 정신이 둘이 아님을 분명하게 관조할 수 있을 것이다.

> 육체와 정신이 서로를 따르며 움직이는 모습은 마치 불바퀴와 같아 어느 것이 먼저인지 알 수 없다. 하지만 그것은 인연으로 생긴 실없는 꿈과 같아 그 결과는 모두 허망한 것이다.   – 화엄경

사실 마음이 유희한다는 것은 얼마나 방정맞고 요사스런 짓들인가. 그것을 더 분명하게 말하자면 모두가 요물단지 같고 악마 같은 짓들이다. 그런데 그 요사스런 짓들이란 결국 얼마나 덧없고 공연하고 허망한 결과가 되는가. 그러나 우리는 시간 속에서 그런 짓거리로 시간을 보내는 것을 사람 사

는 것으로 삼는다. 모두들 유희하는 요사스러움 속에서 기쁨을 찾아 즐기는 것이다.

이렇게 의식들은 그것이 좋거나 나쁘거나 옳거나 그르거나 마음 속에서 끊임없는 작용을 하게 되어 있다. 그래서 마음은 끊임없이 자기 의식들에게 휘둘리게 되어 있다. 기쁨과 슬픔, 쾌락과 고통, 사랑과 증오, 행복과 불행, 희망과 절망, 성공과 실패 등 무수한 양극단의 의식을 맛보며 사는 것이다. 이 얼마나 치열하고 악착스런 인간의 갈등 의식들인가.

오늘도 모두들 기도한다. "나에게 영원한 행복을 주소서. 그리고 내 사랑을 영원케 하소서" 하며 소원을 빈다. 그러나 설사 운명이 그 사람에게 영원한 행복을 준다 해도 이것을 감당하고 누릴 수 있는 것은 인간의 몫이 아닌 것을 어찌하랴. 만일 운명이 어떤 사람에게 행복만 계속되는 삶을 주었다 하자. 그러나 우리에게 행복한 일만 계속된다면 인간은 행복을 행복으로 여기지도 않고 누릴 수도 없으리라. 교만한 마음이 생기고 행복이 지겨워지고 싫증이 나서 무언가 변화를 갈망하는 마음이 일어나기 마련이다. 의식적인 것에 의해 살아가는 인간의 마음이란 언제나 새로운 변화 속으로 흐름을 요구하는 심리적인 작용이다.

진정한 행복을 감당할 수 있는 것은 인간의 일이 아니다. 설사 어떤 사람에게 천국에 사는 행복을 준다 해도 그것도 잠시일 뿐 곧 싫증내고 말 것이다. "내 사랑을 영원하게 하소서" 기도하지만 설사 운명이 그에게 영원한 사랑을 준다 해도 그 영원 속에 안주할 수 있는 것은 인간의 몫이 아니다. 항상 새로운 감각, 새로운 변화의 세계 속으로 흐름을 요구하는 것이 인간의 삶이자 그 마음 작용이기 때문이다. 결국 인간의 마음은 분별과 차별 속으로 흐르며 유희하지 않고는 견디지 못하게 되어 있다.

잠시도 조용히 앉아 있을 수 없는 인간 의식의 흐름에 의해 세상은 항상 소란하고 번거롭다. 그런 주책 없는 인간의 마음은 얼마나 살벌하고 악착스런 의식의 갈등을 맛보며 사는가. 그런 삶이 불안한 꿈처럼 이어지고 이어져 가는 것이다. 그런데 그런 삶의 살벌한 의식들이 하나도 없어져 버리지 않고 아뢰야식 속에 저장된다. 인간의 의식들은 그때그때 스쳐서 지나가고 없어져 버리는 것 같지만 그렇지 않고 모두 영화 필름에 찍히듯이 하나하나 아뢰야식 속에 저장된다.

(『한국불교문학』 2014년 가을호)

아뢰야식(阿賴耶識)이란 무엇인가

— 나의 유식론(唯識論) ⑫

아 뢰야식(阿賴耶識)이란 무엇인가? 지난 세월 살아오면서 자기 마음이 지은 의식들이 없어져 버리지 않고 다만 활동을 임시 중지한 잠재 의식으로 무의식인 듯 저장되는 의식이다. 그래서 아뢰야식은 의식들을 저 장시켜 놓는 창고에 비유해서 장식(藏識)이라고도 한다. 마치 컴퓨터 속에 무한한 가상공간이 있어 무수한 기록들을 입력시킬 수 있듯이 우리의 한없 는 의식들은 그렇게 무의식으로 아뢰야식 속에 저장된다. 그렇게 아뢰야식 속에 잠재되어 있다가 비슷한 상황, 비슷한 모양을 보면 다시 환기시켜 현 실 속에 발현된다.

"자라 보고 놀란 가슴이 솥뚜껑 보고 놀란다"는 말과 같이 사십여 년 전 에 어떤 것을 보고 놀란 충격 의식이 오늘에도 비슷한 상황, 비슷한 모양만 보면 다시 놀라는 것이다. 그것은 지난 날 놀란 충격이 없어지지 않고 아뢰 야식 속에 저장되어 있다가 다시 그것이 씨종자가 되어 현실 속에 발현되기 때문이다. 그래서 아뢰야식을 종자식(種子識)이라고도 한다. 또 그것은 결코 없어져 버리지 않는 의식이라 하여 무몰식(無沒識)이라고도 한다.

어떤 어린애는 핑크빛 침실을 엿본 그 충격으로 어른이 되어서 붉은 색 옷 입은 여자만 보면 불안과 증오에 휩싸이다가 살인까지 하게 되었다 한다. 어떤 사람은 불을 보면 발작을 일으키고, 어떤 사람은 푸른 강물을 보면 두려움을 일으킨다. 지난 날 어떤 것에 의해 자극 받고 충격 받았는지는 기억하지 못하지만 어떤 사람은 주위에 어둠이 내리면 무서워하고, 어떤 사람은 넓은 광장에 혼자 있거나 걷지도 못한다. 어떤 사람이 이렇게 고백하는 말을 들었다. 자기는 사람이 흘린 피만 보면 그때부터 흥분하기 시작한다는 것이었다.

이 아뢰야식의 정체는 벌써 2500년 전 불교 경전에서 아주 중요하게 언급되었던 것이다. 그러나 인류는 오랫동안 그런 것에는 관심을 두지 않았다. 그러다가 근래에 와서 프로이드와 몇몇 학자들이 연구하기 시작했다. 프로이드는 자신의《정신분석입문》에서 이렇게 밝혔다.

지난 날 충격받았거나 억압되었던 의식들이 자기도 모르게 훗날 노이로제로 나타나고, 히스테리로 발전하는 것을 밝혀냈다. 그리고 평소 생활 의식들이 무의식 상태로 저장되어 있다가 꿈으로 재현되기 때문에 그 꿈을 풀어서 그 사람의 신경병의 원인을 알아내고 치료하는 데까지 이르렀다. 그러니까 꿈속에 나타나는 사물들 하나하나까지도 모두 현실 속에서 자기가 지은 의식들의 상징으로 또는 그 대치물로 나타난다는 것까지 밝혀낸 것이다.

그러나 2500여 년 전 불교 교리에서는 이 아뢰야식이 인간의 마음이나 삶을 주재하고 있는 주재자로 보았었다. 왜냐하면 이 아뢰야식이 모든 의식을 낳고 생성시키는 종자(씨앗)가 되기 때문이다. 인간의 마음은 어느새 지나간 무수한 의식들을 저장시키고 있는 거대한 창고가 되어 있다. 마치 컴퓨터의 무한한 가상공간에 무수한 기록들을 입력시키듯 아뢰야식은 인간 의식들을 저장시킨 보고(寶庫)이기 때문이다. 먼저 언급한 제7식 말나식(末那識)

도 이 아뢰야식의 종자식에 의해서 생겨난 것이면서도 다시 아뢰야식을 돕는 역할을 한다.

더 먼저 언급한 제6식(눈·귀·코·혀·몸·의식)의 여섯 군데에서 발생한 감각의식들도 아뢰야식을 돕는다. 그러니까 오관에서 발생한 감각들을 제6식이 그때그때 선악의 판단을 내려 제8식인 아뢰야식에 제공하는 것이다. 그렇게 하여 아뢰야식에 저축된 의식들은 또 다시 씨종자 되어 자꾸 새로운 의식들을 생성시킨다.

그래서 이 아뢰야식이 없으면 지금 현실 속에서 인식 활동의 지속과 유지를 할 수 없다. 끊임없이 이어져 가는 마음 작용은 아뢰야식 속에 저장된 지난 의식들을 재료로 사용하기 때문이다. 그래서 사실 이 아뢰야식이 우리들의 인식 활동의 지속과 유지를 진행시키는 의식이다.

우리에게 이 아뢰야식이 없으면 당장 앞 생각과 뒷 생각을 이어가지 못한다고 한다. 왜냐하면 우리는 어떤 것에서 감각을 느끼면 퍼뜩 생각을 일으킨다. 그리고 한 생각이 일어남과 동시에 또 다음 생각을 이어가는 데 다음 생각을 잘 이어가게 하는 것은 그동안 아뢰야식 속에 저장된 경험적인 의식들을 재료로 공급받아서 판단하는 것이다.

그렇게 의식들로 하여금 그때그때 현실 판단을 내리고 어떤 행위를 하게 하는 것이다. 그래서 아뢰야식을 온갖 정신활동을 운전해 나가는 주재자라고 한 것이다. 그래서 인간의 마음이 작용한다 함은 곧 아뢰야식 활동이 전개되고 있음을 말한다. 그러므로 아뢰야식의 작용이 그대로 인간의 마음이다.

중생의 마음은 곧 아뢰야식이다. 또한 아뢰야식은 곧 중생의 마음이다.
그래서 육체도 사물도 아뢰야식이라는 자신의 마음이 만들어낸 것이다.
사람의 주관적인 몸, 객관적인 사물, 모두 아뢰야식의 산물로서 마치 부싯

돌에서 불꽃이 일 듯 감각기관을 따라 대상과 주의력이 집중할 때 순간적으로 생겨난다.

— 대승밀엄경

그러나 여기서 꼭 한계를 지어서 밝혀 둘 것이 있다. 마음 자체가 아뢰야식은 아니다. 다만 마음이 작용할 때 아뢰야식을 빌려서 작용하는 것이다. 빌려온 아뢰야식에 의해서 무엇을 느끼고 무엇을 생각하고 의식하는 것이다. 그래서 인간의 마음은 아뢰야식에 물들어 산다. 마음의 본 바탕은 아뢰야식이 아니었지만 어느새 마음은 아뢰야식에 물들어 버린 것이다. 그래서 중생의 마음은 곧 아뢰야식이라고 말한 것이다. 그러면 아뢰야식에 물들기 이전 마음이란 어떤 것인가?

그 모양은 어떻게 생겼는가? 사람들은 말할 때마다 마음이다, 마음이다 하며 마음이란 말을 많이 쓴다. 하지만 마음 자체 모양이 어떻게 생겼는가 물으면 대답이 어려워진다. 한참 생각해 보지만 대답을 못한다. 마음 자체는 형체가 없어 볼 수 없고, 어디 있는지 찾아낼 수도 없고, 어떻게 형용해 보기도 불가능하다. 마치 어떤 사물을 놓고 말하듯이 "자, 이것이 마음이다. 한 번 만져보라" 할 수도 없는 것이 그것이다.

그래서 결국 마음이 있는 것인지 없는 것인지 그 정체를 유무로 판단하려고 해도 판단이 되지 않는다. 그래서 그 정체를 알 듯 하다가도 알 수 없는 것이 되어 버리고 만다.

도무지 의식으로 파악할 수 없는 것이 마음이다. 그렇긴 하지만 그 마음을 상징하여 줄 수 있는 것이 하나 있다. 그것이 무엇인가? 이 우주의 무한대의 허공인 하늘이다. 이 우주의 무한대의 허공인 하늘은 어디서 시작하여 어디쯤 해서 끝나는 것인지 그 한계를 알 수 없고, 자기의 모양도 없고, 거기는 무엇이 있는 것도 아니어서, 그것이 있는 것이라고 할 수도 없고, 그렇다고 허공 자체를 없는 것이라고 할 수도 없는 것이다. 그래서 유무로 판단할 수 없는 것이다. 하여튼 인간의 생각이나 의식으로 그 정체를 파악할 수 없는 그것이 이 우주의 허공이자 하늘이다.

그런데 신기하게도 우리 마음의 본 바탕도 꼭 그와 같은 것이다. 마음의 본 바탕은 그대로 하늘이었다. 그래서 마음 모양이 어떻게 생겼는가 물으면 그렇게 대답이 불가능했던 것이다.

마음 자체는 스스로 청정하지만 의식이 일어나서 함께 혼탁해졌으니 이와 같이 일체 의식이 능히 훈습하는 종자를 지었느니라.　　　－ 입 능가경 총품

우리 마음의 본 바탕은 그대로 하늘이었다. 그대로 우주의 무한대와 같이 한량할 수 없고 한정할 수 없어 계산되지 않는 것이었다. 인간의 생각으로 요량할 수 없는 그대로 무한이자 영원이었다. 그런데 거기 인간의 의식들이 들어와 물들면서 아뢰야식 세계가 되어 버린 것이었다. 그래서 마음은 자기 본 바탕을 잃고 말았다. 거기에 생각하는 의식들이 가득 쌓여서 그 의식들이 주인이 되어 버렸으니 인간의 마음은 그때부터 오직 의식에 의한 삶을 살게 되었다. 우리 마음의 본래 바탕은 그대로 이 우주의 무한대의 하늘인데, 그곳을 모두 우리의 의식들이 차지해 버려서 마음 속엔 아뢰야식 작용만 있게 되었다. 그래서 마음이 작용한다함은 아예 아뢰야식이 작용하는 것으로 되어 버렸다. 그리고 인간은 자기가 자기 마음의 본 바탕을 잃은 것도 모르고 살고 있다. 이것이 인간의 삶이다.

그러나 마음을 깨달은 사람은 알아낸다. 인간들이 자기 마음의 본 바탕을 잃고 산다는 것을. 그리고 그는 저 하늘 같은 자기 본래 마음을 다시 도로 찾는다. 본래 자기 마음을 다시 회복한 것이다. 그래서 그는 다시금 주인이 되어 바라본다. 저 아뢰야식들이 객으로 들어와서 그동안 주인 노릇하고 있었음을 본다. 그리고 그동안 사람들은 그 아뢰야식 장난에 끌려다니며 살고

있었음을 본다. 불교에서 말하는 아뢰야식을 무의식으로 이름 지어 발전시킨 프로이드는 기독교 신자가 되기를 거부하고 자기는 무신론자임을 당당하게 밝혔다.

모든 것을 만들어내는 신(神)이나 조물주가 있다고 주장하는 이교도들은 이 아뢰야식이 바로 자기 마음 안에 있으면서 끊임없이 변화하며 모든 것을 만들어 냄을 모르고 있다.

마음 속 의식은 그 자체가 스스로 다양하게 변화하는 특성을 가지고 있다.

– 능가경 집 일체품

지난날의 자기 연인을 잊지 못하던 한 사람이 있었다. 앉으나 서나 연인만을 생각하다가 너무나 치열한 자기 의식작용 때문에 결국 자기 두뇌의 정상적인 기능이 파괴되어 미친 사람이 되어 버렸다. 그는 혼자 웃고 울면서, 혼자 이야기하면서 거리를 헤매고 있었다.

그의 대화를 엿들어보면 자기가 묻고 자기가 대답하는 식이었다. 자기 아뢰야식 속에 평소 자기가 소원하는 의식들이 쌓여 있다가 그대로 발현되어 나타나기 때문이었다. 이렇게 아뢰야식은 요술을 부린다. 그는 자기 아뢰야식 속에서 자기도 모르게 하나의 유령이 되고 귀신이 되어 버린 것이다.

또 어떤 사람은 아무도 모르게 살인을 하고 증거인멸을 위해 집까지 불태워 버렸다. 사람들은 정말 화재가 나서 사람이 타 죽은 것으로 생각했다. 완벽한 지능적인 살인이었다.

그러나 웬일인가. 그는 자기 아뢰야식에 시달리기 시작했다. 꿈속에서 나타난 죽은 자에 놀라 소리 지르며 깨어나는가 하면 밤마다 잠을 이룰 수가 없었다. 낮에도 자기 일에 집중할 수 없는 정신적인 고통을 견디다 못해 네거리에 나가 소리치기 시작했다. "나는 사람을 죽이고 집을 불태운 흉악범이요. 나는 처벌을 받아야 마땅하오" 하고 외쳤다.

하지만 사람들은 그냥 미친 사람으로 간주하고 지나갔다. 그는 결국 자기 발로 경찰서로 뛰어갔다. 그리고 모든 것을 고백했다. 그때야 마음의 짐이 다소 덜어지는 듯했다.

설사 사람이 자기 죄를 끝까지 감추고 살아갈 수 있다 해도 그는 일생을 스스로 자기 형벌에 시달리는 삶을 살아가기 마련이다. 모든 것을 피할 수 있다 해도 자기 정신과 항상 함께 있는 아뢰야식을 떨쳐 버릴 수 없기 때문이다. 인간은 항상 아뢰야식에 의해서 자기 삶을 유지하고 있다.

그래서 인간 삶의 운전자는 바로 아뢰야식이라고 한 것이다. 그 사람의 얼굴이나 눈빛은 자기 아뢰야식 활동의 반영이다. 그래서 공자는 40살 넘은 사람은 자기 얼굴 모양에 자기가 책임을 져야 한다고 했다. 그래서 자기가 지은 죄의 심판자는 바로 자기 아뢰야식이다. 그러니까 앞에서는 아뢰야식이 각자 자기 삶의 주재자가 되더니 여기서는 아뢰야식이 자기 삶의 심판자가 되었다.

아뢰야식(마음작용)이 선(善)을 내기도 하고 악(惡)을 내기도 하여 결과적으로 선도 만들고 악도 만드는 것이다. 이렇게 아뢰야식은 좋은 일도 하고 나쁜 일도 할 수 있는 것이니, 인연 따라 흐르고 구르면서 만 가지 조화를 다 부린다. 보이지 않는 아뢰야식 덩어리가 흐르고 구르면서 온갖 법을 다 만들어낸(生)다. 아뢰야식이 자기 생각, 자기 성정에 맞추어 천사의 개념도 만들어내고 악마의 개념도 만들어낸다. 어떤 거룩한 이미지도 만들고, 성스러운 이미지도 만든다. 그렇게 아뢰야식이 모든 것의 의미를 창조해내고 있는 것이다. 아뢰야식이 진리의 개념도 만들어내고, 신(神)의 개념도 만들어낸다.

신(神)이란 무엇인가? 원시인의 머리 속에서도 떠오른 것이 신의 개념이다. 인간의 삶 자체가 미약하고 불안한 존재이기 때문이다. 인간 존재 자체가 불완전하고 덧없는 것이기 때문이다. 그래서 인간은 뭔가 온전하고 영원하고 변함이 없는 것을 동경한다. 그리고 그런 것을 상징하는 것을 머리 속에 그린다. 그럴 때 머리 속에 떠오른 것이 신(神)의 개념이다. 그래서 먼 옛날부터 각 민족마다 자기 민족의 성정과 기질에 맞는 신을 만들어내고 종교를 만들어냈다.

그러나 그 종교를 밑받침하는 교리가 어설프면 그런 종교들은 그냥 토속신앙으로 머물러 있을 뿐 널리 퍼져 나가지 못했다. 그래서 이 지구상에는 없어지기도 하고 새로 생겨나기도 하는 수없이 많은 종교들이 명멸했다. 그렇게 많은 종교들이 한결같이 자기 밖에서 신을 찾고 자기 마음 밖에 있는 거룩한 신의 의미를 만들어내고 있을 때, 좀 색다른 종교가 발생했다. 불교가 그것이다.

석가모니는 자기 마음의 깨달은 바에 의해 말하기를 진리는 자기 마음 안에서 찾아야 한다고 주장했다. 모든 종교가 자기 밖에 있는 거룩한 우상신을 찾고 있을 때 그는 모든 인간은 자기 내면, 즉 자기 마음 안에 본래 갖추어져 있는 진리를 찾아야 한다고 가르치기 시작했다. 다만 인간의 어리석은 번뇌 때문에 진리가 가려져 있을 뿐, 자기 마음 안에 본래 완전하고 영원한 진리가 갖추어져 있으니 찾아보라고 외치기 시작한 것이다. "자기 밖으로 나가서 찾지 말라. 자기 안에 본래 다 갖추어져 있는 것인데 밖으로 나가 찾으면 거짓되고 허황할 수밖에 없다"고 가르쳤다.

사람들은 때때로 거룩한 신을 보았다고 말하고 거룩한 성령이 강림했다고 말한다. 그러나 그것도 자기의식 즉, 아뢰야식 속에서 생긴 그림자를 더듬고 있는 것에 불과하다. 다시 말하면 자기 아뢰야식이 지어내고 있는 것에 도취한 것이다. 자기 밖으로 나가 신을 찾는다며 두리번거리는 자는 어리석다.

왜냐하면 어떤 형태적인 것을 보기 위해 만들어진 눈 감각으로 신을 볼 수 있는 것이 아니기 때문이다. 인간은 모두 자기 아뢰야식으로 익히고 그것에 습성이 된 훈습(薰習)에 의해서 생각하고 인식할 뿐이다. 인간의 지력이란 거기서 벗어나지 못한다. 신이 무엇이냐 물으면 겨우 자기 생각으로 상상하고, 자기의식으로 더듬어낼 수 있는 그런 한계 내에서 말할 것이다. 그러나 그렇게 자기가 익혀 온 감각적 의식이나 그러한 사고의 방법으론 결코 진리를 깨달을 수 없다는 것은 당연하다.

아프리카 사람들에게 천사를 그려보라 하면 까만 얼굴의 천사를 그릴 것이다. 백인들에게 천사를 그려보라 하면 당연히 흰 얼굴의 천사를 그릴 것이다. 그리고 황인종은 좀 노랗게 그릴 것이다. 그러나 천사의 얼굴이 흰지 검은지 본 사람이 있는가? 누가, 내가 보았다고 우긴다면 그 사람은 천사를 본 것이 아니라 자기 아뢰야식이 만들어낸 거룩한 이미지를 본 것임을 나는 알고 있다. 천사의 얼굴은 꼭 이런 색깔이어야 한다고 원칙을 제시할 수 있는 사람은 있을 수 없다.

만약 소나 말이나 사자가 손을 갖거나 혹은 인간과 마찬가지로 그들의 손으로 그림을 그리거나 작품을 만들 수 있다면 말은 말과 비슷한, 소는 소와 비슷한 신(神)의 모습을 그려서 가질 것이다. 제각기 자기가 가진 것과 비슷한 몸의 형상을 만들어낼 것이다.
— 크세노 파네스

너희가 만약 나(부처)를 보려 할 때 화려한 색깔의 형상이나 아름다운 목소리 같은 것으로 찾는다면 너희는 삿된 길을 가고 있는 것이다. 결코 부처가 무엇인지 보지 못하고 알지도 못하리라.
— 금강경

무당이 열심히 기도하고 있다. 자기에게도 신령스러운 신령이 잡혀 천지만물의 조화를 알고, 그 내력을 알아 사람들에게 말해 주고, 미래를 예언할 수 있게 해달라고, 그런 능력을 가진 신기(神氣)가 나에게 잡히게 해달라며, 그 눈동자는 이상한 빛을 발하며 기도하고 있다. 그도 역시 자기 마음 밖으로 나가 어떤 거룩한 형상으로서 신을 찾고 있는 것이다. 그건 모두 자기도 모르게 작용하는 자기 아뢰야식을 따라다니고 있는 것이다. 자기가 상상한 자기의 의식으로 더듬고 있는 자기 아뢰야식의 세계를 헤매고 있는 것이다. 결국 자기 망상 속에서 꿈꾸고 있는 것이다.

그러나 진리는 그런 자기 밖으로 향한 요사스런 마음을 쉴 때만 얻어질 수 있는 것인데, 자꾸 자기 밖으로 나가 어떤 형상적인 것으로 거룩한 신을 찾고 구하니 마음만 어지러워지는 것이다. 설사 거룩한 신령이 내렸다고 제법 경건한 마음을 취해도 자기는 자기 아뢰야식이 그렇게 작용한 것임을 모르고 있다.

아뢰야식은 대단히 이성적이면서도 또한 대단히 감성적이다. 인간의 애욕은 초원에 뛰노는 들사슴의 목마름이련가. 아뢰야식 속에서 놀며 그려내는 사랑의 꿈은 하늘에 무지개를 띄운다. 아뢰야식 작용은 대단히 이성적이어서 자기 연인을 천국의 천사로 그려보기도 하리라. 그러다가 다시 인간적인 감성으로 끌어내려 만지고 싶고 애무하고 싶은 것을 꿈꾸리라. 그래서 밤의 꿈들은 현실 감각처럼 되기도 하리니 그 꿈속에서 무안하게도 정액을 흠뻑 쏟아내기도 하리라. 꿈은 곧 현실, 현실은 곧 꿈이기도 한 아뢰야식의 묘한 작용 속에서 그는 놀고 있는 것이다.

또 하나의 인간이 지금 진리로 향해 가는 이상향의 길을 걷고 있다. 항상 진리를 동경하는 인간의 원초적인 이상향의 꿈이 발동한 것이다. 그러나 그 사람 역시 현실인 꿈, 꿈인 현실의 묘한 아뢰야식 작용 속에 놀고 있는 것이다. 드디어 그 사람은 성령이 강림했다고 성스러운 생각에 젖어 있다. 그리고 자기는 지금 신과 영적 결합이 이루어졌다고 생각하고 있다. 그러나 그것은 어디까지나 자기 아뢰야식이 작용하고 있어 그러한 것임을 그는 모르고 있다. 그런 식으로 모든 종교가 자기 아뢰야식 속에서 거룩한 우상신을 만나고 있는 것이다. 무당의 신내림이라는 것도 그와 꼭 같은 아뢰야식의 원리로 작용하는 것에 불과하다.

인간의 지력이 어찌 아뢰야식의 한계를 벗어날 것인가. 아무리 묘하고 신비로운 경지일지라도 자기 아뢰야식 작용이다. 인간은 그냥 그런 의식의 한계내에서 벗어나지 못한 삶을 살고 있다. 끝내 신(神)의 망상 속에서 벗어나지를 못한다. 그러나 깨달은 사람은 지금 아뢰야식이 그렇게 작용하여 그림자 같고, 환화 같은 이 세상 존재들을 만들어내고 있음을 낱낱이 관조(觀照)할 수 있다. 그래서 모든 존재하는 것들의 정체가 무엇인지 낱낱이 바로 비추어 볼 수 있다.

선한 의식이든 악한 의식이든, 거룩한 의식이든 신비로운 의식이든 모두 아뢰야식이 만들어내고 있다. 마치 창조하듯 일체를 만들어내고 있다. 그런 것을 깨달은 사람은 낱낱이 관조할 수 있다. 그래서 이 모든 존재한다는 것들의 정체가 무엇인지 그 비밀을 안다. 인간의 의식작용 자체가 무엇인지 알기 때문에 가능한 것이다.

> 하늘 신(神)이 세상을 만든 것도 아니요,
> 저 범천(梵天)이 만든 것도 아니거늘
> 그런데도 만들었다 한다면, 그것은
> 허망한 생각에서 나온 허황한 말이다.
>
> ※범천…… 브라만교의 창조신
>
> — 증일아함경

아무리 성스럽고 신비로운 경지를 체험했다 해도 자기 아뢰야식 속에서 놀고 있는 것이다. 그래서 아무리 성스럽고 신비로운 경지라 해도 모두 망상 번뇌에 불과하다. 모두가 마음의 때(垢)에 불과하다. 그 때를 닦아내야 한다.

그래야 본 바탕인 바른 세계가 보인다. 먼지를 닦아낸 거울이 밝게 비칠 수 있듯이, 흐린 것을 가라앉힌 물 밑바닥을 환하게 들여다볼 수 있듯이, 그 때만이 진리는 자기 모습을 드러내 보여준다. 그런데 물 밑바닥을 들여다보려고 하는 사람이 물을 자꾸 휘저으며 보려고 한다면 물은 더욱 흐려져서 안 보일 것이다.

그와 같이 인간이 자기 의식으로 요리조리 생각하는 사유의 방법으로 진리를 알려고 하는 것은, 마치 자꾸 물을 휘저으며 보려 함과 같다. 그렇게 자기 생각, 자기 의식으로 자꾸 휘젓고 있는 것이 인간의 마음작용이자 또한 정신작용이다. 그래서 그 의식들의 작용, 즉 아뢰야식 때문에 인간이 근본 무지(無知)에서 벗어나지 못하고 집착과 고통의 삶을 살고 있는 것이다.

그러나 진리를 깨닫고 보면, 아뢰야식이 작용하여 벌려놓은 현상계의 상대적이고 차별적인 경계들이 그대로 진리의 경지이다. 왜냐하면 인간의 마음(아뢰야식)이 미혹하여 스스로 차별 경계를 만들어냈을 뿐, 차별된 그대로가 본래 차별 없는 평등이기 때문이다.

일체 차별은 본래 하나인 본질에서 나온 것이다. 깨달은 사람은 아뢰야식이 그렇게 작용하여 차별을 만들어내고 있음을 낱낱이 관조할 수 있다. 그리하여 모든 존재하는 것들의 존재성을 낱낱이 비추어 볼 수 있으니 비로소 존재한다는 것이 무엇인지 아는 사람이다. 그는 비로소 자기 아뢰야식에 속지 않고 본래 평등을 찾아내고 그 평등 속에서 산다. 그것이 화엄경의 세계다. 비로소 모든 번뇌의 속박에서 벗어나 이제는 미래의 시간이 다하도록 마음에 더는 알 것이 없다는 것을 알며, 더는 얻을 것이 없는 것을 얻어서, 일체 욕망의 미혹을 벗어나 온갖 삿됨을 여의고 올바름에 들어간 것이다.

(『한국불교문학』 2014년 가을호)

아뢰야식(阿賴耶識)은 인생 드라마의 연출자

— 나의 유식론(唯識論) ⑬

석가모니 부처님 말씀 중에 이런 구절이 있다. '인간이 장난의 웃음을 좋아하기 때문에 이 무상하고 변하는 중생이 되었다'(장아함경). 인간의 마음은 온갖 욕망의 유희를 즐기는 성품을 타고났다. 애들 때부터 벌써 서로 간지럼 먹이고 간지럼 타기를 즐긴다. 애들이 조용히 가만히 앉아있기란 참으로 어려운 일이다. 잠시도 조용히 말없이 앉아있지를 못한다. 서로 희희낙락거리며 놀다가 서로 힘겨루기하다가 다투기도 하다가 싸움으로 발전하기도 한다.

아침 등굣길에 한 소녀가 책가방을 메고 학교로 향해 가고 있다. 그런데 여느 때보다 명랑한 표정에 콧노래를 흥얼거리며 발걸음도 가볍게 걷고 있다. 오늘 저 소녀가 저렇게 즐거워하는 데는 이유가 있었다. 아빠를 속여 언니들보다 더 많은 용돈을 타내는 데 성공하였기 때문이다.

저기 한 청년이 아침 출근길을 경쾌하게 걷고 있었다. 얼굴에 씩씩한 기운이 감돌고 발걸음도 가볍게 걷고 있었다. 만나는 사람들에게 안녕하십니

향락에서 해방된 인간은
슬픔도 공포도 없다

까. 인사도 잘 하고 얼굴표정도 밝고 선량해 보였다. 이 청년은 어제는 우울한 표정이었는데 오늘 이렇게 달라진 이유는 뭘까? 그동안 약삭빠른 친구에게 무시당하기만 하였는데, 오늘은 그를 골탕 먹일 묘안이 머리에 떠올랐기 때문이었다.

인간이 이 세상을 살아가노라면 끝없는 경쟁과 승부에 직면한다. 생존경쟁의 사회에서 조금만 방심하고 있어도 벌써 뒤처지고 만다. 학생시절엔 학업경쟁, 청년시절엔 출세 경쟁하며 싸우고, 그것도 없는 사람은 오락게임이나 스포츠게임에라도 승부를 건다. 모두가 일등이 되고 최고가 되기 위해 경쟁해야 하는 현실에 부딪친다.

정치하는 사람은 자기 정적을 물리쳤을 때 최고의 기쁨을 맛보고, 사업하는 사람은 경쟁관계에 있는 회사가 부도났을 때 승리의 기쁨을 맛본다. 스포츠 선수에겐 0.01초만 뒤져도 1등을 못하게 되어 있다. 이렇게 오직 1등만이 뭇사람들의 시선과 관심을 받고 기억된다. 2등은 관심 밖의 존재인 데다 아무도 그 이름을 기억하지 못한다. 그래서 모두들 최고가 되고 1등이 되기 위해 경쟁해야 하는 현실에 처한다.

만고풍상 비바람 속에서 무수한 사람들이 태어나고 죽어간다. 무한한 시간과 공간 속에서 무수한 중생들이 태어나고 그리고 죽어간다. 그 속에서 지금 우리 아기도 태어나서 살기 위해 움직이기 시작한다.

갓난아기들을 보라. 잠시도 한 자리에 그대로 머물러 있지를 못한다. 아직 제 몸 하나 반듯하게 일으켜 세우지도 못하면서 저쪽에 어떤 것이 보이면 북북 기어서 그쪽으로 간다. 그리고 고사리 같은 손으로 힘 있게 움켜쥔다. 이것이 반드시 움직이게 되어 있는 인간본능의 기본동작이다. 이것이 아기가 모든 것에 호기심을 갖게 되어 있는 인간 본성의 움직임이다. 아기가 움직이고 있는 동안 부모들은 잠시도 어린애들에게서 눈을 뗄 수가 없다.

아기는 움켜쥔 물건을 입으로 가져간다. 입에 넣어보니 아무 맛도 없다. 그냥 내던져버리고 다시 저쪽에 있는 것을 움켜잡기 위해 북북 기어서 그쪽으로 간다. 그와 같이 아기들은 잠시도 가만히 있지를 못한다. 이렇게 자연스럽게 항상 움직이게 되어 있는 아기를 자기 마음대로 움직이지 못하게 꼭 붙들어 맨다면 아기는 몸부림치다 새파랗게 질려 죽고 말 것이다.

사람들이 어느 식당에 모여 앉아 맛있게 요리를 먹고 있었다. 그곳에 한 노인이 앉아 중얼거리고 있었다.

"사람이 요리를 먹는 것이 아니라 요리가 사람을 먹고 있구나."

그때 노인 곁에 앉아있던 한 젊은이가 즉시 노인께 말했다.

"아니 영감님 무슨 말씀을 그렇게 하십니까. 요리가 사람을 먹고 있다니요. 어떻게 요리가 사람을 먹습니까? 사람이 요리를 먹는 것이지요."

그 말에 노인이 빙그레 웃음 지으며 말했다.

"내가 말하는 뜻을 잘 이해하지 못하는 모양인데 지금 그 뜻을 알 수 있게 말해 줄 터이니 잘 생각해 보게. 요리가 그 사람의 정신을 먹어버렸기 때문이네."

그것을 더 정확히 말하자면 사람들이 요리의 맛에 취해 먹고 있으면 지금 그 사람의 정신은 요리에 먹힘 당하고 있는 것이다. 또 저기 술을 마시고 벌겋게 취해 떠들고 있는 사람들을 좀 보라. 술기운에 취해 떠들고 있는 것을 보면 술이 저 사람의 정신을 먹어버린 것이다. 그래서 지금 저 사람들의 감각이나 생각이나 또는 의식들은 온통 술기운에 의해 작용하고 있다.

또 생각해 보라. 사람들이 마약을 먹고 즐거워 제멋대로 놀고 있다면 그건 또 마약이 저 사람들의 정신을 먹어버린 것이다. 그래서 그들은 마약의 환각을 따라 흐느적거리기를 좋아하는 것이다. 그렇게 되면 사람들의 머릿속엔 요리에 의한 맛의 감각, 요리에 의한 맛의 생각, 그리고 요리에 의한 맛의 의식들이 그 사람의 정신 속에 주인공이 된다. 그리고 맛에 대한 기억은 자기의식의 맨 밑바닥에 있는 아뢰야식 속에 하나하나 저장되어 영원히 지워지지 않고 기억되는 의식인 아뢰야식으로 남게 된다.

아뢰야식이란 무엇인가? 아뢰야식은 모든 의식의 맨 밑바닥에 숨은 비밀 창고 같은 것으로 자기가 지은 의식들은 거기 하나하나 저장된다. 평상시 마음 속엔 잘 드러나지 않다가 지난 생각들이 작용하면 마치 가라앉아 있던 침전물이 떠오르듯 고개를 들기 시작하는 그런 의식들이다.

불고기를 먹어보고 그 맛을 익힌 자는 항상 불고기 맛이 자기 아뢰야식 속에 새겨져 있어 어디서 불고기란 말만 들어도 군침을 흘리게 되어 있고, 술을 먹어보고 그 맛을 익힌 자는 항상 황홀한 술맛이 자기 아뢰야식 속에 새겨져 있어 기분이 좋아도 한 잔 생각이 나고 기분이 나빠도 한 잔 생각이 나게 되어 있다. 마약에 맛들이고 익힌 자는 앉으나 서나 기분이 좋고 황홀한 마약생각뿐이다. 마약에 취해 있을 때는 세상의 모든 것들이 장난감같이 보인다.

이렇게 우리의 삶은 마치 보이지 않게 저장되어 있는 아뢰야식에 지배 받는 노예가 된다.

소가 남의 밭곡식의 싹을 먹으며 그 맛을 좋아하고 금하지 않듯이 인간의 오욕낙도 그와 같아서 탐내어 즐기어 부끄러워하지 아니 하나니 그를 금하거나 억제하지 않으면 반드시 착한 법의 싹을 해치리라. - 별역 잡아함경 421쪽

만일 중생들이 물질에 맛들이지 않으면 그는 물질에 물들지 않을 것이다.
물질에 맛들이기 때문에 곧 거기 물들어 집착하느니라.
이와 같이 중생들이 오온(五蘊=물질·감각·생각·지어감·의식)에 맛들이지 않으면 중생들은 그것에 물들지 않을 것이다. - 잡아함경 1권 7쪽

다만 내가 사물을 부리되 사물이 나를 부리지 않는다면 즐기는 욕심도 천기(天機) 아님이 없고 속세의 인정도 곧 천리(天理)의 경지가 된다.

– 채근담 후집 115

이렇게 마약에 맛들이고 그것을 자꾸 익혀 습관이 되면 마약의 포로가 되어 벗어나기 어렵다. 도박에 맛들이고 재미 붙인 자에겐 머리에 떠오른 것이 도박에 관한 것들뿐이다. 그것이 그 사람의 의식의 밑바닥 아뢰야식 속에 새겨져 있어 자꾸 머리에 떠오르기 때문이다. 계속 돈을 잃기만 한다면 어느 누가 도박을 계속 하겠는가. 종종 판돈을 긁어모으는 그 순간의 재미와 희열을 잊을 수가 없기 때문이다. 그 순간의 기쁨과 설렘이 아뢰야식 속에 새겨져 있어 도저히 떨쳐버릴 수가 없다.

돈을 다 잃고 누워있어도 다시 머리에 떠오르는 것은 도박에 거는 기대와 호기심뿐이다.

그러나 남의 호주머니에 있는 돈을 거저 자기 것이 되게 하고픈 욕심뿐이니 그것이 도둑이나 강도와 별반 다를 것이 없다.

어느 날 어떤 사람이 도박판에서 돈을 다 잃고 밑천이 떨어져 의기소침하여 차를 몰고 시내를 지나가다가 접촉사고를 냈다. 자기는 다치지 않았으나 어린 딸이 조금 다쳤다. 그래서 어린 딸에게 보상금이 나왔다. 엉뚱한 곳에서 도박 밑천이 생기자 그는 도박장으로 달려갔다.

다시 며칠을 밤새워 도박을 했으나 또 밑천이 바닥났다. 그러나 보상금에 맛들인 그는 친구와 짜고 이번엔 자기 다른 딸을 다치게 했다. 그리고 보상금을 받아들고 도박장으로 달려갔다. 도박판의 기쁨과 절망이 계속되다가 또 도박자금이 바닥이 났다. 그래서 이번엔 자기 아들을 다치게 하고 병원 침대에 뉘어 놓고 도박판에서 밤을 새웠다. 그러나 다시 돈을 다 잃고 난 그는 제정신이 아니었다. 이렇게 오남매를 반병신으로 만들어 길거리에서 구

향락에서 해방된 인간은
슬픔도 공포도 없다

걸생활을 하도록 해놓고도 아직도 마음에 붙은 도박의 불을 끌 수 없었다.

다시 도박을 하고 싶은 마음뿐인 그는 이번에는 병원에서 자기 아들의 병간호를 하고 나오는 장모를 희생시키기로 했다. 공모자인 자기 친구에게 전화를 걸어 설명했다. 이번에 희생시킬 사람은 노인이니 그건 누워서 떡먹기라는 것이었다. 말하자면 실패할 염려가 없다는 것이었다. 그러나 이미 그들의 수상한 행동을 제보 받은 방송국 기자들이 감시하고 있다는 사실을 모르고 있었다.

차에 치어 죽기 직전에 방송국 기자들에 의해 장모는 구출되었다. 그리고 그들은 현장에서 검거되었다. 옛날엔 도박으로 마누라 잡혀먹는다는 말이 있었으나 요즈음은 자식들과 부모의 목숨까지 희생시켜가며 하는 것이 도박이 됐다. 또 요즈음은 연예인이나 운동선수 야구선수들도 해외 원정도박을 벌리다 문제화되는 일이 벌어진다. 돈의 탐욕이 인간정신을 좀먹는다.

이렇게 아뢰야식 속에 자꾸 저장된 의식들은 영원히 없어져 버리지 않고 쌓인다. 그래서 아뢰야식을 무몰식(無沒識)이라고 이름하기도 한다. 그리고 그런 의식들이 씨앗이 되어 또 다른 의식들을 잉태시킨다. 마치 노름쟁이 머릿속에 쌓인 의식들이 자꾸 새끼를 쳐 장모까지 희생시킬 의식으로 발전하듯이 자꾸 새로운 의식들을 낳는다. 노름판에서 번득이는 눈초리들을 보라. 이런 악감정들이 아뢰야식 속에 자꾸 쌓여 인간의 정신을 다시 고쳐 쓸 수도 없는 악의 덩어리가 되게 한다.

요즈음은 도박보다 더 사회문제화 된 것이 보험이다. 어떤 여자는 남편을 생명보험에 들어놓고 매일 남편 식사에 극미량의 농약을 넣었다. 시름시름 앓던 남편이 죽어 5억 원의 보험금을 탔다. 5억 원의 보험에 맛들인 그녀는 다시 재혼을 했다. 그리고 전남편과 같이 극미량의 농약을 식사에 넣어 먹였다. 두 번째 남편까지 죽자 또 보험금을 청구했다. 그러나 이것을 수상하게 생각한 보험회사의 조사로 계획적 범행임이 밝혀졌다. 더 조사해 들어가니 이미 자신의 딸마저 돌이킬 수 없는 농약 중독이 되어 있었다. 돈의 탐욕에 맛들여 놓으니 멈출 수가 없었던 것이다.

보험회사에 다니던 어떤 젊은 여자는 갑자기 남편이 죽자 엄마에게 말했다. "엄마 나 이제 어떻게 살아" 하며 흐느껴 울었다. 엄마는 딸에게 친정에 돌아와 살라고 했다. 그래서 딸은 친정에 들어와 살게 되었다.

어느 날 딸은 찻잔에 수면제를 넣어 엄마를 잠들게 한 후 바늘로 엄마의 눈을 찔러 장님이 되게 했다. 그리고 보험금을 탔다. 그런 얼마 후 오빠의 찻잔에도 수면제를 넣어 깊이 잠들게 한 후 바늘로 눈을 찔러 장님이 되게 했다. 그리고 또 보험금을 수령했다.

연달아 두 사람이 장님이 된 것을 이상하게 생각한 오빠의 약혼녀는 방에 CCTV를 설치했다. 그리고 살폈다. 여동생은 한밤중 화로에 향불 같은 것을 피워 오빠 방에 들여 놓고 이번엔 생명보험금을 타기 위해 오빠를 죽이려고 하고 있었다. 즉시 경찰에 연행하여 조사했더니 전에 죽은 자기 남편도 그렇게 희생되었음이 밝혀지게 되었다.

보험금 앞에서는 부모도 형제도 남편도 없다. 이미 장님이 되어 있던 엄마는 울면서 딸에게 묻는다. "얘야 네가 정말 그런 것 아니지 얘야 아니라고 말해다오" 하면서 흐느끼고 있었다. 돈의 탐욕이 인간의 이성을 먹어버린 것이다. 먼 옛날 어느 먼 나라에서 있었다는 괴기담(怪奇談) 같은 이야기들이 우리의 현실이 되어 일어나고 있다.

일생을 좀도둑질로 자기 인생의 반을 감옥에서 보낸 사나이가 있었다. 그는 감옥의 감방에 누워 지난날들을 곰곰이 생각하고 있었다.

'내 인생이 왜 이렇게 되었을까?'

그는 지난 세월의 이런 일 저런 일들을 하나하나 되돌아보고 있었다.

자기가 여섯 살 때인지 일곱 살 때인지 이웃집 친구집에 놀러 간 일이 있었다. 그때 친구는 어디 갔는지 방에 없었고 맛있는 과자가 책상 위에 놓여 있었다. 그 과자를 집에 들고 와 맛있게 먹었는데 엄마도 웃으면서 함께 그 과자를 먹었다.

'그때 엄마는 왜 나를 꾸짖고 혼내지 않았을까? 회초리를 들어 피가 나도록 때리지 않고 왜 함께 웃으면서 과자를 먹었을까.'

그 후부터 나는 남의 것을 훔치는 것이 별로 나쁜 짓이 아닌 것으로 생각하게 되었는지 모르겠다.

그 후부터 나는 나에게 없는 것이 친구에게 있으면 부러워하고 욕심내고 이 생각 저 생각하다가 훔치는 데 성공하면 재미와 스릴을 느꼈던 것 같았다. 엄마는 그때마다 회초리를 들어 피가 나도록 때려주었으면 그것이 사람으로서 크게 잘못이라는 것을 나는 뼈저리게 인식하고 도둑질을 그만 두었으련만, 그러나 한 번 두 번 도둑질에 맛들인 나는 되돌아올 수 없는 길로 들어선 것 같았다. 이번에 출소하면 어머니를 죽이고 말리라 생각하며 온몸을 부르르 떨었다. 옛 말에 잘 되면 자기 탓이고 못되면 조상 탓이라 하더니.

인간은 자기 관심과 생각이 쏠리는 대로 추구하며 살아간다. 관심이 가지 않는 일은 잠시 생각해 보다가 말아버린다. 그러나 관심이 가는 일에는 계속 생각이 쏠리게 되어 있다. 이미 관심 갖고 맛들이고 마음 속에 익혀 놓은 것들이기 때문이다. 또 그것은 이미 자기 아뢰야식에 새겨져 있기 때문에 생각하지 않으려 해도, 잊어버리려 해도 마음은 자꾸 그것을 다시 환기시키고 계속 추구하는 일이 된다.

사람들이 하기 쉬운 말로 그것을 이미 배운 도둑질이라고 한다. 마음 속에 관심 갖고 맛들이고 익혔기 때문이다. 그것이 결국 자기 삶은 자기가 운전하며 살아가는 것이다. 자기의 의지에 의해 운전대를 놀리는 것이다. 결국엔 자기 인생 각본을 자기가 쓰고 자기가 연출하는 것이 된다. 그래서 자기 마음 속에 자라잡고 있는 아뢰야식을 자기 인생의 연출자라 한 것이다.

악을 행하거나 선을 행하거나

그 사람 마음에 익힘을 따르나니

마치 오욕의 종자를 심어

제각기 그 열매를 거두는 것 같다.

— 증일아함경 대애도열반품

1970년대 어느 지방 도시에서 두 학부모 사이에 싸움판이 벌어졌다. 그 이유는 중학생이던 자기 아들이 본드를 흡입하고 담배를 피운다는 사실을 알게 된 것이다. 그래서 아들을 추궁한 끝에 아들이 본드를 흡입하게 된 것은 친구의 꼬임을 받아 그렇게 된 것임을 알게 되었다. 다음날 아들과 그 친구를 불러 꿇어앉히고 꾸짖고 흥분한 끝에 뺨까지 때리게 되었다.

이 사실을 전해들은 친구의 아버지는 격노했다. 그리고 항의했다. 네가 무슨 권리로 남의 자식 뺨을 때렸느냐? 나에겐 소중한 자식이다. 남의 자식이 본드를 빨든 말든 담배를 피우든 말든 네가 무슨 상관이냐. 그러자 이쪽 부모도 더 격앙돼 대꾸했다. 너 자식교육 그렇게 시키다간 장차 네 자식놈에게 칼침 맞으리라. 이렇게 험악한 악담을 주고받으며 싸웠다.

요즈음 학부모들은 학교 선생님들이 자기 자녀에게 조금만 체벌을 가해도 팔을 걷어붙이고 학교로 달려간다. 그리고 항의한다.

1980년대 자녀교육을 잘 시켜 두 아들을 사법고시에 합격시키고 훌륭한 인재로 길러낸 어머니가 있었다. 신문기자가 그 어머니에게 남다른 자식교육방법이 있는가 싶어 인터뷰를 청했다. 그랬더니 그 어머니는 이렇게 말했다.

"나도 애들에게 초등학교 5학년 때까지는 회초리를 들었지요. 그렇게 해서 천방지축으로 나대던 아이들의 품성을 다듬었지요. 그러나 5학년이 지난 다음엔 회초리를 들지 않았지요. 학교 갔다 오면 세수하고 반드시 그날

백운소림 향락에서 해방된 인간은
수 상 집 슬픔도 공포도 없다

배운 것을 다시 복습하게 하고 그날 배운 것을 다시 한 번 되새겨보게 하였지요. 복습하게 한 것은 나의 철칙이었습니다. 그리고 그 다음엔 자기시간을 갖도록 하였습니다. 그러나 저녁 8시까지는 꼭 집에 돌아오도록 하여 밤 늦도록 친구들과 어울려 다니는 것을 못하게 통제하였지요. 다행히 애들이 착해서 부모의 그런 뜻을 잘 따라 주었지요. 그리고 아침에 기상이 늦으면 깨우고 그리고 학교 가서 그날 배울 것을 한 번 미리 읽어보고 가는 예습은 꼭 하도록 하였지요. 그렇게 하는 것밖에는 특별히 과외를 시킨 적이 없습니다. 무엇보다도 규칙적인 생활습관이 중요합니다."

요즈음 가장 사회문제화 된 것이 부모와 자식 간의 갈등이다. 우리나라가 농경사회일 때는 부모와 자식은 서로 떨어져 살지 않았다. 한 집에서 함께 살았다. 1970년대 산업사회로 들어서면서부터 자식은 결혼하면 반드시 부모와 떨어져 살게 되었다. 그 후부터 자식들과 며느리들은 시부모의 가르침이나 잔소리를 듣지 않아도 사는 세상이 되었다.

그런데 자식들은 부모를 모시지 않으면서도 여전히 경제적인 원조를 원하고 사업자금으로 부모의 재산을 야금야금 축내면서도 부모의 마지막 남은 노후자금에까지 신경 쓰고 있다. 거기다 노인 장수시대로 들어서게 되었는데도 노후자금을 저축하지 않고 자식들 잘 되기만을 바라는 마음으로 살아오던 노인들이 돈이 바닥나자 버림받고 의지할 데 없이 독거노인으로 홀로 살며 구차한 삶을 이어간다. 이제 자식들도 찾아오지 않고 연락이 끊어지고 어느 날 죽어 발견되지 않다가 몇 달 후에 발견되는 경우가 많다.

치매에 걸린 할머니를 모시고 5남매의 자녀들이 동해안 바닷가로 여행을 떠났다. 효도관광인가 싶었다. 그런데 바닷가에 할머니 신발을 나란히 벗어 놓고 마치 할머니가 바닷물에 익사한 것처럼 경찰에 신고했다. 경찰측에선 정말 익사 사건인가 싶어 잠수부까지 동원하여 3일 동안 바다 속을 수색하였으나 할머니 시신은 찾지 못했다.

그렇게 난리법석을 치게 해놓고 할머니를 다시 차에 태우고 인천에 와서 유기했다. 그리고 집에 돌아와 울고불고 통곡하며 시체 없는 장례식을 치루었다. 그리고 사망신고를 한 다음 보험금 15억을 받아 5남매가 나누어가졌다.

버림받은 할머니는 1년간 노숙생활을 하면서 몇 번인가 죽을 고비를 넘기면서 살아있었다. 치매상태이기 때문에 자기 이름이 무엇인지 집이 어딘지를 물어보아도 기억해내지 못했다.

경찰에선 마지막으로 전국적인 지문감식으로 할머니 신분을 알아냈다. 그리고 자식들에게 인계했다. 자식들은 놀랐으나 어머니가 치매상태이기 때문에 길을 잃은 것이라고 둘러대며 위기를 넘겼다.

그러나 경찰에선 자식들의 태도에서 석연치 않은 점들을 발견하고 감시에 들어갔다. 그리고 얼마 후 다시 어머니를 차에 태우고 어디론지 가는 것을 미행했다. 아니나 다를까. 그들은 다시 어머니를 유기하고 떠나는 현장에서 체포됐다.

요양원에 입원시키면 되련만 받아먹은 보험금 때문에 다시 유기하는 것일까? 인구 오천만이 살고 있는 우리나라(남한만)가 이렇게 부모를 다치게 한 사건이 평균 일주일에 한 건씩 발생하고 있다 한다. 자살률은 세계 1위요 교통사고 사망건수도 세계 1위라 한다.

옛날엔 동방예의지국이란 칭호를 들었건만 산업사회로 들어서면서 모든 생활풍습이 급속도로 변하고 있다 한다. 오백 년을 두고 변해야 할 만한 생활환경이나 풍습이나 국민의 의식구조가 50년 동안에 소용돌이치면서 변화하고 있다고 한다.

앞에서 이야기한 치매 할머니 유기사건 기간중에 이런 일이 있었다. 할머니는 노숙생활하면서 어느 날 어느 길거리에서 갑자기 한 어린애를 향해 "성호야" 이름을 부르면서, "이거 먹어라" 하며 과자를 손에 쥐어 주었다.

그 애는 놀라 생전 처음 보는 할머니를 쳐다보면서 "나는 성호가 아니에요" 하며 받지 않고 가버렸다. 치매 할머니는 자기 이름이 무엇인지 자기 집이 어딘지도 모르면서 왜 갑자기 성호란 이름이 입에서 튀어나왔을까? 진짜 손자 이름이 성호였고 오늘 그 애가 얼굴도 많이 닮아있었기 때문이었다.

평상시 손자를 향한 애정감정이 자기 아뢰야식(잠재의식=무의식) 속에 새겨져 있다가 그것이 갑자기 튀어나온 것이다. 평소 생활 속에서 작용하는 현실의식이 가령 1%라 한다면 오랜 세월 아뢰야식 속에 저장된 의식은 100%라고 한다.

사람들이 무심히 길을 걸어가다가 갑자기 어떤 놀라운 일이 눈앞에서 펼쳐졌을 때 그 반응은 사람마다 다르다 한다. 어떤 사람은 무척 놀라는데 어떤 사람은 별로 놀라지 않는다. 그런가 하면 어떤 사람은 거의 전율할 정도로 놀라 기절한다고 한다. 지나간 자기 생활의식 속에서 자기가 경험하고 익힌 의식들이 오늘 눈앞에서 벌어진 일과 연관성관계 반응을 일으키기 때문이다.

어떤 사람의 의식 속엔 평생 지워지지 않는 무서운 트라우마가 자리잡고 있다. 갓난아기 눈앞에서 칼을 이리저리 움직여 보여도 아기는 싱글벙글이다. 그러나 만일 칼끝이 조금만 자기 살에 닿아 상처를 낸다면 다음부턴 칼을 무서워 할 것이다. 병원에서 주사를 맞아본 어린애들은 의사와 주사기만 보아도 자지러지게 울기 시작한다.

모든 부모들은 자기자식을 애지중지 기른다. 부모님들의 자식을 향한 의식 속에는 얼마나 깊은 애정의식이 뿌리박혀 있는가. 그것이 아뢰야식과 그대로 연결되어 있기 때문에 무의식 속에서도 전율한다. 할머니는 자기 이름도 잊어버리고 있는 무의식 속에서도 전기에 감전된 듯 "성호야" 하며 손자 이름이 튀어나오게 된 것이다.

비구들이여, 어떤 사람이 왼쪽 어깨에 아버지를 얹고 오른쪽 어깨에
어머니를 얹고 천만년 동안 의복·음식·침구·의약으로 봉양할 때
그 부모가 어깨 위에서 오줌똥을 누더라도 자식은 그 은혜를 다 갚지 못할
것이다. 비구들이여, 알아야 한다. 부모의 은혜는 지극히 무거우니라.
우리를 안아 길러주고 시시때때로 보살펴서 시기를 놓치지 않았기
때문에 우리는 저 해와 달을 보게 된 것이다.

— 증일아함경 1권 209페이지

어느 집에서 예쁘고 착한 며느리를 맞아들이게 되었다. 며느리는 시어머니에게 항상 공손하고 이웃집 사람들에게도 예의가 발랐다. 며느리와 시어머니가 함께 외출할 때면 자기 친어머니와 딸같이 보였다 한다.

그 후 세월이 흐르고 언제부턴가 이상한 일들이 일어나기 시작했다. 그 무렵 남편은 직장관계로 외지에 나가 있었는데, 며느리는 혼자 자다가 일어나 누구와 싸우는 듯 거친 말을 퍼부으며 실랑이를 벌이고 있었다. 책상을 걷어차며 "너 죽여 버리고 말 거야" 하며 큰소리로 욕설을 퍼붓는다. 놀란 시어머니가 방문을 열어보니 며느리 혼자였다. 혼자서 누굴 때리는 시늉도 하고 발로 차며 난동을 부린다. 놀란 시어머니가 아니 왜 그러느냐며 물어도 시어머니에겐 대꾸도 하지 않고 혼자 그러고 있었다. 그리고 다음날 간밤에 일들을 이야기해 주고 왜 그랬는가 물으면 지난밤의 일들은 깡그리 잊어버리고 전혀 기억하지 못하는 상태였다.

그런데 그런 일들이 자주 일어나니 큰 문제였다. 외지에 나가 있던 남편이 놀라 달려오고 집에는 비상이 걸렸다.

며느리는 지난날 자기 과거를 이야기하는 경우엔 자기는 7살 때부터 보육원에서 자랐다고 했다. 7살 이전의 일은 자기도 전혀 기억나지 않고 어떻게 보육원에 오게 되었는지도 알지 못한다고 했다.

우선 가족들은 그 보육원을 찾아가 며느리에 대한 기록들을 찾아보았으나 보육원에 오기 전 기록들이 하나도 없었다. 그리고 보육원 측에서도 기록이 없으니 아무것도 알 수 없다고 했다.

 가족들은 답답한 마음에 며느리를 데리고 무속인 집으로 찾아갔다. 문을 열고 들어서자 무당은 대뜸 이렇게 말했다. 무슨 귀신을 앞뒤로 주렁주렁 달고 다니는가. 부모가 비명횡사했으니 부모님의 천도굿을 해야 돼, 그리고 본인도 장차 신(神)내림을 받아 무당이 되어야 한다는 것이었다. 남편은 자기 마누라가 무당이 되어야 한다는 말에 기겁을 하고 집으로 돌아왔다.

 또 어떤 사람은 귀신을 떼어내기 위해서 퇴마사를 불러야 한다는 것이었다. 그래서 퇴마사를 청했다. 퇴마사는 온 가족들을 데리고 산속 잔디밭에 자리를 잡고 퇴마 의식을 시작했다. 환자는 지금 귀신들림(빙의) 상태이니 자 귀신들은 지금 빨리 밖으로 나오라 소리쳤다. 이에 며느리는 대꾸했다. "이거 놔 나는 가야 돼 내 보따리 내놔. 그렇지 않으면 모두 죽여 버릴 거야." 욕설하며 발악하듯 실랑이를 벌인다. 그리고 퇴마사에게 대든다. 그러자 퇴마사는 급소를 눌러 며느리를 조용히 잠들게 해 버린다. 그래서 잠시 조용해졌지만 몇 십 분이 지나면 다시 발악하듯 실랑이를 벌인다. 그러면 또 급소를 눌러 잠들게 하는 짓을 되풀이하더니 치료됐다고 하며 의식을 끝냈다. 그러나 시원하게 해결된 것도, 원인을, 혹은 과거를 알아낸 것도 없었다.

 마지막으로 최면술사를 찾아갔다. 최면술사는 환자를 편한 의자에 앉게 하고, 고요히 눈을 감게 하고 환자에게 최면을 걸었다.

 자, 지금부터 먼 옛날로 돌아갑니다… 지난 먼 옛날로 돌아갑니다… '지금 몇 살이니' 하고 물었다. '일곱살이에요' 대답한다. '지금 무엇이 보이나' 하고 물으니 '깜깜하고 아무것도 보이지 않아요' 하더니 '아, 저수지가 보여요' 한다. '지금 누구랑 같이 있어요' 하고 물으니 '아빠랑 엄마랑 같이 있어요.' 본인도 거기 있어요? 물으니 '예' 하고 대답했다. 그러더니 갑자기 굵은 남자 목소리가 나온다. '죽여 버릴 거야 너, 날마다 술만 마시고 집구석은 이렇게 엉망으로 해놓고, 이년아 죽여 버릴 거야' 하는 남자소리 다음엔 여자 목소리로 '죽여라 죽여 왜 이놈아 날 때려…' '너는 뭘 잘했다고 이놈아 날 때려… 죽여라 죽여. 아이고 허리야…' 이어서 어린애 목소리가 들리고 우는 소리로 '아빠 엄마 죽이지 마. 아빠 엄마 죽이면 안 돼' 하면서 손짓 발짓으로 밀고 당기고 가족이 싸우는 시늉들을 했다.

이런 것들을 근거로 하여 추적해 들어가니 그 시기와 장소 등을 알아내고 당시 신문기사 내용도 확인하고 당시 수사를 맡은 경찰수사관을 만나 사건 내용을 들어보니 그 아버지는 일용직 노동자였고 엄마는 알콜중독자였다. 그리고 얼크러져 싸우다 아버지가 뒤로 넘어지면서 뒤통수를 돌에 부딪쳐 죽게 되자 엄마는 저수지에 몸을 던져 자살한 사건이었다.

7살 어린애가 이런 끔직하고 무서운 사건 현장을 목격했으니 평생을 무서운 트라우마가 어린애 아뢰야식 속에 남아있게 되었다. 그러나 현실 기억 속엔 지워져 있다가 스트레스를 많이 받거나 우울증이 찾아오면 무의식의 아득한 기억 속에서 그것들이 떠오른다. 그리고 폭발한다. 며느리는 그 길로 저수지로 찾아가 자신의 과거를 확인했다. 그리고 정신병원에 입원하여 열심히 기도하며 치료받고 있다 한다.

여기서 기도이야기가 나왔으니 기도에 대하여 몇 마디 말을 적어보고자 한다. 일반적으로 기도라 하면 사람이 역경과 불행에 처해 있을 때 하느님을 부르거나 부처님을 부르며 자신의 구원을 청하는 것을 말한다. 이런 정신적 불행이나 상처와 불안에 처해 있을 때 그런 불행이 풀리기를 기원하며 간절한 기도를 올리지만 간절히 기도하는 그 마음이 오래 지속되질 못한다.

원인은 마음의 틈새로 어느새 망상들이 끼어들기 때문이다. 오직 간절한 그 마음과 기도가 한 덩어리가 되어야 할 텐데. 어느새 마음이 흔들리며…

이 기도가 성취될까 그렇지 못할까… 성취 안 되면 어떻게 하지… 그러나 성취되겠지 생각하는 등등 여러 잡생각들이 머릿속을 들락날락하며 마음 속을 가득 채운다. 그렇게 되면 마음이 잡생각에 팔려 어느새 머리통은 기도통이 아니라 망상통이 된다. 그런 기도는 별 성과 없이 흐지부지되고 만다. 왜냐하면 기도하는 간절한 마음이 지속되는 기도가 아니 되기 때문이다. 더구나 지금의 경우는 강력한 트라우마가 마음 속에 자리잡고 있는데 이런 기도들이 무슨 효력이 있겠는가.

이런 경우엔 먼 옛날 인도에서부터 행하여 내려오던 주술기도로 들어가야 한다. 주술기도란 몸소 주술 진언(眞言)을 소리내어 읽는 것을 말한다. 진언은 여러 가지가 있는데 짧은 진언도 있고, 긴 진언도 있다. 가장 긴 천수주력인 신묘장구대다라니라는 것이 있는데 그것을 한 번 읽는 데는 한 2분 정도 걸린다. 이 진언을 계속 반복해서 하루 몇 백 번씩 읽는 것이다. 날마다 계속 몇 백 번씩 읽으면 저절로 입에 올라 저절로 외워지게 된다.

진언의 뜻을 머리로 해석하려 하면 안 된다. 진언의 뜻은 머리로나 생각으로 해석할 수 없는 것이기 때문이다. 그리고 될 수 있으면 큰소리(고성염불)로 읽어야 효과가 크다. 외우는 도중엔 잡생각이 생기거나 말거나 상관하지 말고 계속 진언을 외우면 자연히 망상은 사라진다. 이런 기도는 망상에 잡히거나 잡생각 때문에 기도가 중단되는 것이 아닌 기도가 지속되고 있는 진실한 기도다. 이런 것을 우습게 생각하면 기도의 가피를 절대 입을 수 없게 된다. 길을 걸으면서도 외우고 일하면서도 외워도 된다. 이렇게 긴 세월을 10만 번~100만 번 외우면 그녀의 아뢰야식 속에 버티고 있는 트라우마는 눈 녹듯 안개 걷히듯 흔적 없이 사라질 것이다. 언제 그랬느냐는 듯이 깨끗이 정화될 수 있을 것이다.

예로부터 천수주력은 10만 번 이상 독파하고 진리를 깨닫게 된 도인스님들이 많이 있다. 근래 스님들 중엔 수월스님과 숭산스님이 있다. 전 조계종

종정스님이신 성철스님도 능엄주로 득력하시고 해인사 선방스님들께 입선하기 전 반드시 능엄주를 외운 다음 참선으로 들어가도록 하신 적이 있다.

트라우마는 지난날의 정신적인 상처가 아뢰야식 속에 깊이 새겨져 있어 밤중에 일어나 몽유병처럼 헤매기도 하는 병이다. 거기엔 치료약이 없다. 육체적인 병이라면 치료약이 있기도 하겠지만 정신적인 상처이기 때문이다. 다만 한 가지 약이 있다면 자기 스스로 진언(주문)을 계속 외우는 것이다. 무슨 안수기도를 받는다든지, 무속적인 굿판을 벌인다든지, 귀신 좇는다며 빙의 치료를 한다든지 하는 것들은 해도 아무 효력이 없다. 그런 것들은 근본적인 치료법이 아니기 때문이다. 정신적인 혼란만 더할 것이다. 오직 자기 마음에 응어리진 상처를 자기 스스로 자기 힘으로 풀어내야 하기 때문이다.

그런 방법이 천수주력 기도이다. 다만 치매에만 걸리지 않았으면 된다. 만일 치매에 걸려 있으면 자기 정신력으로 다스리고 응집시키는 힘이 없기 때문에 안 된다는 것이다.

귀신(鬼神)은 있는 것인가, 없는 것인가

— 나의 유식론(唯識論) ⑭

세 상을 살아가면서 가장 많이 받는 질문이 하나 있다.

"스님, 귀신은 있습니까, 없습니까?"

아마 종교에 몸담고 있어서 그런 질문을 많이 받았으리라 생각된다. 그런 질문을 받으면 나는 되묻는다.

"마음은 있는 것입니까, 없는 것입니까?"

"그야 마음은 당연히 있는 것이지요."

"그럼 마음이 어디에 있습니까? 그리고 어떻게 생겼습니까?"

하고 물으면 사람마다 한참 생각해 보지만 대답이 어려워진다.

사람들은 말할 때마다 마음이다, 마음이다 말하지만 마음 자체의 모양이 어떻게 생겼는가 물으면 대답을 못한다. 마음 자체는 형체가 없어 볼 수 없고, 또 만질 수도 없어 어떻게 상상해 보기도 불가능하다. 마치 어떤 사물을 두고 말하듯이 "자 이것이 마음이다. 한 번 만져 보라" 할 수도 없는 것이 그것이다. 그래서 결국 마음이 있는 것인지 없는 것인지 그 정체를 유무(有

無)로 판단하려면 끝내 결론이 나오지 않는다. 그래서 그 정체를 알 듯 하다가도 알 수 없는 것이 되어 버리고 마는 것이 마음이다. 그와 똑 같은 원리로 존재하는 것이 귀신이다.

사람들은 어떤 때는 귀신이 있다고 생각한다. 그러다가 다시 귀신 같은 것은 있을 수 없다고 생각한다. 그러다가 다시 어떤 해괴하고 이상한 경험에 부딪친다든지 심한 정신적 충격이나 두려움에 부딪쳤을 때 마음이 약해지면서 귀신은 있다고 생각하게 된다. 어떤 사람들은 자기 눈으로 똑똑히 귀신을 보았노라고 공언하기까지 한다. 이렇게 '귀신은 있는 것이다' 와 '없는 것이다' 를 일생동안 반복하면서 살아간다.

결국 자기 마음 속에 어떤 확고한 결론이나 확신도 없이 귀신이 '있다' 와 '없다' 사이를 왔다 갔다 하다가 삶을 마감한다. 그 정도가 인간지혜의 보편적 수준이다. 앞으로도 사람들은 영원히 그럴 것이다.

도대체 마음은 있는 것인가, 없는 것인가? 마음은 찾아보아도 마음 자체는 있는 곳도 없고 그 형태도 알 수 없다. 그러면 마음은 없는 것인가? 그러나 이렇게 내 마음이 역력히 보고 느끼고 생각하는데 어찌 마음이 없다고 할 수 있겠는가. 왜 이렇게 마음의 정체는 알기 어렵고 묘한 존재인가. 한번 설명할 수 있는 데까지 쉽게 풀어서 설명해 보자.

마음 자체는 그러니까 여기서 말하는 마음 자체란 마음의 본체(本體)를 말함이다. 마음의 본체에는 어떤 이름도 형태도 거기 붙을 수 없는 것이다. 그것은 어떤 형상을 따라 상상해 볼 수도 없고 형용해 볼 수도 없는 것이다. 감각적인 생각이나 판단에 잡히지 않기 때문이다.

마음 자체는 일체 관계를 초월한 형이상학의 경지다. 그러니까 마음이 본체는 '있다' '없다' 를 떠난 경지이기 때문에 그것은 있는 것도 아니요 없는 것도 아니다. 그러하거늘 마음의 본체를 두고 그것이 있는 것이라는 둥 없는 것이라는 둥 하는 말을 붙인다는 것 자체가 본질에서 빗나간 생각들이다. 그거야말로 모든 '있다' '없다' 를 초월한 경지이다.

　이와 똑같은 경지는 마음뿐 아니라 영혼이니 신이니 하는 것들도 그와 같은 존재성을 가지고 있다. 그래서 그것은 일체 감각적인 생각으로 헤아릴 수 없고 의식적인 판단으로 포착할 수 없는 묘한 존재인 것이다. 우리들이 알고 분별하는 의식적 의미들이란 이미 본질이 변해서 우리 마음 속에 나타난 것들이다. 그러므로 이런 의식적 의미에서 온 '있다, 없다' 로서는 참다운 존재 의미를 규명할 수 없다는 것을 알아야 한다. 그래서 '신이 있다, 없다' 또는 '영혼이 있다, 없다' 를 논하여 규명하려는 것은 인간의 어리석은 집착심 때문이다.

　그렇긴 하지만 그 다음을 한 번 살펴보자. 이렇게 그 형상도 존재도 파악할 수 없는 내 마음이 삼라만상과 교감(交感)하며 유위심(有爲心)을 만들어낼 때는 어떠한가? 그러니까 형상과 형체를 알 수 없는 그 마음이 사물에 부딪쳐 감각을 일으키는 작용을 일으키면 어떠한가? 일체 삼라만상 하나하나가 내 마음의 형상이 된다. 삼라만상 일체가 내 마음 형상 아닌 것이 없다. 이 세계가 그대로 내 마음의 표상이다.

　그것은 마음이 스스로 작용하기 때문이다. 마음이 작용하면 그 작용에서 나온 생각들을 따라 그 때부터 마음은 스스로 있는 것이 되어 나타난다. 한 송이 백합꽃은 순결하고 고결한 마음이 그것인 양 피어 있다. 붉은 장미는 뜨겁게 타오르는 마음이 그것인 양 거기 피어 있다. 저 육중한 바위는 어느 흔들리지 않는 마음의 굳센 의지인 양 자리잡고 있다. 저 푸른 하늘은 무한대의 영원성을 마음 속에 사무치게 한다. 뇌성번개는 어느 분노하는 마음인 양 으르렁거린다. 저만큼 어둠 속에 시커멓고 괴상한 것이 알 수 없이 놓여 있을 때 그것이 귀신인가 싶어 우리는 무서워한다.

　그와 같이 가지각색 삼라만상 모습들이 가지각색 마음 모양인 양 그렇게 존재한다. 이렇게 대자연과 삼라만상의 모습들이 우리들 마음 모양을 반영하지 않는 것이 없다. 대자연은 있는 그대로가 모두 우리 마음의 표상이기 도 하다.

그것은 마음이 스스로 작용하면서 그 작용을 따라 떴다 가라앉았다 하는 것처럼 스스로 있는 것인 양 나타나기도 하고, 스스로 없는 것인 양 숨기도 하기 때문이다. 그럴 때마다 그 정체를 알 수 없는 것들이 존재하는 것이 되 기도 하고 존재하지 않는 것이 되기도 한다. 마음이 요술을 부리듯 그렇게 작용하기 때문이다. 그러므로 일체 존재가 사람의 마음 작용을 타고 나와 존재하는 것이 되기도 하고 존재하지 않는 것이 되기도 했던 것이다. 그러 한 마음 작용과 똑같은 원리로 그 존재성을 일으키는 것이 귀신이다.

그래도 귀신이 있는 것인지 없는 것인지 알 수 없어 더 알아보고 싶다면 지금까지 이야기한 마음의 존재성에 대해서 다시 되새겨 볼 필요가 있다. 마음이 스스로 있는 것이 되기도 하고 스스로 없는 것이 되기도 하는 것은 왜 그런가? 마음의 작용 때문이다.

마음의 작용에 따라 귀신도 역시 있는 것이 되기도 하고 없는 것이 되기 도 한다. 내 마음이 작용하지 않으면 귀신은 있는 것도 아니요, 없는 것도 아니다. 귀신이란 개념도 있을 수 없다. 그런데 내 마음이 작용하면 그때부 터 귀신은 있는 것이 되기도 하고 없는 것이 되기도 한다. 마음의 작용 따라 그렇게 생각을 일으키는 것이다.

그러니까 마음 작용으로 인하여 '있다' 와 '없다' 의 두 갈래 생각을 일으 키고 거기 따라 두 갈래로 집착하여, '이것이다' '저것이다' 로 갈팡질팡하 지만 그것은 어디까지나 마음의 유희였던 것이다.

본질상에서 관조해 보면 귀신이 있다고 생각되는 것도 마음 작용에서 나 온 그림자요, 없다고 생각되는 것도 마음 작용에서 나온 그림자들이다. 인 간의 생각 자체가 모두 그림자 같은 것들이다.

두 가지가 그림자이긴 마찬가지인 것을 가지고 우리는 애써 어느 한 쪽이 진짜라고 그때그때 선택하고 집착한다. 그러나 그것은 부질없는 일이다.

우리는 오랜 세월 귀신이 '있다'와 '없다' 사이를 오고 가며 어느 한쪽에 치우쳐 집착해 왔다. 그렇게 집착해 보아야 그림자를 따라다니며 속고 있는 것이다. 그건 귀신의 정체, 그 본질을 아는 데는 아무 소용이 없다. 부질없이 두 갈래 생각, 두 갈래 번뇌를 따라다니며 마음만 더욱 미혹시키는 것이다.

모든 존재의 본성을 들여다보면 그것은 있다고 할 것도 없고, 없다고 할 것도 없는 것이다. 그것이 있는 것이 곧 없는 것이요, 없는 것이 곧 있는 것이다(色卽是空 空卽是色).

왜냐하면 '있다'와 '없다'는 바로 마음 작용에서 나온 그림자들이요 환상들이기 때문이다. 그래서 이 세상 모든 존재는 한낱 마음 작용의 그림자가 겉으로 나타난 환상들에 불과하다.

우리는 어떤 것이 아름다워 보일 때 그것이 환상적으로 아름답다는 말을 많이 쓴다. 그것은 자신의 마음 작용이 움직이는 모습의 닮은 꼴을 거기서 발견하기 때문이다. 사람의 마음은 변화를 따라 움직이기를 좋아한다. 사물이건 마음이건 변화하지 않는 것이 어디 있겠는가.

모든 것이 변화하는 과정에 있는 것이다. 그 변화가 불안정한 것이긴 하지만 한편 사람은 그 변화를 타고 즐기며 살고 있는 것이다. 그 변화가 어떤 규칙성을 띠고 움직일 때 그것은 리듬이 되고 멜로디가 된다. 그래서 그건 나아가 미술로 발전하고 음악으로 발전한다.

모든 예술이 그렇게 해서 만들어지는 것이다. 결국 우리 인간은 변화를 타고 즐기며 살고 있는 것이다. 미끄럼틀 타기 좋아하는 애들같이. 술래잡기 좋아하는 소년 소녀들 같이. 스포츠 경기 좋아하는 어른들같이. 결국 인간은 경쟁하기 즐기고 투쟁과 전쟁하기 즐기는 기질이 그 혈맥 속으로 흐르고 있다.

하여튼 인간은 변화를 즐기는 성질이 있다. 그것은 마음이 그렇게 작용하기 때문이다. 이렇게 이 세상 모든 존재는 한낱 마음 작용의 그림자가 겉으로 나타나 있는 환상들에 불과한 것이다. 그림자와 환상이 그렇게 겉모양을 꾸미고 있는 것이 바로 이 세상 일체 존재들이다. 그래서 그 본체를 직관해보면 존재가 있는 것이 곧 없는 것이요, 또한 존재가 없는 것이 곧 있는 것이다. 왜냐하면 있는 것과 없는 것은 그 본질이 하나이기 때문이다.

그러므로 필경 죽음도 삶도 하나이다. 살아 있는 사람도 귀신도 하나이다. 어느 누가 굳이 귀신을 보려 한다면 살아 있는 사람들에게서 그대로 귀신을 볼 수 있으리라. 현재 살아 있는 사람들이 그림자인 욕망을 붙잡으려고 허우적거리는 꼴이 바로 귀신의 모습이다.

사람들은 일체 환락을 즐기며 희희낙락거리기도 하고, 또는 일체 환락 속에서 환멸을 느껴 고통스러워 절규하기도 한다. 그 모습 그대로가 귀신들의 모습이 아니고 무엇이겠는가.

"사람이 마음 쓰는 순간부터 감각기관들은 그 작용을 시작한다. 그 감각기관들의 세계란 귀신이 욱실거리는 바다이다. 그리고 그 감각기관들이 일으키는 빛·소리·냄새·맛·촉감·의식들은 사나운 파도이다. ─ 장아함경

영화의 장면들을 보라. 귀신의 모습을 그려내기 위해 흰 소복을 입히고 머리를 산발한 사람을 등장시켜 한 맺혀 죽은 귀신의 모습을 그려낸다. 요사스럽고 간드러진 여자 웃음소리를 들리게 하여 귀신의 존재를 그려낸다.

사람들이 세상살이 욕망 속에서 자기가 좋아하는 것에 미쳐서 허둥대다가 마음이 좀 안정되어 자기 자신을 되돌아볼 수 있을 때쯤 하는 말이 있다. "그 때는 내가 분명 귀신에 홀렸던 거지" 하고 말한다. 실은 자기 자신이 바로 귀신임을 알게 되리라. 아귀다툼 같은 이 세상을 보라. 증권시장이나 국

제 석유시장에서 초를 다투며 사고 파는 모습들을 보면 거기 인간 아귀들의 모습이 보인다.

일확천금을 얻기 위해 한탕을 꿈꾸고, 또는 사기치기 위해 이 궁리 저 궁리할 때 인간은 야누스가 되고 야차가 된다.

도박판에서 번득이는 눈들을 보라. 살아 있는 그대로가 섬뜩한 귀신들이다. 살아 있는 인간 세계 그대로가 죽어 있는 유령들의 행진이요, 유령들의 행진 그대로가 살아 있는 인간 세상의 모습이다. 사방에서 인간 귀신들이 중얼중얼거리며 혼탁하고 어지러운 삶을 살아간다. 진리를 바로 깨닫지 못하면 삶의 세계가 그대로 망상세계다. 그 망상의 세계가 그대로 귀신들의 세계다.

평생을 망상에 시달리느라 중얼중얼거리며 고달픈 삶을 살아가고 있는 인간귀신들, 들뜬 자기 생각 속에서 순간순간 환멸을 맛보며 헛소리를 하기도 하고, 또는 신나는 자기 망상 속에서 춤추고 장단 맞추며 살아가는 것이 바로 인간 귀신들이다.

사람이 혼자 중얼거리며 돌아다니면 저 사람 귀신 붙었다고들 말한다. 그러나 귀신이 어디서 와서 그 사람에게 붙은 것이 아니다. 그 사람이 바로 귀신이 된 것이다. 귀신이 어디 따로 있을 것인가. 진리를 바로 보지 못하고 번뇌 망상 속에서 살아가는 인간의 삶이 그대로 귀신 놀음에 불과하다. 그래도 귀신이 무엇인지 모른다면 나는 더 할 말이 없다.

人卽是鬼　鬼卽是人

(월간 『동두천문학』 2001년 10월호)

일체 존재의 의미는 마음이 만들어내는 것

― 나의 유식론(唯識論) ⑮

※ "일체 존재의 의미는 오직 인간의 마음이 만들어낸 것이다"라는 유심사상 (唯心思想)은 불교 교리의 핵심을 이루는 사상이다. 그래서 그와 같은 의미들을 우리들의 생활 속에 이야기들이나 일체 삼라만상 사물들 속에서 그 비유를 들어 설명해 보았다. 모든 사람이 이해하기 쉽게 하기 위해서다.

이 지상엔 인간들이 오랜 세월에 걸쳐 이룩한 많은 문명의 생산물들이 놓여 있다. 빌딩·궁궐·도로·항만·사원 등 이루 헤아릴 수 없는 것들이. 그것을 굳이 한 번 돈 가치로 따져서 헤아려 본다면 어떨까? 엄청난 값일 것이다. 어떻게 다 헤아려 볼 수 없는 무진장한 값어치를 지닌 재산들일 것이다.

그러나 이 지구상에서 인간들이 모두 사라져 버린다면 어떻게 되겠는가. 그것들은 아무 값어치도 없는 제로 상태가 될 것이고, 또 아무 의미도 없는 것들이 되고 말 것이다. 그것들을 값어치 있게 하고 어떤 의미가 있게 한 것은 인간이었기 때문이다. 인간이 그런 것들을 삶에 유용하게 사용하여 그 값어치를 만들어내고 그 의미를 탄생시키는 역할을 해 온 것이다.

모든 가치나 평가는 인간의 마음에서 나왔지 신(神)이 내고 정한 것이 아니고 조물주가 그렇게 한 것도 아니다. 원래 어디에 그 가격이나 본연의 가치 기준이 정해 있었던 것도 아니다.

가령 저 삼각산이 온통 황금 덩어리로 되어 있어 번쩍번쩍 빛을 낸다 하자. 그런데 이 지구상에 사람 하나 살지 않는다면 어떻게 되겠는가. 저 황금이 무슨 가치가 있겠는가. 아무런 가치가 없을 것이다. 또 저 황금이 있는 것이 무슨 의미가 있을 것인가. 아무런 의미가 없을 것이다. 그것을 유용하게 사용하여 값어치 있게 할 인간이 없다면 황금은 황금으로서 아무런 가치도 없고 의미도 없을 것이다.

　그런데 이 지구상에 사람은 살지 않지만 소나 말, 닭 같은 짐승들은 살고 있다고 하자. 그래서 소에게 한 번 물어보았다.

　"소야 저기 저 삼각산이 온통 황금 덩어리로 되어 있는데 대단한 가치를 지닌 보물이지" 하고.

　그러자 소가 대답했다.

　"별 미친 놈 다 보겠네. 나에겐 여기 내 발 밑에 딩구는 돌멩이나 저 황금 덩어리나 다를 것이 없다. 아무런 가치가 없기는 마찬가지다. 나에겐 차라리 푸른 초원에 자란 성성한 한 웅큼의 풀이 더 가치가 있다"고 했다.

　이번에는 닭에게 한 번 물어보았다. 그랬더니 닭은 '꼬기요(글쎄요)' 하더니 말했다.

　"나에겐 황금덩어리는 아무런 가치가 없어요. 나에겐 한 알의 좁쌀이 더 소중한 의미를 지닐 것입니다"라고 대답했다.

　소나 닭의 마음 속엔 인간이 인식하고 평가하는 것과 같은 황금의 가치나 의미는 존재하지 않는 것이다.

　그러나 사람이 처음 황금 덩어리를 보았다 하자. 눈이 휘둥그레지고 마음이 황홀해지다가 이내 정신이 산란해질 것이다. 짐승들과는 전혀 다른 인식반응에 의한 마음작용이 일어난 것이다. 그리고 마음에 큰 갈등이 일어날 것이다. 사람에겐 황금의 의미가 짐승들과는 전혀 다르게 생겨나기 때문이다.

그렇다. 그건 사람의 마음이 그렇게 작용하기 때문이다. 그래서 우리가 알고 있는 황금의 의미는 사람의 마음 작용 속에서 나온 것이다. 황금만이 아니라 모든 사물의 의미가 각자 마음 작용 속에서 나온 것들이다. 우리가 의식적으로 알고 있는 모든 사물의 의미도 각자 마음 작용 속에서 의식화되어 나온 것이다. 이렇게 마음 작용 속에서 모든 것들의 의미가 생겨나서 어느새 우리 앞에 하나의 의식적인 존재로 출현한 것이다.

이 우주도 내 마음 작용이 반영시킨 나툼이다. 내 마음이 작용하다 보니 홀연히 우리 앞에 나타나 보이는 것이 이 우주이기 때문이다. 일체 삼라만상 천차만별의 존재도 실은 내 마음이 그렇게 보고 느끼고 생각하는 의식세계에서 홀연히 그 의미가 생겨났고, 그렇게 해서 존재화 된 것일 뿐이다.

모두가 내 마음의 작용이 발단이 되어 어느새 우리 앞에 나타난 문제들이다. 모든 것이 나로 인해 내 안에서 그러니까 내 마음 안에서 시작된 문제들이다.

그럼 다시 한 번 생각해 보자. 저 황금을 실제 누가 창조했는가? 황금의 창조자는 실은 사람의 마음이다. 비록 자연으로 된 삼각산의 황금 덩어리가 사람이 나기 이전부터 거기 있었다 해도 우리가 알고 있는 황금이 황금으로서의 의미를 존재하게 한 것은 사람의 마음이 작용한 연후에 생겨난 문제이기 때문이다. 본래 황금이 아무런 의미에도 속하지 않았고, 어느 가치에도 속하지 않은 채 본연의 모습으로 거기 있는 것이다. 그러나 그것을 탐내는 사람의 마음 작용 따라 그런 의미와 그런 가치가 생겨날 따름이다.

> 자기 마음의 허망한 분별로서 바깥 경개가 나타난 것임을 분명히 아는 것.
> 이것이 인간이 해탈할 수 있는 최고의 지혜다.　　　　　　－ 능가경 분별상품

우리 앞에 한 명의 미인이 서 있다 하자. 그러나 우리가 관심이 없어 마음

쓰지 않는다면 미인이 거기 있는 것이나 없는 것이나 마찬가지이리라. 거기 미인이 있는 것과 거기 미인이 없는 것이 무엇이 다르리요. 거긴 아직 미라는 개념조차 설 곳이 없는 상태다. 미인이란 우리가 미인이라고 느끼고 마음 쓰는(心作用) 순간부터 미의 존재가 된 것이다. 미란 그렇게 해서 탄생한 것이다.

이것도 한 번 소에게 물어 보았다 하자.

"소야 저기 저 여자가 굉장한 미인이지?" 하고. 그랬더니 '소가 음메에 (글쎄요)' 하면서 대답했다.

"내가 보기엔 그저 다 같은 사람이지 누가 미녀이고 누가 추녀란 말인가? 사람의 감각신경이 유별나서 그렇게 마음 쓰니까 그런 거지" 하고 일축해 버렸다.

그렇다. 미란 인간이 그렇게 마음 쓴(心作用) 순간부터 미적 의미 있는 존재가 된 것이다. 즉 사람의 마음 작용이 바로 미인을 탄생시켜 놓은 것이다. 사람이 마음 쓰기 전까지는 그것이 미인지 추인지 정하여지지도 않았고, 또 그것을 무엇이라 할 수 있는 개념조차 거기 붙을 곳이 없다. 마음 쓰지 않는 곳엔 그 존재성도 가치성도 의미성도 논할 것이 없다.

이번에는 뱀에게 한 번 물어 보았다 하자.

"뱀아 저기 서 있는 저 여자 굉장한 미녀이지" 하고. 그러자 뱀은 한참동안 혓바닥을 낼름거리며 생각하더니 말했다.

"허허참, 그런 어리석은 질문이 어찌 있을 수 있단 말인가. 인간의 생각들이란 항상 저의 기분대로이고, 인간의 판단들이란 항상 저의 멋대로임을 알겠구나. 그러니 너희 인간이 가진 의식세계란 잠꼬대 같은 것으로 되어 있음을 알겠다. 그래가지고서 어찌 인간이 올바른 정신의 소유자들이라 할 수 있겠는가. 한 번 생각해 보라. 너희 인간들이 우리들 뱀을 보면 징그럽고 혐오스럽다고 깜짝 놀라지 않는가. 거의 전율할 정도로. 어떤 인간들은 우리 뱀들은 사탄의 무리라고까지 하지 않는가. 그러나 이 지상에서 제일 악한 동물은 역시 인간이라는 것을 너희들 자신이 더 잘 알고 있다. 다시 한 번 내 말을 자세히 듣고 심사숙고하라. 마음이 작용한다는 것은 마음이 사물에서 느껴지는 감각에 물들기 때문이다. 마음이 일단 감각에 물들어 작용하면 이 세상 모든 것이 상대적임을 면치 못한다. 너희 인간들이 우리 뱀들을 보고 징그럽고 혐오스러워 깜짝 놀란다. 하지만 모든 것이 상대적이어서 피장파장이 된다는 것을 알아야 한다. 우리 뱀들도 너희 인간들을 보면 징그럽고 혐오스러워 깜짝 놀란다. 거의 소름끼치며 전율할 정도로. 너희들은 저 여자를 보고 미인이라 하지만 우리는 저 여자에게서 미적 의미를 찾을 수가 없다. 그저 우리 눈엔 다 같은 혐오스런 인간일 뿐이다. 그저 다 같은 징그럽고 소름끼치는 존재일 뿐이다. 저 여자를 미인으로 느끼고 생각하는 것은 너희 인간들의 마음 속에 있는 의식세계에서 나온 것들이다. 하지만 우리의 의식세계는 너희들 의식세계와 일치할 수 없다."

그렇다. 이 세계는 각자 마음으로 보는 각자의 주관적 해석일 뿐이다. 각자 마음이 보고, 느끼고, 생각하고, 판단하는 데서 나온 의식적 의미일 뿐이다. 이 세계는 오로지 각자 마음이 만들어내는 의미로써 존재한다. 그것밖에 다른 의미로선 존재하지 않는다.

인간의 마음이 작용하지 않고 생각을 내지 않는 곳엔 일체의 의미가 아직 거기 탄생하지 않았고 일체 존재가 아직 거기 생겨나지 않는다. 그래서 일체 존재를 탄생시키는 것도 내 마음이요, 창조하는 것도 내 마음이요, 일체 문제를 야기시키는 것도 내 마음이요, 우리를 어려운 현실에 부딪치게 하는 것도 내 마음이다.

만일 나(自我)라는 것이 없다면 일체가 문제되지 않는다. 내가 없는데 무엇이 문제가 되겠는가. 그러나 내가 있다 보니 일체가 문제가 된 것이다. 내가 없다면 삶도 죽음도 문제되지 않는다. 내가 없다면 지옥도, 천당도, 부도,

가난도, 문제되지 않는다. 사랑도, 미움도, 도덕도, 체면도, 귀천도, 명예도, 일체가 문제되지 않는다.

그런데 내가 있다 보니 모든 것이 문제가 된 것이다. 일체 문제를 일으키는 것은 나다. 내 마음이다. 그러면 일체 문제를 풀려면 어떻게 해야 하겠는가? 일체 문제를 푸는 열쇠는 바로 내 안에, 내 마음 안에 있는 것이다. 그래서 진리를 알려거든 내 안에서 내 마음 안에서 찾으라는 말이 그 말이다.

진리의 열쇠는 바로 내 마음 안에 있다. 그래서 마음을 깨달으면 이 우주의 원리를 체득할 수 있을 것이다. 마음을 깨달은 자는 이 우주의 비밀의 문을 열어볼 수 있을 것이다.

만일 삼각산이 온통 황금 덩어리로 되어 있어 서로 차지하려고 다투다 전쟁이 났다고 하자. 그러면 사람들은 저 놈의 황금 때문에 전쟁이 일어났다고 그 원인을 황금 탓으로 돌린다. 그러나 황금보다 먼저인 것이 사람의 마음이다. 황금을 욕심내는 사람의 마음 때문에 전쟁이 발생한 것이다. 그 근본적인 원인은 사람의 마음 속에 있다.

그런데 언제부터인지 인간은 자기 마음을 제쳐두고 모든 원인을 나 밖에 있는 사물에서 찾는 것이 당연한 것으로 되어 버렸다. 모두가 자기 마음 밖으로 나가 사물이나 그 대상에서 원인을 찾는다. 그렇게 되면 어찌 근본적인 해답을 얻을 수 있겠는가. 모든 것의 근본이 되는 마음을 모르고 망각한 사람들이 어찌 마음 밖에 있는 사물인들 무엇인지를 알겠는가.

흔히들 중국 당나라 시대의 양귀비를 경국지미라 한다. 나라를 기울게 할 정도의 미색이라는 뜻이다. 양귀비의 미색 때문에 나라가 망하게 되었다는 것이다. 그러나 그 근본적인 원인은 딴 곳에 있다. 양귀비가 아무리 아름다워도 거기에 관심 없는 사람이 있을 수 있듯이 현종 임금의 마음이 미색에 홀려 미혹되지만 않았다면 나라가 기울어질 일이 없었을 것이다. 보다 근본적 원인은 현종 임금의 마음 씀(心作用)에 있는 것이다.

언제부터인지 인간은 자기 마음을 제쳐두고 모든 원인을 한사코 나 밖에 있는 사물이나 어떤 대상에서 찾느라고 두리번거린다. 이 세상 모든 존재의 근원은 마음이다. 그런데 자기 마음 밖으로 나가 진리를 찾는 사람은 잘못 찾고 있는 것이다. 헛된 생각 속을 헤매고 있는 사람이다. 그 사람은 영원토록 찾아보아야 바로 알지 못하고 영원토록 그르칠 사람이다. 자기 마음 밖으로 나가 거기 신이 있다고 "신이여! 신이여!" 소리를 지르며 찾을 것이 아니라 자기 내면으로 들어와 자기 마음 속을 관조해야 할 것이다. 가지가지 감각적 번뇌로 들뜬 자기 마음을 가라앉히고, 가라앉은 그 마음 속에서 참된 의미를 찾아야 할 것이다.

모든 존재의 비밀 열쇠는 내 마음 속에 있다. 일체 모든 존재의 의미는 내 마음이 작용해 만들어낸 것이다. 그래서 일체유심조(一切唯心造)라 한다. 오직 마음이 끊임없이 그렇게 스스로 만들어내고 있는 것이다.

그대 지혜의 완성됨이 무엇인지 알고자 하는가?
진리에 통달한 부처님이 이 우주 법계의 성품을 관찰해 보았더니 일체가 오직 마음이 만들어낸 것이더라.
ㅡ 화엄경 사구계

저 기계는 마치 살아 있는 듯 움직이며 빙글빙글 돌아간다. 그러나 저 기계는 사람처럼 기분 좋다, 기분 나쁘다 말하지 않는다. 또는 기쁘다, 슬프다 말하지 않는다. 저 기계에는 마음이 없기 때문이다. 저 로보트이나 컴퓨터는 기억력도 좋고 계산도 척척 잘 해낸다. 그러나 컴퓨터는 이 세상이 즐겁다, 괴롭다 말하지 않는다. 컴퓨터는 누구를 사랑하거나 미워하지 않는다. 컴퓨터에게는 마음이 없기 때문이다.

모든 문제의 원인은 오직 사람의 마음 작용에서 나온 것일 뿐이다. 사람의 마음은 감각에 물들어 작용한다. 그곳에서 색깔 있는 감각적 마음이 생겨난다. 그곳에서 소리가 있는 감각적 마음이 생겨난다. 냄새가 있고, 맛이 있고, 촉감이 있는 감각적 마음이 생겨난다. 이렇게 생겨난 감각적 마음들이 어우러져 가지가지 의식세계가 이루어진다. 그리고 서로 색깔 있는 마음들이 교감하고 어우러져 이 세상이라는 환화 같은 연극이 연출된다.

그러므로 각자 인생은 각자의 감각적이고 감정적인 마음들이 어우러져 연출하는 드라마 작품들이다. 그리고 모든 문제나 사건들은 그 감각적인 마음들이 만들어낸 감정의 세계다. 그것은 마치 요술처럼 전개된다.

내 마음의 작용이 없다면 삼라만상 일체 존재가 아무것도 아니라는 것을 알아야 한다. 내 마음 작용이 없다면 바로 이 우주가 아무것도 아니라는 것을 알아야 한다. 왜냐하면 일체 물질적 현상이든 또는 정신적 산물이든 모든 존재의 그 밑바탕은 자기성품(自性)이 없는 공성(空性)이기 때문이다.

사물은 모두 거짓 이름으로 불린다. 그 실상은 완전히 공(空)이고 그 실체가 없다.
　　　　　　　　　　　　　　　　　　　　　　　　－ 대품 반야경 산화품

모든 존재의 성질은 공해서 존재가 아니기 때문이다.
그러나 이 존재를 떠나 따로 공(空)이 없으니 모든 존재는 있는 그대로가 공이고 공은 곧 존재이다.
　　　　　　　　　　　　　　　　　　　　　　　　－ 대품 반야경 행상품

그것이 없어졌기 때문에 공이 되는 것은 아니다.
있는 그대로 물질적 현상이 그 본성이 원래 공인 것이다.
이와 같이 감각도, 표상도, 의지도, 그대로 공이다.
마음의 본성이 원래 공인 것이다.
　　　　　　　　　　　　　　　　　　　　　　　　－ 유마경 희견보살품

그렇다면 그 본성이 공성(空性)인데 왜 모든 존재가 각각 자기 존재성을 가지고 있는 것처럼 보이는가. 뿐만 아니라 모든 존재가 낱낱이 자기 개성을 가지고 있는 듯이 보이는가. 그 문제를 한 번 고찰해 볼 필요가 있다. 여기 한 송이 장미꽃이 피어 있다 하자. 내 마음이 그 장미꽃에 응하면서 교감하기 시작한다. 그리하여 아름다운 느낌(美感)을 발생시킨다. 그렇게 하여 장미꽃의 황홀한 아름다움을 바로 지금 내 마음이 만들어내고 있는 것이다. 그때그때 내 마음이 사물에 응하여 감각을 불러 일으키니까 그 감각들은 스스로 타오르는 마음의 불길이 된다. 그런 것을 두고 내 마음이 작용한다고 하는 것이다.

지금 장미꽃의 아름다움을 바로 내 마음이 피워내고 있는 것이다. 그렇지 않은가? 우리 마음이 황홀감을 느낄 때는 우리 마음 속에 있는 감각 작용 때문이다. 그리고 그 감각 작용이 진행되는 동안이란 우리 몸 속에 에너지가 타고 있는 동안이다. 그러나 내 마음을 비워 버리면 어떤가? 그런 것들은 환상처럼 사라지고 간 곳이 없다. 그토록 절실하던 느낌이 환상이 사라지듯 그 자취가 없다. 모든 존재는 감각적인 마음의 원리이기 때문이다. 모든 존재의 의미는 마음이 작용하여 만들어낸 것이기 때문이다.

그러므로 모든 사물이 가진 그 본성은 공(空)한 것이다. 공하지만 내 마음이 작용하면서 모든 의미를 만들어내어 어떤 의미가 실제 존재한 것처럼 된다. 거기에 우리 마음이 강하게 집착할수록 그것은 아주 절실한 것이 된다. 다시 한 번 강조하거니와 사물들의 본성은 공한 것이지만 엄연히 실재한 것처럼 되는 것은 너의 마음 작용 때문이었을 뿐이다.

장미꽃에 관심이 없어 그냥 지나쳐 버린다면 모르지만 문득 그것을 본 순간 사람의 마음이 그 꽃과 교감하며 미적인 느낌을 황홀하게 발생시키기 때문에 장미꽃이 아름다워 보이는 것이다. 분명 자기 마음이 발생시켜 놓고서 저기 저 장미꽃이 본래 아름다운 성질을 가지고 있었던 것처럼 생각하게 한다. 실은 방금 자기 마음 작용이 발생시킨 미감(美感) 때문일 뿐인데. 사람이 아닌 초식동물이 장미꽃을 보았다면 어떨까? 그냥 풀인 양 뜯어 먹고 싶은 식욕인 미각작용부터 일으켰을지 모른다.

내 마음이 작용한 적 없었다면 어찌 장미의 미적 존재성이 있게 되었겠는가. 또한 모든 사물 하나 하나가 각기 자기 개성을 본래 가지고 있는 것처럼 보이겠는가. 우리가 어떤 사물을 안다는 것은 모두 자기가 느끼는 감각으로 받아들인 감각적 인식일 뿐이다.

우리는 감각적 인식 이외의 다른 방법으로 사물을 알고 해석하는 것이 아니다. 오직 감각적인 방법으로만 사물을 알고 해석하는 것이다. 그것이 우리 의식세계의 한계이다. 또한 그것이 이 세계가 우리 앞에 비밀스럽게 놓이게 된 근본적인 원인이다. 아무튼 내 마음이 작용하지 않고 무심하다면 모든 사물이나 모든 대상들은 좋을 것도 나쁠 것도 없다. 그것들은 아름다운 것도 추한 것도 아니다.

그런데 내 마음이 작용하면 그때부터 모든 대상물들은 아름다운 것이 되기도 하고 추한 것이 되기도 하여 상대적인 것이 된다.

또 다른 예를 한 번 들어보자. 내 마음이 작용하지 않으면 귀신은 있는 것도 아니요, 없는 것도 아니다. 귀신이란 개념이 설 곳도 없다. 그런데 내 마음이 작용하면 그때부터 귀신은 있는 것이 되기도 하고 없는 것이 되기도 한다. 그렇게 하여 정신작용의 시초가 일어나는 것이다. 그렇게 일으키는 정신작용은 어떤 대상을 두고 긍정적으로 보기도 하고 부정적으로 보기도 하는 마음에 상대성이 일어나기 시작한다.

다시 한 번 강조하거니와 내 마음이 작용하지 않는다면 모든 사물들은 좋은 것도 나쁜 것도 아니다. 깨끗한 것도 더러운 것도 아니다. 아름다운 것도 추한 것도 아니다. 그것은 아무 것에도 속하지 않는 아무것도 아니다. 그렇게 아무것도 아니던 것이 내 마음이 거기에 응하면서 작용하는 순간부터 비로소 모든 존재가 각자 자기 존재성(개성)을 본래부터 가지고 있는 것처럼 된다.

생각해 보라. 내가 있어 나를 기준 삼는 마음 작용을 일으키니까 멀고 가까운 곳이 있게 되었고, 넓고 좁은 곳이 있게 되었고, 크고 작은 것이 있게 되었고, 많고 적은 것이 있게 되었다. 뿐만 아니라 좋고 나쁜 것이 있게 되었다. 아름답고 추한 것, 깨끗하고 더러운 것, 귀하고 천한 것 등 일체 의미가 발생하게 된 것이다.

그런데 내가 없다면 멀고 가까운 곳이 어디 있으며, 좋고 나쁠 것이 어디 있으랴. 아름답고 추한 것, 만족과 불만족이 어디 있으랴. 취사선택이 어디 있으랴. 대상에 응하여 작용하는 내 마음이 없다면 이 우주는 좋을 것도 나쁠 것도 없다. 이 우주를 놓고 유한대냐 무한대냐를 논하여 결정지어야 할 것도 없다. 이 우주는 신비로울 것도 사실적일 것도 없다. 우주는 우리의 의식과는 아무런 상관이 없는 것이다. 우리의 의식적 판단이 거기 붙어 요리조리 궁리해야 할 일이 없다.

그것을 두고 긍정적일 것도 부정적일 것도 없다. 그것들은 본래 자기의 어떤 성질도 갖지 않는 아무것도 아닌 무성(無性)이다. 무성이기 때문에 그것을 공성(空性)이라고 한 것이다. 그것들의 본질은 공성이건만 내 마음이 우주를 보고 호기심 어린 마음 작용을 일으킨 이후로 문득 이 우주는 신비로운 성질을 가진 대상으로 거기 존재하게 된 것이다. 또한 묘한 불가사의한 대상으로 존재하게 된 것이다. 그러나 그것은 모두 내 마음 작용에 원인이 있었을 뿐이다.

이렇게 사람은 자기 가장 가까이에서 작용하는 자기 마음을 보지 못하고 자기 마음 밖으로 나간다. 그리고 찾는다. 모든 존재의 비밀을 알기 위해, 아니 이 우주의 신비를 찾는다며. 인간의 지혜는 그 한계가 있어 자기 자신이 가진 마음 작용의 비밀, 그 자성의 의미를 체득하진 못한다. 자기 가장 가까이에서 작용하는 자기 마음 작용을 바로 보지(直觀, 직관) 못한다.

그래서 자기 마음 안에 갖추어져 있는 우주의 비밀을 보지 못하고 밖으로 나가 두리번거린다. 이 우주의 수수께끼를 푼다며. 그러나 자기 마음 속에서 진리를 찾지 못한 사람이 자기 마음 밖으로 나가 생각하고, 생각해 보아야 망상만 점점 더할 뿐이다.

자기 마음 속에서 행복을 찾아내지 못한 사람이 마음 밖으로 나가 사물(돈)에서 행복을 찾으려고 해도 찾지 못한다. 자기 마음 속에서 천국을 찾아내지 못한 사람이 자기 마음 밖으로 나가 저 하늘을 향해 두리번거려야 소용없다. 어리석은 망상만 점점 더할 뿐이다.

그 사람이 어떤 사람이냐? 하는 것은 그 사람의 용모를 말함이 아니라 그 사람의 마음씀이 어떠한가를 말함이다. 그 사람의 마음 씀을 통해서 그 사람을 본다. 그 사람의 마음이 항상 거짓과 허영심으로 작용한다면 더 볼 게 무엇이 있겠는가. 그 사람의 용모가 미모일지라도 아름다움은 가죽뿐임을 알게 되리라. 인격과 품격은 그 마음 작용이 만들어낸 것으로서 존재한다.

이 세상에는 얼굴이나 겉 모습은 그럴 듯한데 그 사람 마음씀을 들여다보면 상처나 있고, 이즈러져 있고, 썩고 병들고 악취 나는 사람이 많다. 만사에 그 마음씀이 비비 꼬이고 뒤틀린 사람이 많다. 그런 사람들이 앞에 서서 나가는 길이라면 그 길은 항상 불안하고 시끄러울 수밖에 없으리라.

사람들은 여전히 모든 존재의 비밀, 그 진정한 의미를 알고 싶으면 자기 마음 밖으로 나가서 어떤 사물이나 어떤 대상에서 찾는다. 그러나 잘 알 수는 없는 일이고 그냥 기독교에서 말한 대로 신(神)이 정말 이 세상을 창조했으며, 그 신이 지금도 우리 삶을 주재하며, 그리고 우리가 죽으면 그 신이 최후 심판을 내리는 것이 아닌가 하고 생각해 본다. 그러나 그런 것이 아니다. 모든 문제가 각자 마음에서 비롯되어 생겨난 것이다. 지금 자기 마음이 그렇게 작용하기 때문에 지금 세계가 그렇게 만들어지듯 나타나 보이는 것이다.

언제나 모든 문제는 그때그때 내 마음 작용이 만들어내고 있는 것이다. 마치 창조하듯 그렇게 마음이 조화(造化)를 부리고 있는 것이다. 지금 버젓이 마음이 만들어내는 작용을 하고 있는데도 사람들은 그것을 직관(直觀)할 능력이 없기 때문에 모든 것을 신이 만들어내고 있는 것 아닌가 하고 생각한다. 밀린다 왕문경에 보면 이런 문답 구절이 나온다.

밀린다왕 : 스님은 성품을 보셨습니까?

나가세스님 : 그렇습니다. 나는 성품을 보았습니다.

밀린다왕 : 성품이 어느 곳에 있습니까?

나가세스님 : 성품은 마음이 작용하는 데 있습니다.

밀린다왕 : 그 무슨 작용이기에 나는 보지 못합니까?

나가세스님 : 지금 버젓이 작용하는 데도 보지 못합니다.

지금 우리가 살고 있는 현실도 바로 내 마음이 주재하고 있는 것이다. 각자 삶의 주재자는 각자 자기 마음일 뿐이다. 결코 신(神)이 아니다. 산다는 것은 모든 감각적 인식에 의한 마음 작용이 전개되고 진행중인 것이다. 그리고 장차 신에게서 심판을 받는 것이 아니라 모든 것은 자기 마음이 스스로 짓고 스스로 그 과보를 받는 것이다. 지금 나쁜 짓을 하고 있으면 마음이 온갖 불안과 갈등에 휩싸인다.

지금 마음 속에 짓는 바는 그냥 없어져 버리는 것이 아니라 하나도 빠짐없이 자기 잠재의식 속에 새겨지고 저장되어 그대로 자기 정신 활동에 반영된다. 그 하나하나가 마음에 기록되어 영원히 지워지지 않는 마음에 업(業)으로 쌓인다. 마음의 업으로 저장된 상태를 프로이드는 무의식 세계라 했다. 그러나 그것은 완전 무의식이라기보다는 저장되고 숨겨져 있는 장식(藏識=아뢰야식)이라고 해야 할 것이다.

그냥 없어져 버리지 않고 쌓여가는 마음의 업(業)들이 모여 저장되었다가 다시 그것이 원인(種子, 종자)이 되어 또 다른 업을 짓는 것으로 이어진다. 모든 것이 돌고 도는 윤회가 된다. 결과적으로 모든 것이 스스로 짓고 스스로 받는 자작자수(自作自受)의 인과응보다. 그거야말로 진정한 심판이 아니고 무엇이겠는가.

기독교 교리에서는 이 세상을 신(하나님)이 창조하였으며, 그리고 그 신이 현재 우리의 삶을 주재하고 있으며, 그리고 우리가 죽으면 우리를 심판한다고 한다. 그러나 그런 것이 아니다.

이 세계는 어느 권능(權能)을 가진 신(神)의 창조물이 아니고, 오직 내 마음이 일체를 지어내고(창조하듯) 내 마음이 삶을 주관하고(주재하듯) 내 마음이 스스로 짓고 스스로 과보받는(심판하듯) 자성(自性) 인과로써 우리의 삶이 전개되어 나아감을 볼 수 있다. 모든 문제는 내 마음 작용이 빚어낸 결과로써 나타나며, 이 세계는 오직 내 마음의 조화(造化)로써 존재함을 주장한다.

그래서 불교는 이 세계를 오직 마음의 원리로써 해석하는 유심교(唯心敎)이다. 기독교와 같은 유일신(唯一神)교가 아니다. 이 우주의 원리를 오직 마음의 원리로 보는 것이다. 불교에서는 그런 권능을 가진 창조신을 인정하지 않는다. 그런 우화 같은 천지 창조설을 인정하지 않는다. 불교는 무신론(無神論)이다. 이 우주를 오직 마음의 원리로 보기 때문에 마음을 깨달아 진리를 체득하여 올바른 삶을 구현함을 구경의 목적으로 한다.

금강산 만물상이 기묘하고 아름답게 생겼다구요? 조물주가 그렇게 만들어서 그렇다구요? 그런 것이 아니랍니다. 지금 이 순간 금강산을 기묘하게 보아주고 있는 것은 바로 당신의 마음이랍니다. 지금 당신의 마음이 그렇게 보고 그렇게 느끼니까 그것이 당신 마음 속에서 그렇게 작용하여 그렇게 나타나는 당신 마음의 표상이랍니다. 그러나 당신이 무심하여 그런 생각을 일으키지 않는다면 금강산은 기묘할 것이 없습니다. 금강산이 그렇게 기묘하게 아름다웠던 이유는 바로 당신의 마음 작용 때문이었습니다.

자, 그럼 다시 한 번 묻겠습니다. 기묘한 금강산을 만들어낸 조물주는 누구입니까? 바로 당신의 마음입니다. 그 누구도 아닌 바로 당신의 마음 작용입니다. 그러므로 당신의 마음이 기묘한 금강산을 만들어낸 조물주입니다. 그러나 당신의 마음을 비워 버리면 금강산의 의미는 기묘할 것이 없습니다. 또 다른 어떤 의미에도 속하지 않습니다.

자, 그럼 마지막 결론을 내려봅시다. 이 세상 일체 모든 것을 만들어낸 창조주는 누구입니까? 그 누구도 아닌 바로 당신의 마음입니다. 모든 존재의 의미는 바로 당신의 마음 작용이 그렇게 작용했기 때문에 그렇게 만들어진 것입니다. 그것이 이 우주의 비밀의 전부입니다.

(월간 『동두천문학』 2001년 12월호)

욕망의 유희

인간들이 그려내는 천국의 이상적인 아름다움과 그 평화도 결코 인간들에겐 영원한 만족을 주진 못하리라. 각 종교들이 말하는 천국의 아름다움과 그 성스러움과 풍요가 확실히 존재한다 하자. 그래서 인간들에게 그 천국의 성스러운 은혜를 마음껏 누리도록 했다 하자. 결국 인간들은 하루도 못 가서 싫증내고 말 것이다. 인간의 마음은 결코 한 곳에 한 자리에 머물러 있을 수 없기 때문이다.

그것이 설사 아무리 좋은 것, 풍요한 것, 아름다운 것일지라도 그 마음은 싫증내게 되어 있다. 인간성은 어떤 한 가지에서 완전한 만족을 누릴 수 없기 때문이다. 인간은 다양성을 즐긴다. 그 다양성을 즐기지 못하게 하면 곧 그는 말한다, 나는 고독하다고.

세상은 다양성을 가지고 있다. 그리고 끊임없이 변화하고 있다. 그 다양함과 그리고 변화하는 차별 세계를 항상 두리번거리고 있는 것이 인간의 호기심이다. 결코 한 곳에 한 가지에 만족할 수 없도록 되어 있는 것이 인간의 마음이다. 이 세상은 가지가지 차별로써 이루어진 차별 세계다. 그 차별 세계를 끊임없이 분별하며 비교하고 있는 것이 인간의 마음 작용이다.

누가 나에게 아름다운 비너스상만을 계속 바라보고 있으라고 한다면 얼마나 고역이겠는가. 모나리자상을 바라보고 있던 어느 시선이 어느새 개울 건너는 아가씨에게 옮겨지고 있다. 인간의 마음은 형형색색의 차이를 짓는 그 차별들과 변화들을 분별하며 즐긴다. 인간의 마음은 그 무엇이든 차이를 짓는 차별로써 이것과 저것을 구별한다.

모든 사람의 얼굴이 꼭 같이 생겼다면 쳐다볼 맛도 없으리라. 모든 꽃들이 한 모양 한 색깔이라면 꽃을 감상한다는 의미가 없어지고 말 것이다. 모든 존재가 한 모양 한 색깔이라면 본다는 의미조차 없어지고 말 것이다. 그보다 더 놀라운 것은 그렇게 되면 우리는 아무것도 볼 수 없는 것이 된다는 것이다. 아무런 마음 작용을 일으킬 수 없기 때문이다.

일단 차이가 나야 그 차별로써 우열을 구별하고 그리고 취사 선택한다. 사실 인간은 그 차별감과 분별감 사이를 출렁이며 즐기고 있는 것이다. 차별감 그것은 멜로디처럼 움직이고 있기 때문이다. 어찌 보면 그 차별과 분별의 멜로디를 타고 싶어하는 것이 인간의 마음이 아닐까.

이 세계는 다양하다. 그래서 인간의 욕망도 그 다양함을 따라 움직인다. 각자 자기 관심과 소양에 맞는 것을 선택하고 도전한다. 산다는 것은 언제나 욕망과 도전이기 때문이다. 성공과 실패, 환호와 좌절이 계속된다. 어떤 자들은 운 좋게 운명이 손을 들어주어 성공한다. 그리고 오매불망 그가 원하던 것을 손에 넣는다.

이렇게 때때로 운명의 신이 인간을 도와준다 하더라도 인간의 욕심은 결코 거기 한 곳에 한 가지에 안주하지는 못한다. 그가 그토록 원하던 것을 손에 넣은 것이지만 이제 그것엔 별로 애착이 가지 않는다. 다만 저편에 있는 아직 내 손에 넣지 못한 것에 자꾸 관심이 간다. 아무리 좋은 것도 잠시일

향락에서 해방된 인간은
슬픔도 공포도 없다

뿐. 우리의 기쁨도 순간 순간에 지나지 않는다. 그 모든 것이 시간의 바람을
타고 지나가 버린다. 이미 내 손에 있는 것은 별로 나에게 만족을 주지 못한
다. 인간은 항상 새로운 것, 그리고 더 좋은 욕망들을 찾아 헤매기 때문이
다.

운명이 너의 손에 행복을 놓아준다면,
너는 다시 다른 것을
떨어뜨려 버리고 말 것이다.
고통과 이익을 하나씩 번갈아 얻으며
가장 간절히 바라던 것을
너는 혹독하게 증오하게 되리라.

인간의 손은 아이의 손
이 손을 오직 철없이 부수기 위해 뻗힌다.
온 땅을 폐허로 만들고도
이 손이 잡는 것은 결코
그것의 소유가 되지 못한다.

인간의 손은 아이의 손,
인간의 마음은 욕심 많은 아이의 마음,
뻗혀서 잡아 보아라……
거기에 보잘것 없는 잡동사니가 있을 뿐
금방 웃었던 자가
이제 슬피 울어야 한다.

운명이 너의 손에 꽃다발을 놓아준다면
너는 스스로 가장 아름다운 꽃송이를
쥐어뜯어 버리고 말 것이다.
제 손으로 인생의 아름다움을 망쳐 버리고
흩어진 조각들 때문에 너는 울게 되리라.

– 빌헬름 라아베

인간의 욕망은 그 끝을 알 수 없고 불확실하다. 그것은 도저히 이상적인 방법으로 달성되지도 않고, 또는 향유되지도 못한다. 항상 차이가 나는 더 많은 것, 더 나은 것, 더 좋은 것을 얻기 위해 밖으로 치닫고 있는 것을 보면 우리가 진정한 것을 선택할 능력이 없다는 것을 알 수 있다. 그것이 우리가 불완전하게 생긴 덧없는 존재라는 것을 스스로 증명하는 꼴이 된다.

결국 자기 마음이 스스로 자족(自足)해 하지 않으면 아무리 밖으로 치달아도 만족이 없음을 알아야 한다. 이 세상 어느 곳에서도 안정이 없고 머무를 곳이 없다는 것을 깨달아야 한다.

옛말에 절반 남은 술병을 놓고 아직 반병이 남았다고 기뻐하건, 반병밖에 남지 않았다고 섭섭해 하건 그건 자기 마음먹기에 달린 것이다. 그래서 중생은 때때로 자기 소원을 성취한다고 말한 것이다. 아직도 반병이 남았다고 한 순간이라도 만족할 수 있는 자는 얼마나 행복한가. 결코 누가 주지 않는 만족을 스스로 만들어내는 행복한 자이다.

그러나 인간은 자기 스스로 짓는 욕심 때문에 남의 손에 쥔 떡이 항상 커 보인다. 꼭 같은 크기로 잘라 분배한 것인데도 욕심 때문에 남의 떡이 자꾸 커 보이는 것이다. 말하자면 남이 소유한 것이 항상 더 좋아 보이고 부러워진다는 것이다.

어찌 보면 영리한 문명인들보다 오히려 문명의 개화가 늦은 미개인들이

향락에서 해방된 인간은
슬픔도 공포도 없다

더 행복해 보인다. 그들은 아직 과학의 혜택을 받지 못하고 다만 대자연이 베푸는 혜택만 누리는 단순성과 소박성을 가지고 있다. 그런 단순성은 복잡한 차별상에 집착하거나 얽매이지 않으니 그들 마음 속엔 훨씬 많은 자연성이 깃들어 있다. 그래서 그들은 그들의 본성이 필요로 느끼는 정도 밖에 욕심내지 않는다. 그들의 의식구조는 문명인들처럼 현란하고 복잡한 차별상의 갈등 속에 있지 않다.

그에 비하면 문명인들은 과학에 의한 물질문명 덕분에 천문학적인 황금 물량을 재산 가치로 만들어 놓고 유통시키며 마치 사람 산다는 것이 돈 따먹기 경쟁인 양 살아가는 것이다. 그 때문에 문명인들은 황금을 쌓고 쌓아도 자기 만족을 느끼지 못하고 항상 저쪽에 좀더 많이 쌓은 자들을 바라보며 부러워하고 괴로워하는 삶을 살아가고 있다.

그리고 이렇게 악착같이 돈을 끌어 모은 자들이 자기 돈더미에 치어서 화를 당하는 경우가 얼마나 많은가. 어떤 자들은 태산같이 모아 둔 돈을 써 보지도 못한 채 자기가 쌓아올린 황금더미에 깔려 죽는 꼴을 보여주기도 한다.

자나깨나 황금 모으기에만 열중하다가 드디어 최고봉에 오른 자가 외쳐대는 소리가 들려온다.

"여러분, 황금 속에는 행복이 없었습니다. 그걸 내가 분명히 확인했습니다. 여러분 다투어 황금 봉우리에 오르려는 것을 포기하십시오."

하지만 허겁지겁 뒤따라 오던 사람들이 누가 그 소리를 믿겠는가. 대개 사람들이란 그 최고봉에 오른 사람을 선망의 눈으로 쳐다보며 부러워하며 열심히 뒤따라가는 그 과정에 놓인 사람들이 아닌가. 그런데 저쪽에선 또 다른 사람의 외쳐대는 소리가 들린다.

"여러분, 나는 최고의 명예와 권력을 누려 본 사람입니다. 그러나 대통령을 지냈으면 뭘 합니까. 이 사회는 나를 끝내 하나의 못된 인간으로 평가절

하합니다. 모든 사람들은 아직도 나를 의혹과 불신의 눈초리로 바라보고 있습니다. 나 역시 하나의 황금 도둑에 불과하다는 것입니다. 마치 나를 시정 잡배만큼도 못하다는 눈초리로 바라보고 있습니다. 나는 역사에 위대한 영도자 상으로 남고 싶었는데 그 꿈이 깨져 버린 것입니다. 나는 정말 억울합니다."

이 다양한 세상에서 각양각색의 인간 돈키호테들이 쇼를 부리고 있는 것 같이 보인다. 어쩌면 세상이란 이주일의 한판 쇼처럼 돌아가는 것 같다.

옛날 어느 왕이 자꾸자꾸 영토를 넓히려는 욕심 때문에 하루도 마음 편할 날이 없었다. 그렇게 넓은 국토를 다스리는 왕이었는데도 그는 언제나 불만이었다. 그러나 그도 지쳤음인지 어느 날 신하들 앞에서 말했다.

"짐은 이제 국토를 어느 어느 지점까지만 넓히면 그 다음은 욕심부리지 않고 여생을 편히 쉬고 싶다"고 말했다.

그러자 신하가 말했다.

"전하 쉬시려면 지금 쉬십시오. 지금이 전하가 쉬실 때입니다."

인간의 욕심은 한이 없어서 조금만 더, 조금만 더 하며 자꾸 앞으로 나아가다 보면 어느새 죽음의 낭떠러지가 거기 입을 벌리고 기다리고 있음을 만나게 된다. 온갖 조바심과 갈등과 방황 속에서 하루도 마음 편할 날이 없다가 죽음에 이르게 된다. 말하자면 죽음만이 그에게 휴식을 가져다 줄 수 있는 유일한 탈출구다. 사실 마음만 내면 휴식은 언제 어디서나 그를 받아줄 수 있는 것이지만 스스로 일으키는 갈등과 방황 때문에 쉬지를 못한다.

그러다가 어느 날 갑자기 죽음에게 나꿔챔을 당한다. 죽음에게 나꿔챔을 당하고 나서야 모든 차별심을 쉬게 된다. 죽으면 이제 누구나 차별하는 마음을 일으키지 않게 되는 것이다. 내 마음이 모든 것을 차별화(差別化) 하지 않으면 모든 것이 본래 평등하다. 나 스스로 모든 것을 차별화 하고 그 차별 속으로 빠져들어 유희했던 것이다.

이제 그 본래 평등 속에 들어가면 그 속에선 크고 작은 것이 없고 돈이 많고 적은 것도 다 같은 것이 된다. 그래서 영토도 좁다 넓다 차별할 것이 없으며, 그래서 부자도 가난뱅이도 다 같으며, 좋고 나쁜 것도 없는 완전 평등 속에 들어가는 것이다. 거기는 실로 평등이라 말할 것도 없는 본래 자리로 들어간 것이다. 말하자면 본래 자기가 왔던 곳으로 다시 돌아간 것이다. 그래서 사람이 죽으면 아, 그분이 돌아가셨다고 하는 말이 생겨난 것이다.

이렇게 인간의 유희하는 삶이 결국 무위로 끝장난 것을 보고 사람들은 매우 놀란다. 이렇게 욕망의 총결산이 실은 아무것도 얻은 것이 없는 것을 보고 매우 놀라서 할 말을 잊는다.

그러나 조금만 시간이 지나면 우리는 곧 잊어버린다. 그리고 어느새 새로운 욕망이 고개를 든다. 자 우리 다시 한 번 새로운 욕망의 설계도를 펼쳐 보자. 어느새 욕망은 새로운 희망의 말을 인간의 귀에 대고 속삭여 준다. 어차피 이 세상은 욕망의 게임장이 아니던가. 자 우리 한 번 다시 싸우자. 인류 역사란 그것의 되풀이가 아니던가. 지금 쉬기엔 나는 너무 젊고 정력과 활력이 넘쳐난다. 지금 모든 것을 쉬려 한다면 어차피 나는 좀이 쑤셔서 견디지 못할 것이 뻔하지 않은가.

그래서 인간의 욕망은 뻗어 갈 수 있는 데까지 뻗어 나갈 것이다. 아무도 인간의 욕망과 호기심이 가는 길을 막지는 못하리라. 지금도 과학자들은 열심히 노력하고 있다. 인류를 암으로부터 구하기 위해 노력하기도 하지만, 또한 핵무기를 만들어 인류를 한꺼번에 전멸시킬 무기를 만들기 위해서 열심히 노력하고 있다. 어차피 인간의 욕망과 호기심은 멈출 수 없을 것이다. 인간은 원자탄을 만들어내는 능력은 있어도 자신의 욕망을 제어할 힘이 없기 때문이다.

인간은 언제나 말한다. 자기가 하는 일은 언제나 새로운 창조를 위한 위대한 일이라고, 뭐? 새로운 창조를 위한 위대한 일이라고?

창조 열풍

인류는 찾아냈다.
인간을 위해 발효된 술을.
그것은 대단한 발견이었다.

인류는 또 찾아냈다. 마약도.
그것도 당연히 인간을 위해
있는 것이라고 생각하게 되었다.

오늘도 많은 사람들이 노력하고 있다.
새로운 발견 새로운 창조를 위해
연구에 연구를 거듭하고 있다.
드디어 인류는 원자탄도
만들어내게 되었다.

하지만 웬일인가?
창조에 의한 인류 문명은
무수한 독소를 뿜어내고 있다.
지구는 죽음의 몸살을 앓고 있다.

그래도 이 지상에서 창조란 위대한 것이며
하나님도 우리 인간을 위해 이 세상을
창조한 것이라고 인간들은 떠들어대고 있다.

하지만 내가 바로 말해 줄까,
창조가 무엇인가를.
그것은 죄악인 인간의 호기심에서 처음
싹튼 것임을.
그리고 끊임없이 이어져 가는 것임을

미친 인간들이 다급하게 호기심 베일을
걷고 보면 거긴 언제나 새로운 폐허가
입을 벌리고 기다리고 있었다.

창조는 언제나 위대한 가면을 쓰고
끊임없이 되풀이되는 인간의 사악한
소망을 꽃 피워 준다.

그리하여 한 걸음 한 걸음
벼랑 끝으로 인류를 다가서게 한다
결국 병든 지구를 종말의
낭떠러지로 떨어뜨리리라.

— 저자 졸시(拙詩)에서

(월간 『동두천문학』 2003년 11월호)

자연 속에 화두(話頭)

어떤 사람에게 머리 속에 아무 생각도 하지 말라고 했더니, 자기는 지금 분명 아무 생각도 안 하고 있다는 것이었다. 그러나 그 사람은 거짓말을 하고 있는 것이다. 그 사람은 '지금 나는 아무 생각도 안 하고 있다'는 그 생각을 하고 있는 것이 아닌가?

그리고 우리 자신들이 무엇을 잊어버리려고 할 때만큼 그것이 자꾸 잊혀지지 않고 머리에 떠오르는 것도 없다. 잊어버리려고 한 만큼 생각이 달라붙는 것이다. 다만 우리가 잊으려는 생각도, 안 잊으려는 생각도 없을 때만 진짜 그것이 잊혀지는 것인데, 자꾸 그걸 생각으로 해결하려고 한다. 생각으로 그렇게 하려는 것은 안 되는 것인 줄 나는 안다. 만일 어떤 사람이 죽음을 피해 다니고 있다면, 그 사람은 곧 죽음을 쫓아다니고 있는 꼴이 된다. 누가 인위적으로 무심(無心)해지려고 한다 하자. 그러면 그 사람은 무심해지려는 그 마음 때문에 도리어 유심(有心)이 되는 것이다. 도대체 우리 인간이 생각이나 사유를 한다는 것이 무엇일까?

우리가 무엇인가를 생각하면 무엇인가에 속고 있는 것이 된다. 그러나 우리는 속고 있다는 것도 모른다. 우리는 생각의 장난에 끌려다니며 사는 셈이다. 우리들의 생각이란 모두 본연(本然)의 자리에서 벗어나 있다. 하지만 생각하는 우리들 자신은 그것을 모른다. 마치 생각은 헛다리를 딛고 서 있는 것이다. 하지만 우리는 자신의 생각이 헛다리를 딛고 서 있다는 것을 꿈에도 모른다. 그것은 각자 스스로 자기 마음이 어떻게 작용하는가를 바로 볼(直觀) 수 없기 때문이다.

그때그때 유심(有心)이다, 무심(無心)이다 하지만 중생의 무심이 곧 유심이요, 또한 유심이 곧 무심이다. 시간과 공간 속에서 유희하는 인간에게 모든 존재는 그때그때 있는 것이 되기도 하고 없는 것이 되기도 하지만 알고 보면 있는 것이 없는 것이요, 없는 것이 있는 것이다.

반야심경에 "물질이 곧 허공이요, 허공이 곧 물질이다"라는 말이 있다. 그러니까 근본적이고 본질적인 면에서 관조하여 보면 물질이 곧 허공이요, 허공이 곧 물질이라는 것이다. 우리가 보편적으로 생각한다면 물질은 어디까지나 물질이요, 허공은 어디까지나 허공이지 무슨 당치도 않은 말인가 할 것이다.

나는 절에 들어오기 전부터(입산 출가하기 전) 이런 생각들을 많이 했었다. 저 넓고넓은 우주 공간은 어디서 시작하여 어디서 끝나는 것일까? 또, 시간이란 언제부터 시작되었으며 시간이 끝나는 것은 언제쯤일까? 하는 생각을 많이 했었다. 넓은 우주 공간을 가고 또 가서(몇 광년 쯤) 여기가 우주의 끝이다 하는 지점을 정했다 하자. 그러면 즉시 그 다음을 이어가는 공간이 또 있을 것 아닌가. 그럼 도대체 우주 공간이 끝나는 곳은 어디란 말인가? 또 시간이란 언젯적부터 시작되었으며 시간이 끝나는 것은 언제쯤일까?

만일 몇 천억년 전에 시간이 시작되었다고 한다면 그 이전에도 이어지는 시간이 있었을 것 아닌가? 하는 생각들을 해 보았지만 결국 시간의 시작과 끝을 아무리 생각해 보아도 생각으론 알 수 없는 것이었다. 그래서 갓 입산하여 나는 덕산 노스님(깨달은 선지식)에게 공손히 절하고 물었다.

"큰스님, 저 우주공간은 어디서 시작하여 어디서 끝나는 것일까요?" 하고 그랬더니, 큰스님께선 즉시 대답하셨다.

"한 생각이지 뭐" 하셨다.

그리고 덧붙여 말씀하셨다.

"사람들은 평생 그 생각이라는 것에 끌려 다니느니라. 마치 붙잡혀 벗어날 수 없는 노예처럼" 하시는 것이었다.

나는 이것뿐만 아니라 이런 것도 의문이었다. 우리가 사는 이 지구는 둥글둥글하다. 그런데 우리는 북위 36°선쯤 살고 있으니까 우리는 우리가 서 있는 머리 위를 가리켜 위(上)라 하고 발 밑 방향을 가리켜 아래(下)라 하지만 우리의 정반대 쪽에 있는, 그러니까 둥근 지구의 남미대륙 아르헨티나 쯤 살고 있는 사람들은 우리가 위쪽이라 가리키는 곳을 향하여 그들은 아래라 하고 우리가 아래라고 가리키는 쪽을 향하여 그들은 위쪽이라 가리킬 것이 아닌가. 그럼 진정한 위(上)쪽 방향과 아래(下)쪽 방향은 어디란 말인가? 하는 생각들을 골똘하게 생각했었다.

또, 우리가 보기엔 남극대륙에 있는 사람들은 마치 거꾸로 서서 걸어다니고 있다는 생각이 든다. 그런데 그들이 밑으로 떨어져 버리지 않고 있다는 생각이 들기도 한다. 우리가 만져보는 사물들 하나하나가 모두 무게를 가진 것인데, 이 모든 사물들을 다 합쳐 짊어진 이 엄청난 땅덩어리인 지구는 얼마나 무거운 것인가? 그런데 정작 이 지구는 아무 무게도 없이(먼지만큼도 무게가 없이) 허공에 떠 있다니 얼마나 놀라운 일인가?

이런 의심나는 생각들을 가지고, 그러니까 그 생각으로 알 수 없고 생각으로 풀 수 없는 벽에 부딪쳐 꽉 막혀 버린 오직 모를 뿐인 그 마음을 계속

이끌고 나아갈 수만 있다면 이거야말로 화두를 들고 참선하는 것이 되리라.

　옛날 중국에 동엄이라는 사미승이 있었다. 동엄은 당시 유명한 조주선사를 찾아가 질문했다.

　동엄 : 한 물건도 가져오지 않았을 때는 어찌 합니까?
　조주 : 내려놓아라(방하착, 放下着)
　동엄 : 아니 한 물건도 가져오지 않았는데 무엇을 내려놓으란 말씀입니까?
　조주 : 그럼 다시 짊어지고 가거라.

　글쎄 한 물건도 가져오지 않았다는데 무엇을 내려놓으라는 것일까? 그리고 또 무엇을 다시 짊어지고 가라는 것인지 도무지 알 수 없어 이것이 화두가 되었다. 그 후 오랜 세월을 화두 참구(참선)하다가 확연히 진리를 깨달았다 한다.

(한국불교문학인협회 회지 『햇살 가득한 녘』 7집 권두언, 2006년 1월)

돌과의 대화(對話)

– 성선설이 옳으냐 성악설이 옳으냐

옛날 중국의 전국시대에 맹자와 순자라는 두 사람의 유교 철학자가 살고 있었다. 맹자(孟子)는 "인간의 본성은 선(善)한 것이다. 그러니 세상은 덕(德)으로써 다스려야 한다"는 성선설(性善說)을 주장했다.

그러나 순자(荀子)는 이와 반대였다. 순자는 "사람의 본성은 악(惡)한 것이다. 그러니 예(禮)로써 다스려야 한다"는 성악설(性惡說)을 주장했다.

두 사람 모두 공자의 가르침을 신봉하는 유교 철학자이자 대 사상가이면서도 사람의 성품을 보는 견해에서는 정반대였다. 그래서 성선설과 성악설의 대립은 후세까지 유교 철학과 사상을 논하는 데 서로 팽팽히 맞서는 양대산맥을 이루어 왔다.

애들이 노는 모습을 관찰해 보면 순수한 인간의 성품이 어떻게 움직이는가를 잘 알 수 있다. 누구나 어린애들의 동심성을 보고 있노라면 마음이 즐거워진다. 세 살 먹은 어린애가 무얼 잘못했는지 엄마에게 야단을 맞고 있는 중이었다. 그것을 곁에서 겨우 두 살 더 먹은 언니가 바라보고 있다가 눈에서 두 줄기 눈물이 흘러내린다. 동생이 야단 맞고 있는 것에 대해 언니가 마음 아파하고 있는 것이다.

또 네댓 살 먹은 어린애들이 모여 놀다가 동무에게 무슨 기쁜 일이 생기면 자기도 함께 기뻐해 준다. 마치 어른들의 세계에서 친구의 성공과 행운을 자기 기쁨인 양 축복해 주는 일이 있듯이.

또 이런 경우도 나는 목격했다. 어느 공터에 누가 강보에 싼 아기를 놓고 가버렸다. 영아 유기사건이 일어난 것이다. 마침 공터에 놀러 나온 애들 몇이서 아기 주위에 쪼그리고 앉아 들여다보고 있었다. 그러더니 모두 눈에 눈물이 맺히기 시작했다. 뒤이어 어른들이 오고 아기는 파출소에 인계되었다. 이런 모습을 보고 있노라면 맹자의 성선설이 옳다고 수긍이 간다.

그러나 이와 정반대 현장도 목격하게 된다. 어린애들이 길을 가다가 이상한 벌레라도 한 마리 있으면 한참을 들여다보다가 그만 발로 밟아 짓이겨 죽여 버린다. 어떤 때는 동네 아이들이 모여 노는데 풍뎅이 모가지를 비틀어 놓고 뺑뺑이 돌기를 시킨다. 어떤 때는 개구리 뒷다리를 찢으며 놀고 있다. 거기서 무슨 희열을 느끼는지 깔깔거리기도 한다. 얼굴이 이상하고 몸짓이 괴상한 저능아들을 보면 놀려주고 싶어 못 견딘다.

어디서 뱀이라고도 한 마리 나타나면 온 동네 애들이 작대기를 들고 나와 두들겨 팬다. 뱀이 죽으면 모두 큰 전승이라도 거둔 듯이 의기양양하다. 구렁이 한 마리를 죽이는 데 온 마을 애들이 전쟁을 치루듯 하고 그것을 해치우고 나면 마치 전승축제라도 맞은 듯이 들떠 있다. 그 꼴을 보고 있노라면 '오호라! 순자의 성악설이 정말 옳구나' 하는 생각이 든다.

맹자는 "인간의 성품이란 선한 것이다"라고 정의를 내린 것이고, 순자는 "인간의 성품이란 악한 것이다"라고 정의를 내린 것이다. 우리는 어떤 때는 맹자의 성선설이 옳다고 생각한다. 그러다가 다시 생각이 바뀐다. 그 반대인 순자의 성악설이 옳다고 생각한다.

이렇게 맹자와 순자의 말 사이를 왔다 갔다 한다. 죽을 때까지 확실한 결론에 도달하지 못한 채, 그리고 오랜 세기가 지난 지금까지도 여전히 사람들은 맹자의 말과 순자의 말 사이를 왔다 갔다 해야 한다. 마지막 확실한 결론에 도달하지 못한 채. 아마 앞으로도 영원히 그럴 것이다. 왜 그럴까?

여기 길가에 커다란 바위돌 하나가 놓여 있었다. 오랜 옛날 태곳적부터 말없이. 그렇게, 그 옛날 원시인들이 이 길을 가다가 돌을 보고 생각했었다. "이것이 무엇일까?" "이것이 언제부터 왜 여기 놓여 있었을까?" "이것이 어떤 종류의 쓸모 있는 것일까?" 아니면 "어떤 해로운 것일까?" 하는 생각들을 해 보았다.

어느 날 원시인들이 모여서 "야, 우리 이놈을 돌이라 부르기로 하자" 하면서 돌이란 이름을 처음 비로소 지어 주었다. 그래서 돌이란 이름이 생겨나게 되었다. 돌이란 이름을 지어주고 나니 어쩐지 좀 어설픈 듯도 하고 미덥지 않아서 한 원시인이 돌을 향해 말했었다. "야, 너 정말 돌이냐? 아니냐?" 하고.

물론 돌은 말이 없었다. 돌은 자기가 정말 돌이라고 긍정하지도 않았고, 그렇다고 나는 돌이 아니라고 부정하지도 않았다. 그러자 괜히 조바심이 난 원시인이 또 물었다.

"그래 너의 존재란 쓸모 있는 좋은 것이냐? 아니면 우리에게 피해를 줄 수 있는 나쁜 것이냐? 너의 정체와 비밀을 나는 알고 싶은 것이다"라고.

그러나 돌은 여전히 말이 없었다. 그냥 침묵하고 있을 뿐이었다. 그러나 나는 그 침묵 속에서 듣고 있었다. 돌이 은밀히 말하고 있는 소리를. 나는 귀가 좀 틔어 있었기 때문이다. 나는 소리없는 소리를 들을 수 있는 귀가 조금 열려 있었기 때문이다. 나는 말없는 말을 해석할 수 있는 마음을 조금 가지고 있었기 때문이다. 그래서 돌이 말하고 있는 그 소리는 내 귀에 점점 똑똑하고 분명하게 들려 왔다.

그때 돌은 이렇게 말했었다.

"인간들이여, 너희들이 나를 돌이라 부르든 말든 나에겐 아무 상관없는 일이다. 본래 나에겐 이름이 필요 없다. 나는 그냥 자연이기 때문이다. 그런데 너희 인간들이 너희들 느낌이나 생각을 따라 이름을 지어낸 것이다. 나는 인간에 의해 '돌'이라고 이름이 지어진 것이다. 그러니까 인간의 감각이나 생각에 의해 공연한 귀신 같은 이름이 하나 생겨난 것이다. 하지만 그건 실로 공연하다. 그리고 나더러 너는 좋은 것이냐? 나쁜 것이냐? 고 물었는데 내가 뭐 너희들 입맛에 맞추기 위해 만들어진 물건인 줄 아느냐. 자연은 결코 그런 일을 하지 않는다. 그건 부자연스러운 것이니까. 너희들은 이미 자연의 법칙에서 벗어나서 살고 있다. 그렇기 때문에 가지가지 마음에 갈등을 일으킨다. 너희들은 이 사람 저 사람 상대하며 저 사람은 나에게 좋은 사람일까? 아니면 나쁜 사람일까? 하고 저울질하다 보니 마침내 선이니 악이니 하는 요사스런 개념들까지 마음에서 생겨난 것이다. 그러다 보니 너희들 마음 놀림은 항상 불안해졌다. 또 저 사람은 나를 도울 사람인가, 해칠 사람인가? 의심에 가득 찬 생각으로 살다 보니 사랑이니 미움이니 하는 상대적 개념까지 만들어내게 되었다. 그래서 너희들 마음 놀림은 아주 요사스럽게 되고 말았다. 하지만 자연의 본성 속엔 그런 선이니 악이니 하는 요사스런 것이 없다. 그건 너희들 마음 속에만 있는 개념들이다. 너희들을 이제 그런 요사스런 개념들을 따져보고 즐기는 것이 아주 버릇이 되어 있어서 날마다 선이니 악이니 하는 다툼질만 계속하고 있다."

돌은 계속 말을 이어간다.

"인간이 어떤 대상을 두고 선하다 악하다, 또는 좋다 나쁘다, 옳다 그르다 하며 이런 상대적인 판단들을 내리는 것은 모두 감각(六感＝눈·귀·코·혀·몸·의식)에서 나오는 생각들을 따르다 보니 그렇게 된 것이다. 그러다 보니 너희들 눈에 어떤 것은 선으로 보이기도 하고 어떤 것은 악으로 보이기도 한다. 또 선으로 보이던 것이 다시 악으로 보이기도 하고 악으로 보이던 것이 다시 선으로 보이기도 한다. 그러나 성 그 자체는 선도 아니고 악도 아니다. 다만 인간적인 심정에 의해 선으로 보이기도 하고 악으로 보이기도 한 것일 뿐이다. 그건 인간의 마음 작용이 감각을 연유하여 작용하기 때문에 거기서 오는 감성적 판단들이란 항상 이리저리 흔들릴 수밖에 없다. 그래서 인간의 정신은 항상 이랬다 저랬다 한다. 그래서 나는 인간들이 항상 다투고 있는 것을 본다. 대체로 나에게 이로운 것은 남에게 해로운 법이다. 그런데 너희들은 너희에게 도움이 되는 것은 선의 개념으로 받아들이고 너희에게 해로운 것은 악의 개념으로 받아들인다. 그러나 인간이 분명히 선이라고 행한 것이 악이 되는 경우는 또 얼마나 많은가. 이렇게 선악의 개념은 흔들리게 되어 있다. 본질적인 면에서 본다면 선악의 개념들이란 얼마나 모호한 것인가. 누가 어떤 것은 영원한 선이고 어떤 것은 영원한 악이라고 확실하게 단정을 내릴 수 있단 말인가. 대자연의 원리 속엔 그런 인간적인 사고 속에서 생겨난 차별적인 개념들이 들어설 자리가 없다. 자연은 인간들이 만들어낸 어떠한 차별 한계성도 인정하지 않기 때문이다. 너희들이 떠들어대는 선악이란 모두 인간적인 성정에 맞추어 그 개념의 틀을 짜맞춘 것이다. 자연의 본성에서 본다면 그건 실로 공연하고 환상 같은 도깨비불이다. 그래서 너희들은 자기 느낌이나 자기 생각, 자기 판단에 집착하여 고집을 부리며 '나는 옳다. 너는 틀렸다' '나는 선하다, 너는 악하다' 하며 허구한 날 다툼질을 계속하고 있다. 그런 것은 각자 자기 집착에서 나온 인간의 망상일 뿐이다. 자연의 법칙 속엔 그런 것이 없다."

돌은 계속 말을 이어간다.

"나는 내 몸이 풍화작용에 깎이거나 말거나 어떤 사람이 오함마로 내 몸을 두 조각 내거나 말거나 그따위 선이니 악이니 하는 생각들을 내지도 않고, 또 사랑이니 증오니 하는 마음들을 쓰지도 않는다. 너희들이 너희들의 감각적이고 감정적인 마음들을 쓰다 보니 그따위 사랑이니 증오니 하는 상대적 생각을 낳고, 선이니 악이니 하는 개념들로 항상 정신이 헷갈려서 마음은 이랬다 저랬다 하는 갈등을 맛본다. 그래서 너희들 두뇌는 항상 번뇌로 무겁다. 그 번뇌의 파장 속에서 나온 생각들이란 얼마나 고약한 것들이냐. 눈을 돌려서 한 번 자연을 보라. 자연에서 나온 것들은 언제나 향기롭고 아름답다. 그러나 인간이 인위적으로 만들어낸 것에서는 언제나 고약한 냄새가 난다. 너희들이 자연을 뜯어 먹고 내놓는 배설물들 만큼이나 악취가 풍기는 것이다. 너희들 생각에서 나온 판단들이란 항상 대자연의 순수한 바탕을 두 조각 내는 짓이다. 좋은 것이니 나쁜 것이니 하는 것으로 두 조각 내고, 선한 것이니 악한 것이니 하는 것으로, 또는 사랑이니 증오니 하는 것으로 두 조각 낸다. 뿐만 아니라 모든 것이 두 조각으로 결단난다. 그러니 너희들 마음은 항상 조각조각 부서질 수밖에 없다. 너희들 마음은 조각조각 부서지는 아픔을 겪으며 살 수밖에 없다. 이것이 인간이 가진 감성의 숙명적인 고통인 것이다. 너희는 너희의 감성으로 일체를 판단한다. 그러나 그런 판단성이란 항상 이리저리 흔들려서 일정치 않고 정처가 없는 것들이다. 인간들이여, 너희가 좋은 것이라며 탐내어 손아귀에 쥐더니 곧 싫증을 내는구나. 그리고 다른 것을 탐낸다. 욕망은 또 다른 것을 찾아서 헤매고 있는 것이다. 마치 인간의 손은 철없는 아이의 손과 같다. 모든 것을 망가뜨리고 부수기 위해 뻗히는 것이다. 어떤 것을 소유해도 영원한 만족이란 없고, 하나를 얻으면 또 하나를 얻기 위해 열을 올린다. 어떤 것을 소유하고 나면 이제 그것엔 관심이 없고 또 다른 것을 소유하기 위해 갈망의 세월을 보내야 한다. 언제 어디서도 마음의 안정을 얻을 수 없게 되어 있다. 그래서 인간은 여전히 가난하다. 부를 가지고 있으면서도 더 높은 부를 향해 눈길을 돌리고 있기 때문이다. 현재의 부엔 마음 편히 안주할 수 없고 더 많이 가진 자와 자기를 비교하며 차별하며 부러워함을 느끼기 때문이다. 인간의 욕망은 이 세상을 온통 폐허로 만들고도 채워지지 않으리라. 이렇게 자연성을 잃은 인간의 마음이란 얼마나 고약한 것이냐. 자연성을 잃은 그 마음은 끝없이 방황한다. 그 끝없는 방황이란 무엇인가? 그것은 덧없고 실없는 유희일 뿐이다. 그 유희는 실로 공연한 것이다. 유희하는 요사스런 너희들 마음 속에는 신(神)인지 뭔지 하는 것까지 만들어 놓고 그 신의 개념까지도 너희들 성정에 맞추어 해석하고 그 정의를 내리게 되었다. 말하자면 너희들 자신들의 개념이나 입맛에 맞는 신을 만들어 놓고 서로 자기가 믿는 신만이 진짜 신이라고 우겨댄다. 자기들이 믿는 신만이 진리며 자기들이 믿는 신만이 인간을 구원할 수 있다고 외쳐댄다. 그러다가 서로 걸핏하면 충돌하여 전쟁으로 몰아간다. 그리고 무고한 생명들을 살육하는 것을 서슴지 않는다. 너희들 마음 속에서 너희들 입맛에 맞게 만들어낸 종교와 신앙이 이제는 인류의 전쟁 도구가 되었다. 그리고 세계 도처에서 전쟁을 일으킨다. 그런지가 벌써 천년이 넘게 흘렀구나."

돌은 계속 말을 이어간다

"인간은 여전히 고독하다. 군중 속에 있으면서도. 왜 그런가? 그건 언제나 나와 남을 비교하고 우열을 가리고 그 차별들을 마음 속에 만들어내면서 살기 때문이다. 그 차별 속에서는 누구와도 하나가 될 수 없는 고독한 혼자임을 발견하기 때문이다. 군중 속에 있으면서도 영원히 혼자인 고독, 그것이 너희들의 불행한 숙명이다. 그러나 대자연의 원리 속에는 그런 인간들의 감각에서 나온 차별들이 통할 수 없다. 왜냐하면 자연은 결코 무엇을 둘로 쪼개지 않고 차별하지 않기 때문이다. 그래서 대자연 속에선 나와 남이 둘이 아닌 하나이다. 좋은 것과 나쁜 것이 둘이 아니고 하나이다. 우수한 것과 열등한 것이 둘이 아니고 하나이다. 부와 가난이 둘이 아니고 하나이며, 사랑과 미움이 둘이 아니고 하나이다. 왜 그런지 아는가? 보라 영원히 덧없고 그리고 공연히 유희하고 있는 인간의 성공과 실패는 본래 하나이기 때문이다.

향락에서 해방된 인간은
슬픔도 공포도 없다

그 하나를 두 조각 내며 유희했던 것이다. 덧없이 그리고 공연히 끊임없이 반복하는 사랑 짓거리와 미움 짓거리는 본래 하나의 본질에서 변화되어 나온 두 개의 망상 그림자. 그래서 너희 인간들의 삶이란 그 그림자 장난이요 실없는 유희다. 그래서 인간의 사랑이 증오를 낳고 증오가 다시 사랑을 낳는 유희가 계속된다. 본질상에서 본다면 본래 더할 것도 뺄 것도 없는 영원히 하나인, 그야말로 말이 필요 없는 그곳 그 자리일 뿐이다. 그러나 인간은 그 하나를 알지 못하여 온갖 갈등에 휩싸이고 방황한다. 그 원인은 감각적인 것에 의한 마음만 쓸 줄 알고 있기 때문이다. 감각을 뛰어 넘는 마음도 쓸 줄 알아야 한다. 감각에서 오는 마음을 쓰면 쓸 때마다 그 마음은 둘로 나누어지고 셋으로 나누어지고 무한 숫자까지 나누어진다. 그래서 그 마음은 조각조각 부서지는 수밖에 없다. 인간들은 그 마음이 항상 조각조각 부서지는 파편들을 붙들고 울 수밖에 없다. 그렇게 감각에서 나온 생각과 판단을 가지고 욕망의 손길을 뻗히고 있는 한 인간은 가지가지 갈등을 맛볼 수밖에 없다. 그 갈등에서 나온 번뇌들을 감수할 수밖에 없다. 그 번뇌가 심해지면 너희들은 드디어 정신착란에 빠진다. 너희들은 마치 부질없는 짓을 계속 하기 위해 이 세상에 난 것처럼 살고 있다. 사람들은 끊임없이 자기가 무엇을 이루었다고 생각하나 본질상에서 보면 아무것도 이루어진 것도 안 이루어진 것도 없다. 다만 무엇이 이루어지고 안 이루어진 듯했던 것은 그 꿈결 같은 생각들에 도취하고 집착했기 때문에 그런 것이다. 그것은 결국 망상에 불과하다. 너희들이 강하게 집착한 자기 망상을 스스로 깨뜨려 버릴 힘이 없는 한 인간의 고뇌는 이 지상에서 결코 끝나지 않는다. 그러나 내가 이런 말을 계속한들 무엇하랴. 인간들이 자기 모순을 깨달아 자기 잘못을 고치지도 못할 존재들인 것을 어찌하랴. 내가 아무리 간곡히 일러 준들 모두 소귀에 경 읽기다. 부질없는 일이다."

돌은 입을 다물어 버렸다. 그만 더 말이 없었다.

옛날 어떤 사람이 이런 삶의 갈등과 모순에 너무 시달려서 도저히 정신의 안정을 얻을 수 없고 또 진리에 대한 확신을 가질 수도 없었다. 그래서 산 속의 고승을 찾아갔다.

"저는 진리를 구하러 왔습니다. 어떻게 해야 진리를 체험할 수 있으며 마음에 안정을 찾을 수 있겠습니까. 저에게 그 길을 가르쳐 주십시오" 하고 청했다.

네가 진리를 찾으려 한다면 선(善)도 생각지 말고 악(惡)도 생각지 말라. 이런 세상의 모든 인연을 쉬고 한 생각도 내지 말라. 다만 오직 화두 하나만을 가지고 참구하고 참구하라.

— 육조 단경

화두(話頭)란 무엇인가? 인간의 사고력으론 더 해석할 수 없고 더 나아갈 수 없는 마지막 단계에 온 '의문' 문제다. 마지막 남은 풀 수 없는 의문이 바로 화두다. 그러나 꼭 풀어야 할 문제다.

좀 더 구체적으로 이야기하자면 이렇게 된다. 사람의 몸에 달고 있는 "성(性)은 선이다" 하고 정의를 내려도 성에 대한 완전한 해답이 되지 못하고, "성(性)은 악이다" 하고 정의를 내려도 성에 대한 완전한 해답이 되지 못함을 이제까지 보아 왔다. 또 다른 어떠한 미사여구를 빌려와도 마찬가지다. "인간의 성은 무엇이다"라고 하는 완전무결한 확실한 답에 도달할 수 없다. 왜냐하면 인간이 쓰는 언어 자체가 모두 감각에서 연유(緣由)하여 존재하는 감각의 산물이기 때문이다.

그럼 어떻게 할 것인가? 마음은 도저히 생각으로 풀 수 없는 의문 문제에 봉착하여 이제 더 나아갈 수도 물러설 수도 없는 벼랑 끝에서 "인간의 성은 무엇인가?" 하는 의문 문제 하나만 마음 속에 품고 참구하는 것이다. 몇 년의 세월이라도 그렇게 앉아 참구하면 반드시 의문이 풀릴 날이 온다. 세상의 모든 생각들을 접어두고 오직 간절한 화두 하나만을 마음에 담고 정진하면, 마음은 저절로 비워지고 반드시 이 세계가 그의 거대한 가면을 벗어 보이는 그 날이 온다. 그 날이 오면 인간의 생각이나 의식에서 나온 말(言語)들이 왜 말이 아니었는지를 알 수 있을 것이다. 그동안 의식(번뇌)에 가려 보이지 않던 진리가 어느날 "자, 보라 나의 정체는 이런 것이다"라고 보여줄 날이 올 것이다.

(월간 『동두천 문학』 2000년 12월호)

해인사 팔만대장경(불경) 속에는
왜 기독교 성경구절 같은
것들이 많이 들어있는가?

그 이유는 무엇인가?

불경이 이루어진 것은 성경(신약)이 이루어진 것보다 500년을 앞선다.

그런데도 왜 불경 속에는 성경구절 같은 것들이 많이 들어있는가?

그 이유는 무엇인가?

그 의문을 풀려면, 먼저 1986년 10월 26일자 주간중앙에 나온 기사를 읽어 보면 이해하는 데 도움이 될 것이다.

당시 「주간중앙」 신문을 축소 복사하고 거기 실린 기사 내용을 정리해서 여기 실어본다.

그 내용은 다음과 같다.

예수는 한때 불교고승이었다

성경에도 밝혀지지 않고있는 예수의 13세부터 29세까지의 행적은 그동안 신비속에 묻혀있었다. 그러나 최근 신비에 싸여졌으면 그 기간동안 「불교」를 수행하며 이름높은 고승(高僧)이었다는 사실(史實)이 한 석학(碩學)에 의해 소개돼 상당한 관심을 끌고있다.

화제

예수의 13세부터 29세까지 16년동안의 행적을 밝힌 각종 기록을 발굴, 수집해 귀중한 불교문화(佛敎文化)로 발표한 이용범(李龍範)교수는 84년 레반논문학상을, 85년 프랑스대통령표창장을 받아왔다.

지난 여름부터 불교 신자가 아닌 학자로서, 신앙의 문제가 아닌 학문자료의 견지에서, 서양문화의 근원이라는 불교를 연구하며 훌륭한 예수의 업적과 행적을 조사·연구·추적해왔다.

그동안 인도의 여러곳을 탐사해온 李교수가 예수생애추적의 가능으로 인정되는 이번 자료는 인도·네팔·티베트등 사원에 산재해있던 불교계 경전과 기록내용을 근거로 해오고있다.

佛박물관서 자료 입수

이 기록들은 그동안 프랑스 국립박물관에 비장(祕藏)된채 공개되지 않던 것을 李교수가 지난 여름방학을 이용해 발굴, 입수해 귀국한것.

李교수는 이자료공개와 발굴내용 발표일을 지난 9월 20일 조치사 관음회를 통해 밝혔으며 이 이후기 발표된 원견된 사이에서도 강연 요청이 쇄도하고 있다는것.

기록교계 기대들이 침투하고 있다는 이를 불교계 활동사를 탐구하고있다는 이를 불교연대기와 인증해 동교수가 밝혀왔다.

기적의 비법등 익혀가

「이사」는 14세때 아리아인(불교속)의정착, 힌두브라흐만에게 베다, 우파니샤드등을 공부하나, 4성계급을 주장하는 브라만교에 실망을 느끼고 이를 반대하며, 이곳을 탈출한다. 「이사」는 인도 남부지역으로 떠난다.

은 희회를 품었던 서양의 학자들은 많았고, 대표적인 인물이 제정 러시아때의 러시아인 「니콜라스·노토비치」.

그는 인도·네팔등지의 여러사원에 예내는 인도 남부로 「모아」지난 1894년 불어판으로 발표했으나, 「예수傳」의 편찬자들(에르네스트루남)및 기록교단측의 박해를 받고, 이자료가 자취를 감추게 되었다.

이번에 프랑스北부의 특별배려로 이 희귀자료를 다시 찾아 李교수는 「예수가 원효대사와 같은 불교 고승으로 활동했었다는 사실을 다음과 같이 소개한다.

「독실한 불교도였던 예수의 불교도들로 들어가 부다가야, 북라쿠, 베나레스등지에서 6년간 불교와 코리를 배우며 수도생활을 한다.

「이사」의 불교공부는 카시미라를 거쳐 라다크의 레에서 갈리여(渴), 산스크리트어를 배우며 계속되며, 이어 티베트에서는 그곳 밀교(密敎)계 고승 「펭그스테」에게서 기적을 일으키는 비법과 심령치료 비방등을 집중받고, 불교의 고승(高僧) 「이사」大師(大師)의 이스라엘 귀국은 메르시아를 거쳐 불교의 복음을 전파하기위해 29세때 귀향, 불교의 가르침을 중심하여(간음한 여인에게) 새로운 민

<<중략>>

「메시아」어원도 불교서

특히 李교수가 이번에 발표한「이사」대사 두루마리 문서에는 예수와 「빌라드」와의 만남의 10자가처형, 유대의 배신들등이 숨은 비화까지 상세하게 서술하고있다.

또 다시 이스라엘을 지배하던 로마측의 「빌라드」가 예수 제거를 결심한 이유는 「민중에게 막강한 영

향력을 미치고 있는 「이사」가 비록 혁명적 민중지도자가 될 외지가 없다하더라도 정치적으로 그를 처형하는것이 현명하다고 판단한 까닭이라는것.

예수「이사」로 표기한 이 기록에는 모세를 「모사」로 표기하기도 하며 『모사』는 이스라엘인이 아니라 에집트의 무빈왕 왕자의손, 차남된 신분때문에 왕위를 계승할수 없자 노예인 이스라엘인들과 「출애굽 간묘의 차이」를 이용해 탈출, 제2의 왕국건설을 꾀했다고 기록한다.

예수생애에 밝혀지지 않은 부분을 되찾으려는 노력과 이를 불교 적자료는 한때 「리처드·보크」가 실제로 인도 티베트를 답사, 다큐멘터리필름(The Lost years of Jesus)에담겨 거론되고 있다는 것.

이러한 사실에 대해「예수를 신의 아들」로 신앙하는 기록교측과 반론여부에 대해 묻자 李교수는『오히려 강연요청을 받고있고 이번의 발표는 진실을 밝히려는 학문적열의의 결과』라고 말했다.

『예수가 불교를 수행하며 승려활동을 했다고 해서 예수의 위대함이 줄어드는것은 아니고 있지 않느냐?』 李교수의 반문이다.

〈徐丙澤기자〉

예수는 한 때 불교 고승이었다

— 「주간中央」(1986년 10월 26일) 기사 재수록

성경에도 밝혀지지 않고 있는 예수의 13세부터 29세까지의 행적은 그 동안 신비 속에 묻혀 있었다. 그러나 최근 신비에 싸여졌던 그 기간 동안 '불교를 수행하던 이름 높은 고승(高僧)이었다' 는 사실이 한 석학(碩學)에 의해 소개돼 상당한 관심을 끌고 있다.

예수의 13세부터 29세까지 16년 동안의 행적을 밝힌 각종 기록을 발굴, 수집해 귀국한 장본인은 불문학 박사이자 한양대 교수인 민희식 씨. 1984년 펜(PEN)번역 문학상, 1985년 프랑스 대통령으로부터 문화훈장 등을 수여 받은 바 있는 민 교수는 "나는 특정종교의 신자가 아닌 학자로서, 신앙의 문제가 아닌 학문자료의 견지에서 서양문화의 근본이 되는 기독교를 연구하며 훌륭한 예수의 업적과 행적을 오랜 동안 조사 · 연구 추적해 왔다"고 말했다.

그 동안 인도의 여러 곳을 답사해 온 민 교수의 예수생애 추적의 개가로 인정되는 이번 자료는 인도 · 네팔 · 티베트 등 사원에 산재해 왔던 불교계

경전과 기록내용을 근거로 하고 있다.

佛박물관서 자료입수

이 기록들은 그동안 프랑스 국립박물관에 비장(祕藏)된 채 공개되지 않던 것을 민 교수가 지난 여름방학을 이용해 발굴, 입수해 귀국한 것. 민 교수는 이 자료공개와 반론내용 발표회를 지난 9월 20일 조계사 관음회를 통해 열었는데 이 이후 기독교계 신학도들 사이에서도 강연요청이 쇄도하고 있다는 것.

기독교계 기록들이 침묵하고 있는 예수의 청년기 활동내용을 담고 있는 이들 불교계 연대 기록은 인도 라다크주 지방의 수도 「레에」 남쪽 40㎞ 지점의 「하이미스」 7대 사원에서 발견된 티베트어 경전들.

예수의 생애에서 밝혀지지 않은 기간의 진상에 대해, 모호한 점에 짙은 회의를 품었던 서양의 학자들은 많았고, 대표적인 인물이 제정 러시아 때의 러시아인 「니콜라스 노토비치」. 그는 인도, 네팔 등지의 여러 사원에 있는 예수의 기록을 모아 지난 1894년 불어판으로 발표했으나 《예수傳》의 편찬자 「에르네스트 르낭」 및 기독교단 측의 박해를 받고 이 자료가 자취를 감추게 되었다.

이번에 프랑스 정부의 특별배려로 이 희귀 자료를 다시 찾아 귀국한 민 교수는 "예수가 원효대사와 같은 불교의 고승으로 활약했다"는 사실을 다음과 같이 소개한다.

"독실한 불교도였던 예수의 불교식 이름은 「이사」(ISSA). 그는 13세 때 유태법에 따라 가장권(家長權)을 갖고 결혼을 해야 할 입장에 처한다. 당시 소년들 가운데에 유난히 준수한 「이사」를 사위로 삼고 싶어하는 어느 부호의 끈질긴 요구가 있자 그는 비밀리에 인도 상인을 따라 인도지역으로 떠난다."

기적의 비법 등 익혀가

"「이사」는 14세 때 아리아인들 속에 정착, 힌두거장들에게 베다, 우파니샤드 등을 공부하나, 4성계급을 주장하는 브라만교에 실망을 느끼고 이를 비판하며 이곳을 탈출한다. 「이사」는 만인의 해탈 가능성과 평등사상을 부르짖는 불교에 매료돼 불교도들 틈에 들어가 부다가야, 녹야원, 베나레스 등지에서 6년간 불교의 교리를 배우며 수도생활을 한다. 「이사」의 불교공부는 카시미아를 거쳐 라다크의 「레에」에서 팔리어, 산스크리스트어를 배우며 계속되었고 이어 티베트에서는 그곳 밀교계 고승 「멩그스테」에게서 기적을 일으키는 비법과 심령치료 비방 등을 집중적으로 익혔다. 불교의 고승인 「이사」대사의 이스라엘 귀국은 페르시아를 거쳐 불교의 복음을 전파하기 위해 29세 때 이루어진다. 「이사」는 이스라엘로 돌아와 불교와 가르침을 몸소 실천(간음한 여인의 예)하며 새로운 민중의 희망으로 부상하게 된다……."

이렇듯 불교적 연대기에 신라 원효, 혜일(惠一) 대사 등과 같이 이사대사의 자세한 활동기록이 소개돼 있는데 반해 기독교계 문헌(누가복음)이 다만 "그때까지(30세) 예수는 사막에 있었다"고만 막연히 기록되고 있다. 민 교수는 "불교측 문헌이 정확한 이유는 순교 당시의 견문 기록임에 반해 기독교측 문헌은 오랜 세월이 경과된 뒤 여러 시기에 걸쳐 여러 사람들에 의해 쓰여진 까닭"이라고 지적했다.

뿐만 아니라 오랜 세월이 지난 뒤 제자들은 기독교 교리의 확립을 위해 예수의 기록을 비교적 정확히 기술한 「토마스」 복음서 등이 지나치게 불교적 색채를 띠고 있어 바이블 편집에서 삭제했다는 것. 기독교의 신약성서의 많은 부분이 불교의 법화경의 영향을 받았다고 지적하는 민 교수는 불교의 「장자궁자」(長子窮子)와 기독교의 「탕자의 비유」 외에도 삼위일체의 삼신불에서의 유래 등 많은 부분을 예로 들었다.

기독교에서 말하는 '구세주'의 뜻인 「메시아」의 어원은 불교에서 말세 중생을 구제하러 올 미래불인 「미륵」(마에트리아 혹은 메테아)에서 유래했다는 일화를 비롯, 예수에게 세례를 준 「성 요한」의 이름은 「한역불전」(漢譯佛典)의 정반왕(淨飯王 : 석가모니의 부친)의 서양식 발음(이태리 「조바니」, 프랑스 「장」, 영국 「존」)에서 나왔다는 설, 예수의 어머니 「마리아」라는 이름은 석존의 어머니 「마야」(摩耶) 부인에서 나온 이름이라는 설이 있다고 민 교수는 주장하고 있다.

　민 교수가 이번에 발표한 「이사」대사 두루마리 문서에는 예수와 「필라드」와의 대립과 예수의 십자가 처형, 유다의 배신 등 숨은 비화까지 철저하게 서술하고 있다.

「메시아」 어원도 불교서

　특히 "처형 후의 예수의 무덤이 빈 것은 「이사」의 죽음을 계기로 유태인의 반란이 일어날 것이 두려워 「빌라도」가 「이사」의 무덤에서 시체를 옮겼다"고 기록돼 있다.

　또 당시 이스라엘을 지배하던 로마총독 「빌라도」가 예수의 제거를 결심한 이유는 "민중에게 막강한 영향력을 미치고 있는 「이사」가 비록 혁명적 민중지도자가 될 의지가 없다 하더라도 정치적으로 그를 처형하는 것이 현명하다고 판단한 까닭"이라는 것. 예수를 「이사」로 표기한 이 기록에는 모세를 「모사」로 표기해 소개하며, "「모사」는 이스라엘인이 아니라 이집트의 두 번째 왕자였으며, 차남인 신분 때문에 왕위를 계승할 수 없자 노예인 이스라엘인들과 홍해간만의 차이를 이용해 탈출, 제2의 왕국건설을 꾀했다"고 기록했다.

　예수 생애의 밝혀지지 않은 부분을 되찾으려는 노력과 이들 불교적 자료는 한때 「리처드 보크」가 실제로 인도, 티베트 등을 답사, 다큐멘터리 필름

(The Lost years of Jesus)에 담겨진 적도 있다는 것. 이러한 사실에 대해 '예수를 신의 아들'로 신앙하는 기독교측의 반론여부에 대해 묻자 민 교수는 "오히려 강연요청을 받고 있고, 이번의 발표는 진실을 밝히려는 학문적 열의의 결과"라고 말했다. "예수가 불교를 수행하며 승려활동을 했다고 해서 예수의 위대함이 줄어드는 것은 아니지 않으냐?"는 게 민 교수의 반문이다.

(서병후 기자)

　　이상과 같은 기사를 읽은 후부터 나는 불경을 읽을 때마다 유념하였다가 성경구절과 같은 의미를 가진 것들이 있으면 메모해 두는 버릇이 생겼다.

　　그렇게 메모한 구절들을 정리해 뒷장에 기록해 보았다.

　　예수가 인도에서 불교 승려 생활한 인연으로 불경을 읽었으리라 생각된다. 그리고 후일 본국에 돌아가 설교할 때 불경 구절들을 이용했으리라 생각된다.

※ 팔만대장경이란 모든 불경을 총칭해서 부르는 이름이다. 한문으로 된 팔만대장경은 근래 전부 한글로 번역하여 한글대장경으로 발행되었다. 여기 불경의 페이지 표시는 문고 시리즈로 완전 정리된 한글대장경을 기준으로 하였다. 책표지가 파랑색이고 측면 부분은 검정색이다.

1. 병자들의 병을 낫게 한 기적

성경(신약) 서기 70년 저술	불경 서기 전 544년 편찬
마태복음 15장 29절	**한글대장경 제18책 현우경** (수달기정사품)265쪽 3째줄
예수께서는 그곳을 떠나 갈릴리 호숫가로 가셨습니다. 그리고 산 위로 올라가 앉으셨습니다. 큰 무리가 걷지 못하는 사람, 다리를 저는 사람, 눈먼 사람, 말 못하는 사람과 그밖에 많은 아픈 사람들을 예수의 발 앞에 데려다 놓았고, 예수께서는 그들을 고쳐 주셨습니다. 사람들은 말 못하던 사람이 말을 하고 다리를 절던 사람이 낫고 걷지 못하던 사람이 걷고 눈먼 사람이 보게 된 것을 보고 모두 놀랐습니다. 그리고 이스라엘의 하나님께 영광을 돌렸습니다.	부처님은 나라에 들어가 편편한 곳에 이르시자 큰 광명을 놓아 삼천대천 세계를 두루 비추시고 발가락으로 땅을 누루시매, 대지는 모두 진동하였다. 성중의 악기들은 치지 않아도 울렸다. 장님들은 눈을 뜨고 귀머거리는 소리를 들으며 벙어리들은 말을 하고 곱추는 등을 펴며 온갖 병자들은 완전히 나았다. 모든 인민과 남녀노소들은 그 상서러운 징조를 보고 모두 기뻐 뛰면서 부처님께 나아갔다. ※ 이와 같은 내용이 한글대장경 잡아함경 2권 142쪽 19째줄에도 나온다.

2. 여기 저기서 병자들의 병을 낫게 한 기적들

성경(신약) 서기 70년 저술	불경 서기 전 544년 편찬

마가복음 1장 30절

이때 시몬의 장모가 열병으로 앓아 누워 있었습니다. 사람들은 즉시 이 사실을 예수께 말씀드렸습니다.

그래서 예수께서 그 여인에 다가가서 손을 잡고 일으키셨습니다. 그러자 그 즉시 시몬 장모의 열이 떨어졌습니다. 곧바로 그 여인은 그들을 시중들기 시작했습니다.

마가복음 2장 3절

그때 네 사람이 한 중풍환자를 예수께 데리고 왔습니다. 그러나 사람들이 너무 많아 예수께 가까이 갈 수가 없었습니다. … 지붕을 뚫어 구멍을 내고 중풍환자를 자리에 눕힌 채 달아 내렸습니다. 예수께서는 그들의 믿음을 보시고 중풍환자에게 말씀하셨습니다.

"애야, 네 죄가 용서 받았다. … 일어나 네 자리를 들고 집으로 가거라."

한글대장경 제1책 장아함경
320쪽 18째줄

"비록 실수가 있었더라도 원컨대 그 허물을 뉘우쳐 참회하오니 받아 주소서."

그러자 부처님은 바라문에게 말씀하셨다. 마땅히 너의 수명을 연장시키고… 너의 제자의 백라병을 낫도록 해 주리라. 부처님의 말씀이 끝나자마자 그 제자의 백라병은 곧 나았다.

한글대장경 제7책 잡아함경 3권
70쪽 14째줄

부처님께서 이 법을 말씀하시자 아슈바짓은 어떤 번뇌도 일으키지 않고 마음의 해탈을 얻게 되어 뛰면서 기뻐하였다. 뛰면서 기뻐하였기 때문에 몸의 병은 곧 나았다.

※ 어찌 된 일인가? 신약성경보다 544년 전에 나온 불경에도 병자들의 병을 낫게 한 기록들이 많이 나오는데… 왜? 이렇게 성경과 불경은 유사한가?

3. 물 위로 걷는 신통

성경(신약) 서기 70년 저술	불경 서기 전 544년 편찬
마가복음 6장 48절	**한글대장경 제9책 증일아함경 1권** 286쪽 33째줄
예수께서는 제자들이 강한 바람 때문에 노 젓느라 안간힘을 쓰는 것을 보셨습니다. 이른 새벽에 예수께서 물 위로 걸어 그들에게 나아가시다 그들 곁을 지나가려고 하셨습니다. 예수께서 물 위를 걸어오시는 것을 본 제자들은 유령인 줄 알고 소리를 질렀습니다. 그들 모두 예수를 보고 겁에 질렸습니다. 그러자 곧 예수께서 그들에게 말씀하셨습니다. "안심하라 나다 두려워하지 말라." 그리고 예수께서 제자들이 탄 배에 오르시자 바람이 잔잔해졌습니다. 제자들은 몹시 놀랐습니다.	카아샤파 (가섭)와 그의 5백 제자들은 강가로 나갔다. 그때에 석가세존께서는 물 위로 다니시는데 발이 물에 젖지 않으셨다. 카아샤파는 그것을 보고 생각하였다. '참으로 놀라운 일이다. 사문은 물 위로 다니는구나. …사문께 저는 이제 참회하나이다. 이 참회를 받아주소서. 그리고 자기 오백 제자들에게 말하였다. "너희들은 제각기 좋을 대로 하라. 나는 지금 사문 고타마에게 귀의한다." 그 때 오백 제자들은 말하였다. "우리들은 벌써부터 사문 고타마에게 마음이 있었습니다."

해 설

석가모니 부처님이 처음 진리를 깨달으시고 고향 방문길에 오르신 적이 있었다. 도중에 배화교(拜火敎)를 믿는 가섭의 교단에 들렀다. 가섭은 석가모니를 그저 평범한 수행자인 줄 알고 푸대접했었다. 어느날 가섭은 물위를 걷고 있는 석가모니를 보고 너무 놀라 참회하였다. 그리고 자기와 동생들의 제자 1200명을 이끌고 석가모니의 제자가 되었다.

4. 제자 중에 물 위로 걸어간 것들

성경(신약) 서기 70년 저술	불경 서기 전 544년 편찬
마태복음 14장 28절	**한글대장경 제92책 본생경 2권** 90쪽 15째줄
베드로가 대답했습니다. "주여 정말로 주이시면 제게 물 위로 걸어오라고 하십시오." 그러자 예수께서 "오너라" 하고 말씀하셨습니다. 그러자 베드로가 배에서 내려 물 위로 걸어 예수께로 향했습니다. 그러나 베드로는 바람을 보자 겁이 났습니다. 그리고는 물 속으로 가라앉기 시작하자 베드로가 소리쳤습니다. "주여 살려주십시오." 예수께서 곧 손을 내밀어 그를 붙잡으시며 말씀하셨습니다. "믿음이 적은 사람아, 왜 의심했느냐?" 그리고 그들이 함께 배에 오르자 바람이 잔잔해졌습니다. 그때 배에 있던 사람들이 예수께 경배드리며 말했습니다. "참으로 하나님의 아들이십니다."	굳은 신앙심이 있고 청정한 마음을 가진 부처님의 제자인 신자는 어느 날, 기원정사로 가는 도중 저녁때에 아치라바티 강에 이르렀다. 그러나 사공은 부처님 설법을 듣기 위해 배를 언덕에 끌어올려 두었기 때문에 선창에는 배가 보이지 않았다. 그는 부처님에 대해 기뻐하는 마음을 일으켜 강을 건너갔으나 두 발이 물에 빠지지 않았다. 그는 육지로 가는 것처럼 가다가 강 복판에 이르렀을 때에 물결이 보였다. 그때에 그가 부처님에 대한 환희심이 약해지자 동시에 두 발이 물에 빠졌다. 그는 다시 부처님에 대한 환희심을 굳게 하고 물 위를 걸어 기원정사로 들어갔다. 그는 부처님께 예배하고 한쪽에 앉았다.

해 설
여기서도 성경에도 불경에도 그 제자가 물위로 걷는 기록들이 나온다.

5. 씨 뿌림에 관한

성경(신약) 서기 70년 저술	불경 서기 전 544년 편찬
마태복음 13장 4절	**한글대장경 제1책 장아함경** 177쪽 17째줄

그가 씨를 뿌리는데 어떤 씨는 길가에 떨어져 새들이 와서 모두 쪼아 먹었다. 또 어떤 씨는 흙이 많지 않은 돌밭에 떨어져 흙이 얕아 싹이 나왔으나 해가 뜨자 그 싹은 시들어 버리고 뿌리가 없어 말라 버렸다.
   또 다른 씨는 가시덤불에 떨어졌는데 가시덤불이 무성해져 싹이 나는 것을 막아 버렸다.
   그러나 어떤 씨는 좋은 땅에 떨어져 100배 60배 30배 열매 맺었다.
   귀 있는 사람은 들으라.
	또 자갈돌 많은 메마른 땅에는 가시덩쿨이 많이 나서 거기에는 씨를 뿌려도 반드시 얻는 것이 없는 것과 같은 것이다. …(21째줄)… 그러나 만일 그대가 크게 보시를 행하고 공덕을 지어 중생을 해치지 않으면 그것은 마치 좋은 밭에는 언제나 종자를 뿌려도 그 열매를 얻는 것과 같으니라.

※ 석가모니 부처님이 이미 예수보다 544년 전에 자갈돌 많은 땅이나 메마른 땅·가시덩쿨 많은 땅엔 종자를 뿌려도 수확을 얻을 것이 없음을 설하셨다. 인간이 보시와 공덕을 쌓아야만 불심을 얻는 것인데 그렇지 못한 사람을 비유한 것이다. 이것을 544년이 지난 후 예수님이 자기 설교에 적절히 이용했다. 자기의 말을 듣고도 깨달음에 이르지 못한 사람들을 비유하여 말하며.

※ 여기 인용한 불경 구절들은 거의 아함경에서 발췌한 것들이다. 아함경이란 장아함경·중아함경·잡아함경·증일아함경·별역잡아경을 총칭한 이름으로 석가모니 입멸후 100일부터 결집 발행하기 시작한 경들이다.

6. 밭을 해치는 가라지들

성경(신약) 서기 70년 저술	불경 서기 전 544년 편찬
마태복음 13장 27절 종들이 주인에게 와서 말했다. "주인님께서는 밭에 좋은 씨를 뿌리지 않으셨습니까? 그런데 도대체 저 가라지가 어디에서 생겼습니까?" 그러자 주인이 대답했다. "원수가 한 짓이다." 종들이 물었다. "저희가 가서 가라지를 뽑아 버릴까요?" 주인이 대답했다. "아니다. 가라지를 뽑다가 밀까지 뽑을 수 있으니 추수할 때까지 둘 다 함께 자라도록 내버려 두어라." 추수 때에 내가 일꾼들에게 먼저 가리지를 모아 단으로 묶어 불태워 버리고 밀은 모아 내 곳간에 거두어들이라고 하겠다.	**한글대장경 제3책 중아함경 2권** 185쪽 12째줄 모옥갈라아나 (목건연) 야. 마치 거사가 좋은 벼논이나 보리밭이 있는데 가라지라는 풀이 거기 나는 것과 같다. 그 뿌리도 비슷하고 줄기 · 마디 · 잎 · 꽃도 또한 비슷하지마는 뒤에 열매를 맺었을 때 거사는 그것을 보고 곧 이렇게 생각한다. "이것은 보리의 더러움. 보리의 욕이며, 보리의 미움이요, 보리의 기롱이다"라고. 그는 그런 줄 안 뒤에 곧 뽑아서 밭 밖에다 버릴 것이니 무슨 까닭인가. 다른 진정하고 좋은 보리를 더럽히지 않게 하기 위해서이니라.

해 설

그런데 여기선 또 곡식 수확에 해독을 끼치는 가라지 비유까지 나온다. 이미 544년 전에 부처님 설하신 가라지 비유를 모방하여 기독교 설교에 이용했다.

7. 떡이 불어나 많아지게 한 신통력

성경(신약) 서기 100년 저술	불경 서기 전 544년 편찬
요한복음 6장 9절	**한글대장경 제9책 증일아함경 1권** 382쪽 30째줄
여기 한 소년이 보리빵 다섯 개와 물고기 두 마리를 가지고 있습니다. 그러나 이렇게 많은 사람들에게 그게 얼마나 소용이 있겠습니까? 예수께서 말씀하셨습니다. 　"사람들을 모두 앉히라." 그곳은 넓은 풀밭이었는데 남자들이 둘러앉으니 5000명 쯤 됐습니다. 예수께서는 빵을 들고 감사기도를 드리신 후 앉아있는 사람들에게 원하는 만큼씩 나눠주셨습니다. 물고기를 가지고도 똑같이 하셨습니다. 그들이 배불리 먹은 뒤에 예수께서 제자들에게 말씀하셨습니다. "남은 것은 하나도 버리지 말고 모아두라." 그리하여 그들이 남은 것을 모아 보니 보리빵 다섯 개로 먹고 남은 것이 12바구니에 가득찼습니다. 사람들은 예수께서 행하신 표적을 보고 말했습니다. "이 분은 이 세상에 오신다던 그 예언자가 틀림없다."	"이 늙은 여인 난다는 거부 바드리카 장자의 누이이옵니다. 인색하고 탐욕이 많아 혼자 먹으면서 남에게 떡 하나 주기를 싫어합니다. 원컨대 부처님께서는 그를 위해 독실히 믿을 수 있는 법문으로 깨우쳐 주소서." 부처님께서는 난다 여인에게 말씀하셨다. "너는 지금 이 작은 한 개의 떡을 여래와 비구중에게 돌려라." 난다는 그것을 여래와 비구중에 바쳤다. 그래도 떡은 남았다. 　난다는 사뢰었다. "아직 떡이 남았나이다." "부처님과 비구중에게 다시 돌려라." 난다는 부처님 분부 받고 다시 그 떡을 부처님과 비구중에게 돌렸다. 그래도 떡은 남았다. "너는 이 떡을 비구니·우바새 우바이에게 주라." 그런데 여전히 떡은 남았다. "너는 이 떡을 가져다 가난한 이웃들에게 나누어주라" 하셨다.

※ 성경에도 불경에도 똑같이 떡이 불어나 많아지게 한 이야기들이 나온다.
요즈음 성경에는 떡이 아닌 빵으로 나오지만 옛날 성경엔 떡으로 나왔었다.

8. 비유로 말하리라

성경(신약) 서기 70년 저술	불경 서기 전 544년 편찬
마태복음 13장 34절 　예수께서는 사람들에게 이 모든 것을 비유로 말씀하셨습니다. 비유가 아니면 아무 말씀도 하지 않으셨습니다. 이는 예언자를 통해 하신 말씀을 이루시려는 것이었습니다. 　"내가 입을 열어 비유로 말할 것이다. 세상이 창조된 이래로 감추어진 것들을 말할 것이다."	**한글대장경 제1책 장아함경** 163쪽 18째줄 　모든 지혜있는 사람은 비유로써 깨달음을 얻는다. 나도 이제 그대를 위해 비유를 끌어와 그것을 깨닫게 하리라. **한글대장경 제3책 중아함경 2권** 303쪽 13째줄 　비구들이여. 내가 이 비유를 말하는 것은 그 뜻을 알리고자 하여서이다. 이에 그 뜻을 비유로 말하는 것은 "내 법은 잘 설명되어 드러났으며……."

해　설

　본래 진리는 말로써 표현할 수 없는 것이라 했다. 그러나 말을 하지 않으면 무엇으로써 교법을 전하고 이해시킬 것인가?

　부처님은 나의 팔만사천 법문은 모두 비유법이다, 선언하시고 열반경에 8가지 비유법을 설명하셨다.

9. 악마의 항복을 받다

성경(신약) 서기 70년 저술	불경 서기 전 544년 편찬

마태복음 4장 3절

"당신이 하나님의 아들이라면 이 돌들에게 빵이 되라고 해보시오."

예수께서 대답하셨습니다.

"성경에 기록됐다. 사람이 빵으로만 사는 것이 아니라 하나님의 입에서 나온 말씀으로 산다." 그러자 마귀는 예수를 거룩한 성으로 데리고 가서 성전 꼭대기에 세웠습니다.

마귀가 말했습니다.

"당신이 하나님의 아들이라면 뛰어내려 보시오. 성경에 기록됐소. 하나님이 너를 위해 천사들에게 명령하실 것이다. 그러면 천사들이 손으로 너를 붙잡아 네 발이 돌에 부딪히지 않도록 할 것이다." 예수께서 마귀에게 대답하셨습니다.

"성경에 또 기록됐다. 주 네 하나님을 시험하지 말라."

그러자 마귀는 다시 아주 높은 산 꼭대기로 예수를 데리고 가 세상 모든 나라와 그 영광을 보여주었습니다. 그리고 마귀가 말했습니다.

한글대장경 제7책 잡아함경 3권
147쪽 첫째줄

부처님께서는 나이란자나 강가의 보리수 아래서 도를 이루시었다.

때에 악마 파아피만은 '나는 가서 그를 교란시키리라' 생각하고 그 앞에 서서 말했다.…

… "나라와 재물을 이미 버리고 여기서 다시 무엇을 구비하려는가… 어찌하여 사람을 친하지 않는가."

부처님은 대답하셨다.……(20째줄)……

"이미 큰 재물의 이익을 얻어 마음이 만족하고 편하고 고요하다. 모든 악마를 무찔러 항복 받고 어떠한 욕망에도 집착하지 않노라."……(148쪽 28째줄)……

…그때 악마의 딸들 수백 수천이 미녀로 변해 말했다.

"저희들은 지금 부처님의 발 앞에 귀의하나이다. 모시게 하소서."

이에 부처님은 돌아보시지 않고 말씀하셨다.

"모든 법을 밝게 깨달아 어지러운

"당신이 만약 내게 엎드려 경배하면 이 모든 것을 당신에게 주겠소."

예수께서 마귀에게 말씀하셨습니다.

"사탄아 내게서 물러가라. 성경에 기록됐다. 주 하나님께 경배하고 오직 그분만을 섬기라." 그러자 마귀는 예수를 떠나갔습니다. 그리고 천사들이 와서 예수를 섬겼습니다.

온갖 생각 일으키지 않고 탐애와 성냄과 어리석은 장애 이런 것들 모두 여의었노라. ……(151쪽 20째줄)……

이에 악마는 손톱으로 산을 무너뜨리려고 함이니 부질없는 짓이었구나."

그렇게 탄식하고 사라져 버렸다.

해 설

예수와 석가 모두 악마의 시험을 거쳤다는 기록들이다.

10. 악한 자를 대할 때는

성경(신약) 서기 70년 저술	불경 서기 전 544년 편찬
마태복음 5장 39절	**한글대장경 제4책 중아함경 3권** 208쪽 41째줄

그러나 나는 너희에게 말한다.
  악에 맞서지 말라. 누가 네 오른뺨을 치거든 왼뺨마저 돌려대어라.
  누가 너를 고소하고 속옷을 가지려 하거든 겉옷까지도 벗어주어라……. 너희 원수를 사랑하고 너희를 핍박하는 사람을 위해 기도하라.
	만일 남이 주먹으로 치거나 돌을 던지고 몽둥이로 때리거나 또는 칼로 벨 때에는 마음이 변하지 않고 입에는 나쁜 말이 없어서 그 때린 사람을 위해 사랑하고 가엾이 여기는 마음을 일으켜야 한다.

해 설

  좌우 성경과 불경이 모두 악에 맞서지 말라는 똑같은 뜻이지만 성경에 오른뺨을 치거든 왼뺨마저 돌려 대란 말은 얼마나 시적(詩的)으로 표현한 멋있는 말인가. 그러나 예수의 신약성경이 나오기 이전 구약성경에는 반대로 "눈에는 눈 이에는 이"로 맞서라는 말이 나온다. 이런 내용들이 예수가 인도에서 불교 승려 생활한 덕으로 기독교 기본 교리에 수정이 가(加)해진 것이다. 말하자면 불경을 본받아 신약성경을 더 멋있는 말로 다듬어낸 것이다.

11. 아기예수와 아기부처를 찾아온 예언자들

성경(신약) 서기 70년 저술	불경 서기 전 310년 편찬
마태복음 2장 1~2절	**팔리어 경장 소부 수타 니파타** 689~694
헤롯왕 때에 유대의 베들레헴에서 예수께서 태어나시자 동방에서 박사들이 예루살렘에 찾아와 물었습니다. "유대사람의 왕으로 나신 분이 어디 계십니까? 우리는 동방에서 예수의 별을 보고 경배드리려고 왔습니다." 헤롯왕은 이 말을 듣고 심기가 불편했습니다. 예루살렘도 온통 떠들썩했습니다. 헤롯왕은 백성의 대제사장들과 율법학자들을 모두 불러 그리스도가 어디에서 태어날 것인지 캐물었습니다. 그들이 대답했습니다. "유대의 베들레헴입니다. 예언자가 성경에 이렇게 기록했기 때문입니다." "그러나 너 유대의 땅 베들레헴아, 너는 유대의 통치자들 가운데 가장 작지 않구나. 네게서 통치자가 나와 내 백성 이스라엘의 목자가 될 것이다." 그때 헤롯왕은 몰래 박사들을 불러 별이 나타난 정확한 시각을 알아냈습니다…….	689 킹하시리(아시타)라는 머리를 묶은 선인은 머리 위에 흰양산을 바치고 붉은 융단 속에 있는 황금패물 같은 어린 아이를 보고 기뻐서 가슴에 안았다. 690 관상과 베다에 정통한 그는 석가족의 … 어린 아이를 껴안고 그 독특한 용모를 살펴보더니 기쁨을 참지 못하여 환성을 질렀다. "이 어린이는 위 없는 사람, 인간중에 가장 높으신 분이다." 691 그러더니 선인은 자기의 얼마 남지 않은 앞날을 생각하고 말없이 눈물을 흘리는 것이었다 … 694 내 여생은 얼마남지 않았습니다 … 나는 이 분의 가르침을 듣지 못하고 죽을 것입니다.

해 설
예수·석가 모두 출생 후 예언자들이 찾아왔다는 기록들이다.

백운소림
수 상 집 | 향락에서 해방된 인간은
슬픔도 공포도 없다

12. 하나의 밀알이 땅에 떨어져 죽지 않으면

성경(신약) 서기 100년 저술	불경 서기 전 544년 결집 편찬
요한복음 12장 24절	**한글대장경 제163책 십력경 외** **(불설견정경)** 95쪽 18째줄
밀알 하나가 땅에 떨어져 죽지 않으면 한 알 그대로 있고 죽으면 많은 열매를 맺게 된다. 　자기 생명을 사랑한 자는 잃어버릴 것이요, 이 세상에서 자기 생명을 미워한 자는 영원히 보전할 것이다.	큰 나무가 있었는데 이름은 감향이요, 뿌리는 깊었고 줄기는 컸으며 가지와 잎은 무성하며 열매는 붉고 그 맛은 달고 맛이 있었다. …(96쪽 4째줄)… 이 나무는 본래 하나의 씨로부터 4대(지·수·화·풍)의 세포로 길러져 저절로 크고 무성하게 되어 여기 있는 사람들을 그늘로 덮고 있다. 본래 하나의 씨 그대로 있을 때는 뿌리와 줄기와 잎과 열매는 있지도 않았고 보지도 못했으나 …(96쪽 23째줄)… 씨는 날로 썩어가서 씨는 변화하여 이렇게 다시 생기는 것이다.

해 설

　부처님은 예수보다 544년 전에 이미 말씀하셨다. 본래 씨알 하나로 그대로 있을 때는 줄기와 잎과 열매는 있지도 않았으나 하나의 씨앗이 썩어가서 (희생)으로 큰나무 되어 많은 열매를 맺게 된다고.

13. 나는 길이요, 진리요, 생명이니……

성경(신약) 서기 100년 저술	불경 서기 전 544년 편찬
요한복음 14장 6절	**한글대장경 제5책 잡아함경 1권** 51쪽 37째줄
예수께서 도마에게 말씀하셨습니다. **나는 길**이요 **진리**요 **생명**이다 나를 통하지 않고서는 아버지께로 올 사람이 없다. 너희가 나를 알았더라면 내 아버지도 알았을 것이다.	세존(부처님)이시여, 이 법다운 말은 부처님 말씀과 같아서 **진리**를 나타내시고 마음을 열어주나이다. 마치 어떤 사람이 물에 빠졌을 때 **생명**을 구해주고, 구해주어 헤맬 때에는 바로 **길**을 보여주며, 어둠 속에서 **등불**을 비춰주는 것과 같이 부처님께서 오늘 훌륭한 법을 말씀하신 것도 또한 그와 같아서 **진리**를 나타내시고 마음을 열어주시나이다.

해 설

어느날 석가모니 부처님께 이교도인 바라문교 신자가 찾아와서 불교 교리를 물었다. 그래서 부처님은 자상하게 설명해 주셨더니 감동하여 부처님을 칭송하며 남기고 간 말이다. 자칭 "나는 길이요, 진리요, 생명이다"라고 한 예수님의 말과는 대조되는 말이다.

14. 큰 사람이 되려는 사람은 너희를 섬기는 사람이 되어야 하고…

성경(신약) 서기 70년 저술	불경 서기 전 100년 편찬
마태복음 20장 26절	**한글대장경 제49책 대반열반경1권** 275쪽 첫째줄
너희는 그렇게 해서는 안 된다. 오히려 누구든지 너희 중에서 큰 사람이 되려는 사람은 너희를 섬기는 사람이 돼야 하고 누구든지 첫째가 되려는 사람은 너희의 종이 되어야 한다. 인자 역시 섬김을 받으러 온 것이 아니라 섬기러 왔고 많은 사람을 위해 자기 목숨을 대속물(代贖物)로 주려고 온 것이다.	어떤 중생이 영화와 부귀함을 누리려 하거든 오히려 한량없는 세월에 그 사람의 하인(종)이 되어 심부름하고 받들어 섬기면서 그의 마음에 들게 한 뒤에 권장하고 교화하여 그로 하여금 아누다라삼먁보리에 머물게 하느니라. …279쪽 17째줄… 선남자여 사랑하는 마음을 닦는 것은 이와같이 허망한 생각이 아니고 몸 바쳐 실천하는 이치가 진실하고 진

실하니라.　※아누다라삼먁보리 : 부처님이 성취하신 능히 생사를 뛰어넘을 수 있는 절대 지혜의 경지.

한글대장경 제45책 화엄경(80권본) 1권　488쪽 41째줄

불자들이여 보살 마하살이 모든 중생이 나쁜 업을 짓고 큰 고통을 받으며 이런 불장난 같은 삶으로 부처님을 보지 못하고 법을 듣지 못함을 보고는… "내가 중생들을 대신하여 가지가지 괴로움을 받으면서도 끝내 그들을 해탈케 하리라" 하느니라.

※예수가 자기 목숨을 대속물(代贖物)로 주려고 이 땅에 왔다는 성경은 읽으면서도 모든 중생의 죄를 대신 속죄하는 뜻으로 지은 성철스님의 임종게의 뜻은 알지 못한다. 예나 지금이나 인간의 어리석음은 마찬가지인 듯하다.
성철스님 열반송　生平欺誑男女群　彌天罪業過須彌　活陷阿鼻恨萬端　一輪吐紅掛碧山

15. 온갖 색깔 중에는 흰 것이 제일인 것처럼

성경(신약) 서기 70년 저술	불경 서기 전 544년 편찬

마태복음 17장 1절

그리고 6일 후에 예수께서 베드로와 야고보와 야고보의 동생 요한을 데리고 높은 산으로 올라가셨습니다. 예수께서 그들 앞에서 모습이 변하셨습니다. 예수의 옷은 이 세상 그 누구도 더 이상 희게 할 수 없는 만큼 새하얗게 광채가 났습니다. 바로 그때 모세와 엘리야가 그들 앞에 나타나 예수와 이야기를 나누었습니다. 베드로가 예수께 말했습니다. 주여, 우리가 여기 있으니 참 좋습니다. 주께서 원하신다면 제가 여기에다 초막 셋을 만들어 하나는 주를 위해 하나는 모세를 위해 하나는 엘리야를 모시도록 하겠습니다. 베드로가 말하고 있을 때 빛나는 구름이 그들을 덮더니 구름 속에서 소리가 들려왔습니다. "이는 내 사랑하는 아들이다. 내가 그를 기뻐한다. 너희는 그의 말을 들으라. 그 소리를 듣고 제자들은 너무나 두려운 나머지 얼굴을 땅에 대고 엎드렸습니다. 예수께서 다가와 그들을 어루만지며 말씀하셨습니다. 일어나라. 두려워하지 말라. 그들이 눈을 들어보니 예수 외에는 아무도 보이지 않았습니다.

한글대장경 제8책 별역잡아함경
125쪽 37째줄

온갖 색깔 중에는 흰 것이 제일인 것처럼 온갖 착한 선(善) 법 중에는 방일(放逸)하지 않음이 제일입니다.

한글대장경 제8책 별역잡아함경
522쪽 29째줄

희고 깨끗하고 희고 깨끗한 법인 백정(白淨) 비구니는 잘 선정(禪定) 닦아서 온갖 번뇌 영원히 떠나 고요한 열반에 도달하였네.

게 송

白 衣 觀 音 無 說 說
백 의 관 음 무 설 설

南 詢 童 子 不 聞 聞
남 순 동 자 불 문 문

〈해설〉 새하얀 옷 입으신 관세음보살님은 말없이 항상 말하시고
　남순동자는 귀가 아니어도 들리는 그 말씀 항상 듣고 있네.

16. 가장 보잘것 없는 사람에게 한 것이 곧 내게 한 것이다

성경(신약) 서기 70년 저술	불경 서기 전 544년 편찬
마태복음 25장 40절	**한글대장경 제10책 증일아함경 2권** 282쪽 24째줄
내가 진실로 너희에게 말한다. "무엇이든 너희가 여기 있는 내 형제들 중에서 가장 보잘것 없는 사람에게 한 것이 곧 내게 한 것이다."	병자를 간호하는 것보다 그 복이 훌륭한 것을 보지 못하였기 때문이다. 병자를 돌보는 것은 나를(부처님) 돌보는 것과 다름이 없느니라. …(35째줄)… 알고도 행하지 않으면 법률로 다스리리라. 비구들이여, 이것이 내 교훈이다.

17. 나와 내 아버지는 하나다

성경(신약) 서기 100년 저술	불경 서기 전 544년 결집
요한복음 10장 38절 …… 아버지가 내 안에 계시고 내가 아버지 안에 있다는 것을 깨달아 알게 될 것이다. **요한복음 10장 30절** 나와 내 아버지는 하나다. …… 이 때 유대 사람들이 다시 돌을 집어 들어 예수께 던지려고 했습니다. …… 우리가 당신을 돌로 치려 하는 것은 …… 하나님을 모독했기 때문이요, 당신은 사람이면서 자신을 하나님이라고 했소.	**한글대장경 제10책 증일아함경 2권** 325페이지 41째줄 그들은 이 하나의 주장 　　　　하나의 이치 　　　　하나의 연설을 알지 못하느니라. …(329페이지 43째줄)… 어떤 비구로서 하나인 이 이치를 알면 현세에서 제일 높은 사람이 될 것이다. **한글대장경 제53책 대애경** 113페이지 27째줄 가장 뛰어나신 부처님만이 전일한(專一, 오로지 하나됨) 마음으로 삼매에 들어 적멸한 지혜를 이루시고 용맹한 뜻 다시 일으키사 순역(順逆)의 이치를 …… 관찰하시네.

한글대장경 제39책 대반야경 19권
554페이지 35째줄

하나의 법으로써 온갖 경계를 알고 온갖 경계가 하나의 법을 여의지 않았음을 통달하느니라. 그 까닭이 무엇인가 하면 진여(진리)는 하나이기 때문이니라.

※하나를 알면 일체를 알고 하나를 모르면 일체를 모른다. 부처님은 본체와 현상이 하나임을 밝히셨다. (법화경)

18. 어째서 너는 네 형제의 눈에 있는 티는 보면서…

성경(신약) 서기 70년 저술	불경 서기 전 544년 결집
누가복음 6장 40절	**한글대장경 제170책 반니원경 (법집요송경)** 416쪽 28째줄
어째서 너는 네 형제의 눈에 있는 티는 보면서 네 눈에 있는 들보는 깨닫지 못하느냐. 네 눈에 있는 들보는 보지 못하면서 어떻게 형제에게 '형제여, 네 눈에 있는 티는 빼자'고 하느냐? 위선자여, 먼저 네 눈에 있는 들보를 빼내라. 그런 후에야 네가 정확히 보고 형제의 눈 속에 있는 티를 빼낼 수 있을 것이다.	먼저 스스로 자기 몸을 바르게 하고 그런 다음에 다른 사람을 바르게 할 수 있다. 만일 먼저 스스로 제 몸을 바르게 하고 다른 사람을 침해하지 않으면 참다운 지혜인이라 한다. 부디 스스로 닦기를 힘써 그 교훈을 따라야 하느니라.

※ 인간의 어리석음에 대하여 가장 재미있게 표현한 현인은 소크라테스다. 소크라테스는 항상 아테네 시민을 향해 이런 말을 했다. "너 자신을 알라." 그래서 어느날 한 시민이 소크라테스에게 물었다. "선생님은 선생님 자신을 알고 있소?" 그러자 소크라테스가 대답했다. "나는 나 자신을 모르오. 그러나 나는 내가 내 자신을 모르고 있다는 것을 잘 알고 있소. 그런데 세상 사람들은 자기가 자기 자신을 모르고 있다는 것도 모르고 있소. … 그 사람이나 나는 선(善)이나 미(美)에 대해서 전혀 아는 것이 없는데도 그 사람은 자기가 모르는줄 모르고 있다. 그러나 나의 경우는 어떤가. 내가 모른다는 것을 분명히 알고 있기 때문에 나는 그 사람보다 지혜로운 사람이다. - 소크라테스 변명에서

불교의 선문답(禪問答)에서도 자주 나온 말이다. 이런 문답에 대하여 태청은 이런 평을 했다. "모른다는 것이 사실은 아는 것이고, 안다는 것이 사실은 모른다는 것이 되는가." 그러니 누가 이 모르는 것이 아는 것임을 알고 있을까?(장자 지북유14)

19. 하나님 나라는 너희 안에 있다

성경(신약) 서기 70년 저술	불경 서기 전 100년 편찬
누가복음 17장 20절	**한글대장경 제49책 대반열반경 1권** 125쪽 10째줄
바리새파 사람들이 하나님 나라가 언제 올 것인지 물어보자 예수께서 대답하셨습니다. 하나님 나라는 눈으로 볼 수 있는 모습으로 오지 않는다. 또한 '보라 여기 있다. 보라 저기 있다' 하고 말할 수도 없다. 하나님 나라는 너희 안에 있기 때문이다.	온갖 중생이 모두 부처 성품(佛性)이 있건 만은 번뇌가 가리어서 알지도 보지도 못하나니…… 그러나 모든 중생이 불성을 가지고 있기 때문에 선업(善業)을 말려버린 중생이라 할지라도 나쁜 생각을 돌이켜 바른 마음을 가지면 반드시 깨달음을 얻을 수 있다. 그러므로 네 마음 안에 부처님이 계시고 부처님 나라 불국토(佛國土)가 있다.

※기독교인들은 하늘나라가 자기 마음 밖의 세계에 어떤 형상적인 존재로 분명하게 있는 것처럼 말한다. 그러면 나는 그들에게 "당신은 하나님 나라에 대하여 무엇을 분명하게 알고 있소"하고 물어 본다. 그러면 대답이 옹색해진 나머지 어린애들 같은 말을 늘어 놓는다. 그런데 여기 오랜만에 불교적인 냄새 성 깃든 말이 나온다. "하나님 나라는 너희 안에 있기 때문이다."

⌘**부대사 선게송**⌘

밤마다 부처를 안고 자며 아침마다 다함께 일어난다. 진실로 부처님 가신 곳을 알려고 하면 네가 말하거나 침묵하거나 움직이거나 고요히 멈추는 곳마다 계신다.

※민심(民心)이 천심(天心)이다. - 유교

※인성(人性) 속에 신성(神性) 있고, 신성 속에 인성있다.

20. 하나님이 온전하듯이,
저 하늘 허공이 무엇이나 받아들이듯이

성경(신약) 서기 70년 저술	불경 서기 전 544년 편찬
마태복음 5장 45절	**한글대장경 제45책 화엄경(80권본)** **1권** 255쪽 29째줄
하나님께서는 <u>악한 사람이나 선한 사람이나 똑같이 햇빛을 비추어 주시고 의로운 사람이나 불의한 사람이나 똑같이 비를 내려 주신다.</u> 너희를 사랑해 주는 사람만 사랑한다면 무슨 상이 있겠느냐? 세리라도 그 정도는 하지 않느냐? 형제에게만 인사한다면 남보다 나을 것이 무엇이 있겠느냐? 이방 사람도 그 정도는 하지 않느냐? 그러므로 하늘에 계신 너희 <u>아버지가 온전한 것같이 너희도 온전해야 한다.</u>	비유하여 말하면 해가 뜰 적에 온 세상을 환하고 밝게 비추나니 부처님 복밭(福田)도 그와 같아서 여러 모든 사람의 어둠을 제거하여 주느니라. … (254쪽 12째 줄) … 또 마치 큰 구름의 우레소리에 온갖 곳 두루두루 비가 내리지만 <u>빗방울은 사람 차별함이 없는 것이니 부처님의 모든 법도 그러하니라.</u>
	한글대장경 제18책 현우경 166쪽 9째줄

  그때에 부처님은 거지 아이들에게 말씀하셨습니다. "<u>우리 법은 청정하여 귀천이 없느니라.</u> 그것은 마치 깨끗한 물이 온갖 더러운 것을 씻되 귀하거나 천하거나 곱거나 밉거나 남자거나 여자거나 물에 씻으면 깨끗해지지 않는 것이 없느니라. 또 불이 가는 곳엔 산이나 들이나 석벽이나 천지에 일체는 타지 않는 것이 없느니라. <u>또 우리 법은 마치 저 하늘 허공과 같아서 남녀노소 빈부귀천이 마음대로 그 안에 들어올 수 있느니라……</u>"

21. 분노하고 성냄을 다스리다

성경(신약) 서기 70년 저술	불경 서기 전 544년 편찬
마태복음 5장 22절	**한글대장경 제7책 잡아함경 3권** 415쪽 8째줄

그러나 나는 너희에게 말한다.
형제에게 분노하는 사람도 심판을 받게 될 것이다. 또 형제에게 '라가'라고 하는 사람도 공회에서 심문을 당할 것이다. 그리고 '너는 바보다' 하는 사람은 누구든지 지옥불 속에 떨어질 것이다.

그러므로 네가 만약 제단에 예물을 드리다가 네 형제가 너를 원망하고 있는 것이 생각나면 예물을 거기 제단 앞에 두고 우선 가서 그 사람과 화해하여라. 예물은 그 다음에 돌아와 드려라.

아비나 어미나 형과 아우를 때리고 꾸짖고 욕설하면서 그 높고 낮음의 차례가 없는 것 그것은 곧 지는 문에 떨어짐이다… 이것이 세상의 지는 길이다.

한글대장경 제20책 법구경 하권
분노품 72쪽 3째줄

분노하고 성내면 법을 보지 못하고, 분해하고 성내면 도를 알지 못한다. …(11째줄)… 성내는 마음을 스스로 제어하기를 달리는 마차를 멈추듯 하면 그는 훌륭히 어거하는 사람이라. 어두움을 벗어나 밝음으로 들어가리라. 욕을 참는 것은 성냄을 이기고, 악함을 이기나니 욕을 참는 것은 가장 강한 것이다.

22. 네 눈이 너를 죄 짓게 하거든

성경(신약) 서기 70년 저술	불경 서기 전 544년 편찬
마가복음 9장 47절	**한글대장경 제10책 증일아함경 2권** 476쪽 20째줄

또 네 눈이 너를 죄짓게 하거든 뽑아버려라. 두 눈을 가지고 지옥에 던져지느니 한 눈만 가지고 하나님 나라에 들어가는 것이 더 낫다. 지옥은 벌레도 죽지 않고 불도 꺼지지 않는 곳이다. …(9장 43절)… 네 손이 너를 죄짓게 하거든 잘라버려라. 두 손을 가지고 영원히 꺼지지 않는 지옥불에 떨어지느니 성하지 않는 몸이 되더라도 생명에 들어가는 것이 더 낫다. …45절… 네 발이 너를 죄 짓게 하거든 잘라 버려라 두 발을 가지고 지옥에 던져지느니 저는 다리로 생명에 들어가는 것이 더 낫다.

차라리 쇠송곳을 불에 달구어 눈을 지질지언정 빛깔을 보고 난삽한 생각을 일으키지 말라. 빛깔을 보고 난삽한 생각을 일으킨 비구는 의식에게 패하고 비구로서 이미 의식에 패하면 반드시 지옥의 길로 나아가리라. …(28째줄)… 차라리 날카로운 송곳으로 그 귀를 찌를지언정 소리를 듣고 난삽한 생각을 일으키지 말라. 난삽한 생각을 일으킨 비구는 의식에게 패하는 것이다. 항상 깨어 있으면서 난삽한 생각을 일으키지 말라. …477쪽 첫째줄… 차라리 뜨거운 구리쇠판으로 그 몸을 감쌀지언정 장자나 거사나 바라문 여자와 접촉하지 말라 그들과 오가면서 말하고 접촉하면 반드시 지옥·축생·아귀의 세가지 나쁜 세계에 떨어질 것이다.

※ 예수·석가 모두 극단적인 말로 인간의 오감(五感)의 방종함을 경계하라는 경고의 말을 하고 있다.

부록 _ 해인사 팔만대장경 속에는 왜 기독교 성경구절 같은 것들이 많이 들어있는가? **279**

23. 여자를 보고 음욕을 품은 자마다

성경(신약) 서기 70년 저술	불경 서기 전 544년 편찬
마태복음 5장 27절	**한글대장경 제20책 법구경 외(법구비유경)** 124쪽 41째줄
또, 간음치 말라 하였다는 것을 너희가 들었으나 나는 너희에게 이르노니 여자를 보고 음욕을 품는 자마다 마음에 이미 간음하였느니라.	양기가 왕성히 일어나면 마음은 미혹하고 눈은 어두워져 천지를 깨닫지 못한 사람이 있었다. ……그는 어느 날 도끼를 빌려다가 그것을 잘라 제거하려 했다. ……그것을 아신 부처님이 말씀하셨다. "마음은 선악의 근본이다. 음욕의 근본을 끊으려 하면 그 마음을 제어하여야 한다."

24. 성령·성인을 훼방하는 자는

성경(신약) 서기 70년 저술	불경 서기 전 544년 편찬
마태복음 12장 31절	**한글대장경 제8책 별역잡아함경** 460쪽 39째줄
그러므로 내가 너희에게 말한다. 사람의 모든 죄와 신성 모독하는 말은 용서 받겠지만 성령을 모독하는 것은 용서 받지 못할 것이다. 누구든지 인자를 욕하는 사람은 용서 받겠지만 성령을 모독하는 사람은 이 세대와 오는 세대에서도 용서 받지 못할 것이다.	사람이 세상을 살아가는 데 도끼가 그 입 속에 있어서 그 나쁜 말로 말미암아 자기 몸을 스스로 베는 것이다…… 꾸미는 말함과 재산 뺏음은 오히려 작은 허물이며 부처님과 성인을 비방하면 그야말로 큰 죄악이니 그 받는 고통이 길어서 백천 겁을 넘도록 나라부 지옥에 들리라.

25. 내게 죄를 범하면 몇 번이나 용서하여 주리이까

성경(신약) 서기 70년 저술	불경 서기 전 544년 편찬
마태복음 18장 21절	**한글대장경 제9책 중일아함경 1권** 307쪽 15째줄
그때 베드로가 예수께 와서 물었습니다. "주여 제 형제가 제게 죄를 지으면 몇 번이나 용서해야 합니까? 일곱 번까지 해야 합니까?" 예수께서 대답하셨습니다. "내가 너희에게 말한다. 일곱 번만 아니라 70번씩 일곱 번이라도 용서해야 한다."	원한을 원한으로 갚으면 원한은 쉬지 않는다. 이것은 옛날부터 있는 법이다. 그러나 원한을 마음 속에서 없애면 원한을 이긴다. 이 법은 영원이 변치 않는 진리다.

26. 수고하고 무거운 짐 진 자들아

성경(신약) 서기 70년 저술	불경 서기 전 544년 편찬
마태복음 11장 28절	**한글대장경 제5책 잡아함경 1권** 76쪽 11째줄
수고하고 무거운 짐 진 자들아, 다 내게 오라. 내가 너희를 쉬게 하리라. 나는 마음이 온유하고 겸손하니 나의 멍에를 메고 내게 배우라. 그러면 너희 마음이 쉼을 얻으리라. 이는 내 멍에는 쉽고 내 짐은 가벼움이라 하시더라.	어떤 것이 무거운 짐을 가지는 것인가? 미래의 존재를 위한 사랑과 탐욕과 기쁨이 어울린 이것 저것에 대한 애착이다. … 이런 욕심을 토해 버리듯 버려라. … 어떤 것이 무거운 짐꾼인가 이른바 사대부(士大夫)가 그들이니 그들의 이름과 출신과 고락과 부귀와 장수이니 이런 무거운 짐을 버려라.

예수는 석가모니의 말을 가져다가 자기 말인양 한층 시적(詩的)으로 멋있게 표현했다. "수고하고 무거운 짐진 자들아, 다 내게 오라. 내가 쉬게 하리라." 능청스럽다.

27. 선한 이는 오직 한 분이시라

성경(신약) 서기 70년 저술	불경 서기 전 544년 편찬
마태복음 19장 16절	**한글대장경 제4책 중아함경 3권** 389쪽 2째줄
한 사람이 예수께 와서 물었습니다. "선생님 제가 영생을 얻으려면 어떤 선한 일을 해야 합니까?" 예수께서 대답하셨습니다. "왜 너는 선한 일을 내게 묻느냐? 선하신 분은 오직 한 분이시다. 네가 생명에 들어가려면 계명들을 지켜라."	파세나디대왕이시여 여래께서는 탐욕을 떠나 탐욕이 이미 다하였고, 성냄을 떠나 성냄이 이미 다하였으며, 어리석음을 떠나 어리석음이 이미 다하였소. 여래께서는 일체의 착하지 않은 법을 끊고 일체의 착한 법을 성취하시어 진실로 선함을 가르치는 스승이오 묘한 스승이시며 잘 말하시고 묘하게 말하시며…….

28. 부자가 하늘나라에 들어가기는 어렵다. 낙타가 바늘구멍으로 들어가기가 더 쉽다

성경(신약) 서기 70년 저술	불경 서기 전 544년 편찬
누가복음 18장 24절	**한글대장경 제163책 십력경 외(사십이장경)** **40쪽 11째줄**
부자들이 하나님 나라에 들어가기가 얼마나 어려운지 모른다. 부자가 하나님 나라에 들어가는 것보다 낙타가 바늘구멍으로 지나가는 것이 더 쉽다. 사람들이 물었습니다. "그러면 누가 구원을 받을 수 있겠습니까?" 예수께서 대답하셨습니다. "사람이 할 수 없는 일을 하나님께서는 하실 수 있다."	부호하고 귀해서는 도를 배우기 어려우니라. …(22째줄)… 욕심을 끊고 공을 지키므로 곧 도의 진리를 보게 되면 숙명을 알게 되느니라. …(41쪽 4째줄)… 마음의 때(垢)가 다하면 비로소 영혼이 드러나서 죽으면 가는 곳을 알게 된다. 그러므로 부처님 나라 불국토에 이르는 길은 그동안 도를 행한 덕인에게만 있을 따름이니라.

한글대장경 제8책 별역잡아함경
474쪽 14째줄

탐욕의 성품 본래 무상하나니 그것을 끊으면 도를 깨달을 수 있거니와 탐욕에 집착하여 속박되면 영원히 해탈을 얻지 못하리라.

해 설

부자가 하늘나라에 들어가는 것보다는 낙타가 바늘귀로 나가는 것이 더 쉽다는 말은 서양의 문학서적이나 철학서, 명언명귀집에 얼마나 많이 등장하는가. 시적(詩的)인 비유로 표현했기 때문이리라. 여기 성경과 불경이 똑같은 뜻이지만 부처님은 논리적으로만 자상하게 설명하셨다.

29. 복의 힘이 가장 훌륭하다

성경(신약) 서기 70년 저술	불경 서기 전 544년 편찬

마태복음 5장 2절

예수께서 입을 열어 그들을 가르치며 말씀하셨습니다.

복되도다! 마음이 가난한 사람들은, 하늘나라가 그들의 것이다.

복되도다! 슬퍼하는 사람들은, 그들에게 위로가 있을 것이다.

복되도다! 온유한 사람들은, 그들의 땅을 유업으로 받을 것이다.

복되도다! 의에 주리고 목마른 사람들은, 그들은 배부를 것이다.

복되도다! 자비로운 사람들은, 그들은 자비를 받을 것이다.

복되도다! 마음이 깨끗한 사람들은, 그들은 하나님을 볼 것이다.

복되도다! 평화를 이루는 사람들은, 그들은 하나님의 아들이라 불릴 것이다.

복되도다! 의를 위해 핍박 받는 사람들은, 하늘나라가 그들의 것이다.

복되도다! 나 때문에 사람들의 모욕과 핍박과 터무니 없는 온갖 비난을 받는 너희들 기뻐하고 즐거워하라. 하늘에서 너희들의 상이 크다. 너희들보다 먼저 살았던 예언자들도 그런 핍박을 당했다.

한글대장경 제10책 중일아함경 2권
111쪽 28째줄

세상에서 복을 구하는 사람으로 나보다 더한 사람은 없다. 왜 그런가 하면 나는 6가지 법에 있어서 만족할 줄 모른다.

그 여섯이란? 첫째는 <u>보시요</u>, 둘째는 <u>교훈</u>이며, 셋째는 <u>참기(인욕)</u>요, 넷째는 법의 뜻 설명이며, 다섯째는 <u>중생을 보호하는</u> 것이요, 여섯째는 <u>더 위없는 바른도</u>(無上正等覺)를 구하는 것이다. 아니릇다야 이것이 이른바 '나는 이 여섯가지 법에 만족하지 못한다는 것이다.' …(112쪽 4째줄)… 이 세상 모든 힘으로 천상·인간에 두루 놀 때에 복의 힘이 가장 훌륭하나니 그 복(福)으로 불도를 성취한다.

한글대장경 제8책 별역잡아함경
480쪽 35째줄

복의 무더기는 불이 태우지 못하고 회오리 바람도 넘어뜨리지 못하고 겁이 다하여 홍수에 잠기더라도 <u>그를 능히 부패하게 하지 못하리.</u>

30. 회개하라

성경(신약) 서기 70년 저술	불경 서기 전 544년 편찬
### 마태복음 3장 2절 회개하라. 하늘나라가 가까이 왔다. …… 광야에서 외치는 사람의 소리가 있다. "주를 위해 길을 예비하라. 주의 길을 곧게 하라." ### 마태복음 16장 24절 "누구든지 나를 따르려 하거든 자기를 부인하고 자기 십자가를 지고 따라야 한다."	### 한글대장경 제10책 증일아함경 2권 264쪽 40째줄 그때 아자아타 사트루왕은 부처님 앞에 나아가 땅에 엎드려 두 손을 부처님 발 위에 얹고 사뢰었다. "원컨대 부처님께서는 가엾이 여겨 이 참회를 받아주소서. 죄없는 부왕을 잡아 해쳤나이다. 원컨대 부처님께서는 이 참회를 받아주소서. 다시는 범하지 않겠나이다. 과거를 고치고 미래를 닦겠나이다." 부처님께서는 말씀하셨다. "지금이 바로 그때다. 마땅히 참회하여 때를 놓치지 말라. 대개 사람이 세상을 살아갈 때 허물이

있어도 곧 스스로 고치면 그는 상인(上人)이다. 내 법은 매우 넓고 크다. 진실로 참회하면 좋다.

한글대장경 제10책 증일아함경 2권　269쪽 2째줄

사람이 악행을 지었더라도 진실로 허물을 뉘우치고 참회하면 차츰 엷어지나니 날로 뉘우쳐 계속 쉬지 않으면 비로소 죄의 뿌리가 뽑히리라.

한글대장경 제9책 증일아함경 1권　87쪽 5째줄

비록 중한 죄를 지었더라도 뉘우치고 다시 범하지 않으면 그것은 계율에 알맞는 것이라서 그 죄의 근본을 뽑을 것이다.

※부왕을 죽이고 왕이 된 아자아타 사트루 왕은 마음이 피로워 부처님께 참회하고 새로운 사람이 되는 길을 물었다.

31. 진리가 너희를 자유롭게 하리라

성경(신약) 서기 100년 저술	불경 서기 전 544년 편찬
요한복음 8장 32절	**한글대장경 제18책 현우경** 276쪽 33째줄
예수께서 자기를 믿게 된 유대 사람들에게 말씀하셨습니다. "만일 너희가 내 말대로 산다면 너희는 참으로 내 제자들이다. 그리고 너희는 진리를 알게 될 것이며 진리가 너희를 자유롭게 할 것이다."	부처님은 말씀하셨습니다. "나는 모든 감관이 고요하여 자유를 얻었다. 그런데 너(앙굴마라)는 이교도의 나쁜 스승에게서 삿된 법을 배워 네 마음 본질이 변해 버렸으므로 가만히 머무르지 못하고 밤낮

으로 사람을 죽여 끝없는 죄를 짓는구나"
그는 이 말을 듣자 갑자기 마음이 열려 칼을 멀리 던져 버리고 멀리서 부처님을 향해 예배하며 스스로 다가왔습니다.

한글대장경 제7책 잡아함경 3권(앙굴마라적경)
124쪽 12째줄

나는 일체의 신(神)에 대해서 칼질이나 몽둥이질을 쉬었지만은 너는 저 모든 신(神)에 의해서 언제나 너의 정신을 괴롭게 하고 못견디게 하여 그 검은 나쁜 업을 짓고 지금에도 살인을 쉬지 않는구나. 나는 언제나 마음을 쉬는 법에 머물러 있어 일체 방탕하게 놀지 않지만 너는 아직 4가지 진리를 못보았기 때문에 방일(放逸)하고 방탕함을 쉬지 못하는구나. 마치 세상이 서로 자기 신(神)을 내세워 싸움을 일삼듯이.

※ 석가모니 부처님 말씀과 같이 불교 교리에는 설사 자기 나라가 다른 나라를 침략하더라도 그것을 합리화시켜 주고 편들어 주는 말이 없다. 그래서인지 세계 역사상 불교로 인한 전쟁은 한 번도 없었다고 한다. 다른 종교들은 자기들 신(神)의 십계명을 받들어 신(神)이 이 땅을 지키고 민족을 수호하라 명령한 것이라면서 오늘도 총검의 기치를 높이 들고 성전! 성전!을 외쳐댄다. 또는 전

쟁하기 전 가슴에 성호를 그리며 승리를 기원한다. 지난 역사 속에서 십자군 전쟁·백년전쟁·삼십년전쟁·스페인전쟁 등 무수한 전쟁을 치루고 지금도 팔레스타인과 중동의 문제로 전쟁은 현재 진행형이다. 서로 이교도를 보고 마귀 또는 악마라 부른다. 바로 자신들이 마귀들이요, 악마들임을 지혜로 비추어 보고 각성(覺性 = 인간의 본성을 깨달음)하지 않는 한 이런 문제들은 결코 이 지상에서 해결될 날이 없을 것이다.

※재미있는 이야기가 있다. 지나간 세계2차대전때 일본은 아시아 여러 나라를 정복하고 지배할 야망을 가졌었다. 그렇게 하려면 다른 나라들처럼 신(神)을 내세워 국민정신을 고취시키고 앙양시키는 교리가 뒷받침이 되어야 했다. 그래서 일본 국민의 99%가 불교신자이니 불경 속에서 그런 뜻을 가진 말을 한번 찾아보려고 했다. 그러나 팔만대장경을 다 읽어도 다른 나라를 침략하는 그것을 합리화시킬 수 있는 구절들을 찾지 못했다. 그래서 할 수 없이 새로운 종교를 하나 만들기로 했다. 그렇게 해서 만든 종교가 신도(神道)요, 신사(神社) 참배였다. 일본 천황을 바로 그 신의 아들로 선포했다. 그렇게 해서 미국과 5년간 전쟁을 벌리고 가미가제 비행단으로 미국 배들을 공격했었다. 그러나 일본은 패전했다. 패전하고 나서 일본 천황은 나는 이제 신(神)의 아들이 아니라고 선언해야 했다.

이렇게 인류역사상 전쟁과 떨어질 수 없는 종교들이란 무엇인가? 왜 종교가 전쟁의 명분이 되어 인류를 피 흘리게 했던가? 하지만 동양에서 발생한 유교·불교·도교·힌두교는 전쟁의 명분이 되어주지 않았다. 그 교리들은 침략전쟁을 절대로 합리화시켜 주지 않았다. 오직 서양에서 발생한 기독교와 이슬람교가 자기들 신을 내세워 전쟁을 합리화시킨다. 신을 향한 거룩한 사명감으로 불타서 전쟁을 일으켜 왔다. 이렇게 먹고 먹히는 열강들의 틈바구니에서 나라와 민족을 수호하고 지키기 위해 시작된 것이 당시 유대교였다. 중간에 예수는 그 유대교를 비판하고 혁신하기 위해 새로운 기독교를 발생시켰다. 그러나 그 교리를 살펴보면 전혀 새로운 것이 아니다. 왜냐하면 교리의 기본이 되는 유일신 사상이나 천지창조설은 유대교 교리에서 그대로 가져왔고, 그리고 진리를 상징하는 지혜로운 말들은 80%를 불경 구절에서 가져다가 합성(合成)시켜 놓은 종교다. 예수는 석가모니의 불교 교리를 가져다가 자기 교설로 둔갑시킨 것이다.

그런데 후세에 이런 일이 일어날 것을 미리 예견하였음인지 법구경(백유경) 272쪽 36줄엔 이런 말이 나온다. "그것은 마치 저 외도(이교도)들이 부처님의 좋은 말씀을 듣고는 가만히 훔쳐다 자기 것으로 삼아 쓰다가 곁에 있는 사람들이 그를 시켜 불교 그대로 수행하라" 하면 그는 즐겨 수행하지 않고 이렇게 말한다. "나는 나의 이익을 위하여 저 부처의 말을 끌어와 중생을 교화 하지만 실제의 신분은 사실이 아닌데 어떻게 그대로 수행하겠는가" 한다. 그것은 마치 어리석은 사람이 재물을 얻기 위하여 남을 내 형님이라 칭하다가 빚을 다 갚을 때에는 이제 나의 형님이 아니라고 하는 것처럼 이것도 그와 같은 것이다.

32. 이 산을 명하여 저기로 옮기라 하여도…

성경(신약) 서기 70년 저술	불경 서기 전 544년 편찬
마태복음 17장 20절	**한글대장경 제20책 법구경 외**(법구비유경) 250쪽 2째줄
예수께서 대답하셨습니다. "너희 믿음이 적기 때문이다. 내가 진실로 너희에게 말한다. 너희에게 겨자씨 한 알 만한 믿음만 있어도 이 산을 향해 '여기서 저기로 옮겨 가거라' 하면 옮겨 갈 것이요. 너희가 못할 일이 없을 것이다."	부처님은 그것을 잘 해설하시어 우리들이 아직 듣지 못한 것을 가르쳐 주소서. 부처님은 말씀하셨다. "잘 듣고 잘 생각하라. 나는 전생에 수없는 겁 동안 항상 이 법을 익혀 다섯 가지 신통을 얻어 산을 옮겨 놓고 흐르는 물을 그치게 하였느니라."

33. 사랑에 대하여 언급한 것들

성경(신약) 서기 70년 저술	불경 서기 전 544년 편찬
누가복음 6장 27절	**한글대장경 제10책** **증일아함경 2권** 303쪽 22째줄
너희 원수를 사랑하라. 너희를 미워하는 사람들에게 잘 해 주라. 너희를 저주하는 사람들을 축복하고 너희를 함부로 대하는 사람들을 위해 기도하라.	사랑하는 마음을 행하고 사랑하는 마음을 널리 펴라. 사랑하는 마음을 행하면 온갖 성내는 마음은 스스로 소멸할 것이다. …305쪽 29째줄… 대개 선한 법을 행한다는 것은 바로 사랑하는 마음이다. 왜 그런가하면 어짐(二)을 실행하고 사랑을 행하면 그 덕은 넓고 크기 때문이다. 나는 옛날 사랑과 어짐의 갑옷을 입고 악마의 권속들을 항복받고 보리수 아래 앉아 위없는 도를 성취하였느니라. 이런 사실로 보아서도 사랑이 제일임을 알 수 있으니라. 사랑이란 가장 훌륭한 법이다.
요한복음 13장 34절	
내가 너희에게 새 계명을 준다. 서로 사랑하라. 내가 너희를 사랑한 것 같이 너희도 서로 사랑하라. 너희가 서로 사랑하면 이로서 모든 사람들이 내 제자임을 알게 될 것이다.	

34. 가이사의 것은 가이사에게 바치고 하나님의 것은 하나님에게 바치라

성경(신약) 서기 70년 저술	불경 서기 전 544년 편찬
마태복음 22장 17절	**한글대장경 제8책 별역잡아함경** 441쪽 25째줄
저희가 가이사에게 세금을 바치는 것이 옳습니까? 옳지 않습니까? 그러나 예수께서는 이들의 악한 속셈을 알고 말씀하셨습니다. 이 위선자들아 너희가 왜 나를 시험하느냐… 예수께서 그들에게 말씀하셨습니다. "그러므로 가이사의 것은 가이사에게 바치고 하나님의 것은 하나님께 바치라." 그들은 예수의 말씀을 듣고 경탄했습니다. 그리고 예수를 남겨둔 채 떠나갔습니다.	우리 경서(經書)에서 말하기를 "아사리 것이면 응당 아사리 몫을 주어야 하고, 화상의 것이면 응당 화상의 몫을 주어야 한다고 하였습니다. 고오타마 부처님이시여 당신은 지금 바로 저의 아사리이십니다. 저를 불쌍히 여기시어 저의 옷 시주를 받아주십시오. ※ 아사리(阿闍梨) : 교단이나 법회를 이끄는 최고의 지도자로서 부처님을 말한다. 화상(和尙) : 보통 수행자들 중 원로스님들

해 설

당시 이스라엘은 로마제국에 정복 당해서 로마에서 파견한 빌라도 총독의 지배하에 있었다. 가이사란 로마제국의 황제를 말한다. 그런데 가이사에게 세금을 바치는 것이 옳다고 말하면 이스라엘 국민들의 반감을 사게 될 것이고, 바치지 않아야 옳다고 말하면 당장 총독 빌라도에게 잡혀가 죽음을 면치 못할 것이다. 이런 식으로 자신에게 올가미를 씌운 것을 예수는 지혜롭게 빠져 나간 셈이다.

고대 인도에서는 법회를 진행할 때 주는 보시금에 차등을 두었다. 그래서 아사리에게 가는 것이면 아사리 몫을 주고 화상에게 가는 것이면 화상의 몫을 주라는 뜻이다. 신도가 부처님께 드리는 옷을 부처님이 사양하시자 받아주시기를 간청한 내용이다.

35. 인내(인욕)보다 훌륭한 것 없다

성경(신약) 서기 70년 저술	불경 서기 전 544년 편찬
누가복음 21장 19절 너희가 인내함으로 너희 영혼을 얻을 것이다.	**한글대장경 제7책 잡아함경 3권** 189쪽 22째줄 참음(忍耐)을 닦는 것 그 위에 있는 것 없느니라.
마태복음 10장 22절 너희는 내 이름 때문에 모든 사람에게서 미움을 받을 것이다. 그러나 끝까지 견디는 사람은 구원을 받을 것이다.	**한글대장경 제8책 별역잡아함경** 79쪽 8째줄 그러므로 성현이신 그 이들은 항상 참는 공덕을 칭찬하며 자기와 남들에 대하여 모든 난관과 모든 공포를 없애 준다.
누가복음 9장 23절 그러고는 모두에게 말씀하셨습니다. "누구든지 나를 따르려면 자기를 부인하고 날마다 자기 십자가를 지고 따라야 한다."	**한글대장경 제9책 증일아함경 1권** 466쪽 20째줄 그러므로 비구들이여 지금부터는 다투는 마음으로 승부를 겨루지 말라. …17째줄… 나 혼자 천명의 적을 이긴다해도 자기를 이기는 것만 같지 못하다. 스스로 참는 것이 제일이다. …22째줄… 만일 승부를 겨루는 마음으로 다투면 곧 법률로서 다스릴 것이다.

해 설
서산스님의 말씀에 "참는 일이 없는 곳엔 모든 일이 제대로 이루어지지 않는다"고 하셨다.〈선가구감〉

36. 자비심이 부처의 시작이다

성경(신약) 서기 70년 저술	불경 서기 전 544년 편찬
마태복음 12장 7절	**한글대장경 제10책 증일아함경 2권** 73쪽 8째줄
내가 원하는 것은 제사가 아니라 자비라고 하신 말씀의 뜻을 너희가 알았다면 너희가 죄없는 사람들을 정죄하지 않았을 것이다.	비구들이여 몸으로 행할 때 자비를 생각하되 거울에 얼굴을 비춰보듯하라. 그것은 공경할 만하고 귀히 여길 만한 것이니 잊거나 잃지 않도록 하라. 다시 입으로 행할 때 자비를 생각하고, 뜻으로 행할 때 자비를 생각하라 …(현우경 336쪽 20째줄)… 자비심이 부처의 시작이니라. (佛始起慈心緣)

해 설

　사람이 사람의 잘 잘못을 가려내려고 할 때는 기본적으로 자비심을 품고 있는 사람만이 올바르게 판단하고 설득하고 이해시킬 수 있음을 말씀하신 것이다.

　자비심에 관한 말이 나오다 보니 문득 하나 더 생각나는 것이 있다. 이슬람교의 코란에 언급된 말이다. "자비심 앞에 머슴 노릇을 하지 않는 사람은 하늘에도 땅에도 없다."(마호메트)

37. 세상살이 욕심

성경(신약) 서기 70년 저술	불경 서기 전 544년 편찬

누가복음 12장 16절

한 부자가 수확이 잘 되는 땅을 가지고 있었는데…… 내 곡식을 쌓아둘 곳이 없구나 하고 생각했다. …… 창고를 더 크게 지어 곡식과 물건을 거기에 쌓아두어야겠다. 그러고 나서 내 영혼에게 말하겠다.

"영혼아, 여러해 동안 쓸 물건을 많이 쌓아두었으니 편히 쉬고 먹고 마시고 즐겨라."

그러나 하나님께서 그에게 말씀하셨다.

"이 어리석은 사람아, 오늘밤 네 영혼을 도로 찾을 것이다. 그러면 네가 너를 위해 장만한 것들을 다 누가 갖게 되겠느냐?"

한글대장경 제7책 잡아함경 3권
157쪽 10째줄

악마 : 그러므로 마음대로 설산을 순금으로 변하게 할 수 있을 것입니다. 그래서 나는 또 부처님께 "왕이 되소서. 뜻대로 될 것입니다"고 여쭈었나이다.

부처님 : 나는 국왕이 되고 싶은 생각은 전혀 없다. 그런데 어떻게 되겠는가. 또 나는 설산을 순금으로 변하게 하려는 마음도 없다. 그런데 어떻게 변하겠는가…… 어떤 사람이 그 금을 얻는다 해도 오히려 만족할 줄 모를 것이다. 그러므로 저 지혜로운 사람은 그 금과 돌을 같다고 보느니라.

한글대장경 제19책 출요경
119쪽 28째줄

하늘에서 칠보가 비처럼 쏟아져도 탐욕 많은 사람 만족할 줄 모르나니 즐거움은 적고 괴로움 많은 것을 깨닫는 그 사람을 현자라 한다.

38. 거기서 슬피 울며 이를 갈리라

성경(신약) 서기 70년 저술	불경 서기 전 544년 편찬

마태복음 24장 48절

  그러나 그 종이 악한 마음을 품고 생각하기를 '내 주인은 아직 멀리 있다' 라고 하며 함께 일하는 다른 종을 때리고 술 좋아하는 친구들과 어울려 먹고 마신다면 종이 미처 생각지도 못한 날에, 그리고 알지도 못한 시각에 그 종의 주인이 돌아와 그 종을 처벌하고 위선자들과 함께 가두리니 그들은 <u>거기서 슬피 울며 이를 갈 것이다.</u>

한글대장경 제8책 별역잡아함경
457쪽 27째줄

어리석어 지혜 적은 이는
온갖 나쁜 업만 저지르나니
자기 몸 위해 나쁜 짓 하다가
뒤에는 큰 고통의 과보 받네.

이렇게 짓는 업이 착하지 못하면
짓고서 스스로 태우고 지지나니
어리석어 <u>온갖 악을 짓다가
과보 받으면 슬피 울부짖네.</u>

팔리어경장 수타니파타 652

  <u>행위에 따라 도적이 되고, 행위에 따라 무사가 된다.</u> …… <u>현자는 이렇게 행위 있는 그대로 보고 판단한다.</u> 그는 그 근원을 보는 자이며 행위(業)와 그 과보를 잘 알고 있다. 세상은 행위로 인해 존재하며 사람들도 행위로 인해 존재한다.

39. 예수 · 석가 모두 하늘나라에서 내려왔다는 기록들

성경(신약) 서기 70년 저술	불경 서기 전 160년 편찬
누가복음 1장 26절	**한글대장경 제156책** **과거현재 인과경** 29쪽 31째줄

그후 여섯 달째에 하나님께서 천사 가브리엘을 갈릴리 나사렛 마을에 한 처녀에게 가게 하였는데 그 처녀는 다윗 가문에 속한 요셉이라는 남자와 약혼한 마리아였습니다. 천사가 마리아에게 가서 말했습니다. "기뻐하여라. 은혜를 입은 자여, 주께서 너와 함께 하신다." 천사의 말에 마리아는 당황하며 깜짝 놀라 이게 무슨 인사인가 하고 생각했습니다. 그러자 천사가 말했습니다. 　"두려워 말라. 네가 하나님의 은혜를 받았다. 보아라. 네가 잉태해 아들을 낳을 것이다. 그러면 그 이름을 예수라 하여라. 그는 위대한 이가 될 것이요. …… 성령이 네게 임하실 것이며 지극히 높으신 분의 능력이 너를 감싸 주실 것이다. 그러므로 태어날 거룩한 아기는 하나님의 아들이라 불릴 것이다."	※장차 성불하리라는 보광여래의 수기를 받은 선혜보살(장차 석가모니불)은 하늘나라 도솔천궁에서 선언한다. 　선남자들이여, 알아야 합니다. 모든 행(行)은 모두 다 무상한지라 나도 이 하늘궁전을 버리고 떠나 잠부드비이파에 태어날 것입니다. …(31쪽 5째줄)… 그대들은 아셔야 합니다. 지금이야말로 바로 중생을 제도해 해탈할 때이므로 나는 내려가서 잠부드비이파의 카필라국 감자후손 샤이카 성바지인 백정왕의 집에 태어나야 하겠습니다. 나는 거기에서 태어나 부모를 멀리 떠나 처자와 왕위를 버리고서 출가하여 도를 배우며 고행을 닦아 악마를 항복 받고 일체 종지를 이룩하여 법륜을 굴리리니…….

40. 남녀 동침하지 않고 잉태

성경(신약) 서기 70년 저술	불경 서기 전 544년 편찬
마태복음 1장 23절	**한글대장경 제15책 불본행집경 1권** 88쪽 12째줄
"처녀가 잉태해 아들을 낳을 것이요, 그를 임마누엘이라 부를 것이다." 임마누엘이란 하나님께서 우리와 함께 하신다는 뜻입니다. 잠에서 깨어난 요셉은 주의 천사가 명한 대로 마리아를 아내로 맞아들였습니다. 그러나 요셉은 아들 낳을 때까지 마리아와 잠자리를 같이 하지 않았습니다.	만약 그 어머니 꿈에 흰 코끼리가 오른 옆구리로 들어오면 그가 낳은 아들이야말로 삼계에서 더없이 높은 어른이 된다네. …(89쪽 28째줄)… 보살이 도솔천에서 생각을 바로 하고 정반왕궁에 하강하여 부인의 오른쪽 옆구리로 태에 들어가자. …(91쪽 39째줄)… 왕비는 남편의 곁에서도 오히려 싫어하여 음욕을 행하지 아니하였다.

41. 예수 · 석가 모두 어려서부터 총명함과 지혜를…

성경(신약) 서기 70년 저술	불경 서기 전 160년 편찬
누가복음 2장 40절	**한글대장경 제156책 과거현재 인과경** 47쪽 33째줄
아이는 점점 자라가며 강해지고 지혜가 충만했으며, 하나님의 은혜가 그 위에 있었습니다. …(47절)… 예수의 말을 듣는 사람들마다 그가 깨닫고 대답하는 것에 몹시 감탄했습니다.	그때에 백정왕(정반왕)은 이 말을 듣고 마음으로 크게 기뻐하면서 생각하기를 "내 아들이 총명하여 글과 의론이며 산수 등을 사방에서 모두 알거니와 그 활쏘기 재주만은 시방의 인민들이 아직 모르는 이들이 있다." 즉시 태자와 데바달다 등 500 동자들에게 칙명하고 또 다시 북을 쳐서…….

42. 예수 · 석가를 왕으로 호칭하게 된 경위들

성경(신약) 서기 70년 저술	불경 서기 전 544년 편찬
마태복음 2장 1절 헤롯왕 때에 유대의 베들레헴에서 예수께서 태어나시자 동방에서 박사들이 예루살렘에 찾아와 물었습니다. "유대 사람의 왕으로 나신 분이 어디에 계십니까? 우리는 동방에서 예수의 별을 보고 경배 드리려고 왔습니다." **요한복음 18장 37절** 빌라도(로마 총독)가 말했습니다. "그러면 네가 왕이란 말이냐?" 예수께서 대답하셨습니다. "네 말대로 나는 왕이다."	**한글대장경 제4책 중아함경 3권** 380쪽 6째줄 파세나디국왕은 수레에서 내려와… 칼 · 일산 · 화만 · 진주 · 총체 등 일체 장식품을 다 벗어 장작(비서)에게 주고 부처님 앞에 나아가 그 발에 머리를 조아려 예배하고 "나는 코살라국왕 파세나디입니다." 이렇게 3번 성명을 아뢰었다. "그렇소. 대왕이여, 내게 무슨 도리가 있다고 스스로 마음을 낮추어 예배하고 공양하며 섬기시오." "세존이시여! 나는 부처님에게서 법의 고요함이 있음을 보았나이다. …(385쪽 24줄)… 나는 코살라국왕이지만 부처님께서는 법의 왕이십니다. 내 나이 80이요, 부처님의 나이도 80이시군요……."

해 설

석가모니 부처님 당시에 인도는 16개 국가로 나누어져 있었다. 부처님께서 일년 4계절을 기후 따라 이 나라 저 나라 옮겨 다니시며 수행하시었다. 부처님이 자기 나라에 오시면 왕들은 와서 문안드리고 진리를 묻고 때론 정사를 물었다. 어떤 때는 7개국 왕들이 함께 모여 찾아와 문안드리고 법의 이치를 물었다.

43. 예수의 족보 기록 　석가의 족보 기록

성경(신약) 서기 70년 저술	불경 서기 전 160년 편찬
마태복음 1장 1절	**한글대장경 제156책** **과거현재 인과경(중어마하제경)** 153쪽 26째줄
아브라함의 자손이며 다윗의 자손인 예수 그리스도의 족보입니다. 아브라함은 이삭을 낳고 이삭은 야곱을 낳고 야곱은 유다와 그 형제들을 낳고 유다는 다말에게서 베레스와 세라를 낳고 베레스는 헤스론을 낳고 헤스론은 람을 낳고 람은 아미나답을 낳고 아미나답은 나손을 낳고 나손은 살몬을 낳고 살몬은 라합에게서 보아스를 낳고 보아스는 룻에게서 오벳을 낳고 오벳은 이세를 낳고 이세는 다윗왕을 낳았습니다. 다윗은 원래 우리야의 아내였던 여인에게서 솔로몬을 낳고 솔로몬은 르호보암을 낳고 르호보암은 아비야를 낳고 아비야는 아사를 낳고 아사는 여호사밧을 낳고…… 야곱은 마리아의 남편 요셉을 낳았고 마리아에게서 그리스도라 하는 예수께서 태어나셨습니다.	이와같이 뭇 여러 왕들에게는 아들이 있었으니 이름이 애왕이었고 애왕에게는 아들이 있었으니 이름이 선우왕이요, 선우왕에게는 아들이 있었으니 최상왕이요, 최상왕에게는 아들이 있었으니 이름이 계행왕이요, 계행왕에게는 아들이 있었으니 정생왕이요.(계속) 니로왕·오파니로왕·실리로왕·노즐왕·소로즐왕·모즐왕·모즐린나왕·아아왕·아의라타왕 …(158쪽 11째줄)… 이렇게 하여 자손들이 서로 계승하면서 100의 왕이 있었습니다. …(167쪽 35째줄)… 그때 성하하노왕은 넷의 아들을 낳았는데 첫째 분의 이름이 정반왕이요 …… 정반왕에게 두 아들이 있었는데 첫째 분의 이름이 싯다르타(석가모니 부처님)요, 둘째 분의 이름이 난타였습니다.

※ 4대 성인 중에서 자기 조상의 족보를 밝힌 성인은 부처님이 유일했었는데 500년 후 예수님도 동참한 셈이다.

44. 하나님과 부처님을 아버지라 부르게 된 경위

성경(신약) 서기 100년 저술	불경 서기 전 160년 편찬
요한복음 6장 38절	**한글대장경 제156책 과거현재 인과경(대방편 불보은경) 428쪽 7째줄**
내가 하늘나라에서 온 것은 내 뜻이 아니라 나를 보내신 하나님의 뜻을 이루려는 것이기 때문이다. …(40절)… 내 <u>아버지의</u> 뜻은 아들을 보고 믿는 사람마다 영생을 얻게 하려는 것이니 내가 마지막 날에 그들을 다시 살릴 것이다.	육사는 물었다. "부처님이란 바로 누구시오?" 아난은 대답하였다. "일체지를 지니신 분이십니다." 일체지를 지닌 분은 바로 누구시오? "크게 인자함과 가엾이 여김을 지닌 일체 중생의 아버지이십니다. …(36째줄)… 혼자 깨치시어 부처님을 이루셨고 열 가지 힘과 네 가지 두려움 없는 마음과 열여덟 가지 특수한 법과 내지 일체 종지를 갖추셨습니다."

한글대장경 제41책 법화경(비유품)
51쪽 17째줄

  "내가 중생의 아버지가 되었으니 마땅히 이러한 고통에서 건져내어 한량없고 가엾는 부처님 지혜의 낙을 주어 그들로 하여금 즐겁게 하리라"고 생각하느니라.

45. 강을 배경으로 행해진 세례식과 태자 책봉식 그리고 하늘에서 들려오는…

성경(신약) 서기 70년 저술	불경 서기 전 160년 편찬
마태복음 3장 16절	**한글대장경 제156책 과거현재 인과경** 50쪽 3째줄
예수께서 세례를 받으시고 물 속에서 올라오셨습니다. 그때에 예수께서는 하늘이 열리고 하나님의 영이 비둘기처럼 자신에게 내려오는 것을 보셨습니다. <u>그리고 하늘에서 소리가 들려왔습니다.</u> 　"이는 내 사랑하는 아들이다. 내가 그를 매우 기뻐한다."	칠보의 그릇에 사해의 물을 담아서 여러 신선들이 저마다 정수리에 물을 이어다가 …(6째줄)… 왕에게 전하여 주었으므로 때에 왕은 곧 태자의 정수리에 물을 붓고 칠보의 도장을 맡기면서 또, 큰 북을 치며 높은 소리로 부르짖기를 "지금 살바싯다르타를 세워서 태자로 삼았노라." 하였는데 그때에 허공에서 하늘·용·야차들이 풍악을 잡히면서 찬탄하기를 <u>"거룩하십니다. 거룩하십니다."</u> 하였다.

해　설

　물론 예수의 세례식과 석가 태자 책봉식은 그 성격이 다른 것이지만 공통점은 인간 세상의 경계를 넘어 저 하늘에서까지 감응해 주는 말이 있었고, 축복이 있었고, 찬탄함이 있었다는 것이다.

46. 아기 때부터 왕들의 해침을 피해 다님

성경(신약) 서기 70년 저술	불경 서기 전 544년 편찬
마태복음 2장 13절	**한글대장경 제18책** **현우경 파바리품** 309쪽 26째줄

동방 박사들이 떠난 후 주의 천사가 요셉의 꿈에 나타나 말했습니다.

"일어나거라! 어서 아기와 그 어머니를 데리고 이집트로 피신하여라. 헤롯이 아기를 죽이려고 찾고 있으니 내가 말해 줄 때까지 거기에 머물러 있으라."

그래서 요셉이 일어나 아기와 그 어머니를 데리고 한밤중에 이집트로 떠났습니다. 그리고 헤롯이 죽을 때까지 그곳에 살았습니다. 이것은 주께서 예언자를 통해 하신 말씀을 이루신 것입니다.

"내가 이집트에서 내 아들을 불러냈다."

헤롯은 박사들에게 속은 것을 알고 분이 치밀었습니다. 그래서 그는 박사들에게서 알아냈던 시간을 기준으로 베들레헴과 그 부근에 살고 있는 두 살 이하의 사내아이들을 모두 죽이라고 명령했습니다.

그때에 바아라아나시국의 왕은 이름을 브라흐마닷타라 하였다. 그 왕의 재상이 아들을 낳았는데, 서른두 가지 거룩한 모습과 온갖 좋은 모양을 모두 갖추었으며, 몸은 붉은 금빛이요, 얼굴은 빼어났었다. 재상은 아들을 보고 더욱 기뻐하여 곧 관상장이를 불러 그 상을 점치게 하였다.

관상장이는 자세히 살펴보고 찬탄하면서 "기이합니다. 온갖 좋은 상이 모두 원만합니다. 공덕을 두루 갖추었으며 지혜와 변재를 통달하여 사람 가운데서 뛰어날 것입니다." … 310쪽 5째줄… 하고, 이내 이름을 지어 〈미륵〉이라 하였다. …… 그 아이의 뛰어난 이름은 온 나라에 퍼졌다. 왕은 그 말을 듣고 두려움을 품고 생각하였다. "그 어린애의 아름다운 이름과 상은 높이 드러났다. 만일 높은 덕이 있으면 반드시 내 자리를 빼앗을 것이다. 아직 자라기 전에 미리

이로써 예언자 예레미아를 통해 하신 말씀이 이루어졌습니다.

제거해 버려야겠다. 오래두면 반드시 화가 될 것이다." 이렇게 계획하고 곧 재상에게 분부하였다. "들으니 그대에게 아들이 있는데 그 상이 특별하다 하오. 그대는 데리고 오시오. 나도 보고 싶소." … 23째줄 … 그때 재상은 그 아들을 사랑하고 가엾이 여겨 왕의 해를 입을까 두려워하였다. 그래서 가만히 꾀를 내어 사람을 시켜 아이를 코끼리에 태워 외조부(파바리라)에게 보내 …… 길렀다. 아이가 자라나자 공부를 시키매 하루 배운 것이 다른 아이의 1년 배운 것보다 나았으니, 공부한 지 일년이 못되어 모든 경서에 두루 통달하였다.

해 설

그 후 미륵은 석가모니 부처님 교단에서 수행한 후 미륵존자 또는 미륵보살이라는 칭호로 불리었습니다. 그리고 석가모니 부처님에게서 수기(예언)를 받았습니다.

"너는 56억7천만 년 후에 성불하여 이 사바세계에 출현하여 교화하는 부처님이 될 것이다" 라는 기록이 여러 경들에 언급되어 있다.

예수의 애굽 피난은 4복음서 중에 마태복음서에만 언급되어 있고 다른 복음서엔 기록이 없다.

47. 무소유(無所有)

성경(신약) 서기 70년 저술	불경 서기 전 544년 편찬
누가복음 18장 29절	**한글대장경 제8책 별역잡아함경** 84쪽 2째줄
예수께서 그들에게 말씀하셨습니다. "내가 진실로 너희에게 말한다. 하나님 나라를 위해 집이나 아내나 형제나 부모나 자식을 버린 사람은 이 세상에서 여러 배로 받을 것이요, 또한 오는 세상에서 영생을 받을 것이다."	※제석천왕이 하늘나라에서 지상의 승보(僧寶)를 찬탄하는 게송을 읊었다. 세상에서 사랑하는 그것을 그들 마음 속에선 모두 버리었나니 온갖 허물 멀리 떠난 이에게 나는 공경 예배하노라. …(84쪽 17째줄)… 그대 비구들은 집을 떠났고 …(83쪽 36째줄)… 칼과 무기 모두 버렸고 모든 쌓아 모으는 것을 멀리 하여 …(83쪽 31째줄)… 말 없는 성인의 법을 행하네.

해 설

수행자가 수행하기 위해서는 세상의 욕심을 버리고 일체 마음의 짐을 내려 놓는 무소유가 되어야 한다는 말이다. 석가모니 부처님은 자기가 타고 난 부귀함을 완전히 버리시었고 자기에게 주어진 왕의 권력도 권위도 다 버리시었다. 이것이 진정한 무소유의 완전함이다. 이것이 가장 높은 곳에서 낮은 곳으로 임하심이다. 모든 중생들 곁으로 내려와 가장 가난한 몸이 되어 하루 한 끼 밥을 잡수시면서 손수 빌어 잡수시었다. 그것으로 중생들과 교류하심을 삼고 교화하는 인연을 삼아 멀리 법음을 전파하시니 당시 인도의 16개국 왕들도 모두 우러르며 예배하고 공경하였다.

48. 비판하지 말라

성경(신약) 서기 70년 저술	불경 서기 전 544년 편찬
마태복음 7장 1절	**한글대장경 제4책 중아함경 3권** 50쪽 36째줄
비판을 받지 아니 하려거든 비판하지 말라. 너희의 비판하는 그 비판으로 너희가 비판을 받을 것이요, 너희의 헤아리는 그 헤아림으로 너희가 헤아림 받을 것이니라.	그 나라의 풍속과 법을 따르고 옳거니 그르거니 말하지 말라. 이것이 분별무쟁경(分別無諍經)의 일이니라. …(51쪽 11째줄)… 이 두 가지 치우침을 떠나면 중도가 있어 눈이 되고 지혜가 되어 자재로이 정(定)을 이루며 깨달음으로 나아가며, 열반으로 나아간다 함은 이 때문에 말하는 것이니라.

해 설

남을 비판하는 것으로 인하여 자기도 비판받게 되고 남을 헤아리는 것으로 인하여 자기도 헤아림 받게 된다는 것은 불교의 인과응보 원리다. 부처님은 이 두 가지 치우침을 떠난 중도(中道)의 지혜로 선정을 이루고 깨달음을 이룸이 그 해법이라고 말씀하셨다. 이것은 참선수행하는 불교의 정신수련을 말한다. 그러나 기독교는 그런 참선수행 같은 것은 시도하지도 않는다. 오직 자기 마음 밖으로 나가 하나님 나라가 분명있음을 믿으라 한다. 그러다보니 맹신과 광신에 빠지고 많은 사회문제들을 야기시킨다. 비판하지 말라 해놓고 바리새인들을 비판하는 것으로 시작해서 비판하는 것으로 끝내는 것이 성경이다. 사랑하라. 사랑하란 말을 연발하면서도 바리새인들을 향한 증오로 시작해서 증오로 끝내는 것이 성경이다. 이런 것을 자기 모순이라 한다.

49. 제자들을 각처로 파견

성경(신약) 서기 70년 저술	불경 서기 전 544년 편찬
누가복음 10장 1절	**한글대장경 제20책 법구경 외(불소행찬 4권)** **477쪽 3째줄**
그 후 주께서 다른 70명도 세우시고 예수께서 친히 가려고 하신 각 마을과 장소에 둘씩 짝지어 먼저 보내셨습니다. ……이제 가라 내가 너희를 보내는 것이 마치 양들을 이리떼에게로 보내는 것 같구나. 지갑도 가방도 신발도 가져가지 말고 가는 길에 아무에게도 인사하지 말라. 어느 집에라도 들어가면 먼저 '이 집에 평화가 있기를 빕니다' 하고 말하라…….	그 때에 그 60비구들 분부를 받아 법을 널리 펴려고 제각기 그 과거 인연을 좇아 뜻대로 각방으로 흩어졌었네. 부처님은 혼자 걸어 노니시며 가아야아산에 이르러 비고 고요한 법숲으로 들어가 그 카아샤파 선인에게 나아가셨다. **한글대장경 제156책 과거현재 인과경** **115쪽 24째줄** 너희들은 할 일을 다 마친지라 세간을 위하여 으뜸가는 복 밭을 지을만하니, 저마다 지방에 노닐면서 교화하되 자비심으로써 중생을 제도할지어다.

※ 세상을 교화하기 위해 제자들을 각처로 파견한 내용들이다.

50. 선지자 · 수행자의 핍박

성경(신약) 서기 70년 저술	불경 서기 전 544년 편찬
누가복음 13장 34절	**한글대장경 제3책 중아함경 2권** 220쪽 22째줄
오 예루살렘아! 예루살렘아! 네가 예언자들을 죽이고 네게 보낸 사람들을 돌로 치는구나. 암탉이 제 새끼들을 날개 아래에 품듯이 내가 얼마나 너희 자녀들을 모으려고 했더냐? 그러나 너희가 원하지 않았다! 보라! 이제 너희 집은 황폐한 채로 남을 것이다.	※마왕 파순을 나무라는 목련존자의 말 중에서 저 범지와 거사들은 정진하는 사문을 꾸짖고 쳐부수며 몽둥이로 치고 혹은 돌을 던지며 때렸다. 혹은 정진하는 사문의 머리를 다치고 혹은 옷을 찢으며 혹은 바루를 부수었다.

해 설

수행하는 제자들이 각처에서 핍박과 수난을 당하고 죽음을 당했다는 기록들이 불경에도 기록돼 있다.

51. 소경이 소경을 인도하면

성경(신약) 서기 70년 저술	불경 서기 전 544년 편찬
마태복음 15장 14절	**한글대장경 제3책 중아함경 2권** 386쪽 15째줄
"그들을 내버려두라. 그들은 소경이 되어 소경을 인도하는 자로다. 만일 소경이 소경을 인도하면 둘이 다 구덩이에 빠지리라" 하신 데 베드로가 대답하여 가로되, "이 비유를 우리에게 설명하여 주옵소서." 예수께서 가라사대, "너희도 아직까지 깨달음이 없느냐?"	세존(부처님)께서 말씀하셨다. "마치 여러 장님이 서로 붙들고 가는데 앞에 있는 자는 뒤도 보지 못하고 또한 가운데도 보지 못하며 가운데 있는 자는 앞도 보지 못하고 또한 뒤도 보지 못하며 뒤에 있는 자는 가운데도 보지 못하는 것과 같아 마납아 네가 말하는 모든 바라문교의 범지 무리들도 또한 그와 같다." ※범지(梵志) : 바라문교의 승려.

해 설

눈 밝은 사람만이 장님들을 올바른 길로 가게 할 수 있는 것인데 당시 인도에는 각종 외도(삿된 종교)가 있었으니 그 교주들이 올바른 진리를 깨닫지 못한 사람들이라 그 제자들을 올바로 가르칠 수 없었음을 비유한 것이다.

52. 지금 양 한 마리 구덩이에 빠졌으면

성경(신약) 서기 70년 저술	불경 서기 전 544년 편찬
### 마태복음 12장 10절	### 한글대장경 제20책 법구경 외(법구비유경) 191쪽 19째줄

그곳에는 한쪽 손이 오그라든 사람이 있었습니다. 그들은 예수를 고소할 구실을 찾으려고 물었습니다.

"안식일에 병을 고치는 것이 옳습니까?"

예수께서 말씀하셨습니다.

"만일 너희 중에 누군가 양 한 마리가 있는데 안식일에 그 양이 구덩이에 빠진다면 붙잡아 꺼내 주지 않겠느냐? 하물며 사람이 양보다 얼마나 더 귀하냐? 그러니 안식일에 선한 일을 하는 것이 옳다."

그러고 나서 예수께서는 그 사람에게 말씀하셨습니다.

"네 손을 펴 보아라."

그러자 그 사람이 손을 쭉 폈고 그 손은 다른 손처럼 회복됐습니다.

"어떻게 몸을 낮추어 이 병들어 여위고 더러운 비구의 몸을 씻어주나이까?"

부처님은 그들에게 말씀하셨다.

"여래가 이 세상에 나온 까닭은 이와 같이 돌봐주는 이 없고 곤궁하고 재앙을 만난 사람들을 위해서이다. 병들고 약한 사문·도사나 빈궁하고 고독한 노인에게 공양하면 그 복은 한량이 없어 무엇이나 뜻대로 되느니라."

한글대장경 제9책 증일아함경 1권
93쪽 19줄

병자를 돌보아주는 이는 곧 나(부처님)를 돌보는 것이요, 병자를 간호하는 이는 곧 나를 간호하는 것이다. 왜 그런가하면 나는 지금 몸소 병자를 간호하고 싶기 때문이다. 비구들이여 나는 어떤 사람이나 세상에서 이 보시보다 가장 훌륭한 것을 보지 못했다. 이 보시를 행하여야 비로소 참다운 보시가 되어 큰 공덕을 얻으리라.

53. 착한 일하면 착한 과보 악한 일하면…

성경(신약) 서기 70년 저술	불경 서기 전 544년 편찬
마태복음 12장 34절	**한글대장경 제8책 별역잡아함경** 88쪽 24째줄
독사의 자식들아 너희는 악하니 어떻게 선한 말을 할 수 있느냐. 이는 마음에 가득한 것을 입으로 말함이라. <u>선한 사람은 그 쌓은 선에서 선한 것을 내고 악한 사람은 그 쌓은 악에서 악한 것을 내느니라.</u>	사람이 스스로 지어서 스스로 과보를 받나니 <u>착한 일하면 착한 과보 받으며 악한 일하면 악한 과보 받느니라.</u> 비유컨대 종자를 심음에 있어 종자를 따라 그 과보 얻듯이 그대가 괴로움의 종자를 심으면 이후에는 도리어 저절로 받으리라.

해 설

이렇게 성경과 불경이 같은 뜻을 가진 내용들이 계속된다. 끝부분으로 가면 재미있는 내용들이 나온다.

54. 상석에 앉지 말라

성경(신약) 서기 70년 저술	불경 서기 전 544년 편찬
누가복음 14장 7절	**한글대장경 제3책 중아함경 2권** 32쪽 26째줄
청함을 받은 사람들의 상좌 택함을 보시고 저희에게 비유로 말씀하여 가라사대, 네가 누구에게나 혼인 잔치에 청함을 받았을 때 상좌에 앉지 말라. 그렇지 않으면 너보다 더 높은 사람이 청함을 받은 경우에 너와 저를 청한 자가 와서 너더러 이 사람에게 자리를 내어주라 하리니. 그때에 네가 부끄러워 말석으로 가게 되리라……. 무릇 자기를 높이는 자가 낮아지고 자기를 낮추는 자는 높아지리라.	모든 비구들이 이미 안에 들어간 때에 내가 제일 윗자리에 제일 먼저 앉고 제일 먼저 물을 받으며 제일 먼저 밥을 받는다. 그렇게 함으로 말미암아 곧 악한 마음이 생긴다. 만일 그 마음에 악한 욕심이 생기면 그것은 다 착하지 않은 것이리니…….

해 설

당시 제자들이 초대석에서 은근히 윗자리에 앉고 싶어하는 경향이 있었는데 그것을 나무라는 뜻으로 말씀하신 것이다.

55. 보물을 보관하는 진실한 방법

성경(신약) 서기 70년 저술	불경 서기 전 544년 편찬
누가복음 12장 33절	**한글대장경 제8책 별역잡아함경** 159쪽 8째줄
너희 소유를 팔아 구제하여 낡아지지 아니 하는 주머니를 만들라. 곧 하늘에 둔 바 다함이 없는 보물이니 거기는 <u>도적도 가까이 하는 일이 없고, 좀도 먹는 일이 없느니라.</u> 너희 보물 있는 곳에는 너희 마음도 있으리라.	세상에 금이나 보물 따위를 임금과 도적과 물과 불이 침해하며 죽을 때에는 모두 떠나버리고 그 사람을 따르는 것 있지 않다. <u>보시하면 그 사람 따르게 되고 견고하게 감춰둠과 같으며 임금과 도적과 또 물과 불이 능히 침해할 수 없으리.</u> 인색하고 탐내어 보시 아니 하면 그를 항상 잠만 자는 것이라 하며 보시를 닦아 가난한 자 도와주면 그를 깨달은 이라고 말하리.

해 설

  당시 부처님은 모든 왕들의 존경과 공경을 받으시며 교화를 펼치시고 계셨다. 그러면서도 금과 보물을 임금과 도적들이 침해한다는 현실을 당당하게 밝히셨다.

56. 동남(童男) 동녀(童女)들을 비유하여

성경(신약) 서기 70년 저술	불경 서기 전 544년 편찬
누가복음 7장 30절	**한글대장경 제8책 별역잡아함경** 374쪽 5째줄
그러나 바리새파 사람들과 율법학자들은 요한에게 세례를 받지 않았고 자기들을 향한 하나님의 계획을 물리쳤습니다. 그러니 이 세대 사람들을 무엇에 비교할 수 있을까? 무엇과 같을까? 그들은 시장에 앉아서 서로 부르며 이렇게 말하는 아이들과 같다. "우리가 너희를 향해 피리를 불어도 너희는 춤추지 않았고 우리가 애곡을 해도 너희는 울지 않았다."	부처님은 그에게 말씀하셨다. 우리 불교의 법에서는 동남·동녀가 함께 서로 모여 즐기고 놀면서 뜻대로 춤추고 노래하면 이것은 알맞은 일이라고 말하며, 만일 어떤 사람이 나이가 팔십이 넘어서 머리털이 희며 얼굴이 쭈그러지고 치아가 빠졌는데 노래하고 춤추며 비파와 쟁과 리로 논다든지 제기차기하는 짓을 하면 알맞지 않은 것이라고 말하리라.

57. 길 잃은 양 한 마리라도

성경(신약) 서기 70년 저술	불경 서기 전 544년 편찬
마태복음 18장장 12절	**한글대장경 제10책 중일아함경 2권** 279쪽 9째줄
너희는 어떻게 생각하느냐? 양 100마리를 가진 사람이 있는데 그 가운데 한 마리가 길을 잃었다고 하면 그가 99마리를 산에 두고 가서 길 잃은 그 양을 찾아다니지 않겠느냐? 내가 너희에게 진실로 말한다. 만약 그 양을 찾게 되면 그는 길 잃지 않은 99마리 양보다 오히려 그 한 마리 양 때문에 더욱 기뻐할 것이다. 이와 같이 이 어린아이 중 한 명이라도 잃는 것은 하늘에 계신 너희 아버지의 뜻이 아니다.	어떤 비구는 병을 앓아 위중하여 혼자 누운 채 대소변을 보면서 일어나지 못하고 있었다. 그 비구는 부처님의 이름을 부르면서 "어찌하여 부처님께서는 저만을 가엾이 여기지 않으시나이까" 하였다. 그때 부처님께서는 하늘귀로 그 소리를 듣고 찾아가셨다. 다른 비구들을 데리고 가셨지만 …(280쪽 33째줄)… 손수 비를 들고 쓸고 자리를 깔았다. 또 그의 옷을 빨고 목욕시켰다. 제자들이 말리자, 어찌 이 비구를 버리겠는가 하셨다. 그리고 비구들에게 다음부터 차례를 정해 병자 간호를 하라고 하셨다. …(282쪽 24째줄)… "어린 병자 하나를 돌봐 주는 것이 바로 나(부처님)를 돌보는 것과 다름이 없느니라" 하셨다.

해 설

부처님은 마지막 길 잃은 양 한 마리를 위해 손수 비를 들고 쓸고 목욕시켰다. 그냥 그럴 듯한 이론이 아니라 직접 실천해 보이신 것을 말한다. 다른 곳에서도 모두 직접 실천해 보여주신 것이 자주 나온다.

58. 사람 안에서 나오는 것이 더럽다

성경(신약) 서기 70년 저술	불경 서기 전 544년 편찬
마가복음 7장 15절	**한글대장경 제10책 중일아함경 2권** 511쪽 32째줄
몸 밖에 있는 것이 사람 속으로 들어가 사람을 더럽게 하지 못한다. 오히려 사람 속에서 나오는 것이 사람을 더럽게 하는 것이다. 제자들이 이것은 무엇을 비유하신 것인지 물었습니다. 예수께서 말씀하셨습니다. "너희는 아직도 깨닫지 못하느냐? 그것은 사람의 마음으로 들어가는 것이 아니라 음식이 뱃속으로 둘어갔다가 결국 몸 밖으로 나오기 때문이다. <u>사람 속에서 곧 사람의 마음에서 나오는 것은 악한 생각, 음란, 도둑질, 살인, 간음, 탐욕, 악의, 거짓말, 방탕, 질투비방, 교만, 어리석음이다.</u>" 이런 악한 것들은 모두 안에서 나오고 사람을 더럽게 한다.	프라세나짓왕은 세존(부처님)께 여쭈었다. "무슨 이유로 뜻의 행이 가장 중하다 하나이까?" 부처님께서 말씀하셨다. "대개 사람의 소행은 먼저 뜻으로 생각한 뒤에 입으로 나오고 입으로 <u>나온 뒤에 몸으로 살생과 도둑질과 음행을 행하는 것이요.</u> …(후면게송)… 마음은 모든 법의 근본이 된다. 마음은 주인 되어 모든 것을 부린다. 그 마음 속에 악을 생각하여 그대로 실행할 때는 거기서 괴로움의 갚음을 받는 것. 바퀴가 바퀴자국을 밟는 것 같다."

해 설

사람들의 그릇된 마음 안에서 나오는 것들이 얼마나 악하고 더러운 것인가를 말씀하신 것이다.

59. 가난한 가운데 행한 작은 헌금이 가장 큰 공덕

성경(신약) 서기 70년 저술	불경 서기 전 544년 편찬
마가복음 12장 41절	**한글대장경 제18책 현우경 외(잡보장경)** 444쪽 4째줄

예수께서는 성전 헌금함 맞은편에 앉아 사람들이 헌금함에 돈 넣는 것을 보고 계셨습니다. 많은 부자들이 큰 돈을 넣었습니다. 그런데 가난한 과부 한 사람이 다가오더니 렙돈 동전 두 개 곧 1고드란트를 넣었습니다. 예수께서 제자들을 불러서 말씀하셨습니다.

"내가 너희들에게 진실로 말한다. 이 가난한 과부가 어느 누구보다도 더 많은 헌금을 드렸다. 그들은 모두 풍족한 가운데서 드렸지만 이 여인은 가난한 가운데서도 자신이 가지고 있던 모든 것, 곧 자기생활비 전부를 드렸다."

어떤 빈궁한 거지 여자는 이렇게 생각하였다. …(11째줄)… 저 사람들은 전생의 복을 닦아 오늘에 부귀한데 나는 전생에 복을 짓지 못하여 금생에 빈한한 거지 소녀가 되었다. 만일 지금 복을 짓지 않으면 미래에는 더욱 빈곤해지리라. …(16째줄)… 나는 전에 똥 속에서 돈 두 냥을 주워 아끼면서 보관하였는데 …(19째줄)… "지금 나의 전 재산인 그것을 스님들께 보시하자" 하고 돈 두 냥을 보시했다. 그리고 받은 그 음식들을 가지고 산을 내려가다가 어떤 나무 밑에서 쉬다 잠들었다. 마침 그 나라에서는 상처한 임금님이 있었다. 다음 왕비는 꼭 복덕상이 구족한 여인을 왕비로 삼겠다고 관상장이에게 부탁했다. 그런데 관상장이는 산 너머 하늘 구름이 상서로움을 발견했다. 그래서 찾아갔더니 지금 찾고 있는 관상과 꼭 맞는 그 거지 소녀가 있었다. 거지 소녀는 그래서 왕비가 되었다.

60. 우물가에서 여인에게 물을 청한 일

성경(신약) 서기 100년 저술	불경 서기 전 544년 편찬
요한복음 4장 7~10절	**한글대장경 제269책** **좌선삼매경 외**(마등가경) 75쪽 11째줄

한 사마리아 여인이 물을 길으러 나왔습니다. 예수께서 여인에게 말을 거셨습니다.
  "내게 물 좀 떠 주겠느냐?"
  사마리아 여인이 예수께 말했습니다.
  "당신은 유대 사람이고 저는 사마리아 여자인데 어떻게 제게 물을 달라고 하십니까?"
  당시 유대 사람들은 사마리아 사람과는 상대도 하지 않았기 때문입니다.
	아난존자가 어느날 사위성에 탁발하러 갔다가 돌아오는 길에 갈증이 났다. 아난은 우물가에서 물을 긷고 있는 파카티라는 처녀에게 물을 청하였다.
	  그녀는 "저는 마탕가 신분(상종을 기피하는 천민)의 딸이옵니다. 비천한 신분이어서 귀하신 분께 감히 물을 떠 바칠 수 없사옵니다" 하고 대답하였다.
	  아난존자는 "여인이여, 나는 붓다의 제자로서 사람들의 빈부 귀천 상하에 아무런 차별을 두지 않습니다" 하고 다시 물을 청하였다.

해 설

성경이나 불경이나 이 우물가의 사건 후로 많은 교화의 인연들이 전개된다.

61. 사람을 구제할 때는 은밀하게 하라

성경(신약) 서기 70년 저술	불경 서기 전 100년 편찬
마태복음 6장 3절	**한글대장경 제243책 복개정행소집경 외(금강경 묘행무주분)** 114쪽 11째줄
너희는 가난한 사람들을 구제할 때 오른손이 하는 일을 왼손이 모르게 하여라. 그래서 네 착한 행실을 아무도 모르게 하여라.	또 수보리야 보살은 법에 대하여 머무는 바 없이 보시를 해야 하나니 이른바 생색을 내는 바 없이 보시하고 소리없이 보시하며 드러나지 않게 보시해야 되느니라.

※오른손이 하는 일을 왼손이 모르게 하라. 이것도 시적(詩的)으로 멋있게 표현했다.

62. 수행자는 무엇을 먹을까 무엇을 입을까 걱정하지 마라

성경(신약) 서기 70년 저술	불경 서기 전 310년 편찬
누가복음 12장 22절	**팔리어경 소부 숫타니파타** 970~971
예수께서 제자들에게 말씀하셨습니다. "그러므로 내가 너희에게 말한다. 네 목숨을 위해 무엇을 먹을까? 마실까? 네 몸을 위해 무엇을 입을까? 걱정하지 말라. 목숨이 음식보다 중요하고 몸이 옷보다 중한 것이다."	다음에 말하는 네 가지 걱정을 하지 마라. 즉 〈나는 무엇을 먹을까?〉 〈나는 어디서 먹을까?〉 〈잠자리가 불편하지 않을까?〉 〈나는 오늘 어디서 잘까?〉 집을 버리고 도를 숭상하는 자는 이 네 가지 걱정을 억제하라. 다닐 때 겸허한 자세로 걸으라.

63. 내 아버지는 농부이시다

성경(신약) 서기 100년 저술	불경 서기 전 310년 편찬
요한복음 15장 1~4절	**한글대장경 제8책 별역잡아함경** 442쪽 24째줄
나는 참 포도나무요, 내 아버지는 농부이시다. 내게 붙어 있으면서도 열매를 맺지 못하는 가지는 아버지께서 다 자르실 것이요, 열매 맺는 가지는 더 많은 열매 맺도록 깨끗하게 손질하신다. … 내 안에 머물러 있으라. 그러면 나도 너희 안에 머물러 있을 것이다. 가지가 포도나무에 붙어 있지 않으면 스스로 열매를 맺지 못하는 것처럼 너희도 내 안에 있지 않으면 열매를 맺을 수 없다.	『세존(부처님)이시여, 저는 농사짓는 사람으로서 밭을 갈고 심어서 먹으며 남에게 구걸하지 않습니다. 당신도 또한 갈고 심어서 생활합니까』 부처님은 말씀하셨다. 『나도 또한 갈고 심어서 먹느니라.』 나는 믿음으로 종자를 삼고, 모든 착함으로 좋은 밭을 삼으며, 정진함으로 길들인 소를 삼고 지혜로 멍에씌움을 만들며 남 부끄러움과 제 부끄러움으로 보습 삼고… 계율 지니는 것으로 굴레를 삼아서 더러운 번뇌를 갈아버리나니 단 비가 때를 맞추어 내린다… 나의 밭가는 것은 그와 같아 단 이슬의 과보 얻는다. 바라문 농부는 말하였다. 당신께서 밭가는 것이야말로 완전한 밭갈이하시는 것입니다. 이 공양을 드십시오.

64. 언제나 깨어 있으라

성경(신약) 서기 70년 저술	불경 서기 전 544년 편찬
마가복음 13장 33절	**한글대장경 제10책 증일아함경 2권** 415쪽 41째줄
정신을 바짝 차리라. 항상 깨어 있으라. 그때가 언제 올지 알지 못하기 때문이다. <u>깨어 있으라.</u> 그것은 여행을 떠나는 사람에 비유할 수 있다. 사람이 집을 떠나면서 자기 종들에게 권한을 주고 각 사람에게 할 일을 맡기고 자기 문지기에게 집을 잘 지키라고 명령하는 것과 같다. 그러므로 너희는 항상 깨어 있으라. 집주인이 언제 올지 곧 저녁이 될지 한밤이 될지 새벽이 될지 아침이 될지 모르기 때문이다. 그가 갑자기 돌아와 너희가 자고 있는 모습을 보게 되는 일이 없도록 하여라. 내가 너희에게 하는 이 말은 모든 사람에게 하는 말이니 깨어 있으라.	어떤 것이 비구로서 항상 <u>깨어 있을 줄 아는 것인가?</u> 이른바 비구로서 초저녁과 새벽에 항상 깨어 있어 서른일곱 가지 법을 생각하고 낮에는 거닐면서 나쁜 생각과 온갖 맺음을 없애며… 밤중에는 오른쪽으로 누워 다리를 포개고 다만 광명을 향하는 생각을 가지며, 또 새벽에는 드나들고 거닐면서 좋지 못한 생각을 버리는 것이니, 이와같이 비구는 때를 알아 <u>깨어있느니라.</u> 아아난다야 이것이 수행사문의 요긴한 행이니라.

※불교에서는 수행자가 앉으나 서나, 갈 때나 올 때나 오직 마음을 참선하는 화두 하나에 매어두고 정진하여 문득 한 순간에 깨달으면 비로소 잠깬 사람이라 하고 그냥 세상의 오욕락과 번뇌에 사로잡혀 지내면 그를 흐리멍텅하게 잠자는 사람이라 한다.

65. 신앙은 인간에게 가장 큰 재산이다

성경(신약) 서기 70년 저술	불경 서기 전 310년 편찬
누가복음 7장 50절	**팔리어경장 숫타니파타** 181~182
예수께서 여인에게 말씀하셨습니다. "네 믿음이 너를 구원했다. 평안히 가거라."	문 : 이 세상에서 인간에게 가장 큰 재산은 무엇입니까? 답 : 이 세상에서 신앙은 인간에게 가장 큰 재산이다.
마태복음 15장 28절	**한글대장경 제45책 화엄경(80권본)** **1권** 282쪽 32째줄
"여인아, 네 믿음이 크다. 네 소원대로 될 것이다"라고 대답하셨습니다. 그리고 바로 그때 그 여인의 딸의 병이 나았습니다.	신심(信心)은 도의 근본이요, 공덕의 어머니 일체 선한 법을 길러내며 의심의 그물을 끊고 애욕을 벗어나 열반의 위 없는 도를 열어보이네.

66. 자기 생명을 미워 하는 자로서의 예수

세상의 영광을 싫어 하는 자로서의 석가

성경(신약) 서기 100년 저술	불경 서기 전 544년 편찬

요한복음 12장 43절

그들은 하나님의 영광보다 사람의 영광을 사랑했던 것입니다 …(12장 25절)… 이 세상에서 자기 생명을 사랑하는 사람은 잃을 것이요, 이 세상에서 자기 생명을 미워한 자는 그 생명을 보존할 것이다.

마태복음 16장 24절

예수께서 제자들에게 말씀하셨습니다. "누구든지 나를 따르려거든 자기를 부인하고 자기 십자가를 지고 따라야 한다."

한글대장경 제20책 법구경(불소행찬) 364쪽 7째줄

왕은 다시 가지가지의
묘하고 훌륭한 5욕거리 더하여
낮이나 밤이나 오락으로써
태자의 마음을 즐겁게 하려 했네.

그럴수록 태자는 더욱 싫어해 끝끝내 사랑하고 즐길 뜻 없어 다만 나고 죽는 괴로움 생각하기 마치 화살 맞은 사자 같았네 …(420쪽 20째줄)… 세상에서 뛰어난 거룩한 왕자로서 밥을 빌어 먹으면서 세상의 영화를 버리었네.

해 설

인간은 웃으면서 업을 지었다가 울면서 그 과보를 받는다(잡아함우치인경). 사람이 항상 세상의 덧없는 유희를 즐기고 또 즐기고 싶어하기 때문이다. 그러나 그 유희성의 희롱이란 진리를 깨달은 사람이 보면 덧없고 실체가 없는 그림자를 잡으려고 술래잡기하는 것과 같다. 본래 움직인 바 없는 자기 자성을 본 사람만이 사물에 미혹되지 않고 마음을 자유자재로 하며 비로소 대 자유인이 되는 것이다.

67. 믿으라 구하라 반드시 얻을 것이다

성경(신약) 서기 100년 저술	불경 서기 전 544년 편찬

요한복음 14장 15절

너희가 나를 사랑한다면 내 계명을 지킬 것이다. …(13절)… 너희가 무엇이던지 내 이름으로 구하면 내가 다 이루어주겠다. 이는 아들을 통해 아버지께서 영광을 받으시게 하려는 것이다. …(14절)… 너희는 내 이름으로 무엇이던지 구하라. 그러면 내가 다 이루어주겠다.

마가복음 11장 24절

그러므로 내가 너희에게 말한다. 무엇이던지 너희가 기도하고 간구하는 것은 이미 받은 줄로 믿으라. 그러면 너희에게 그대로 이루어질 것이다.

한글대장경 제7책 잡아함경 3권
91쪽 23째줄

깨끗한 계율을 행한 사람은 그 마음에 원하는 것이면 저절로 얻어지기 때문이다. …… 왜냐하면 바른 행과 법다운 행을 행함으로써 계율을 가지고 청정한 마음으로 애욕을 떠나면 원하는 것 반드시 얻어지기 때문이다.

한글대장경 제9책 증일아함경 1권
208쪽 34째줄

비구들이여, 만일 믿음이 있는 사람을 위해 믿는 법을 말하면 그는 곧 기뻐할 것이다. 마치 병든 사람을 위해 치료하는 약을 말하면 그는 곧 병을 고치는 것처럼 기뻐하면서 마음 변치 않을 것이다.

68. 용서함으로써만이

성경(신약) 서기 70년 저술	불경 서기 전 544년 편찬
마태복음 6장 14절	**한글대장경 제9책 증일아함경 1권** 310쪽 38째줄
너희가 너희에게 죄 지은 사람을 용서하면 하늘에 계신 너희 아버지께서도 너희를 용서할 것이다. 그러나 너희가 남의 죄를 용서치 않으면 너희 아버지께서도 너희 죄를 용서하지 않으실 것이다.	감히 다시는 그런 말을 하지 말아라. 왜냐하면 장생태자는 자기 아버지를 죽인 원수인 나를 용서하고 내 목숨을 살려 주었고, 나 또한 이 사람의 목숨을 살려 주어야 할 것이기 때문이다. …(311쪽 25째줄)… 이것이 원한을 원한으로 갚으면 마침내 원한은 끊이지 않는다는 것이다. 원한을 쉬게 하려면 오직 남에게 보 갚음을 하지 않는 것 뿐이다.

※ 장생태자는 어릴 때 자기 아버지이신 부왕이 이웃나라 왕에게 처형 당하는 것을 똑똑히 목격했었다. "아가야, 내가 이렇게 죽는 것은 무수한 백성들의 목숨을 전쟁으로 희생시키는 것이 싫어서 대신 죽는 것이란다. 너도 후일 복수할 생각 말고 숨어서 살아라" 하셨다. 그 후 장생태자는 거지가 되어 떠돌다가 이웃나라 왕궁에 신분을 감추고 들어가 왕에게 잘 보여 왕을 호위하는 큰 벼슬을 하게 되었다. 복수할 기회를 엿보던 어느날 왕의 머리채 쥐고 칼을 들이대며 말했다. "지난날 우리 아버지는 무수한 백성들의 목숨을 희생시키는 것이 싫어서 대신 죽는다고 말씀하셨다. 이제 아버지의 숨은 덕을 너에게 알려주었으니 나는 할 말을 다했다. 너는 지금 나도 죽이고 싶으면 그렇게 하라"하며 칼을 내려놓았다. 왕은 그렇게 높으신 뜻이 있었음을 몰랐다며 눈물을 흘리며 참회하였다. 그리고 빼앗았던 나라를 돌려주고 자기 딸을 왕비로 주었다. 이렇게 용서하는 마음 하나로 해결되는 인간사 이야기가 불경에 나와 있다.

69. 보시 공덕이란?

성경(신약) 서기 70년 저술	불경 서기 전 544년 편찬
마태복음 7장 12절 그러므로 모든 일에 네가 대접 받고 싶은 대로 남을 대접하라. 이것이 바로 율법과 예언서에서 말하는 것이다.	**한글대장경 제9책 증일아함경 1권** 72쪽 7째줄 베풀어주는 일은 큰 재물 되고 원하는 일도 성취되나니 나라의 왕이나 그리고 도둑이라도 그가 가진 것 뺏지 못한다. …… 보시함으로써 하늘 몸 얻는다.
마태복음 10장 42절 내가 진실로 너희에게 말한다. 누구든지 내 제자라는 이유로 이 작은 사람중에 하나에게 냉수 한 그릇이라도 주는 사람은 반드시 그 상을 놓치지 않을 것이다.	**한글대장경 제7책 잡아함경 3권** 45쪽 13째줄 깨끗한 믿음으로 보시 행하면 이 세상이나 저 세상이나 어디고 그가 가는 곳에는 그림자처럼 복된 갚음 따르리.
누가복음 8장 2절 악한 영과 질병으로부터 고침 받은 여자들도 예수와 함께 했습니다. 이들은 일곱 귀신 떠나간 막달라 마리아였고 헤롯 청지기인 구사의 아내요, 또 수잔나와 그밖의 많은 여인들이었습니다. 이들은 자신의 재산으로 예수 일행을 섬겼습니다.	**한글대장경 제10책 증일아함경 2권** 506쪽 38째줄 보시는 중생 위한 복의 도구로 가장 제일 되는 진리에 이르나니 누군가 능히 보시를 생각하거든 곧 기쁘고 즐거운 마음을 내라. **한글대장경 제9책 증일아함경 1권** 495쪽 31째줄 때를 따라 보시하기 잊지 않으면 소리에 메아리인 듯 그 복 받느니라. …… 보시는 온갖 행의 근본이 되어 위 없는 높은 자리에 가게 되나니 …….

70. 종자를 심은 대로 거둔다

성경(신약) 서기 70년 저술	불경 서기 전 100년 편찬

마태복음 7장 16절

그 열매를 보면 너희가 그들을 알아볼 수 있을 것이다. 가시나무에서 포도를 따고 엉겅퀴에서 무화과를 얻겠느냐. 이처럼 좋은 나무는 좋은 <u>열매를 맺고 나쁜 나무는 나쁜 열매를 맺는다.</u> 좋은 나무가 나쁜 열매를 맺을 수 없고, 나쁜 나무가 좋은 열매를 맺을 수 없다.

한글대장경 제99책 대보적경 4권
556쪽 20째줄

선과 악은 마치 씨를 심는 것과 같아서 모두가 업을 따라 나게 되는 것이니 어찌 쓴 종자의 인(因)을 심고서 단 열매 익기를 바라랴.

한글대장경 제6책 잡아함경 2권
319쪽 31째줄

비유하면 감자나 벼·포도 종자를 땅에 심고 때 맞춰 물을 주면 그것은 땅맛·물맛·불맛·바람맛을 받더라도 <u>그 맛은 모두 달다. 왜냐하면 종자가 달기 때문이다.</u> 이와같이 바른 소견을 가진 사람은 몸의 업이나 입의 업이 그 소견과 같아서 …… 생각하고 바라며 혹은 원하고 행하는 것이 다 그것을 따르면 그는 모두 사랑할 만하고 생각할 만하여 마음에 드는 결과를 얻는다.

향락에서 해방된 인간은
슬픔도 공포도 없다

71. 네 이웃을 네 몸과 같이 사랑하라

성경(신약) 서기 70년 저술	불경 서기 전 544년 편찬
누가복음 10장 26절	**한글대장경 제6책 잡아함경 2권** 426쪽 첫째줄
예수께서 말씀하셨습니다. "율법에 무엇이라 기록돼 있느냐? 너는 그것을 어떻게 읽고 있느냐?" 율법학자가 대답했습니다. "네 마음을 다하고 네 목숨을 다하고 네 힘을 다하고 네 뜻을 다해 주 네 하나님을 사랑하라 했고, 또 네 이웃을 네 몸같이 사랑하라 했습니다."	마음이 사랑과 하나가 되기 때문에 원한도 없고, 미움이나 성냄도 없고, 넓고 크고 한량없이 잘 닦아 익히어 모든 곳에 가득 찼고, 선정을 완전히 갖추어 머무르게 되느니라.
	한글대장경 제10책 증일아함경 2권 304쪽 18째줄
	…… 또 사랑하는 마음을 쓰면 얼굴이 단정하고 모든 감관이 이즈러지지 않아 형체가 완전히 갖추어질 것이다.

해 설

위에 부처님이 말씀하신 "선정(禪定)을 완전히 갖추어 머무르게 되느니라"라는 말을 깊이 새겨 보자. 그 경지만이 인간으로서 완전한 깨달음에 이를 수 있는 것이며, 그 깨달음을 이룬 사람만이 모든 중생은 한 몸이라는 것을 분명히 알고 수긍할 수 있고 행할 수 있다. 그냥 믿음만으로는 이웃이 나와 한몸이라는 것을 알거나 긍정하기 어려운 것이다.

72. 발에 향유를 발라드린 여자들

성경(신약) 서기 70년 저술	불경 서기 전 544년 편찬
누가복음 7장 36절	**한글대장경 제18책 현우경 외(잡보장경)** 475쪽 8째줄
한 바리새파 사람이 예수를 저녁 식사에 초대했습니다. 그래서 예수께서는 그 바리새파 사람의 집으로 들어가 식탁에 앉으셨습니다. 그 마을에 죄인인 한 여자가 있었는데 예수께서 그 바리새파 사람의 집에 계시다는 것을 알고는 향유가 든 옥합을 가지고 와 예수의 뒤로 그 발곁에 서서 울며 눈물로 그 분의 발을 적셨습니다. 그리고 자신의 머리카락으로 발을 닦고 <u>그 발에 자신의 입을 맞추며 향유를 부었습니다.</u>	옛날 슈라아바스트이성 안의 어떤 여자가 땅에 앉아 향료를 갈다가 성 안으로 들어가시는 부처님을 만났다. 그녀는 부처님을 보자 기쁜 마음이 생겨 갈던 향을 부처님 발에 발라<u>드렸다.</u> 그 뒤 그녀는 목숨을 마치고 하늘나라에 나게 되었는데 몸의 향기는 사천 리까지 풍기었다. 그녀가 설법당으로 들어가자 제석천은 게송으로 물었다. "너는 옛날에 어떤 업을 지었기에 그 몸에서 미묘한 향기가 나는가. 이 하늘 위에 살면서 광명과 빛깔은 녹인 금과 같구나."

※ 예수님에게나 부처님에게나 발에 향료를 발라드린 여자들이 있었다는 이야기가 나온다.

향락에서 해방된 인간은
슬픔도 공포도 없다

73. 나와 함께 하지 않는 사람은

성경(신약) 서기 70년 저술	불경 서기 전 544년 편찬
누가복음 11장 23절 나와 함께 하지 않는 사람은 나를 반대하는 사람이고, 나와 함께 모으지 않는 사람은 흩어버리는 사람이다. **누가복음 9장 50절** 예수께서 말씀하셨습니다. "그를 막지 말라. 누구든지 너희를 반대하지 않는 사람은 너희를 위하는 사람이다."	**한글대장경 제92책 본생경 2권** 108쪽 12째줄 문 : 스승님 내 편과 적을 어떻게 분별할 수 있습니까? 답 : 그 사람은 보고도 미소하지 않고 또 그를 환영하지도 않으며 그에게 눈길을 주지 않으며 무슨 일에나 반대하고 나선다. 이런 것들은 원적(怨敵)의 징후이다.

74. 받아 먹어라. 이 빵은 내 몸이다, 이 잔은 내 피다.

성경(신약) 서기 70년 저술	불경 서기 전 100년 편찬
마태복음 26장 26절 〈최후 만찬장〉에서	**불교성전(대반열반경14)** **1972년 발행인 김성구/ 2000년 개정판 발행** 220쪽 19째줄

그들이 식사를 하고 있을 때에 예수께서 빵을 들어 감사 기도를 드리신 후 빵을 떼어 제자들에게 주면서 말씀하셨습니다. "받아서 먹어라. 이것은 내 몸이다." 그리고 또 잔을 들어 감사 기도를 드리신 후 제자들에게 주시면서 말씀하셨습니다.

"너희는 모두 이것을 마시라. 이것은 죄사함을 위해 많은 사람들을 위해 흘리는 나의 피 곧, 언약의 피다."

지혜는 높으나 아직 깨달음에 이르지 못한 수행자가 있었다. 어느날 하늘나라 제석천왕이 그를 시험하기 위해 얼굴이 험상궂은 나찰로 변해 그 앞에 나타났다. 그리고 시(詩)를 읊었다. "이 세상 모든 일 다 덧없는 것이니 그것은 곧 나고 죽고 변하는 법이라네."

수행자는 이 시 귀절을 듣고 마음 속으로 무한한 기쁨을 느꼈다. "나찰이여, 그 시의 다음 구절, 완성 구절을 나에게 들려 줄 수 없겠소"하며 간청했다. 그랬더니 나찰은 말했다. "나는 지금 배가 고파 죽을 지경이오"했다. 수행자는 물었다. "당신은 대체 어떤 음식을 먹습니까?"

"놀라지 마시오. 내가 먹는 음식은 사람의 살덩어리이고 마시는 것은 사람의 따스한 피요." 수행자는 말했다. "그렇다면 나머지 구절을 읊어 주시오. 듣고서 내 몸을 당신께 드리겠습니다"했다. 나찰은 "그러나 어떻게 당신 말을 믿겠소."했다. 나는 이 무상한 몸을 버려 영원한 몸과 바꾸려 합니다. 시방삼세 모든 부처님들도 증명해 주실 것입니다. "그럼 말하여 주겠소. 잘 들으시오."

"나고 죽고 하는 것에 그 자성(自性)이 없는 까닭에 나고 죽음이 다 없어진 뒤 열반, 그것은 한없는 즐거움이어라." 수행자는 듣고 한없이 기뻐하며 몸을 바치기 위해 높은 나무 위에서 몸을 던졌다. 그러자 즉시 나찰은 다시 제석천왕으로 변해 수행자의 몸을 안전하게 받아내렸다.

※ 예수는 세상의 구원을 위해 자기 몸과 피를 바쳤고 여기 수행자는 진리를 깨닫기 위해 자기 몸과 피를 바쳤다.

75. 하늘나라는 한 알의 작은 겨자씨를 심은 것과 같다

성경(신약) 서기 70년 저술	불경 서기 전 544년 편찬
마태복음 13장 31절	**한글대장경 제18책 현우경(구잡비유경)** 693쪽 27째줄
예수께서 또 다른 비유를 들어 말씀하셨습니다. 하늘나라는 사람이 자기 밭에 가져다가 심어 놓은 겨자씨와 같다. 겨자씨는 모든 씨앗들 가운데 가장 작은 씨앗이지만 자라면 모든 풀보다 커져 나무가 된다. 그래서 공중에 나는 새들이 와서 그 가지에 깃든다.	"네가 냐그로오다 나무를 볼 때 그 높이가 얼마나 되던가? 높이는 40리요, 해마다 수만 섬의 열매를 따나이다. 그 씨앗은 얼마나 큰가? 겨자씨만합니다. 한 되 쯤 심었던가? 씨 하나를 심었을 뿐입니다." 부처님은 말씀하셨다. "네 말이 어찌 그리 부풀었는가. 한 겨자씨 만한 것이 어떻게 그 높이가 40리가 되며 해마다 수만 개의 열매를 따겠는가." "진실로 그러하나이다." "그렇구나. 한 인과의 갚음이 진실로 그러하거늘 …… 한 바리의 밥을 여래께 보시한 그 복 다 헤아릴 수 없느니라."

76. 하늘나라는 밭에 숨겨진 보물과 같다

성경(신약) 서기 70년 저술	불경 서기 전 200년 편찬
마태복음 13장 44절	**한글대장경 제53책 대애경 외** (해의보살소문 정인 법문경) 383쪽 6째줄
하늘나라는 밭에 숨겨진 보물과 같다. 어떤 사람이 그것을 발견하고는 감추어 두고 기뻐하며 돌아가 모든 재산을 팔아서 그 밭을 산다.	세존이시여 마치 어떤 사람이 저 성중 부근의 촌락에 가서 밭의 땅굴 속에 무진장한 보물이 가득차 있는 것을 보고 그 사람이 이익을 차지할

생각으로서 보는 즉시 성중에 달려가 여러 사람들에게 말하기를 「그대들은 빨리 오라. 그대들이 보물을 구하려거든 내가 보물있는 장소를 알고 있으므로 그대들에게 보물이 무진장한 땅굴을 보여주리라」하니 …… 어떤 사람은 아예 믿지 않고 가지 않는가 하면 어떤 사람은 그 말대로 믿고 가서 보물을 캐내어 제나름의 지량(智量)대로 얻어가지고 돌아가리라 … 22째줄 … 세존이시여 부처님께서 말씀하신 큰 보배의 팔만사천법장(法藏=온갖 법의 진리가 감추어져 있는 법보)도 그와 같아서 백천 겁에 걸쳐 더없이 광대한 보배의 법장을 쌓았으며, 이미 쌓고 모았음으로 보리의 도량에 나아가 정각(正覺)의 과위를 성취하시고 그 뒤엔 바라나시의 녹야원에서부터 큰 법륜(法輪)을 굴리셨습니다.

해 설

기독교인들이 갖는 구경의 목표가 무엇인지 나는 잘 모르지만 불교인들이 갖는 구경의 목표는 팔만사천법장을 밑거름으로 수행정진하여 자기 자성(진리)을 깨달아 부처님과 같은 완성된 삶을 실천하는 것이다. 밭에 감추어져 있는 보물이란 불교적으로 말하면 법의 보물이요, 진리의 보물을 비유한 것이다. 기독교적인 논리로는 그것을 하늘나라에 비유하여 결부시킨 듯하다.

77. 또, 하늘나라는 좋은 진주를 찾아다니는 상인과 같다

성경(신약) 서기 70년 저술	불경 서기 전 544년 편찬
마태복음 13장 46절	**한글대장경 제18책 현우경(대시서해품)** 213쪽 35째줄
또, 하늘나라는 좋은 진주를 찾아 다니는 상인과 같다. 그는 값진 진주를 발견하고 돌아가 모든 재산을 팔아서 그것을 산다.	나는 지금 몸소 바다에 들어가 보배를 캐려 한다. 누구나 가고 싶으면 함께 가자. 나는 상주(商主)가 되어 필요한 행구(行具)를 준비하리라.

그때 500 사람이 모두 그 영(令)에 응하였다. …214쪽 44째줄… 바다 가운데는 위험이 많다.… 백 사람이 바다에 들어가면 겨우 한 사람이 무사히 돌아올 지경이다. …215쪽 6째줄… 만일 굳건한 마음으로 목숨을 돌아보지 않고 부모·형제·처자를 버리고 가야 한다. 그러나 일곱 가지 보배를 얻어 가지고 무사히 돌아오면 그 자손 7대까지 먹고 써도 다하지 않을 것이다. …14째줄… 바람에 돛을 올리자 배는 빠르기가 화살 같았다.〈천신만고 끝에〉보배 있는 곳을 찾아내었다.… 모두 부지런히 캐내어 배에 실었다. 이에 보배는 배에 가득하여 귀로에 올랐다.… 하지만 대시는 귀로에 오르지 않고 …30째줄… 나는 앞으로 더 나아가 용궁으로 가서 여의주(如意珠)를 구하려 한다. 또 목숨이 끝나더라도 얻지 못하면 돌아오지 않으리라. 그 결과 대시는 여의주까지 얻어 돌아오게 되었다.

※옛날 인도에 부귀하기가 왕보다 더한 바라문이 있었다. 그러나 늦도록 자식이 없어 애태우다가 기도하여 아들을 얻었다. 아들은 총명하여 세속 경정 18부를 외우고 문장에도 능통했다. 그런데 어려서부터 가난하고 배고픈 이웃을 보면 항상 마음 아파하였다. 어느날 차곡차곡 쌓아둔 아버지의 보물 창고를 열어 백성들에게 나누어 분배하였다. 아버지는 이런 아들이 대견스럽고 자랑스러워 그저 싱글벙글할 뿐이었다. 이윽고 보물창고가 다 비게 되자 사람들을 모집하여 바다 상인으로 나섰다는 이야기가 앞에 나온 이야기다. 이것은 마치 석가모니 부처님이 인간 세상을 제도(구원)하기 위해 자기 왕위나 나라까지 버리고 고행정진하는 것과 같은 정신세계를 그려낸 것이다. 그래서 이 이야기는 석가모니 부처님의 전생담이라고 한다.

78. 항상 기뻐하라

성경(신약) 서기 70년 저술	불경 서기 전 200년 편찬
마태복음 5장 12절 〈팔복 중에서〉 기뻐하고 즐거워 하라. 하늘에서 너희들이 상이 크다. 너희들보다 먼저 살았던 예언자들 도 그런 핍박을 당했다.	**한글대장경 제53책 대애경** 184쪽 27째줄 항상 기쁜 마음을 지님은 인간 지 혜의 근본이다. …284쪽 34째줄… 가 엾이 여기는 마음으로 중생을 돕고 기뻐하는 마음으로 사는 법을 성취 하라. **한글대장경 제91책 본생경1권** 280쪽 5째줄 기뻐하는 마음으로 기뻐하는 사람되어 저 열반을 얻기 위해 선법 닦으면 마침내 일체의 그 번뇌 없어지라.

향락에서 해방된 인간은
슬픔도 공포도 없다

79. 거짓 수행자와 기도자를 꾸짖는 말

성경(신약) 서기 70년 저술	불경 서기 전 100년 편찬

마태복음 6장 5절

너희는 기도할 때 위선자들처럼 하지 말라. 그들은 사람들에게 보이려고 회당이나 길모퉁이에서 기도하기를 좋아한다. 내가 진실로 너희에게 말한다. 그들은 이미 자기 상을 다 받았다.

6절, 너는 기도할 때 방에 들어가 문을 닫고 은밀하게 계시는 너희 아버지께 기도하여라. 그러면 은밀하게 계셔서 보시는 네 아버지께서 네게 갚아주실 것이다.

마가복음 12장 38절

율법학자들을 조심하여라 이들은 긴 옷을 입고 다니기를 좋아하고 시장에서 인사받기 좋아한다. 또 회당에서 높은 자리와 잔치에서 윗자리 앉기를 좋아한다. 그들은 과부의 집을 삼키고 남에게 보이려고 길게 기도한다. 이런 사람들이 더 큰 심판을 받게 될 것이다.

불교성전(보적경4권 가섭품)
1972년 발행인 김성구/ 2000년 개정판 발행
381쪽 2째줄

어떤 사문은 자기가 계율 지키고 있는 것을 어떻게 남에게 알릴까 생각하며 계율을 지킨다.

어떻게 하면 남들이 자기를 뛰어난 학자라고 알아줄까 생각하며 교법을 듣고 배운다.

어떻게하면 남들이 자기를 산중의 도인이라고 알아줄까 생각하며 산중에서 수행한다.

이것은 남에게 보이기 위해서이지 세상을 이롭게 하기 위해서도 아니고, 욕정을 떠나기 위해서도 아니며… 깨달음을 위해서도 아니며 진실한 사문이 되기 위해서도 아니며, 열반의 실현을 위해서도 아니다. 이것이 명예와 명성과 칭찬을 구하는 사문이다.

80. 그러면 누가 제 이웃입니까?

성경(신약) 서기 70년 저술	불경 서기 전 544년 편찬
누가복음 10장 29절	**한글대장경 제2책 중아함경 1권** 119쪽 40째줄

누가복음 10장 29절

그러면 누가 제 이웃입니까? 예수께서 대답하셨습니다. 한 사람이 예루살렘에서 여리고로 가다가 강도들을 만나게 됐다. 강도들은 그의 옷을 벗기고 때려 거의 죽게 된 채로 내버려두고 갔다. 마침 한 제사장이 그 길을 가는데 그 사람을 보더니 반대쪽으로 피해 갔다. 이와같이 한 레위 사람도 그 곳에 이르러 반대쪽으로 피해 갔다. 그러나 어떤 사마리아 사람은 길을 가다가 그 사람이 있는 곳에 이르러 그를 보고 불쌍한 마음이 들어 가까이 다가가 상처에 기름과 포도주를 바르고 싸맸다. 그리고는 여관에 데려가 잘 보살펴 주었다. … 너는 이 세 사람중 누가 강도를 만난 사람의 이웃이라고 생각하느냐? 율법학자가 대답했습니다. 자비를 베푼 사람입니다. 예수께서 그들에게 말씀하셨습니다.

"너도 가서 이와같이 하여라."

한글대장경 제2책 중아함경 1권 119쪽 40째줄

마치 어떤 사람이 먼 길을 가다가 도중에서 병을 얻어 지극히 곤란하고 몹시 시달렸지만 다만 혼자서 길동무도 없고 왔던 뒷마을로 돌아가긴 더욱 먼데 앞 마을에 아직 이르지 못함과 같다. 만일 어떤 사람이 그것을 보고 …120쪽 4째줄… 그 사람을 먼 들판에서 마을로 데리고 가서 좋은 탕약과 좋은 음식을 먹이고 좋은 간호를 해주어 이 사람의 병이 나았다. 그 사람은 이 병자에 대해서 지극히 가엾이 여기고 내 이웃을 사랑하는 마음을 실천한 것이다. …120쪽 19째줄… 이 사람은, 몸과 마음의 깨끗한 선행으로 말미암아 목숨이 끝난 뒤에는 반드시 좋은 곳으로 가서 천상에 태어날 것이다.

81. 땅이 스스로 곡식을 길러낸다

성경(신약) 서기 70년 저술	불경 서기 전 544년 편찬
마가복음 4장 26절 2째줄	**한글대장경 제6책 잡아함경 2권** 350쪽 22째줄
어떤 사람이 땅에 씨를 뿌리면 씨는 그 사람이 자고 있든 깨어 있든 밤낮으로 싹이 트고 자라난다. 그러나 그는 씨가 어떻게 해서 그렇게 되는지 알지 못했다. 땅이 스스로 곡식을 길러내는 것이다. 처음에 줄기가 자라고 다음에는 이삭이 패고 그 다음에는 이삭에 알곡이 맺힌다. 그리고 곡식이 익은대로 곧 농부가 낫을 댄다.	그 종자가 이미 땅에 들어갔으면 스스로 때를 따라, 나서 자라고 열매 맺고 익을 것이다. 그와같이 비구들이여 이 세가지 공부를 때를 따라 잘 공부하라 …29째줄… 자연의 신통력은 능히 오늘이나 내일, 혹은 뒷날에 모든 번뇌를 일으키지 않고 마음을 잘 해탈케 하느니라.

82. 바위 위에 기초를 세웠다

성경(신약) 서기 70년 저술	불경 서기 전 544년 편찬
마태복음 7장 24절	**한글대장경 제45책 화엄경(80권본)** 1권 259쪽 32째줄
그러므로 내가 하는 말을 듣고 그대로 실천하는 사람은 바위 위에 집을 지은 지혜로운 사람이다. 비가 내려 홍수가 나고 바람이 불어 세차게 내려치더라도 그 집은 무너지지 않았다. 바위 위에 기초를 세웠기 때문이다. 그러나 내가 하는 말을 듣고도 실천하지 않는 사람은 모래 위에 집을 지은 어리석은 사람이다.	비유컨대 집터를 먼저 잘 닦고 기초를 튼튼하게 하고서야 좋은 집을 지을 수 있는 것처럼 보시와 계행들도 그러하기 때문에 그것이 보살의 모든 행의 근본이 되느니라.

83. 예수·석가 모두 임종 때 땅이 크게 진동함

성경(신약) 서기 70년 저술	불경 서기 전 544년 편찬
마태복음 27장 46절	**한글대장경 제1책 장아함경(유행경)** 83쪽 40째줄
오후 3시쯤 돼 예수께서 큰 소리로 "엘리엘리라마사박다니"라고 부르짖으셨습니다. 이것은 "내 하나님 내 하나님 어째서 나를 버리셨습니까?"라는 뜻입니다. …50절… 예수께서 또다시 크게 외치신 후 숨을 거두셨습니다. 바로 그때 성전의 휘장이 위에서 아래까지 두 쪽으로 찢어졌습니다. <u>땅이 흔들리며 바위가 갈라졌습니다.</u>	부처님은 쌍수(雙樹) 사이에 있어 고요한 마음으로 누워 계시네. 나무신(神)들은 마음이 청정하여 부처님 위에 꽃을 뿌리네 …102쪽 37째줄… 너희들은 만일 부처와 법과 승에 대해서 의심이 있고, 도에 대해서 의심이 있거든 마땅히 빨리 물으라. 이때를 놓쳐 후일에 뉘우치지 말라.… 모든 비구들은 잠자코 말이 없었다. 이렇게 3번 거듭 말씀하셨으나 비구들은 여전히 잠자코 말이 없었다. …103쪽 37째줄… 이에 세존은 곧 초선정(初禪定)에 들어갔다. 초선정에서 일어나 제2선에 들어가고 제2선에서 일어나 제3선에 들어가고 제3선에서 일어나 제4선에 들어갔다. …104쪽 8째줄… 4선에서 일어나 부처님은 반열반하셨다. <u>그 때에 땅은 크게 진동하여 모든 하늘과 세상 사람들은 다 크게 놀랐다.</u>

84. 부모를 공경하라

성경(신약) 서기 70년 저술	불경 서기 전 544년 결집
마태복음 15장 4절	**한글대장경 증일아함경 1권** 210쪽 3째줄
하나님께서는 너희 부모를 공경하라 하셨고 "누구든지 자기 부모를 저주하는 사람은 반드시 죽을 것이다"라고 하셨다.	비구들이여 알아야 한다. 부모의 은혜는 지극히 무거우니라. 우리를 안아 길러주고 때때로 보살펴 시기를 놓치지 않았기 때문에 우리는 저 해와 달을 보게 된 것이다.
	한글대장경 별역잡아함경 69쪽 17째줄
	그 부모에게 극진히 효도하며 모든 어른들에게도 깊은 마음에서 공경하며 항상 부드러운 말과 착하고 좋은 말만 하며 이간 부치는 말과 인색함과 성냄 끊었나니……

85. 부끄러워 하라

성경(신약) 서기 70년 저술	불경 서기 전 544년 결집
마가복음 8장 38절 누구든지 음란하고 죄 많은 이 세대에서 나와 내 말을 부끄럽게 여기면 인자도 아버지의 영광을 입고 거룩한 천사들과 함께 올 때에 그를 부끄럽게 여길 것이다. **누가복음 18장 9절** 자기가 의롭다 생각하며 다른 사람들을 업신여기는 몇몇 사람들에게 예수께서 이런 비유를 들려 주셨습니다. 두 사람이 기도하러 성전에 올라갔다. 한 사람은 바리새파 사람이었고 또 다른 사람은 세리였다. 바리새파 사람은 서서 자신에 대해 이렇게 기도했다. 하나님 저는 다른 사람들, 곧 남의 것을 빼앗는 사람이나 불의한 사람이나 간음하는 사람과 같지 않고 이 세리와도 같지 않음을 감사합니다. 저는 일주일에 두 번씩 금식하고 얻은 모든 것의 십	**한글대장경 중아함경 1권** 221쪽 22째줄 만일 비구가 부끄러움이 없으면 사랑과 공경을 해치느니라. 사랑과 공경이 없으면 믿음을 해치고 … 바른 사유(思惟)를 해치고 …(29째줄)… 그러나 만일 비구가 부끄러움이 있으면 곧 사랑과 공경을 익히고 믿음을 익히며… 바른 사유, 바른 생각, 바른 지혜를 익히며 … 혜탈을 익히며 열반을 익히느니라. **한글대장경 중아함경 1권** 154쪽 38째줄 「나는 부처님과 법과 스님들로 말미암아 선(善)과 서로 응하는 평등한 마음에 머무르지 못한다」〈그러나〉 그는 부끄러워 함으로 말미암아 곧 선과 서로 응하는 평등한 마음에 머무를 것이다.

일조를 냅니다. 그러나 또 한 사람 세리는 멀찍이 서서 하늘을 쳐다볼 엄두도 내지 못하고 가슴을 치며 말했다. "하나님 이 죄인에게 자비를 베풀어 주십시오." 내가 너희에게 말한다. 이 사람이 저 바리새파 사람보다 오히려 의롭다는 인정을 받고 집으로 돌아갔다. 누구든지 자기를 높이는 사람은 낮아질 것이요, 자기를 낮추는 사람은 높아질 것이다.

86. 다만 주(主)를 보는 관점은 서로 다르다

성경은 하나님을 주(主)라 하고 그분이 세상을 지었다 하고	불경은 마음이 주(主)가 되어 모든 법의 근본이 되었다 하고
성경(신약) 서기 70년 저술	불경 서기 전 544년 결집 간행

마가복음 12장 29절

이스라엘아 들으라! 주(主) 우리 하나님은 오직 한 분이다. 네 마음과 네 목숨과 네 뜻, 네 힘을 다해 주(主) 네 하나님을 사랑하라. 이것이 첫 번째 중요한 계명이다.

요한복음 1장 3절

모든 것이 그 분을 통해 지음 받았으며 그 분 없이 된 것은 아무것도 없었습니다.

요한복음 1장 18절

지금까지 아무도 하나님을 본 사람이 없었습니다. 그러나 아버지 품에 계시는 독생자께서 하나님을 알려 주셨습니다.

요한복음 1장 10절

그 분이 세상에 계셨고 그 분이 세

한글대장경 제20책 법구경 (법구비유경) 151쪽 26째줄

마음은 모든 법의 근본이다. 마음이 주(主)가 되어 모든 일 시키나니 마음 속으로 악한 일 생각하여 그대로 말하고 그대로 행하면 죄의 고통 따르리라. … 마음 속으로 선한 일 생각하여 그대로 행하면 복의 즐거움 따르나니 그림자가 형체를 따르는 것처럼.

불교성전(중아함경)
1981년 발행 한길로 편역
179쪽 3째줄

인간은 누가 만든 것이 아니라, 본래(시작 없는 태초)부터 스스로 있는 존재로서 제가 제 자신을 만들고 제 세계를 만들어가는 것이다. 마음이 스스로 주(主)가 되어 스스로 '나'를 존재시키기 때문이다.

상을 지었지만 세상은 그 분을 알아보지 못했습니다.

마가복음 9장 1절

예수께서 그들에게 말씀하셨습니다. "내가 너희에게 진실로 말한다. 여기 서 있는 사람 가운데 죽기 전에 하나님 나라가 능력을 떨치며 오는 것을 볼 사람이 있을 것이다."

마가복음 13장 26절

그때 사람들은 인자가 큰 권능과 영광 가운데 구름을 타고 오는 것을 볼 것이다. 그때 인자가 천사들을 보내 택함 받은 사람들을 땅 끝에서 하늘 끝까지 사방에서 모을 것이다.

마태복음 16장 27절

인자가 천사들과 함께 아버지 영광으로 다시 올 것이다. 그때 인자는 각 사람이 행한 대로 갚아줄 것이다.

요한복음 5장 28절

이것에 놀라지 말라 무덤 속에 있는 모든 사람들이 아들의 음성을 들을 때가 온다. 선한 일을 행한 사람

한글대장경 제9책 증일아함경
오왕품 1권 515쪽 33째줄

애욕아 나는 너의 근본을 안다. 너는 생각을 의지해 생긴다. 그러나 나는 생각하지 않나니 그러면 또한 너는 없는 것이다.

한글대장경 제10책 증일아함경
2권 347쪽 첫째줄

하늘신(유태교 창조신)이 세상을 만들었다거나 저 범천(힌두교 창조신)이 만든 것도 아니거늘 그런데도 범천이 만들었다 한다면 그것은 허망한 말이 아닌가.

한글대장경 제3책 중아함경 2권
420쪽 7째줄

일체 중생을 위하여 소젖을 짜는 동안이라도 사랑(慈)하는 마음을 행하면… 가장 훌륭한 보시(布施)다… (15째줄)… 소젖을 짜는 동안이라도 사랑하는 마음을 행하더라도, 만일 어떤 이가 능히 일체 모든 법은 무상(無常)하고 괴로우며 공(空)하고, 신(神)이 아니라고 관찰하면 이

들은 부활해 생명을 얻고 악한 일을 행한 사람들은 부활해 심판을 받을 것이다.

것은 앞의 보시보다 가장 훌륭한 법(法) 보시이다. …(중아함경 3권 278쪽 8째줄)… 무슨 까닭인가? 우리는 우리의 신(神)이 없고 신의 소유도 없기 때문이다.

해 설

어디서 누가 "우리가 믿는 신(神)만이 유일신(唯一神)이다" 라고 외쳐댄다면 반드시 저쪽에서 "아니다. 우리가 믿는 신만이 진짜 유일신이다" 하는 대구가 일어날 것이다. "이것이 있으므로 저것이 있다. 이것이 생겨남으로써 저것이 생겨난 것이다. 이것이 없으면 저것도 없다."(보적경) 이 세상 모든 존재하는 것들의 존재의미란 이런 마음의 상대성에서 파생된 개념들에 불과한 것이다. 그 개념들에 사로잡혀 집착하면 항상 이렇게 말한다. "이것이 진짜이기 때문에 저것은 가짜라고, 또는 저것이 진짜이기 때문에 이것은 가짜라고." 그러나 그런 개념들은 항상 변하고 달라지는 것일 뿐 고정불변한 것이 아니다. 그런데도 이쪽과 저쪽에서 서로 맞서며 우리가 믿는 신만이 진짜 유일신이라고 집착한다면 서로 상대를 가짜라고 하며 대립이 일어나고, 그런 대립이 일어남으로 인하여 시비와 다툼이 일어나고, 시비와 다툼이 일어남으로 인하여 공격적이 되어 전쟁으로 비화된다. 이 세계는 그런 전쟁으로 불 붙은 지 오래되었다.

어느날 어느 마을에서 장례식이 행해지고 있었다. 마침 그곳을 지나가는 나그네가 있었다. 그 나그네는 물었다. "오늘 장례식을 올리는 망인의 이름은 누구시옵니까?" "예, 이 마을에서 살던 불사인(不死人 = 죽지 않는 사람이란 뜻)이라는 사람입니다." 나그네는 되물었다. "아니 불사인인데 왜 죽습니까?" "예, 불사인도 죽습니다. 사실 이름이란 부호(符號)에 불과한 것입니다. 그 부호에 집착하지 마십시오. 부호에 불과한 이름에 집착하면 마음에 어리석은 미혹이 일어납니다. 사실 인간이란 모두 근본무지(根本無知)라는 병을 앓고 있습니다. 그 병은 마음을 깨달아야만 낫는 병이랍니다. 그렇기 때문에 그 이름에 집착하면 마음은 이성(理性)을 잃게 되고 사려판단에 변괴(變怪)가 일어나는 법입니다."

두 유일신 때문에 이 세계에 변괴가 일어난 지 참 오래 되었습니다. 서로 자기 신만이 유일신이라 주장하기 때문에 세계 역사엔 끝없는 전쟁과 살생이 자행되어 왔는데 두 유일신은 어디서 무엇을 하고 있는지 모르겠습니다. 두 유일신이여! 당신들이 진실로 계신다면 어서 빨리 나와 협상하십시오. 당신들을 신봉하는 두 종교인들 싸움은 그칠 날이 없습니다. 두 유일신이여! 당신들께 자비심이 있다면 지금 빨라 나와 협상하셔야 합니다. 요즈음은 소총과 자살폭탄으로 싸우고 있지만 멀지 않아 핵폭탄으로 싸울 준비를 하고 있습니다. 아니 한쪽은 벌써 핵무장을 마쳤습니다. 다른쪽도 핵무기를 갖추는 것은 시간문제일 뿐입니다. 만일 핵전쟁이 일어나면 어차피 승자가 없는 공멸인데, 두 유일신의 이름으로 인류의 종말을 맞이하겠다는 것입니까? 그래도 정치나 경제적인 문제론 협상을 잘하는데 종교적으론 협상이 안 됩니다. 두 유일신 사이에 생긴 증오심이 워낙 강한 탓입니다. 만일 상대편 유일신을 인정해 주면 바로 자기 유일신을 배반하는 꼴이 됩니다. 유일신이기 때문입니다. 거기엔 한 치의 양보도 있을 수가 없게 되어 있습니다. 십자군전쟁이 일어난 것도 두 유일신 때문이며 로마가 이슬람에게 멸망한 것도 두 유일신 전쟁이었습니다. 서양 역사의 무수한 전쟁들과 무수한 살생들로 강이 온통 피로 빨갛게 물든 것도 한두 번이 아니었습니다. 두 유일신 싸움은 지금도 팔레스타인과 중동에서 현재진행형입니다. 그런데 오늘도 그들은 인간을 향해 말합니다. "서로 사랑하라. 서로 사랑해야 한다." 그러면 또 다른 유일신 측에서는 인간들을 향해 만면의 미소를 띄우고 손을 흔들며 "우리는 평화를 사랑합니다. 우리는 평화를 사랑합니다." 외쳐대고 있습니다. 그러다가 또 싸움이 시작됩니다.

불교에서는 그런 유일신들을 인정하지 않는다. 불교 교리엔 그런 유일신이 있을 수 없기 때문이다. 석가모니 부처님은 보리수 아래서 자신이 진리를 깨달은 바에 의해서 그런 창조신이나 유일신이 없음을 선언하였다. 그래서인지 이 지구상엔 불교로 인한 전쟁은 없었다고 한다. 그렇다면 불교에서는 무엇을 주장하는지 한 번 알아보고 싶지 않은가? 인간이란 기독교인이거나 이슬람교인이거나 불교인이거나 누구나 각자 자기 마음을 지니고 살아간다. 사람의 육체에 마음이 깃들어 있지 않으면 그 육체는 시신과 다를 것이 없다. 그러나 그 마음이란 것의 자체 모양이 어떻게 생겼으며 어디에 있는 것인가를 물으면 대답을 하지 못한다. 그런 마음의 불가사의함과 오묘함과 형이상학적임을 설파한 불경이 있다. 그 한 구절을 여기 옮겨 본다.

과거심은 이미 사라지고 미래심은 오지 않고 현재심이란 머무는 일 없다. 마음은 안에 있는 것도 아니고 밖에 있는 것도 아니다. 마음은 형체가 없어 볼 수 없고 만질 수도 없고 나타낼 수도 인식할 수도 없다. 마음은 아직 어떤 여래도 본 적이 없고 지금도 볼 수 없고 장차도 보지 못할 것이다.

그러나 그 마음의 작용은 어떠한가?
그 마음이 작용하면 어떻게 되는가?

마음은 환상 같아 허망한 분별에 의해 여러 가지로 나타난다. 마음은 바람 같아 멀리 가고 붙잡히지 않으며 모양을 보이지 않는다. 마음은 흐르는 강물 같아 멈추는 일 없이 나타나자마자 사라진다. 마음은 번개와 같아 잠시도 머무르지 않고 순간에 소멸한다. 마음은 허공 같아 순간의 연기로 더렵혀진다. 마음은 원숭이 같아 잠시도 그대로 있지 못하고 여러 가지로 움직인다. 또 마음은 화가와 같아 가지가지 모양을 그려낸다. 마음은 왕과 같이 거만하게 위세를 부리며 모든 것을 다스린다. 마음은 모래로 쌓은 집같이 쉽게 허물어지고, 쉬파리같이 더러운 것을 탐하여 모여들고, 낚시 바늘같이 굽어서 모든 것을 낚으려 하고, 불안하고 아름다운 꿈을 꾸며, 마음은 도적과 같아 남의 것을 보면 훔치고 싶어하고, 마음은 불나비같이 저 죽을 줄 모르고 불 속으로 뛰어들고, 마음은 무수한 무리를 침략하는 적군과 같고, 마음은 싸움터의 북소리같이 우리를 들뜨게 한다. 이런 모든 것에 비유할 수 있는 것이 마음이다. 그러나 마음의 정체는 알 수 없다. 찾을 수 없다(불교성전 (1972년 발행 김성구 편역) 376쪽 15째줄).

※이렇게 마음은 형상이 없지만 육체를 빌려 타고 가지가지 망상번뇌를

일으킨다. 그래서 마음이 모든 것을 만들어낸다고 한 것이다.

달마스님 관심론에 보면 "마음은 모든 성인의 근원이며 또한 일만 가지 악의 주인이다"라는 말이 있다. 사람의 마음이 사물에 물들지 않고 동(動)하지 않고 본래 가진 자기 영광을 지킬 수 있다면, 그 모습을 비유하건대 본래 법계에 충만한 비로자나불 법신(法身 = 진리의 당체)이라고나 할까. 하지만 사람의 마음이 사물에 물들어 가지가지 감각과 생각에 놀아나면 어느새 일만 가지 악의 주인이 될 수 있다.

여기서 마음이 사물에 물든다는 것은 곧 번뇌에 물드는 마음이요, 탐진치에 물드는 마음을 말한다. 우리의 본래의 마음의 바탕은 번뇌에 물드는 마음이 아니었지만 살아가면서 마음의 욕구인 탐진치에 사로잡히면 번뇌에 물드는 마음이 된다. 그래서 보조국사님께서 법어설하시기를 "한 마음이 미혹하여 끝없는 번뇌를 일으키는 자는 중생이요, 한 마음을 깨달아 끝없는 묘용(妙用)을 일으키는 자는 부처님이다 하셨다." 그러니까 우리가 본래 가진 마음은 부처님 마음(佛性)의 경지였지만 마음이 사물에 물드는 작용을 일으킨 이후부터 미혹한 마음을 쓰면서 살아간다. 이렇게 마음은 어느새 전도몽상(顚倒夢想 = 뒤바뀐 꿈 생각)이 되어버렸으니 마치 주인 아닌 손님이(五蘊心) 들어와 주인 노릇하고 있는 것이다. 이것이 중생의 마음이다.

마음 { 자성(自性)·불성(佛性) 부처님이 쓰는 마음… 번뇌에 물들지 않는 마음

오온심(五蘊心) 중생이 쓰는 마음… 번뇌삼독에 물든 마음

※오온심(五蘊心) 육체·감각·생각·분별·의식 등 → 다섯 가지 쌓인 무더기에서 나온 마음

그래서 불교에는 신(神)이 없고 다만 수행을 통해 마음의 본질을 깨달아 마음의 미혹을 없애야만 올바른 삶을 살아갈 수 있다고 주장한다. 이런 것으로 보아 모든 종교, 모든 도덕, 모든 철학과 예술이 모두 다 마음이라는 근본 위에 세워진 것임을 알아야 한다. 이런 마음의 원리를 모른다면 인간으로서 만물의 영장이라고 할 수 없다. 종교인들이여 총을 내려 놓아라.

2013년 9월 20일

태백산 토굴에서 백운 합장

※ 나는 그동안 성경과 불경, 중국 유교의 사서삼경과 노자·장자 도덕경과 장자편, 그리고 인도의 힌두교 경전 우파니샤드와 마지막 이슬람의 코란까지 다 읽어보았지만 두 종교 사이에 이렇게 일치점과 유사점이 많은 경우는 보지 못했다.

그래도 나는 불경을 3만 페이지 정도 밖에 읽지 못했다. 만일 17만 페이지에 달하는 한글팔만대장경을 다 읽는다면 얼마나 많은 것들이 더 있을지 모르겠다. 여기 인용한 불경 구절들은 거의 다 초기 경전에서 찾아낸 것들이다.

그리고 성경이라 하면 구약과 신약을 한 데 묶은 것인데 구약은 벌써 3천 년 전에 모세가 집대성한 부분을 말한다.

예수가 태어나기 천 년 전 일이다. 그래서 구약엔 불경과 같은 구절들이 없다. 오직 2천년 전 예수가 설교한 신약성경에만 불경구절과 같은 것들이 많이 들어있다. 이것은 예수가 16년간 인도에서 불교 승려 생활을 했다는 것을 말해 준다.

결국 2500년 전에 석가모니 부처님이 설하신 불교 교리들이 그후 500년이 지난 다음 예수가 기독교 설교에 이용했다는 것은 얼마나 놀라운 사실인가. 인류 역사상 가장 큰 표절사건이 일어난 것이다.

2013년 9월 20일

태백산 토굴에서 **백 운** 합장

백운소림 수상집

향락에서 해방된 인간은
슬픔도 공포도 없다

•

지은이 / 백운소림
발행인 / 김영란
발행처 / 한누리미디어
디자인 / 지선숙

08303, 서울시 구로구 구로중앙로18길 40, 2층(구로동)
전화 / (02)379-4514
Fax / (02)379-4516
E-mail/hannury2003@hanmail.net

신고번호 / 제 25100-2016-000025호
신고연월일 / 2016. 4. 11
등록일 / 1993. 11. 4

•

초판발행일 / 2017년 2월 10일

•

•

값 15,000원

ISBN 978-89-7969-736-0 03810